设计师

常叄思————

著

长江出版社
CHANGJIANGPRESS

图书在版编目（CIP）数据

设计师/ 常叁思著.

—武汉：长江出版社，2021.1

ISBN 978-7-5492-6290-8

Ⅰ．①设…　Ⅱ．①常…　Ⅲ．①长篇小说—中国—当代

Ⅳ．①I247.5

中国版本图书馆CIP数据核字（2021）第015912号

设计师 / 常叁思 著

出　　版　长江出版社
　　　　　　（武汉市解放大道1863号 邮政编码：430010）
策　　划　力潮文创-白鲸
市场发行　长江出版社发行部
网　　址　http://www.cjpress.com.cn
责任编辑　陈　辉
特约编辑　波　菲
封面设计　@RECNS
插图绘制　飞来颗昙
印　　刷　北京盛通印刷股份有限公司
版　　次　2021年1月第1版
印　　次　2021年4月第1次印刷
开　　本　880mm×1230mm　1/32
印　　张　10
字　　数　300千字
书　　号　ISBN 978-7-5492-6290-8
定　　价　45.00元

不需要证书和奖牌，也可以没有掌声和认可，

在水泥枯槁的楼梯间，他们也可以恰逢一场惊喜。

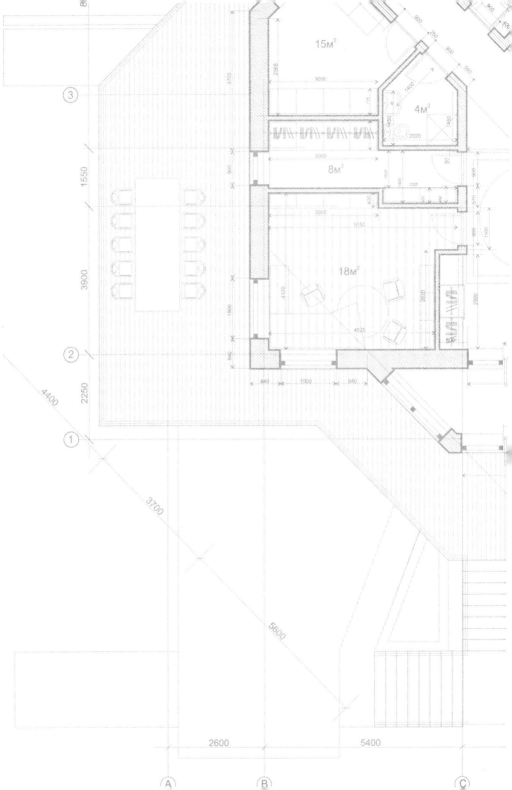

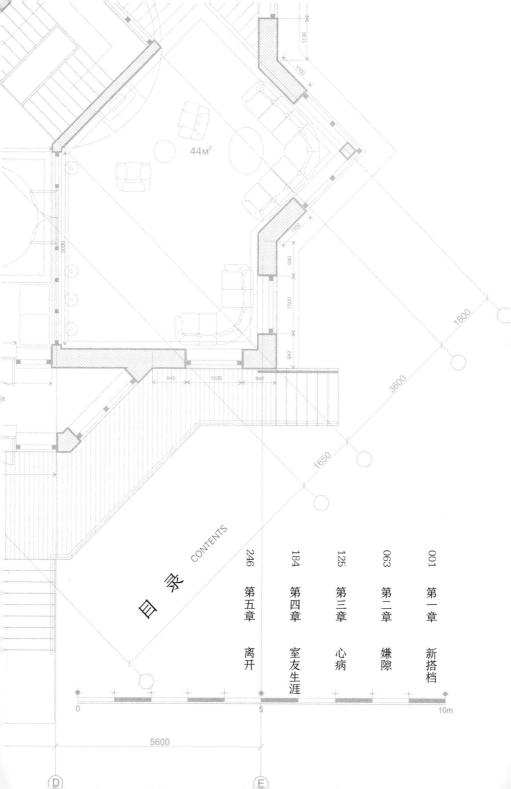

CONTENTS

目录

第一章　新搭档

钱心一有个好名字，一心一意地赚钱。

他也很对得起这个名字，是院里最出名的加班狗，平常一周七天，他就有七天在加班。大概是加班上火，他整个人就像头喷火龙，新招的小姑娘那么"颜控"，都不敢正眼瞧他。

陈西安来面试的时候是周日下午，正好碰上他在会议室骂人，两层玻璃加一层翻转百叶，都拦不住他汹涌澎湃的怒火。

"你脑子是不是忘了镀锌，啊！！！"

陈西安愣了一下，反应过来后就有点啼笑皆非，心想：这谁骂人还挺专业的，不做建筑的都听不懂他是在说人脑子生锈了。

他仗着身高的优势，瞥见引路的前台美女明显单眯了一下左眼，脸上露出心有余悸的表情，这个小动作在她转头的时候就不见了，她微笑着对上陈西安的视线，露出八颗牙道："抱歉陈先生，会议室被占用了，我先带您到接待室吧。"

陈西安点了下头，路过的时候透过百叶叶片的缝隙看见会议室里有两个人影，之前"镀锌"的那个声音又响了起来，语气里充满了一股"你在逗我"的疑问。

"什么？VA（VirtualArchitecture）一个看大门的说你没穿正装，没让你进去，所以你让他帮你把图纸拿给前台，然后回来当了个安静的美男子，结果从昨天等到今天，都没看见VA的新图……你是这个意思吗，啊？"

他的语速很快，而且音量越拔越高，咄咄逼人的感觉十分明显。

挨训那个吭声了没陈西安没听见，他跟着前台往门口走去，在转身进接待室的时候，瞥见一个男人走出来拐进了工位里，那里有道响了一阵的手机铃声。

那人接着电话又进了会议室，蓝色T恤和灰色运动裤，很瘦，一般刚毕业学生的体型，那里又是职工的位置，陈西安以为是那个挨训的。

因为会议室被占，陈西安在老总办公室完成了他的面试，他是建筑学博士出身，又有国企两年实习、两年工作的经验，薪酬要求也很中庸，谈吐也不浮夸，问起为什么离开国企，他也很坦然地说是因为钱少效率低。

GAD（高远建筑设计研究院）的大老板高远对他满意得要命，两人起身握了手，高远笑着将他往外送："陈大博士，欢迎加入GAD。"

陈西安走到门口："不敢当，谢谢高总给机会。"

高远正要夸他太谦虚，一抬头看见过道里的蓝T恤，立刻抬手招了下："心一，来，我给你介绍下你的新搭档。"

蓝T恤抬头看过来，眯了下眼，要近视不近视的模样。他的视线和陈西安撞上，勾了勾嘴角对陈西安点了下头。

他看起来挺年轻的，大概二十六七岁，挺柔和的面相，头发稍微有点长，但是待人的态度不太像刚工作的人。他边走边低头，将又响起来的电话掐了。

陈西安一看见他的脸，就觉得他有点面熟，想了想没想起来，人已经到了面前，见对方朝自己伸出手说："你好，钱心一。"

他此刻的语气很平静，但是陈西安抬起的手还是一顿，认出了他就是会议室里说人没镀锌的那个。

设计院敢骂人和指挥别人送图纸的起码都是设计师级别的，他和这个眼熟的年轻设计握了下手，一边觉得他的名字更耳熟，一边想着他肯定比看着年纪大："你好，我是陈西安。"

掌心里的手指有些凉，是长期待在低温的空调房里的痕迹，握手一触即放。

高远笑着介绍："心一，C建八局设计院出来的博士，以后配给你们所当计算，你很喜欢的那个小三居财富广场的双曲入口的力学模型就是他出的，怎么样，满意吗？"

小三居的财富广场入口，是国内做得最好的双曲模型实体，在业界非常有名，连国外的设计师都赞不绝口。

钱心一闻言看了陈西安一眼，脸上有些意外，又笑着对高远说："我满意有什么用，主要还是看你高扒皮满不满意，恭喜你啊，又多了个随便剥削的劳动力。"

他用的是开玩笑的语气，但这么跟老板说话还是很不妥当，然而年纪看着能当他爸的高远却一点没生气，只是瞪了他一眼，开始向陈西安介绍他："你别理他，他就喜欢胡说八道。西安，这是我们设计院一所的所长，最年轻最帅脾气最坏的，你以后多担待点。"

陈西安这下真的吃了一惊，他从八局出来的时候，也还没到项目负责人的位置，而这个看着比他还小一些的钱心一，居然已经是高远国际这种规模中等偏上的设计院的所长了。

建筑是特别吃年龄饭的一个行业，再有天赋的设计师，没有几年的从业经验，是没人敢拿来担项目的。他不动声色地又把钱心一扫了一遍，在觉得他的年龄是个谜的前提下，承认他的确很厉害。

陈西安出自国企，擅长在关系融洽的上下级之间打太极："应该是多请教。"

老幼莫辨的钱心一瞥了他一眼，那意思陈西安竟然看懂了，国企有些马屁风私企的人都看不顺眼，这是宿怨。接着又见钱心一不肯吃亏地对他老板说："第三个最是污蔑，任劳任怨的我不服。"

高远估计是被他搞怕了，无可奈何地应和道："对对，你说得对。"

陈西安登时觉得这个钱心一的性格肯定很强硬，实力就不用说了。

说着钱心一的手机又响了，他看了眼屏幕，扬了下手机说了声抱歉，走出两步转身把电话接了。

高远看介绍的目的也达成了，就对陈西安打趣地说："我们钱所每天比我还忙，我找他谈话，还得等他打完电话，呵呵。那今天就到这里，你回去好好休整一下，明天开始，就是GAD的计算大师了。"

陈西安又跟他握了下手，被他送着往门口走。

他走出去的时候看见钱心一转身靠在玻璃隔断上，不知道从哪里掏出支笔在手里甩，侧着的脸上半边眉毛锁着，一副又要发火的架势。

高远将陈西安送到了电梯口，还亲自帮他按了电梯，言行间都表达出他对陈西安的重视。陈西安道了谢又跟他说了再见，就伸手去摁闭门键。从电梯合上的缝隙里，他看见对他微笑的高远转过了头。

让他侧目的是钱心一，陈西安还没走出大厦，就被人叫住了，他回过身，看见他一直在回想曾在哪里见过的钱心一跑过来："那个陈西安……博士，等一下，我有个事麻烦你。"

穿堂是逆风，他跑起来刘海被掀了起来，露出了整张脸的轮廓，陈西安脑中灵光一闪，忽然被他捕捉住了。

他想起来哪里见过这个人了，高二国旗下演讲，那天他作为十佳学生代表发言，发完言后的流程里，学校开除了一个人……

很多片段迅速从脑中掠过，但因为不合时宜和反差被他暂时压了下去。陈西安看着停在他面前，比他矮一点的钱心一，心里全是恍惚，气质天差地别，他说："什么事？"

钱心一夹在食指和中指间的笔晃了几下，迟疑了一下看向他，说："我有个模型明天就要，计算家里出了事，来不及看了，你要是不赶时间，帮我核一下吧。"

他这话忽悠外行人还行，说给内行人听就是个笑话。

一般一套图拿到手里，设计说明就得看两小时，然后建筑结构加水暖电气各专业，光消化就得要个小两天，然后才能到谈模型，这忙要是帮了，陈西安的晚饭也不用赶了。

钱心一肯定也知道对于一个明天才是同事的人，自己的要求有点过分，不然他GAD一霸从来都强势压人，哪里会面露迟疑。

陈西安设算两专，自然比他还清楚，但他只是稍微考虑了一下就答应了，从日后的同事关系来看他这么选择是明智的，但他心里清楚，他肯帮忙的真正原因是想进一步确认一下，钱心一是不是他以为的那个学生。

陈西安点了头，钱心一立刻对他笑了一下，他笑起来的时候看着很舒服，一点也不凶，也很陌生，在陈西安有限的记忆里，他似乎总是阴沉着脸，或者焦头烂额。

钱心一争分夺秒，边引着陈西安往回走，边就说起了情况，一点也不客气。

"是这样，这个项目是 C 城的，城科旗下的一个商务中心，设计院是我们，方案公司是 VA，结构已经起到了裙楼顶。结果顾问周五发函说雨篷那里的结构扛不住……"

他描述得很专注，用笔随便戳了下关门键，没戳亮都没发觉，陈西安默默地补了一下，点头示意他往下说。

很常见的设计信息整合失误问题，讲究的甲方为了兼顾功能和效果，往往会请两个设计院，一个负责功能，一个负责效果。在鱼与熊掌不可兼得的理论下，好看的不实用，设计和方案在激烈的自我验证后，都做个让步，调整图纸后给外立面设计。

C 城城科商务的问题是，方案公司在上次会议里同意调整图纸，但最终没有修改，也没有知会设计院，使得结构已经做完了，幕墙公司才发觉结构强度不够。

入口是商场的脸面，甲方一惊悚，连责任都来不及追究，先把所有单位都赶上架来亡羊补牢。

两人回到办公室，大老板已经走了，他们来到钱心一之前拿手机的工位上，现今那里坐着个小平头，挺高大精神的一小伙子，看见钱心一愣是站起来，小媳妇似的叫了声师父。

这是钱心一被强行塞过来的一个徒弟，赵东文，去年的应届毕业生。

钱心一平时很不喜欢他表现得这么屄，但这会儿也顾不上了，他推了徒弟一下："赵儿，把顾问的雨篷受力分析、PKPM 打开，然后起开，让陈博士坐。"

赵东文没挨训，登时如蒙大赦地坐下去开图，一边还因为钱心一难得不敌视高学历而偷偷瞟了陈西安一眼，只觉这男人看起来就很有勇气的样子。

他飞快地开了图和软件，起开时还没开口，就听见精英对他的师父说："钱所，咱们是同事了，你要是不习惯叫我的名字，就叫我陈工，小赵也是。"

赵东文不面对钱心一的时候还是很机智的，他从善如流地将"博士"憋了回去，让出座位来："陈工，您坐。"

钱心一根本不在意称呼："行吧，屋里陈工已经有七个了，我就叫你陈西安，公平起见你也叫我钱心一。"

陈西安坐下来，心里忽然有些感慨，算来他知道这个人有将近十一年了，却是第一次和他正式认识，而且看他的样子，对自己似乎一点印象也没有。

这是一种很奇妙的体验，生命里那么多的人来来去去，他却莫名其妙地记住了没什么交集的坏学生，而且还遇见了一个脱胎换骨的他。

他滑动鼠标，将局部放大了一点，钱心一撑在椅子靠背上，勾着腰将手指点在屏幕上："陈西安，你帮我用咱们的系统验算一下雨篷的支座反力和弯矩，然后给我提供一种可行的加固方式。谢谢你肯帮忙，晚上我请你吃饭，如果太晚了，我把你送到家。"

这计算对他来说不算很难，用不了那么久，陈西安说了句"不用"，钱心一当没听见，又去指挥赵东文："赵儿，陈工这儿你盯着，他需要什么信息立刻给他，不知道叫我，先去给他倒杯水。"

他交代完，自己去会议室审图去了，赵东文刻意泡了杯他们老板声称两千块一斤的普洱茶出来，恭敬地放在了陈西安手边，然后在他旁边当起了空气。

陈西安算起来很快，软件不停地切换和输入，以赵东文的水平根本看不懂他在干什么，但真心觉得这个前辈认真工作的样子真的是帅到让小姑娘尖叫，偶尔回答他一些项目的参数问题，到后来无聊到打起了瞌睡。

等他一个"钓鱼"颠醒自己，发现外头已经暗了下来，而陈西安的手完全离开了键盘，在用他的耳机看美剧，他一瞥快撑不住的进度条，登时全吓醒了。

"陈工，你算完了吗？怎么也不叫我。"他还不敢大声，怕钱心一听到。

陈西安摘下耳机，指了指会议室，声音很轻："叫你也没用，请我吃饭的人也在睡。"

赵东文瞪了下眼睛，里头明显有窃喜，然后他不好意思地说："对不起啊陈工，我师父昨天通宵了，我去叫他。"

陈西安表现出了一个前辈的宽容："能理解，别叫了，我看他要审半宿的样子，让他趴会儿吧，东西我都留在你桌面上了，你们抓紧干完了休息会儿吧，我先走了。"

赵东文觉得自己大概是个受虐狂，被钱心一骂惯了，觉得这种春风般的温暖竟然很虚幻，他讨好地看着陈西安，想替他师父背个锅："陈工，我代我师父请你吃饭去吧。"

陈西安笑了笑站起来："不用了，冤有头债有主，而且你师父的饭多稀罕。"

他是猜的，看钱心一上下不忌的样子，应该更懒得应酬，果然他小徒弟立刻卖了他，赵东文挠挠头："我师父不喜欢应酬，他说他累得都像狗了，还好意思让他去喝酒的都是禽兽。唉，前辈真是对不起，还要你饿着肚子回家。"

陈西安不动声色地说："没事，帮校友一个小忙。"

赵东文被炸蒙了，心里已经转了个急弯，心想：哇啊，怪不得师父对他这么客气呢。

陈西安 8 点 50 出现在办公室，然后受到了热烈的欢迎。

进门拉了横幅，打了顶灯，和领导视察一样张扬，昨天接待的前台一看见正装的他，眼睛唰地亮了一下，走出台位说："陈总，我带您去您的办公室。"

陈西安道了谢："叫我陈工就行。"

昨天空荡荡的工位现在几乎都坐满了，但是赵东文的位子是空的，大开间里六十来号人有的在偷窥他，陈西安被带到尽头的第二间办公室，牌子上写的一所。

二十平左右的办公室，里头的图纸堆成了山，有饮水机和茶座，对着两个工位，背对着门那个工位上放着钱心一的三角牌，桌上一片凌乱。

前台的美女说："陈工，我是前台的王淳，这是您的工位，您先坐会儿，高总十分钟就到。"

陈西安应了声，王淳就带上门出去了，他不知道走道里掀起了一阵腥风血雨，男的女的都揪着头问王淳，刚刚那个进了钱所办公室的勇士是何方神圣，还长得那么帅。

高远很守时，果然十分钟就到了，正好刚过9点，他把陈西安拉出去，夸耀之后介绍了员工，陈西安便收获了一阵激烈的掌声，只是这其中不包括钱心一和他的徒弟。

周末通宵第二天，不交图就开会，这是定律，陈西安随便问了句，高远哭笑不得地说："心一啊，他带着他徒弟砸场子去了。"

他把钱心一说得像个土匪，陈西安稍微抬了下眼表示他的疑惑，这是项目中的一个会议，高远自然很乐意向他说明，并且很老狐狸地把局势夹带进去了。

"城科是咱们的老合作伙伴了，只买心一的账，他们这次找的方案是VA，这也是家大公司，我估计你以前可能也合作过。心一这个人哪，在安全上从来不让步，VA也坚持效果，配合的过程里产生的矛盾，和这屋里的图纸差不多多。"

陈西安在国企里浸淫了将近四年，对于各种语气后面潜藏的台词他都很敏锐，高远不自觉地透露了他对钱心一性格太强硬的……不满，但作为老板，这样一个不怕撕破脸而坚持安全底线的设计是可遇难求的，所以他可以容忍钱心一的无礼。

"上周五小赵被VA拦在门口了，导致按约定要给的图没给过来，这次火星撞地球了，今天早上小赵给我打电话的时候都快哭了。"

陈西安有种不太好的预感，接着他看见大老板摊了摊手："他说他师父今天正经打了领带，帅得不得了，就是……他臂弯里搭了件羽绒服。"

陈西安："……"

以他的智商竟然一下没听懂，他忍不住跟了句："他要干什么？"

高远开始苦笑："小赵说他那天被拒绝入内的原因是衣着太随便，但是看门的大爷没文化，说他穿得太少了，他师父今天带了冬天的装备，要去打人家的脸。"

陈西安："……"作为一个成年人，他觉得这行为有点任性了。

高远见他那点迟疑，生怕他和钱心一不对付，连忙摆摆手："不要紧，他也不是第一次这么搞了，会见好就收的。社会就是这样嘛，有时太弱势，就占不住理，反而你强势得别人压不住你，你就成了道理了。你先看看电脑，熟悉熟悉环境，缺什么软件我叫人拷给你。"

说完他很心大地走了，陈西安一面感叹钱心一这人挺奇特的，一面开了电脑，然后他发现电脑清理得很干净，桌面上只有软件图标和一个城科的文件夹，正是昨天赵东文给他看的那套图，这是有人事先整理过了。

陈西安觉得应该是雷厉风行的钱心一指使他徒弟干的，方便自己一来就介入工作。

他自己拷了几个计算的小软件装了，又扫了几眼平面图，有点无所事事，办公室的图纸乱得处女座有点受不了，就起身收拾了一下。

王淳进来给他送办公软件和喝茶的杯子的时候看见他在理图纸，吓得花容失色："陈工别！钱所的东西不许人乱动的，您等他回来吧。"

陈西安算是服了，这脾气是得多坏，才能弄得前台都战战兢兢的，于是他又给他放了回去。

下午的时候钱心一师徒还没回来，倒是来了个陌生电话，陈西安接了，那边立刻响起了钱心一的声音。

"喂你好，陈西安，是我，你办公室的钱心一。"

陈西安正在接水，哗哗的："听出来了，会开完了吗？"

"没有，哎哟，这群大内行欺负我不懂力学，非要我现场给他一个数，"他似乎在抽烟，"看在咱们异地上厕所都这么有缘的分上，来给我撑个腰吧，我叫赵儿回去接你了。"

他是那种很直白的人，如果认可你，会立刻消除戒备，陈西安明白自己的计算是通过他的防线了，说："这种缘分就算了，我在接开水。可以，我要准备什么？"

钱心一毫不掩饰自己的佩服："我看了你的计算和方案，你很厉害，不用准备什……那你准备一张臭脸吧，和我一看就一个款，同仇敌忾那种。"

陈西安不想和他一样幼稚："……钱所，你几岁了？"

那边是拉裤链的动静，钱心一不要脸地说："对着正常人二十九岁，对着抬杠的就三岁，欸，我这脾气，比结构板上的伸缩缝还有弹性，不说了，你赶紧来。"

陈西安好笑地"嗯"了一声，那边就收线了，陈西安捏着手机心想：原来他比我还迟一个"年号"。

赵东文来得很快，满头大汗地冲进来，请圣驾一样地把陈西安接走了。

会议地点在VA的办公楼，赵东文一大早被钱心一的羽绒服吓傻了，现在还没太能从深沉的愧疚和会议室里一群看神经病的眼神里清醒过来。他浑然忘了钱心一的凶残，言行举止间都是"我师父那小鲜肉，一个人深陷虎口"的焦虑，把车路开得很激情。

路上半小时足够他把情况说清楚了，无非就是对方在钱心一质问的时候装聋作哑，然后等他问完了再拿他不懂的计算来绊他。

钱心一是真的不太懂计算，他是专升本拿的本科，一边工作一边上学，时间和精力都兼顾不了，最难啃的力学没拿下，一直是他工作里的硬伤。对方死压这点，导致会议完全开不下去。

VA那总设计真的是把钱心一惹毛了，知错不改，避重就轻，浪费时间，然而问题还是那个问题，本来他早上穿个羽绒服出现，也就是为了打个脸，现在不划出条道来他都不肯走了。

他真正生气的时候反而看不见怒意了，画风突变地往背椅里一靠，和颜悦色地要求请外援，持续开了六个小时的会，众人连午饭都没吃，会议室登时飘过一阵诡异的低气压。

甲方的直接负责人叫王一峰，是个四十多岁的中年人，和钱心一打了八九期项目的交道了，知道他的脾气，连忙出来打圆场，说回去算了图纸联系也行，现场不至于半天都等不了。

钱心一笑起来有始有终，勾肩搭背地把王一峰往外带，说："大家的时间都紧巴巴的，就不装大尾巴狼了，今天怎么也捋顺了再散，不然这会开得一点意义都没有。我有点低血糖，请求会议暂停，休息四十分钟，大家先去吃个饭。"

王一峰一出门就摸出烟来，显然憋得够呛，他给钱心一嘴里塞了一根："哎哟我大设计气成这样了，小屁事，没必要嘛，来来来，消消气。"

钱心一咬住烟，偏过头来凑他的火机，眼底的血丝像蜘蛛网一样。

这使得他盯着人看的时候有点神经质，他冷笑了一声："你少放屁，600高的梁挑10米长的雨篷是小屁事，你吃饭怎么不用土豆丝去夹筷子呢？我不管他的雨篷创意是舞女飞扬的大裙摆，还是什么波涛汹涌的大海，反正算不过的话，我只能让你家的城科舞女穿紧身裤了。"

这是要砍头的节奏啊，王一峰连忙挽回："……别呀。"

钱心一接着发闷火："别什么呀，我是不懂计算，但按现在的图纸，我哪怕是不算，现场装了玻璃这雨篷不把梁连柱子一起拉趴，钱心一跟你姓王！"

王一峰赶紧撇清自己："不不不，我可供不起你这么能耐的儿子，咱们这不是开会在改嘛。好了好了，王哥带你去吃沙县，免得待会吵半道晕了，破了咱所向披靡的记录。"

钱心一往厕所走："老子不吃叛徒的饭，表态，就现在，说你站谁的桩吧？"

王一峰假笑两声："哥哥肯定站你这边了，要是城科的老板是我，你说挑一米我都挺着你。"

钱心一学着他假笑道："懂了，你今天是个看戏的哑巴，那我也开天窗说话了，但王哥我真不是针对你。钱心一可以不要脸，但是要安全，哪怕我今天夹着尾巴回去了，签图的时候我就是手残，我不签，你们集团手腕通天，跳过我这个无足轻重的小设计自己送审去吧。"

王一峰的酱油打不下去了，挑着眉毛追进厕所："欸欸欸，这是人话吗？你要是小设计，那就只有贝大师那样的才叫设计师了。VA的总设是傻，底下总有明白人，会把会议精神传达到我大老板耳朵里去的，好兄弟别上火。"

钱心一忽然咧出一口白牙："我才不跟二百五生气，我外援马上就来了，叫你看看什么才叫计算。八局的陈西安，听过没？那力学模型简单漂亮，一根钢管都不多，不行，我去拜他当师父吧。"

他脸翻得有点快，又提了个很耳熟的名字，王 峰愣了下，忽然鬼鬼祟祟地说："是C建八设的那个陈博士吗？"

钱心一斜着眼看他："怎么？"

王一峰打了他一下："你这什么眼神……是小道消息，我媳妇不是八局项目上的嘛，你也知道她们那群妇女的毛病，单位厨房的母狗昨天下个崽，今天她就能告诉你几个公的几个母的。她跟我说她们院里有个姓陈的博士，把院长闺女的肚子搞大了还不认账，暗地里被上头勒令辞职。"

"放屁！"钱心一根本不信，"他比你正派一百倍。"

王一峰有点惊讶，钱心一是个刻薄鬼，连自己都不屑于维护的那种，他好奇地问道："这么护着人家，你们认识啊？我怎么不知道。"

钱心一坦然地叼住烟头："认识啊，昨天认识的。"

王一峰就笑了："你屁都不知道就维护人家？不就给你出了个模型嘛。"

钱心一也跟着笑："我倒是知道你的屁，然而这有什么用？关键时候你还不是冷眼看我挨刀子，连个屁都舍不得放。"

王一峰心想"话题怎么又绕回来了"，就听钱心一说："你们相信八卦，我相信我，一个沉得下心踏实做事的人，不能多奸诈，看我就知道了，一个因为纯洁而饱受欺辱的设计，而且……"

王一峰心想"拉倒吧，你都没脸了"，就见他转过来一脸正直："待会你见见他就知道了，很有气度的一个人，长得蛮帅，我要有闺女我倒贴给他，你看，我就是这么一个为了朋友能卖闺女的人。"

他笑得有点空灵，王一峰有点发毛："你踩低捧高也有个限度啊，你就是把自己贴给他，我也不能给你做主啊，我只是一个无奈的小兵，小兵你懂吗？"

钱心一见他死不识相，顿时有点失望，甩着手腕赶他："你一个甲方当成了孙子，也是没谁了！吃你的沙县去吧，我打个电话。"

王一峰的煎饺刚上，钱心一的外援就来了。

掀开塑料帘进来的男人相当人模狗样，领带衬衫西裤，VA这种自诩走国际范的公司里很多人的形象都不如他。

钱心一的小徒弟跟着从他后面钻进来，一看见他夹着饺子在辣椒里翻来搅去的师父就大叫了一声，搞得像劫后余生似的。

王一峰瞬间就意会了，这人就是八局的弃子，钱心一的新宠，陈西安。

钱心一嘴里说着叫他别嚷，手上却用筷子敲了敲身边的一碗拌面："赶紧的。"

赵东文笑出半边小酒窝，风风火火地蹭到他旁边坐下了，掰着筷子就去挑面："谢谢师父，我的妈我的胃都饿得不姓赵了。"

钱心一没理他，拉长胳膊从走道那边偷了个凳子拽到桌子边，用手拍着说："先坐会儿，你要不要来点什么？"

陈西安走过去跟王一峰点了下头："我吃过了，你们吃，不用管我。"

钱心一就真不管他了，他用下巴指着下王一峰，说："我给你们介绍一下，城科的王一峰王总，咱大老板的好朋友。王哥，这是我的新搭档，陈西安。"

陈西安握住王一峰伸出来的手，两人稍稍客套了一下，王一峰看人的眼力不错，感觉这人挺沉稳，话也不多，不过有他媳妇的八卦打头阵，他不敢随便对他有什么印象。

三个人吃饭都是风卷残云的德行，陈西安坐了没八分钟，王一峰就跑去结账了。钱心一黏在椅子上让赵东文去结自己这边的账，王一峰挺着个啤酒肚骂他小人之心，两人相互攻击着出了沙县。

进了 VA 的办公楼，钱心一走着忽然转头问道："如果保持 VA 的方案，那咱们的边梁最小得多大？你给我估个大概的截面。"

王一峰瞬间就有点窃喜，因为他似乎看到了一点转圜的迹象，但是为了避免惹到钱心一逆反，他选择暂时性聋哑。

陈西安沉吟了一会儿，快走到电梯口时才说："雨篷上方如果加三根斜拉杆，1200×600 毫米差不多，如果没有拉杆，2000 毫米高的梁都有风险，扭矩太大了。"

钱心一一想那么高的梁横拉在大堂上就有点不太好，他面有菜色地转向王一峰，说："王哥，你听见了？你们家的美女可以穿大裙摆了，但是从安全上来说，它裙摆底下得穿个安全裤。"

入口的门头统共 4.5 米高，抬头就有接近两米的非透明区，这商场的门脸半遮琵琶的没法要了，王一峰终于崩溃了："你安全裤长这样，这都成一条五分裤了！"

钱心一笑炸了："怪你时尚的大裙摆咯。"

赵东文笑点低，一下就疯了，抖着肩膀就想掏手机发微博，只有陈西安厚道一点，只翘了翘嘴角。

王一峰满脑子都是门口那道魔性的巨大横梁："摆啥子摆！这梁不能要！坚决不！"

钱心一的笑里有了正经的意思："那就改你们的大裙摆！我也很坚决的，我相信他的经验判断，验算也矮不出多少来。王哥，我真的不闲，不是为了找碴儿来的，你先找 VA 的总设单独聊聊吧，让他待会心平气和地跟我坐下来解决问题。"

王一峰终于在商场脸面的危机下进入了甲方的角色："兄弟懂你，我现在去找他，你待会也好好说，别随便给人难堪，年龄大的人面子厚，中不中？"

钱心一不服："说得我好像没事干，就是个打脸狂魔一样，行了，我待会当哑巴，让专业的来。陈西安，行吗？"

陈西安说了句"可以"，不管他私生活上怎么样，但是从钱心一能撂挑子的信赖上来说，王一峰相信他的工作实力是毋庸置疑的。而且这人稳重非常，王一峰觉得让他来沟通也比较和谐，于是他放心地去找 VA 的总设了。

等人一走，钱心一就盯着陈西安："那什么，我不是不相信你的实力，只是你图纸接触得太少了，待会不会被问倒吧？"

陈西安是真淡定："路上小赵跟我大概说过了，应该不至于，而且计算这东西，只要改动一厘米，参数就会变，也不是线性的规律，谁都不敢当场就拍板，图纸看十遍都得重算一遍。"

"你有数就行，"钱心一转过去贴在电梯箱上，"反正一会儿谈起来别怂，吵不过他们我来。还有，不管计算能不能过，你都把余量往上抬一级，一群死脑筋，动不动拿理论值来瞎叫唤。"

他说着打了个呵欠，陈西安站在他身后，从电梯的不锈钢拉丝壁上看见一张有些扭曲，但十分疲倦的脸。

　　一进会议室陈西安就知道钱心一坐哪儿了，搭在椅背上的羽绒服还是个长款，这么热的天简直不知道他是怎么穿进来的。

　　与会的VA员工挪了笔记本腾出个位置，陈西安准备坐到羽绒服旁边，却被钱心一摁进了他的位置，他抽出自己的羽绒服团成一坨，在陈西安旁边坐下了，然后把羽绒服当个靠枕垫在了背后。

　　他表达的意思很直白，他现在退居二位，现在拿主意的是刚来这人。

　　陈西安不动声色地看了他一眼，没料到他会注意这种细节。他看的人没觉得这有什么，正撑着双手在桌上拿中指揉眼睛，揉了半天也没抬起头来。

　　陈西安也是这么过来的，但八局和私设不太一样，八局是设施一体，太小的活养不起施工，他们是不接的。而私人的设计院只靠图纸吃饭，为了保持运营基本是来者不拒，而且小活周期更紧，所以私设更累。

　　他估计钱心一再揉个五分钟就能趴下去，但是也没提醒他，这是一种松懈的表现，起码比绷着好。隔着钱心一的赵东文也是呵欠打得泪花直翻，痛苦得不行。

　　人陆陆续续进来，都忍不住打量陈西安，他是个新面孔，批图之前的会议里没出现过。

　　很快王一峰和VA的总设也来了，总设坐到陈西安对面，钱心一也坐了起来，他介绍了一下陈西安，对方的总设估计是和王一峰谈妥了，也不太摆脸色给他看了，说："那咱们就接着之前的地方开始，大家也都很累了，进度都拉快点，争取5点钟之前结束。"

　　钱心一听见散会的字眼像看见了救赎一样，他往后一靠，也懒得去计较这总设是不是在拿计算压力压陈西安，扬手请了下对面的结构计算："好好好，你们专业的来。"

　　陈西安从包里掏出副无框眼镜来架到鼻梁上，钱心一本来回头去跟他交接，一转头愣了一下。

有些人很适合戴无框镜，戴上之后学者的气质会锐化，钱心一就有他旁边的博士一下成了教授的感觉。

陈西安察觉到他的视线，侧过头来看他，小声道："怎么了？"

钱心一才发现自己看得有点久，连忙移开了："觉得你眼镜不错。"

然后又觉得不错看一两眼也够了，就莫名其妙地加了句："在想要不要买一个。"

陈西安想问他近不近视，VA的计算却已经开始跟他说话了。

对方是个三十五六岁的男人，他将电脑转过来推到桌子中间，指着SAP里生成的模型对陈西安说："陈工，你看，这是我们建好的受力模型，挑出10米，受力和变形都能通过，然后这里的边梁是不太够，但是加强一下应该就够了，这是力学分析。"

陈西安欠身去看，没两眼眉头就细微地皱了一下，因为这个模型和他昨天看到的顾问公司那张差太多了，而那个除了钢架有点冗余，没有大问题。

他指着鼠标说了声"劳驾"，对方把鼠标递过来，他滑动模型看了起来。

钱心一对力学仅仅有个概念，就是知道一根钢管中间的弯矩最大，两头的支反力最大这种程度，但他看陈西安反复在看同一个地方，就凑了过来："这里有问题吗？"

私底下陈西安会告诉他这里的渲染图问题很大，钢架模型都建得不对，所以600毫米高的边梁才只是"不太够"，但当着对方，这种话说出来无异于拿棒子夯人家的脊梁骨，所以他只是看了钱心一一眼，说："有一点。"

要是钱心一了解他，就能知道这个"有一点"的问题很大，陈西安的处事原则是不把人往死角里逼，但是目前他还不了解，所以就信了。他又靠了回去："你们说咯。"

陈西安另存了一张图，然后把新图的渲染关了，回到搭模的钢架上把那一排没刚接上的骨架都圈了起来，在旁边用快捷命令画了个带转弯的箭头，接着将电脑转过去给对方看。

VA的结算师先是睁了睁眼，一副不信的样子，然后他用鼠标在图上点了几笔，脸猛然就红了。

钱心一显然是注意到了这个现象，他饶有趣味地跷起腿，撑起下巴一副看热闹的表情正在上脸。

王一峰神尖的眼看见这幕，心一下就提起来了，他拼命地朝陈西安挤眉弄眼，脸上就差冒出一排内容是"千万不要放钱心一出来咬人"的弹幕。

陈西安被他抽筋的眼皮弄得怔了下，很快反应过来往旁边一扫，就明白了他的意思，但他假装什么也不懂的样子，心里只觉得有点好笑。

VA的设计和总设凑到一起窃窃私语去了，钱心一不甘寂寞，也往陈西安那边凑："什么情况？"

陈西安无视了王一峰的眉目传"情"，拿过一张打印纸开始在上面画，边画边压低声音解释："他们的模型建得不对，简化一点就是这样。"

他拉出的线条笔直而有力度，能达到电脑作图出现之前的手绘标准。

钱心一点着头，见他飞快地画出框架，然后在线条有交叉的位置打上转弯或是T形的箭头，然后指着转弯箭头的位置说："这些位置的连接模式有问题，应该是刚接，建成了铰接，因此后面的钢件承受的弯矩可以忽略。"

他停在了这里，但是钱心一已经懂了，他歪着头，目光从镜片下方穿上去和陈西安对视，莫名其妙地注意到了他的鼻梁十分挺直："所以他告诉我梁只差一点就够，其实是只算了一半的受力给的结论？"

陈西安放下笔："对。"

钱心一把自己怄得够呛："早知道它模型不对我就当个高冷了，谁让我改我让他滚。"

陈西安的安慰很苍白："接下来你可以高冷了。"

钱心一困得万念俱灰："算了，自己都不懂，有什么好横的，不过你挺牛的，看一眼渲染图就看出症结来了。"

陈西安说："其实不是，那个模型的修改日期是今天凌晨3点，熬夜的人估计是画迷了，搭龙骨的时候搭错了，也没来得及细核。"

钱心一忍不住盯着他，觉得他一点也不像国企出来的人："你倒是怪厚道的。"

步入社会了厚道就会吃亏，陈西安没接话，把眼镜取了下来。他是轻度近视散光，平时很少戴眼镜，笔记本 14 寸的屏有点小，他不太能看清楚。

没多久 VA 拍板的两人私聊完了，总设冷着脸在一旁生气，对方的计算只能硬着头皮来沟通，既要机智地规避自己这边的重大失误，又要兼顾刺头钱心一突然发作，心里的苦简直没处说。

"那个，钱总、陈工，既然这个梁算不过，咱王总这边也坚持梁不能加高，不然效果没法看，那我们改改方案，现在就定一下，梁能加固到什么程度，雨篷最多能挑出多长，二位看行吗？"

王一峰生怕钱心一不给别人坡下，立刻跳出来和稀泥："可以可以，所以心一那边不是专业级的计算都给你们叫来了吗，陈工啊，你觉得这个位置该怎么搞？"

陈西安开口前先看了钱心一一眼，得到了一个差不多能理解成"这姓王的胖子把我想得也太小气"的眼神后，把话茬接了："我提供两种方案，各位比较一下，我借用一下电脑。"

VA 的计算把连着投影的笔记本递给他，陈西安又戴上眼镜，边输入边说："第一种，雨篷挑出不变，在挑出二分之一的位置从地下一层打钢架，直径 400 左右的圆钢，把雨篷撑起来，根据我以往的经验，在建好的底板上植筋，一根大概两万块。"

图纸对应的位置他都放了 1∶1 的线，那根圆钢底下的一大坨混凝土接近一个立方，逆天超值，起码得有个二三十来万。

涉及大出血，钱心一立刻经验丰富地去看王一峰的脸，果然见他嘴角一抽，一副"我的心在滴血"的表情，就知道这方案行不通了。

而且这方案本来就不怎么样，好端端的门口多出两根定海神针，哪怕包上九条飞龙的铜纹饰，也还是个二把刀。

这不是陈西安昨晚留给他的方案，钱心一安静地作壁上观。

陈西安接着说："第二种，雨篷挑出减到 6 米左右，根部用常规做法梁会拉豁，用 20 毫米厚的钢板抱箍再打对穿当埋板用，在对应三根柱子的位置斜拉杆，应该是可行的。"

王一峰觉得这个能接受得多，反正他一个土老鳖，只管控制兜里的钱，但是设计被一下砍了 4 米，VA 的总设又犟了起来："6 米太短了，和整个楼的感觉不搭，艺术感太糟了。"

这估计是个真大家，要漂亮不要命，钱心一不咸不淡地插进来："那我给你加梁呗。"

王一峰立刻狂瞪他："加什么梁，不加不加！"

眼见着说好的5点就要到了，局面却似乎又回到了上午的僵持，钱心一没事人似的往桌上一趴，开始拿手机跟高远请假。

——老板，我明天请假，赵儿跟我休一天，请假条后天补给你。

他打完句话才想起来办公室多了个人，搭档一场，第一天消失半天，第二天消失一整天，感觉留不了好印象的样子。然而他又一想自己在办公室的犀利风评，瞬间就释然了。

双方就谁也不理谁地对峙了接近二十分钟，王一峰要赶着回家当贤夫良父，忙不迭地出来调和："要不这样，两边都再退一步，VA这边把面材换轻一点，心一那边把挑出再加一点？"

VA的总设不说话，看了钱心一一眼，这是一个你先妥协我再让步的信号，钱心一坐起来说："只要计算能过，我没有意见。"

王一峰看向VA，总设才点了头："那我们把下层的玻璃换成亚克力板，渲染个模型先给王总看看效果？"

他直接忽略了设计院，钱心一也懒得在他这里刷存在感，听王一峰把给图的时间确认后，风风火火地收拾东西跑了。

赵东文爬到驾驶位上，长舒了一口气："妈呀解放了，师父咱回公司吗？"

钱心一平时坐副驾，但是有陈西安在，就和他一起坐到后排去了。他往座位里一陷，整个人就迷了："不回。"

赵东文发动了引擎："那去哪儿？"

钱心一"魂"不附体地说："到和平桥把我放下来，你开车回……不对，陈西安，你想吃什么，我请你吃饭，昨天不好意思了，送都没送你。"

陈西安看他困得像快猝死了，就说："不差这半天，你早点回去休息吧。"

钱心一搓了搓脸："就今天吧，我难得想得起来，过了这回下次跟你说可能就半年后了。吃什么，川菜？粤菜？湘菜？鲁菜？湖北菜？"

他看着陈西安的脸色下菜，半天没看出喜好，倒是把人弄得无可奈何起来。陈西安妥协地笑道："你住和平桥是吗？那边有个江西菜馆，顺道瓦罐汤也不错，就那个吧。"

钱心一其实不爱喝汤，但吃完就能回家睡觉对他很有吸引力，就是面上还要装一装："这么将就我，那多不好意思。"

陈西安轻笑着说："不将就，我也住那边。"

这种时候正常人一般都会顺着问地址，钱心一却没有，他往下溜了溜："那就江西菜，赵儿一起吧，给你加个餐，明天不用去公司了。"

赵东文惊喜道："真的！！！师父你真是个天使，么么哒。"

钱心一笑得有点高深，赵东文被他笑得一阵心虚，他背着他叫过黄世仁，看这表情他好像知道些什么的样子。

陈西安默默地看他们互动，觉得这对师徒关系挺融洽的。

钱心一不是个能聊的人，陈西安更冷，所以钱心一干脆假装闭目养神，结果真的睡着了。

到了饭馆他是被摇醒的，睁眼就见赵东文从前面钻过来个头，胳膊还杵在他肩膀上，他说："师父，到了。"

钱心一还不太清醒，过了半分钟才"嗯"了一声，转头去向陈西安道歉。

陈西安陷在傍晚车里的阴影里，面容有些模糊，声音却很温和："没事，我能理解。"

钱心一就觉得这个人脾气真不是一般的好。

三人进了白鹿居，赵东文作为后辈，担任了点点点的工作，汤汤水水的下了一堆，上得倒也很快。

陈西安不喝酒，两个熬夜的乐见其成，钱心一不知道说什么，就总要陈西安吃菜，好不容易有个活跃气氛的徒弟，结果半途赵东文去了趟厕所，回来就说要告退，女朋友突发奇想要去看电影，票都团购好了。

钱心一没有不应的道理，赵东文周末两天都在陪他加班，这徒弟不算特别聪明，但很尊师重道，他就是看上了这点才肯收的他。

赵东文走了之后，饭桌上的气氛居然诡异地轻松了起来。

陈西安随便问了些公司的注意事项，钱心一想到哪里说哪里，接着话题又扯到了城科的项目上，钱心一才猛然想起来自己明天请了假，他说："我明天不开机了，有邮件或是问题你帮我看着一点，好吧？"

陈西安抬了抬眼皮，说："可以，保险起见，把你家座机给我吧。"

"手机，"钱心一接了他的手机，一边往里输号一边交代，"上午12点之前没人接电话的。"

陈西安瞥了一眼屏幕，笑着问："电话真来了你不接？"

钱心一丧心病狂地说："我什么时候起来就什么时候插电话线。"

陈西安："……"

吃得也差不多了，钱心一他还要不要加菜，陈西安说可以走了，钱心一去结了账，出门之后他把公司的车钥匙给了陈西安："我离这近，还懒得停车，车给你开回去吧。"

有车确实是方便，陈西安接过钥匙，两人道了别，钱心一沿着路牙子走了。陈西安看着他稍显单薄的背影，最终还是坐进车里走了。

他不否认，他对钱心一感兴趣的原因是他的人生经历，他被开除之后去了哪里，大学的时候为什么会在他的学校门口当服务员，又是怎么走上负责人的位置的……但是当着他的面他又不想问了。

每当他想开口的时候，他就有种奇妙的负罪感，好像他为了满足自私的好奇心，就要剖开钱心一的盔甲，看他过往狰狞的疤。

陈西安心想：如果我真的想知道，以后有的是机会吧。

外头是个阴雨天，钱心一一觉睡到了下午1点。

长期饮食失律的生活让他对饥饿的感觉很迟钝，他不太饿，只是浑身发软。他在床上赖了半小时，想了半天也不知道吃完饭之后能干点什么，这大概就是长期加班人的通病，忙起来想死，闲起来更生无可恋。

这个点，屋里屋外都很安静，他踩住床尾的手机往手这边滑的时候，心里忽然一阵悲哀，马上就要奔三的钱心一，除了工作之外，什么都没有。

他开机看了看，见认识的号码里只有几个厂家的电话就又把手机关了。座机的电话线只是一个谎言，好好地接着，但一直也没响过，看起来是没什么事的样子。

他洗漱完去冰箱里瞟了一眼，几把蔫头蔫脑的叶子菜不记得是上星期哪天买的，俩土豆，牛奶过期了，面包也过期了，鸡蛋就剩一个，他一瞬间连下面条的欲望都没了。

他勾出一瓶矿泉水把冰箱关了，仰头灌到衣柜前，忽然想到了一个蹭饭的地方。

瑜苑是个老小区，里头住的基本也都是老人。钱心一路过大门右边的小卖铺，在丝瓜架子下打麻将的大爷大妈立刻看见了他："小钱哪，一阵儿没来了吧。"

钱心一堆起笑脸："各位伯婶下午好，我师父他没出门吧？"

小卷发大妈潇洒地甩出一个七筒："在后头下棋呢。"

"谢谢刘大妈。"钱心一抄着口袋就钻到筒子楼后头去了。

没见人就先听到了杀气十足的对弈声，俩老头棋艺不怎么样，瘾大还爱喧哗，落子全是"砰砰"的。他师父老杨背对着他，从对头盘子里拣了个卒子，然后得意八叉地笑着。

钱心一不作声地杵到他背后，过了好几分钟对面的老头才发现他，笑出一脸褶子道："杨新民，你徒弟来了。"

正准备将军的人手势一顿，很快转过秃顶的头来，是个气色精神都不错的老头，胖脸粗眉毛，嘴边有颗黄豆大的肉痣。

杨新民把松皱的眼皮一撑，里头有一点点笑意，他见了鬼似的说："哎哟，皇上下朝了。"

自从钱心一到了GAD，忙得神龙见首不见尾，杨新民好几次打电话叫他来吃饭，他都说忙，从那之后他这师父见了他就用皇上讽刺他。

钱心一一屁股坐在石凳上，脸上的笑意浅而轻松："朕来给太上皇请安。"

太上皇用鼻子哼了一声，到底是将了军说不下了。钱心一撵在他师父后头进了老旧的筒子楼，门口小花坛里的玉簪开得茂盛，洁白而香气浓郁，地上败过的一层昭示着夏天即将过去。

杨新民老了，背虽然没弯，但动作已见迟缓。五层楼他爬得很吃力，钱心一从底下的楼梯上看他的背影，恍惚间觉得时光真是残酷。

他遇到这个平凡，却改变了自己命运的人的时候，他才五十出头，好像一眨眼他就老了，钱心一在背后默默地扶着他的背，心酸骤然掠过。

我也很快就会老的，这瞬间他心里想到。

杨新民的二居室钱心一很熟，他蹭饭也不是第一次了，杨新民一进门就去换衣服，指挥他去冰箱里掏菜。钱心一乖乖地把东西扔到阳台上，坐在小马扎上开始刨土豆皮。

杨新民泡了杯大红袍喝着过来，在大板凳上坐下了，捡起块藕开始刮皮："最近怎么样？这是忙完了？"

"忙不完了，"钱心一脸上一凉，抬头不耐道，"你慢点，皮都飞到我脸上来了。"

"等着吃还这么多废话！我侄子一会儿过来吃晚饭，你也给我快点，弄个土豆老费劲。"

钱心一的动作停了下来："哪个侄子？什么时候来？你先给我炒个土豆丝，我吃了先走。"

杨新民骂道："吃个饭又不是要你的命！我大侄子杨江，跟你好像还是一个初高中的，说不定你们还认识。"

钱心一想了想，一点印象也没有："你家里人来吃饭，我待着不自在。"

杨新民麻利地刮完了藕，开始择豆角："你就自作多情吧，上了饭桌谁看你啊，吃就行了。再说你都多久不来了，没半小时就走，我还有话问你呢。"

钱心一快两个月没来了，占不住理不敢说话，又不想答应，便转移话题道："什么话啊？这小气氛多生活，说呗。"

杨新民迟疑了一下："就是想问问你，现在跟着高远干，以后有什么想法没？"

钱心一一愣，抬头与老人对视道："怎么突然问这个？你是不是听到什么风声了？"

杨新民语气一抬："这不需要别人说，高远是什么人我清楚，就你像个傻子被他使唤得跟头驴似的。"

钱心一摆出一副嫌弃脸："不会打比方就安静地做个文盲，我这么帅的千里马，你说是驴子？"

杨新民作势拿刀背拍他："越学越油滑了！少贫，说话。"

钱心一收起玩笑："暂时没什么打算，混完今年再说吧。"

杨新民忍不住叹了口气："心一啊，你说你都快三十了，事业谈不上，家也空荡荡，这一年一年混起来可快了，你真要好好想想了。"

钱心一垂着眼皮认真地刨皮，杨新民看他那样子就来气："这几年你给他做牛做马，熬得医院都进过，当初那点借钱的恩情早就还清了，你不能一辈子都吊死在这点人情上，你得作息正常点，你得有个家啊。"

钱心一心里一片暖意，抬头装乖地笑了笑："师父放心吧，我心里有数，也跟高总提过辞职的事了。"

"光提有什么用啊！"杨新民恨铁不成钢地说道，"你什么脾气我还不清楚？他一说没了你不行，你就开不了口，你啊，也就装个纸老虎，心理还是太嫩了。"

钱心一左耳进右耳出："是是是，我再锻炼锻炼。"

杨新民接着教育："我看高远的财运好像到了，他比以前发达了，胆子也肥了，你千万要留心眼，每个项目都要把自己立在刀尖上，合同、签字什么的千万注意，别万一出了事，被人推出去背黑锅。"

钱心一眼底划过一抹黯然，快得老人没注意到，这次他认真地应了："我知道的，你别操心。"

杨新民见他听进去了，笑了笑把重点从工作转移到婚姻："钱儿啊，你秦阿姨家有个侄女，马上博士毕业，工作也定在这边了，阿姨觉得你工作和人品都不错，想……"

钱心一只觉右边的眼皮一跳，立刻打断了他："师父我跟你说，我办公室新来一同事，搞计算的，也是个博士，专业没话说。"

他难得夸人，杨新民的思维立刻被好奇牵走了："哎哟，还有你一下就满意的人，还这么高的学历！真是难得，人博士帮了你什么忙了？"

为了防止反弹，钱心一添油加醋地把昨天的事情说了一遍，为了增加故事的张力，他把在沙县熏了一股子蒸饺味的陈西安的出场安排在他被对方的计算压得无力辩驳的那一刻，把他平和地提供方案那段渲染得抑扬顿挫。

杨新民是个老技术，听他的转述就对他这个反应灵敏而且下料准确的同事很有好感，钱心一有点直愣愣的，同事关系不是那么融洽，他听这个蛮有处头的感觉，就说："挺厉害的年轻人嘛，下次带来我见一见。"

钱心一见他似乎忘了拉皮条那茬，刚想答应，又觉得这要求有点不对，要带男同事见师父，什么鬼！

接下来杨新民没空闲聊了，他把汤煲上又去切片切丝切葱姜蒜，一个人在厨房里忙得团团转，钱心一焖了个米饭就被他赶了出来，坐到客厅里看科教频道。

屋里盈满了饭菜的香味，钱心一往饭桌上挪菜，挪一盘用手偷一点，他这个习惯很不好，但就是一直没改过来。他拈着藕夹往嘴里丢的时候，客厅的门忽然开了，进来的人深灰衬衫黑西裤，看起来挺有品位。

钱心一顿了下，还是把吃的塞进了嘴里，一转身进了隔出来的饭间。

进门的人脸上也是一愣，像是没料到屋里有陌生人的样子，杨新民听见开门的动静，从厨房探出头来笑道："小江来了啊，去洗个手，马上就开饭。"

杨江叫了声大伯，还在拿眼神瞥饭间，杨新民见状说："那是我徒弟，以前跟你提过的，钱心一。"

杨江听见这名字眼神一动，反应过来似的笑着说："原来你徒弟叫钱心一啊，以前只提过人，没说过名字。"

杨新民暗自有些得意："你们一个个大忙人，我说了也没人上心，懒得跟你们说，去去去，洗手。"

钱心一放了菜出来，刚好赶上和准备转身的杨江碰了下眼神，对方朝他说了声"你好"，在得到他的回应后去了浴室。不知道是不是错觉，钱心一总觉得他看自己的眼神有点……观察的意思。

杨江是个挺随和的人，说话也很得体，挺像陈西安给人的感觉。晚饭吃得并不沉闷，哪怕钱心一不想说话，看在他师父的面子上他还是回答了杨江的每一个问题，包括杨江问他是不是在乾城二高上过学的事。

那是段挺尴尬的过去，杨江既然这么问，那肯定是见证过他"光辉"的一刻，但是现在钱心一已经不在意这些了，所以他回答起来也是闲聊的口气："上过，我是2001届的。"

杨江笑了笑："真巧，我也是01届的，我是一班的。"

如果钱心一那个时候不是那么焦头烂额，稍微注意一点学校名人榜的动态，就能知道一班的学霸除了面前这人，还有他的新搭档陈西安。

杨江没有接着叙旧，倒是把话题转移到了杨新民的高血压上，钱心一把杨新民当爹，立刻就跟杨江统一了战线。

吃过饭之后杨江就走了，钱心一陪老人看了会儿电视才走。他在路上的时候开了机，发现陈西安6点的时候给他打过电话，怕是公司有什么事，他回拨了过去，却被提示占线了。

陈西安在接电话，来电人正是钱心一半小时前的饭友杨江。

那边的背景声嘈杂又混乱，一阵尖叫一阵摇滚的，显然是个夜吧。陈西安眉头还没皱起来，先被那边话里的内容给吸引住了。

他听见杨江在电话那边要死不活地说："老陈，我今天碰见个老校友了，你知道是谁吗？我以前找你八卦你不爱听那个，八班因为屡教不改、打架被开除的坏学生，他看起来混得比我还好的样子，所以会读书屁用没有，贫穷多是读书人呐……"

陈西安心里一动，对大家说了声抱歉，举着手机出去了。他走到餐厅的候客区，坐在沙发上问道："先别诗兴大发，你在哪儿碰见的他？"

"你还记得他啊？也是，挺难忘记的，在我大伯家，你说巧不巧？弄了半天他就是我大伯那个吹到天上去的徒弟。"

陈西安："嗯，你当年要跟我说的八卦是什么？"

杨江奇怪地问道："稀奇！你居然对个路人甲感兴趣起来了。"

"他不是路人甲，"陈西安措了下辞，"他现在是我的……上级。"

"噗……"那边一阵液体喷出的动静，杨江不可置信的声音立刻抬了不止八度，"你说什么？！！"

"要是你在逗我，那么你赢了，这是我认识你这么多年以来听你讲的最好笑的一个笑话。"

杨江不正经地接着笑道："要是你没逗我，那么钱心一赢了，他是我认识的人里最该得最佳励志奖的一个。"

陈西安："没逗你，为什么说他励志？"

杨江在那边喝了口东西："入学的时候我是全校第十七名你记得吧，我后头那个是钱心一，你不知道吧。"

陈西安确实不知道，他其实愿信，但是想知道原因："全校十八怎么分到了普通班？"

"班主任之间的摩擦摩擦呗，二高的情况你也清楚，会考试的全在实验班，全校前一百五十名普通班一个都考不进来，"杨江敷衍了应了声谁，接着说，"所以普通班的老师会私底下和学生交易，八班的班主任开了个大价钱，钱心一为了钱去的。"

陈西安觉得说不通："但是我从没见过钱心一在通报批评栏之外的地方出现过。"

钱心一当时出现的频率还不太低，基本每十次批评里有八次都是他，也算是学校里一个风云人物。

杨江挖苦他："你们这种市附中的眼高于顶，除了学习别的都不屑，我们这种县中的就不一样了，眼睛既看着黑板，也看着花花世界。"

"钱心一跟我是一个初中上去的，老规矩，我实验班他普通班，也是泾渭分明，实验班的负责升学率，普通班的负责混着玩。在中考最后三个月之前，我从来不知道学校有这么个人，这黑马突然杀出来，把整个学校都惊得够呛。"

"4月模拟考他从倒数一百多进步到前七十，他班主任都怀疑他作弊，5月着重监督他，结果进了前五十，最后一次会考全校十三名，所有人都惊呆了。"

"誓师大会的时候校方很有心计地选他当代表，他站在旗台上就说了一句话，他说他的成绩送给他爸爸，希望他不要对他失望，然后就哭了。"

"其实挺丢人的，但是那时太纯情了，很多人都跟着哭。没两天钱心一突飞猛进的原因就被挖了出来，他家里发生了大变故，他爸爸被村里的书记找人打残了，家里非常消沉，需要一个希望吧。"

"改变一个人的动力，大概都出自生命中的噩耗。我听说他家出事之后，钱心一就疯了，学不进去他就跪在教室外面的台阶上做习题，夜里熄灯，他骑着自行车开始走读，反正是挺疯狂的一个人。"

趋利避害是天性，不甘命运的心谁都有过，但随波逐流似乎成了常人的归宿，少数的人会一直反抗，成为一种不合大众被轻微排斥的异类，稀有的人砥砺痛苦和孤独，获得堪称功业的成功。

他们都是普通人，而钱心一算少数那类，他疯不疯狂陈西安不知道，但是他很坚持。他很早就发现了，他注意钱心一的原因，是他身上有种抗争的气质。

有一次午饭时间下大雨，他从教学楼前过，遇见了顶着饭盒狂奔的钱心一，少年从他身边跑过的时候，脖子和侧脸上还有未褪尽的瘀青，陈西安一伸手拦住了他，在他看过来的凝视里将伞罩了一半在他头上。

按照陈西安的性格，无论那时是谁没带伞从他跟前经过，他都会将人叫住，去食堂的路还很远，足够一个人从里到外湿三遍，然而经过的恰恰是钱心一。

高中时候的钱心一和这时完全不同；他愣了愣，脸上的笑容竟然有点腼腆，朝他道了谢，眼神干净真诚，不像一个热衷好勇斗狠的人。

陈西安当时就感觉这个同学很矛盾，他们默默地走完了那段下雨的食堂路，从那以后，班里一些八卦他也不动声色地听。

现在他听着他的过去，那种感觉就越来越清晰。他对钱心一的性格变化很有兴趣，他之后有过什么样的际遇，才会变成现在的钱心一。

他回过神，那边杨江见他没反应就和别人聊上了，陈西安打断他："然后呢？"

杨江切回来："然后他进了八班啊，其实人家在排名榜上出现过，高一第一次月考全校前二十，听说他们班主任高兴坏了，还按总排和单科给他发了奖金。那会儿你正好参加比赛嘛，又赶上省级的领导来学校视察，墙上的榜单你回来之前就撕掉了。"

手机忽然"嘟"了一声，但陈西安没理，接着听杨江说。

"之后他就开始打架了，其实是有人要找他的碴儿。学校对门不是有个江汉职高嘛，钱心一他们村支书的儿子就在里头上学。小地方的村官横起来比土匪还厉害，听说他爸爸是唯一一个死也不同意在林产转让书上签字的村民，挡了书记的财路，把他一家往死里整。"

杨江同情地说："钱心一也是倒霉，学校的食堂在校外，除非他不去吃饭，否则别人要是想，能一天打他三顿，透过他逼他爸爸妥协。没人敢跟他做朋友，其实校方领导也知道实际情况，也下乡去调解过，但是别人怎么可能承认，而且找的人是街上的二流子，还说他品行不端。"

"影响太差了，而且最后那次有同学被误伤，家长闹得很厉害，校方只能把他开除。之后听说他们一家三口离开了老家，就没有音讯了。"

杨江话锋一转，打趣道："不过风水轮流转，人家现在竟然混到你头上去了，学霸，你的内心是不是崩溃的？"

"并没有，"陈西安波澜不惊地说，"他不记得我。"

杨江幸灾乐祸地笑起来："你们这对尖子生和坏学生的待遇也是颠倒得可以，没谁了。"

陈西安听到了他想听的，准备挂电话："同事还在等我吃饭，没事挂了，你少喝点。"

杨江敷衍地应道："行了知道了。"

陈西安收了线，一看之前打进来的电话显示是钱心一，立刻回拨了过去，那边很快接了。他先听见钱心一转开对人说了句"师傅麻烦去和平桥"，然后才回过来对他说："喂，我看你下午给我打了个电话，是有事吗？"

陈西安便知道他在外面了："没什么事，今天高总请聚餐，我估计你应该睡醒了，问你来不来。"

"哦对，"钱心一反应过来，"今天是你的欢迎宴，不会……只有我一个人没去吧？"

陈西安平时都会说没事，这次他却说："对。"

钱心一心想"完蛋"，嘴上辩解道："我没耍大牌啊，也对你没意见啊，我昨天单独请你吃过饭了，就没说话呗，那什么……热烈欢迎陈博士加入

GAD。"

他这个诚意也太随便了，陈西安忍不住笑起来："谢谢，我就是问你吃饭没有，没别的意思。"

钱心一不想来的意思一点都不掩饰："吃过了，不用管我，你吃饱喝好，明天见。"

陈西安说了句明天见把电话挂了。他回到包间，高远立刻暧昧地笑起来："哟，打这么久呢，对象吧？"

陈西安微笑着在他边上坐下了："不是。"

高远举着红酒在转盘上敲了一下："年轻人不好意思来，大家先走一个，欢迎陈工到我们公司来。"

陈西安起身将杯子晃了一圈："大家以后多指教。"

很快饭局就开始了，高远开始一个一个给他介绍同事，一轮一轮地敬酒，他们公司倒是没有往死里喝的饭局习惯，大家都是点到为止。

高远跟他描绘了一下公司的未来，又提了几个新接的项目，说到当地一个公园的别墅项目，忽然把头转向了陈西安："西安呐，这个项目是你们组的，很高档一片矮楼，你跟心一第一次合作，就要负责这种麻烦的小楼了。"

陈西安眼观四路，立刻发现对面的赵东文呆了一下，一副根本不知道高远在说什么的样子，他心里大概就明白这个事情钱心一没提过，于是笑了笑，说："怕麻烦就不做工程了，钱工是负责人，具体他负责，我会全力配合他。"

高远没料到他会这么说，连忙道："话不能这么说，你和他都是一所的负责人。"

陈西安举杯去敬他："谢谢高总抬爱，我初来乍到，对公司的标准都不清楚，不敢负这个责。"

每个公司的标准都不一样，特别是他们这种出图的公司，标准弄错了隐患会很大，高远只好笑着祝他尽快适应。推杯换盏下来就快9点了，聚会差不多就散了。

大家都喝了酒，高远叮嘱赵东文一定要把陈工送上的士之后走了，赵东文举着手机在路口打车，陈西安忽然问他："小赵，别墅的项目你知道吗？"

赵东文抬起头，也是一头雾水："知道啊，但师父之前说谁爱接接，反正他不接，这事就不了了之了。高总后来有没有再找他说我就不知道了。"

陈西安心里大概有数了，应该是钱心一不肯接，高远趁他不在把这帽子先扣一组头上，等所有人都知道了，钱心一只要不想跟他闹得太僵，就只能闷头干。

"行，我明天问问他。"

陈西安还没来得及去问钱心一，钱心一倒是先来问他了。

GAD的管理不错，员工都来得比较早。陈西安路过赵东文的工位，小伙子对他挤眉弄眼，直往办公室瞥。陈西安顺眼望去，见一所办公室的门开着，就知道钱心一已经来了。

钱心一正勾着腰在饮水机前面接热水，一转身看见陈西安，对他打了声招呼，但是态度有点冷漠。陈西安心里一疑，没觉察似的边说了声"早"，边把公文包放下了。

钱心一端着杯子过来把办公室门关了，路过他旁边的时候一股子麦片的味，陈西安开了电脑准备去接水，还没起来就被人拦住了去路。

钱心一堵在他椅子旁边，把泡发着麦片的杯子往桌上一放，瓷底和大理石的桌面发出"砰"的一声响，像一个开战的信号。钱心一从高处往下看他，面无表情地说："陈西安，你作为一个设计师，接项目的标准是什么，来者不拒吗？"

陈西安眼皮一动，心念电转间明白过来，应该是哪个同事把昨天饭桌上高远扣过来的项目告诉他了，如果是高远的话，他现在应该在老板的办公室不择手段地拒绝。

陈西安没解释，他往椅背上一靠，态度很平和地说："在符合规范要求的情况下，听上司安排。"

钱心一脸上乍现一丝怒意："很好！那么现在你告诉我，不符合规范要求的你接了怎么办？"

陈西安估计他快要炸毛了，觉得自己应该见好就收，但他又想看钱心一愧疚的表情，就火上浇油地说："我不会接不符合国标的项目。"

钱心一看他那个老神在在的态度，怒气就像虫子一样在心里拱，但陈西安刚帮过他的忙，他又不能太快忘恩负义，就深吸了口气，把胳膊往他椅背上一搭，整个人压下来盯着他说："那你的意思是别墅是我答应的咯？"

"师……""砰——"

赵东文见他师父早上跟二所的所长打了个招呼之后，脸色就有点发臭，接着又打了个电话，整个人就散发着一股"不要惹我"的低气压。

他担心脾气很好的陈前辈被他师父人云亦云的怒火烧死，没忍住跑过来想见机行事，谁料到一开门却看见一幕剑拔弩张的画面——

他师父把人压在椅子里，椅背上只能看见颗头，姿势看着和偶像剧里的霸道总裁如出一辙，耍流氓、欺男霸男的即视感特别有。

赵东文心里瞬间炸了颗原子弹，吓得手一滑，"砰"一声把自己关在外面了。

对视的两人被打断，陈西安淡定地指了指外面，牛头不对马嘴地说："小赵找你。"

钱心一莫名其妙就觉得有点气馁，他直起身，觉得陈西安看着坦荡其实比他还不要脸，他摆了摆手说待会继续，开门把蒙在外头的赵东文吼了进来。

赵东文现在满脑子里杂念，完全不明白，明明前天吃饭的时候还融洽得不行，怎么一上班就怼上了？为什么呀？他鬼鬼祟祟地偷瞟两人，有点崩溃地晃了晃头，进去把门关上了。

钱心一坐到自己的办公桌前，才想起来自己忘了拿杯子，赵东文很有眼色地把杯子给他拿回来，乖觉地叫了声师父，钱心一说了声谢谢，问他来干吗。

赵东文偷看陈西安的脸色，见他神色如常，不确定里头有没有开始吵，就小心翼翼地说："师父，你们在聊什么啊？"

钱心一有点烦他："聊什么要向你汇报是吗？"

开始呛人了……赵东文心中警铃大作，连忙笑着说："不不不，是我有事情向师父汇报，怕打断你们的……聊天。"

钱心一登着公共邮箱："有事说呗。"

赵东文假装自己早上没听见他和二所的所长的对话，说："师父，昨天聚餐的时候高总提了别墅的项目，想给咱们所做。陈工说他不熟悉制度，要你定夺呢。"

钱心一愣了愣，很快反应过来自己是被高远坑了，他悄悄地伸长脖子透过显示屏看了陈西安一眼，正好对上那边似笑非笑的眼睛，登时觉得自己像个傻子。

有毛病！他恼羞成怒地想道，说没有不就完了吗。

他不太开心得起来地笑了笑，又把自己缩回屏幕后面，脸色不悦地问赵东文："昨天怎么说的？"

赵东文连忙把昨天的对话一字不漏地学给他听了，钱心一听完后脸色简直是五彩缤纷，陈西安昨天把话说得滴水不漏，对他也表示了九十分的尊重和服从，结果他没搞清楚情况上来就把人逼问了一通。

偏偏陈西安还表现得风度翩翩，把他衬得更加刻薄了，钱心一有点发愁地想：这搭档看起来还没搭起来就得崩。

钱心一其实很不擅长向人道歉，赵东文出去之后办公室里有好一会儿寂静，只有键盘的敲击声时而响起。钱心一纠结了半天，好不容易做好心理建设准备请陈西安再吃一顿饭了，那边却先跟他说起了话。

陈西安一副什么都没发生过的样子说："心一，看起来高总是铁了心要把别墅给一所做了，我听你的意思它不符合规范，可以跟我说一下吗？"

钱心一是那种人敬一尺倒还三丈的人，闻言脸上终于露出纠结半天的不好意思来，连陈西安的称呼都没注意："抱歉，刚来就让你看笑话，老高说得没错，我脾气不太好，你……欸，多担待点吧。"

陈西安将椅子滑到能看见他的地方，微笑道："不要紧，项目要是合格这事就不会有，你生气是负责的表现。"

钱心一拿着笔在桌上敲，笑着回道："我发现你们国企的人说话都特别中听，我朝你瞎发火还成了我有理了，你这个度量大得我有点害怕。"

陈西安发现他似乎特别爱拿笔来甩来甩去，并且自己挺喜欢这种轻松的聊天氛围的，他抬了抬眼："你对国企的人有意见？"

钱心一呵呵笑着说："谁说的，我对你就没意见，就是不喜欢虚里虚气的半天说不到要点上的沟通方式。"

陈西安点了下头："那我以后注意一点。"

钱心一不太好意思地说："不不不，我没有说你，你本色出演就行了。别墅的情况是吧，你过来一点。"

陈西安把椅子滑到他桌子侧边，钱心一推了张纸过来，边画边说："这个项目在城东边一个公园里，L形排布的六栋楼，小两层的仿古建，陶瓦金属脊，主材也就窗和石材加铜版。里头功能区特别多，这个就算了，问题呢有这些。"

他画出一个剖面："这个业主想偷点层高和面积，室内做半米高的假垫层，验收了之后再拆掉；外头呢，他想做仿古的抄手游廊，也是验收完了之后再做，这些都是图纸的问题，多给点时间都能画。"

"问题在合同上，甲方的施工队伍其实已经内定了，他们的关系户，但没有设计施工设计资质，所以业主的意思是后期的所有图纸，设计师都必须签字，包括外墙深化和施工图。"

钱心一面带嘲讽地假笑道："真是吓死本宝宝了，赚十块钱承担赔一万的风险，不知道我是出图的还以为我出的是保险单呢。"

这宝宝也是怪老的，陈西安好笑道："明白了。可又不要你赔钱，你跟着犟什么？"

钱心一摇着头说："拉倒吧，不只是钱的问题。真出了问题签字的是我，我还混什么？去搬砖都没人敢要了。"

陈西安垂着眼心想"你现在去搬砖估计也没人敢要"，嘴上却说："那你现在打算怎么办？"

"拒绝咯，"钱心一一副理所当然的样子，"反正你说的是听我的，我没答应啊，待会老高来了你跟我一起去他办公室好吧。"

陈西安："……可以。"

钱心一解决了心头大患，情绪轻松起来，又向陈西安道了次歉，两人各回各的位置坐着了。过了 10 点大老板都没出现，一问前台，老板出差了，陈西安有点怀疑他是故意在躲钱心一。

10 点 40 的时候 VA 的新雨篷图发了过来，钱心一手里没什么事，就坐在陈西安背后看他建模型计算，眼里的羡慕十分露骨。

陈西安自然看得见，就边算边跟他讲，怎么建、为什么、力学模型怎么选，等等，钱心一发现他说的自己竟然能听懂，便听得十分认真。

赵东文进来找钱心一签报销单，就见他师父像个乖宝宝似的坐在陈工身后，浑身都透着服气，简称五体投地。他不动声色地瞥着两人的互动，在心里把陈西安默认成了一个大腿。

因为思路清晰，模型简单粗暴可行，所以陈西安算起来挺快的，饭点之前他把东西算完了，这次的修改能过，钱心一也认可。

陈西安问他要了 QQ 号，搜到之后发现他的昵称叫 QXY，他把备注存成心一，然后把整理好的文件夹发给了他。

钱心一点开消息框，发现要加他的人叫 CXAN，他们似乎一样懒，都是用首字母当的昵称，钱心一登时笑得不行："英雄，吃饭去吧。"

对面的陈西安说："好的，英雄。"

大老板去南边出差了，好几天没回来，办公室里气氛一片和谐。

赵东文很快发现他师父和陈工相处得简直不能更愉快，愉快到他几乎有种过两天陈西安就会升级成他师父的好兄弟的错觉，但这仅仅也只是错觉而已。

陈西安来的是个好时候，一所刚出完一套图，正在休息阶段，除了一些小问题需要答复跟进一下，基本没什么事情。

陈西安就教钱心一学了两个最简单的模型计算，钱心一满桌子稿纸的写写算算，他就在他对面悠闲地翻翻论坛，午饭基本就一起吃了。

陈西安的模样和素质很快让他博得了同事的认可，食堂里很多人都会跟他打招呼，但因为钱心一都坐他对面，所以招呼一般都是很热情的一声"陈工"，再加一句语调明显低了许多的"钱所"。

钱心一戳着碗里的洋葱一根一根往外挑，有点不服："为什么我听起来待遇差那么多？"

陈西安无声地瞥了眼他扔菜的不锈钢小碗，青椒、豆腐、豆芽菜……基本就是他盘子里现有的所有菜类，说："你比较有威严。"

钱心一哈了一声表示不屑："我又要说你们大企业的人了，凶神恶煞要去加个菜，你要不要？"

不挑食的陈西安说："不用，都不吃你为什么要点这个套餐？"

钱心一站起来："你吃个三四年也就随便点了，我去弄个小炒来，你吃慢点。"

他显然是小炒区的常客，往那一趴，没两句话得了碗免费的棒子骨汤，他又问人要了一碗，先给陈西安端了一份。陈西安有点……受宠若惊，还没谢钱心一他就走了，去端他自己那碗。

汤碗挺烫，他走到一半手被烫得不行，就近见一桌角就把碗放了上去。就座的是楼里其他的工作人士，他朝人说了声不好意思，借了几张抽纸垫起来，还没端上手就听见了陈西安的名字。

"……被开除的，错不了的，就是钱所组里的陈西安。"

钱心一又把碗放下了，往前一瞟发现是公司的会计和三所的一个女同事，两人聊得入神，完全没注意到他。

会计说："不可能吧，陈工看起来很正经的一个人哪，而且怪帅的。"

女同事："是啊，但是人不可貌相，谁知道呢。反正八局那边他的名声被传得跟锅底差不多，而且呀……"

她忽然把声音压得很低，食堂又有点吵，钱心一立刻听不见了，但是他又挺想听的，就直接过去了。

"多少人想娶院长的女儿呢，之前传的是他不想娶，后来爆出他其实是娶不了，据说他啊，其实是个假正……哎哟！钱所，你哪里冒出来的？"

"那里来的。"钱心一指了指工作台，伸手取了她们桌上的辣椒油，"我借下这个。"

女同事被他吓一大跳，见他脸色如常似乎只是不小心路过，才稍稍放下心来说："你拿走吧，我们不吃辣。"

"那谢谢了。"钱心一没听到关键有点失望，但是他背后还有八卦之母的老公王总，登时毫无牵挂地走了。

他喝汤的时候多看了陈西安两眼，从他单方面的接触来说，反正他是觉得那些言论都是污蔑。陈西安被他盯得莫名其妙，问他在看什么，钱心一说："突然发现你长得帅，比较一下会不会威胁到我的地位。"

陈西安懒得理他。

下班之后钱心一给王一峰打了通电话，还没问陈西安的情况，那边就嚷嚷着让他来吃晚饭："你嫂子弄了四斤小龙虾，准备油焖呢，来陪你王哥喝两杯。"

钱心一晚饭反正没着落，就过去了。王一峰屋里全是爆干椒和作料的味道，闻着特别有食欲，他媳妇3点半就下班了，回家洗洗刷刷，钱心一来了没几分钟龙虾就出锅了，红彤彤的一大铁盆放在桌子正中，跟钱心一提来的啤酒简直是绝配。

王一峰长得不怎么样，媳妇蒋一芸却是个美妇人。蒋一芸特别想把自己的表妹介绍给钱心一，虽然革命没成功但是也不把他当外人了。

蒋一芸招呼他一声，又进厨房去处理下酒菜去了，两男人坐在饭桌上等开饭，王一峰和他媳妇一个鼻孔出气，教育钱心一说："看见没？这就是有家的男人，回家了有口热的吃！我说老蒋家的小妹儿多靓啊，那身材、那性格，你还看不上？你是不是眼睛糊屎了？"

钱心一用筷子敲敲虾盆："吃饭呢，少喷粪，早说了不是看不上了。"

"哎哟行行行，你世界第一忙。"王一峰不耐烦地说，"你那什么破工作，跟相亲对象第一次见面见到一半还撇下美女去开什么破会，你是神经病吧！"

钱心一不想提这段："别说了啊。"

"就说！"王一峰大嘴一张还要为他表妹不值，不小心瞥见他媳妇端着花生米出来，脑中忽然灵光一闪，被吓了一大跳，他动了动嘴唇仔细地观察钱心一的表情，说，"算了不说了，说说现在吧，你那新搭档怎么样？"

钱心一有点渴正在喝啤酒，闻言眼皮一抬："挺好的，怎么？"

联想到他媳妇爆出的料，王一峰登时虎躯一震，言辞闪烁地说："你说挺好那就是好得没话说了，但是……他在我媳妇单位风评不太好的样子。"

钱心一正是为此而来，撑着下巴往桌上一趴，做出洗耳恭听的模样来："我也听见办公室同事在背后议论他了，怎么个不太好法？"

王一峰还是不太擅长背后说人坏话，搓了搓手措辞道："也是我媳妇说的，真假就不知道了。但是我觉得给你提个醒也是好的，毕竟你俩现在一个办公室。"

钱心一没听懂："什么乱七八糟的？"

王一峰啧了一声，挺难以表述出口的样子，灵机一动在虾盆里掏了两只虾子出来，摆在了盘子的一边，挺尴尬地小声说："这是一只公的一只母的，你的新搭档……比较特别，你懂我的意思吧？"

他一边说，一边用筷子尖将公虾拨到了盘子的另一边，接着又在母虾的壳上一点，带起了很细的一点闷响。

钱心一瞳孔里映着那双天各一边的油焖虾，感觉自己似懂非懂。

王一峰看他不说话，忙不迭用筷子戳了他一下："干啥呢，我说你明白了没有啊？"

钱心一原本是为陈西安的八卦而来的，可来了之后他突然发现，他不喜欢别人在背后议论陈西安的感觉，便不咸不淡地"嗯"了一声。

兴许是他太淡定，王一峰直觉他九成还是个糊涂蛋，笑着骂了句"你明白个屁"，上身越过桌子，凑到他脸右边很小声地透露八局的"江湖传言"。

钱心一听完愣了，心想这怎么可能呢？陈西安不是那种人。

王一峰看他愣了半天还不回神，以为他是介意，又怕他跟别人相处不好，操心地说："钱儿啊，我跟你说这些，是不想你在不了解的情况下私下跟他走得太近，但公私咱还是要分明的，你别觉得不舒服，啊？"

钱心一还真没觉得，他好笑地说："我没什么不舒服的，现在是你不舒服吧？"

王一峰斜眼看他："别这么没良心啊，我又不跟人家抬头不见低头见的，我不舒服个毛？我是担心你交友不慎。"

钱心一端起玻璃杯，伸过来跟他碰了一下，脸上挂着点笑意："不至于。"

他反正觉得陈西安是个值得交的朋友。

王一峰该提的都提了，也没再多说。

拍黄瓜上来之后就顾不上聊天了，三个人满手的油和调料，钱心一特别浪费，他一直觉得虾油像屎，只肯剥屁股那点肉吃，王一峰大骂他是个资产阶级，活该做单身狗。

酣畅淋漓地吃出三大盆虾子壳，钱心一吃饱喝足地告辞了。车刚上路没多久，就接到了陈西安的电话，钱心一带上蓝牙接了线，那边背景吵得他恨不得直接掐电话，他喂了一声，陈西安低沉的声音就传了过来。

"心一，你现在方便吗？可以帮我个忙吗？"

"方便，不太麻烦的话可以帮。"

陈西安很轻地笑了一声，说："我有个朋友在酒吧跟人起了冲突，现在要赔偿，我过来得急没带钱，你能不能送点现金过来？"

钱心一正开着车，路上也挺空的，觉得不太麻烦："可以，在哪？要多少钱？"

"五千吧，东二环柳条路，几号我不太清楚，绿岛酒吧，你沿路能看见。"

钱心一说了"好"就把电话挂了，打开导航朝东二环去了。

绿岛酒吧里，被打得鼻青脸肿的杨江缩在沙发里玩手机，听陈西安打完电话不高兴地横了他一眼："你为什么要打给钱心一，叫个差生来看我笑话。"

陈西安不咸不淡地看了他一眼，眼神颇为凌厉："这么大意见，我也别管你了。"

杨江识时务地缩了下脖子把手一摊，意思是"你是大哥我都听你的"。

陈西安把手机放在手里转了两圈，心里也在想：是啊，我为什么要打给钱心一呢？

绿岛门口做了很大一块岛状的LED灯，内部打了灯，很容易看见。钱心一用比找酒吧更长的时间停好车，抬脚往酒吧去了。

他的生活无趣至极，上班、加班、睡觉、逛超市，很多享乐方式都与他绝缘，这使得他在酒吧门口迟疑了一阵，怕一进门就看见些……男男女女地抱在一起。钱心一并不是针对谁，只是觉得大众场合过于亲密有点那啥。

他正想着，一对醉醺醺的男女勾肩搭背着从里头出来，女的没站稳，撞了钱心一下，他虚扶了一把，那点忐忑也被撞散了。

他也是赶得巧，酒吧里的纠纷正到高潮，他很快就看见了风暴中心挨揍的杨江，和试图保护他的陈西安，瞎子都看得出来杨江就是他口中的朋友了。

钱心一猛然想起件事来，他穿羽绒服去 VA 开会那天，赵东文好像问过他跟陈西安是不是校友，结果后来流氓一耍给耍忘了。

杨江是他的校友，陈西安也是他的校友，等于陈西安和杨江也是校友，说明陈西安肯定也知道他是被开除的，他略略地回想了一下陈西安对他的态度，忍不住觉得他人品是真不错。

陈西安身高手长，往杨江和厮打的人中间一插，拦住杨江另一只手一伸，就把人推了出去。

杨江的胳膊从他肩膀上伸出来补刀，脸上表情狰狞、鼻血横流，一点也看不出他大伯家出现时的风度翩翩，陈西安沉着脸把他的手扯下去，不知道说了句什么，神色是钱心一从没见过的冷肃。

他在办公室从来都是温和宽容的好好先生，钱心一乍一眼看见他这样，觉得像是另外一个人。但表现在人前的自然是一个人最好的模样，就像他自己看着还像挺会收拾的一个人，家里却有一筐子没洗的脏衣服。

再靠近些，钱心一就能听见他们在说什么了。

那个被服务员抱住了腰还要扑腾过去打杨江的男人，是个成功人士打扮的中年人，这会儿估计是气疯了，张嘴就是粗话。

"你个不要脸的，再敢去骚扰我老婆我就找人杀了你，你个畜生。"

围观的群众总是盲目的，谁先说话就信谁，反正跟风不要钱，杨江立刻遭到了压倒性的鄙视和指责，陈西安因为"助纣为虐"也被免费赠送了不少白眼。

他透过人群看见了钱心一，表情骤然就缓和了些，朝他摇了摇头，示意他不要靠近，就在外围待着。

钱心一混到人群前边，酒吧那种光线里都看见了杨江脸色变得煞白，他晃了一下被陈西安半揽在身前，脸上蓦然浮起一种讥诮："你老婆？哈哈哈哈，一个月被你家暴十次的老婆吗？被你打得半死不敢报警只能求我一个外人救她的老婆吗？捏着你出轨的证据却连上法院申请离婚的勇气都没有的老婆吗？"

他三个问题一声比一声高，震得酒吧歌手的贝斯都停了下来，一时所有的人都在拼命地消化这场纠纷里的正义和邪恶。

中年人双眼赤红地瞪着他，拼命地挣脱着："你胡说！我要告你污蔑，诱奸！我要让你蹲一辈子号子！"

杨江张了张嘴，却没说出话来，那些话吼出来之后他就失去了勇气，他脑子虽然乱得要命，却也隐约知道自己干了件非常不理智的事。

钱心一眼尖地瞥见他的手在发抖，他刚要进去，却见陈西安忽然说："那正好，罗先生，我是杨先生的代理律师，我们这边也打算告你诽谤、恶意伤人、非法限制他人人身自由，很高兴贵方也有走法律程序的意向，我们法庭上见。"

中年人瞳孔猛地一缩："你是什么东西！"

陈西安平静地说："只是个普通的、有道德的律师。"

钱心一咂舌地看着他瞬间就变了个职业，还装得挺唬人。不过那中年人自己心虚，还真被他给唬住了。酒吧的经理劝了劝，把围观的人遣散，把闹事的双方分别请到包间里去了。

钱心一跟着陈西安进了个小包厢，看他和经理谈完赔偿问题，掏了三千九百六十四块钱，把人赎走了。

杨江一副失魂落魄的样子，招呼都没跟钱心一打，陈西安把人安置在后座上，自己坐到副驾上去了，钱心一把车打燃，说："去哪儿啊？"

陈西安揉揉眉心，想了想说："谢谢，让你见笑了。送到我家去吧，不太放心。"

钱心一转着方向盘从后视镜里看了杨江一眼，发现他捂着眼睛在哭：

"感觉不如我被开除的事好笑，怎么走？"

陈西安侧过脸看他，把钱心一看得怪不自在要说话的当口，忽然说："你被开除的事也不好笑。"

他的表情和眼神都太认真了，钱心一心头一震，不知道为什么，忽然有点久违的感动，他作势去看路："无所谓了，不过我当时绝望得打算去跳楼了……"

他顿了顿，看了一眼后座，发现杨江也在听，便把他从没告诉过人的阴暗心思暴露在阳光下了："去女生宿舍那边跳。"

陈西安终于笑了一下，连杨江都忍不住泪和伤痕地笑了起来，说他神经病。

原来二高的女生宿舍跳过一个高考失常的女生，据说死状惨不忍睹，给很多娇弱的妹子留下了心理阴影。女生们不敢回宿舍，因此校方抉择之后，牺牲了广大男同胞，把男女宿舍对调了。就是他们上一届的事，钱心一要是去新女宿跳楼，那校方必将为开除他付出重建一栋楼的代价。

一笑泯恩仇，杨江笑过之后就感觉没那么丢脸了，反正钱心一也没有看他笑话的意思。他心里难受得不行，翻了个身假装睡去了。

钱心一和陈西安没再聊什么，因为聊什么都不合适，于是一路只有导航的提示音，最终车停在了陈西安的家楼下。是个不新不旧的小区，离和平桥还是有点远。

两人合力将醉酒睡过去的杨江扒出来，陈西安背着人，邀请钱心一上去喝杯水。钱心一说他还要照顾杨江他就不去了，陈西安不好勉强他，看他驱车离开了才背着人进了楼。

钱心一回家没十分钟就接到了陈西安的电话，问他到了没，他说到了让他早点休息，挂了电话坐在客厅里喝酸奶，心里觉得有点新鲜，自从他妈改嫁之后，再没人对他这么……上心过，还管几点到家的。

他窝在沙发上把酸奶吸管咬瘪了又咬方，再咬成瘪的，吸空盒子弄出一阵呼噜呼噜的动静，思绪如脱缰的野马，一会儿想陈西安这个人，一会儿又跳到杨江身上，最后什么也没想明白，干脆把沙发垫子一踹，进房看电视去了。

另一边杨江被陈西安扔在沙发上自生自灭，10点半的时候头痛欲裂地醒过来，发现他的好友在他的健身房跑步。

杨江去浴室泼水洗了把脸，心情还是十分不明媚，就顺了茶几上的醒酒茶跑到健身房门口去撩闲："陈律师，你什么情况？你不要生气，我就很单纯地问一下，你为啥要叫钱心一去送钱？"

陈"律师"穿着黑色的背心和运动裤，跑得满身大汗，吐息倒是很平稳："因为他会去送。"

杨江"喊"了一声："会去送钱的又不止他一个。"

陈西安转头瞥了他一眼，见他满眼闪烁着八卦的光芒，登时有点无语："你到底想说什么？"

杨江没骨头似的歪在门框上，眼里注满了审视："你对钱心一……"

他顿在这里，陈西安等了两秒，也没见他往下说，便问道："怎么了？"

杨江似乎不知该怎么描述："跟对别人不一样的感觉。"

陈西安摁下开关键，站定了用毛巾擦着脸说："怎么不一样？"

杨江边想边说："你问他的过去，打电话找他帮忙，还请他到你家里来坐，你似乎，挺愿意接触他的。"

杨江的预感是对的，这些都是很平常的小事，但是对陈西安而言不是。这套房子是当年八局提供优惠的时候他凑钱买的，买下之后这么多年，都只有杨江和他爸妈来过。

在他好相处的表象之下，陈西安是个特别挑剔的人，堪称性格有洁癖，他能很快看清一个人的性格，发现别人靠近他的功利性，然后丧失深入接触的欲望。

陈西安很坦然地说："嗯，他人挺好的。"

杨江："我大伯选的徒弟，人品自然差不了，我说的不是人好不好，我的意思是你跟他熟起来，啧，太快了。"

陈西安笑了下："可能我跟他比较投缘。"

原本投缘是个好事，可对陈西安来说却是未必。

杨江欲言又止了几秒钟，最后为了敲打他，只好对不起钱心一了。杨江说："投缘也是要讲究基本法的，钱心一脾气蛮大，现在还是你领导，你最好克制一下你的'投缘'，晓得不？"

陈西安最近心情不错，忍不住有点无语："这有什么好克制的。"

不克制的结果就是……一个名字瞬间浮到了嘴边，好险被杨江咽了下去，他开玩笑说："怎么就不需要克制了？咱老祖宗都说了，得克己复礼。"

陈西安在跑步机边坐下来，看着落地窗外绵延到很远的灯火，逗他玩地说："我克制很久了。"

杨江登时不敢说话了，陈西安因为性格太挑剔，一直过得非常独。

"而且，我高中的时候就注意到他了，"陈西安忽然转过头来，"我挺喜欢他的性格的，执着，有自我。"

所以不管是为了谁，钱心一永远都还是他自己。

第二天一早，疑似避祸的大老板满面容光地出现在了办公室，还带回了一个战略性合同。

他前脚在办公区宣布完了这个振奋人心的好消息，后脚钱心一就尾巴一样跟进了他的办公室，不过他没叫上陈西安。

高远有张很大的红木办公桌，他往后面一坐，特别气派，钱心一都想不起那时他们一起去项目签图时候高远的模样了。

同样长的时间，有人成了老板，有人还是小兵。钱心一倒不是羡慕或嫉妒，他的性格只适合当一个抠着规范跟人斤斤计较的技术，可能是他一直没什么进步，所以觉得变化难以接受。

高远心说"踢馆的来了"，他指了指桌子对面的椅子，说："坐。"

钱心一一屁股坐下，笑成一朵花："老大，恭喜了啊。"

高远是真高兴，无视了他那个阴阳怪气的语气："恭喜大家才对嘛，能拿下这个项目，靠的还是咱们公司的口碑和背后大家的不懈努力嘛。"

钱心一拍了个马屁："是领导带领有方，这么高大上的项目，带一所见见世面呗。"

高远心说"来了"，脸上还是滴水不漏的笑："别墅比这个高大上得多，不是归你们一所了嘛。"

钱心一装作什么都不知道的样子："什么时候归了，我怎么不知道？"

高远还是笑："就西安接风宴那天，大家都知道的。"

钱心一说："看来是只有我不知道了，挺好的，谁接的？"

高远一头黑线地说道："你别给我装傻。"

钱心一："谁装了，谁接谁负责呗。"

高远："嘿！那你干什么？"

钱心一："我啊？我听指挥啊。"

高远刺他道："得了吧，就你？那霸王性格？"

钱心一不满地说："我怎么了我？我也是被老杨从搬砖的吼出来的好不好，纪律性一流。"

高远有点头疼："你拿所长的月薪你给我当画图员，你好意思吗？"

钱心一是铁了心不要这项目："别墅期间我也可以拿小赵的工资啊，我没有意见。"

高远把钢笔戳进笔筒的力气忍不住大了点："钱心一你故意来气我是吧？"

钱心一眨眨眼："怎么可能？我不会做矮楼，会露怯嘛，你也知道我是专升本，有技术硬伤。这么小的体量，我稍微犯个错，就突出得要命，再说你跟别墅的老总还是朋友，更容不得差错了。"

高远不赞成地说："就没有一点错误都没有的图！学历决定不了一切，我相信你的实力，再不还有西安嘛，他技术过硬得很。"

钱心一收起玩笑道："光我们这边技术过硬不行，到底上墙的是施工单位，自己负自己的责，负不起就别揽活，事关人身安全的事情，我签不了字。"

"那是肯定的，别墅的施工有经验的，安装施工都不会有什么问题，要不然我也不会接他这份活，你想，我总不会搬石头砸自己的脚吧？"

钱心一还在摇头："老板你找陈所或是雷所吧，你也知道我办事情绪性重，不是我心甘情愿接的单子，我看都懒得看，出来的东西全是错。"

高远眼里飞快地划过一丝不悦，被钱心一看见了，两人古怪地对视几秒，终于是高远先低下头去看手机，语气有点不耐烦："其他所不是正在出图吗，只有一所暂时空下来了。行了行了，你不签就不签吧，施工设计的事情我来想办法，你就按正常程序出你的图就行了。"

钱心一心里有点不舒服，但是没表露出来，他得到了高远的松口，起身准备出去，走到门口的时候高远在背后叫了他一声，笑着说："心一啊，别墅这几天就会启动了，邮箱里随时会有公函过来，你多关注一下。"

钱心一顿了几秒，暗自叹了口气说"知道了"，出了他办公室直接去了楼梯间。

陈西安去接水，路过赵东文的工位的时候发现这小子在开小差，电脑屏幕上五颜六色的，全是蛋糕的图片。

赵东文调出 QQ 对话框一通狂敲猛打，输完了觉得不对，一抬头发现端着茶杯的陈西安正戏谑地看着他，登时闹了个不好意思脸，一边悄摸伸手把浏览器最小化了，一边堆出一个讨好的笑："陈工，早上好。"

"早上好，"陈西安对他笑了笑，示意他不要紧张，边小声问了句，"是女朋友生日吗？"

赵东文有些腼腆，声音特别小："不是，我师父。"

陈西安一愣，随即笑了："买了算我一份。"

赵东文连忙摇头："不要了，一个蛋糕而已。"

陈西安想想也不太合适，所里还有其他人，便决定送他个别的："行吧，是哪天？"

"后天。"

陈西安点了下头，一抬脚发现钱心一从走道尽头的总经理办公室出来，左拐往前台那边去了。

逆着光，又顺着风，他站在门框的光线里，衬衫和西裤被吹得微微飘动，整个人的轮廓线上像是在发光，那层暖融融的光刺得陈西安的眼睛突然不由自主地跳了一下。

据说光线是颜值的神助攻，这一刻陈西安觉得这话有道理，因为钱心一这么看过去，居然像是个好脾气的斯文人。

当然下一瞬这种感觉就不见了，因为走过门框的光影，钱心一还是那个德行，三两步消失在陈西安的视线里，带着一包还没从裤兜里完全掏出的烟。

陈西安拐进茶水间接了水，把杯子一放跟着出去了。

钱心一蹲在楼梯的第一阶上，对面是楼层的垃圾桶，他不知道从哪捡了个盖满了灰的烟灰缸，正低着头在指间磕烟灰。

陈西安把防火门一带，钱心一立刻抬起头来，见是他便要给烟，陈西安拒绝了，然后说："怎么？没谈拢？"

钱心一笑了笑："怎么可能，王一峰都说我吵架所向披靡。"

强颜欢笑和发自内心的区别其实挺大的，陈西安见他梗着脖子，便也蹲了下来，和他平视道："怎么解决的？"

陈西安离他有些近，钱心一抽烟的话二手烟会全喷在陈西安跟前，于是他蹲着往旁边挪了一步："能怎么办，找人挂靠呗。"

工程上这种操作很平常，不然也不会出现一堆死记硬塞、把学习当酷刑的社会人士削尖了脑袋要考建造师了，无非是为了那些颇为可观的挂靠费。

陈西安斟酌了一下钱心一愿不愿意跟他谈心，想想自己一直以来的表现还算可圈可点，便就问了："你不喜欢这种投机取巧的模式？"

钱心一睫毛一抬，盯了他两秒，然后忽然说："谈不上，也没什么资格谈，我只是不希望自己负责的工程出问题。"

陈西安心里一软："不要想太多，不会出问题的，起码设计环节是可控的。"

陈西安应该是属于那种眼神深邃的类型，钱心一被他看得有点尴尬，回过神干脆把烟摁进烟灰缸里站了起来："可控也没什么用，走吧。"

那边估计就等着设计院松口，下午别墅甲方的联系函就来了，要求周五上午 10 点到甲方办公地点开个启动会。

钱心一回了文件之后，召集一所的全体人员到会议室开了个会，他们开会挺有意思，钱心一往那一坐，就撑着下巴开始笑，底下登时哀鸿遍野。

"我嗅到了一个阴谋。"

"我看见了一个魔鬼。"

"老大，医生说我媳妇有早产趋势，我要提前请两天假。"

"不是吧，又笑！"

"……"

陈西安："……"

等下面都心如死灰了，钱心一简单粗暴地切入主题，把别墅开组的情况大概提了一下，然后说："周五我要去开会，这个星期大家就好好放松一下，下周咱们开始做牛做马，散了吧。"

下班之后杨江约陈西安去吃饭，他没去，独自去了眼镜城。

城科的结构起得快，相应的问题也随之而来，管线专业的变更没配合好，现在需要重新走线。钱心一上午没来，直接被王一峰叫去了城科的现场。

赵东文对此喜闻乐见，可以光明正大地刷蛋糕。他先是跟他对象在一起纠结，结果是这个也好看，那个也好吃，半天没能抉择。网络里的时间混起来飞快，他回过神一看都快 11 点半了，连忙抛弃女友投入了看起来很有品位的陈西安的怀抱。

陈西安不负所托，不到一分钟就从一堆方的圆的爱心的、草莓奶油的图片里复制了一张方形的巧克力慕斯给他。

赵东文可能是挑花了眼，在对话框里敲道：这个看起来好高冷……感觉我师父会喜欢的样子。

陈西安秒回：其实你师父哪个都会喜欢的。

赵东文发了个惊吓的表情：不可能，我要买个爱心撒玫瑰，他估计要捶我的人！

陈西安回了个不会，觉得按钱心一的性子，他根本不会注意到蛋糕的形状，只会惊喜于他的小徒弟竟然记得他的生日，还给他买了个蛋糕。

等你进入成年人的世界，就会发现每一个记得你生日的人都值得感激，这天对你特别，换个人只是他琐碎生活里的三六五分之一。

陈西安拉开抽屉看见那个小纸袋，心里莫名地有些期待明天钱心一看到它时的表情，是先蒙了再笑，还是感激地打开它。

下午2点钱心一才回来，估计是在结构的预留洞里钻过，衬衫上蹭了一堆固化的水泥，头发也被安全帽压得全是汗渍印子，脸上有暴晒后的红色，形象十分民工。

"民工"一回来就黏在电脑跟前，咔咔嗒嗒地开图，连陈西安顺走了他的水杯都没发现，直到一股沁透的凉意贴到小臂侧边才回过神，没看见人倒是先看见了杯口跌宕的水流。

其实他早渴得冒烟了，但是其他事更占据心神，便忽略了身体的诉求。叫他冷不丁看见水，登时觉得内脏都要起火，抄起冰凉的杯子就是一通猛灌。

等杯子底朝天又回到常态，他抹掉下巴上的水，舒出一口长气找到已经回到座位上的陈西安，朝他笑道："陈西安，你简直是个天使。"

这赞扬一听就是剽窃的赵东文，陈西安淡淡瞥了他一眼："是啊，不然怎么能和魔鬼共处一室。"

钱心一本来是有点窝火的，被他一杯冷水浇得差不多，等听见这个冷笑话彻底冻熄了，他揪着卫生纸去擦汗，笑得呵呵的："什么鬼，我也是天使，小赵的天使。"

陈西安似笑非笑："等你什么时候成了我的天使再说吧。"

钱心一被他的形容弄得有些发毛，他把卫生纸揉得乱七八糟，做出个投篮的动作抛向垃圾篓："算了就魔鬼吧。"

可惜他的准头有点烂，一米五之外的目标没能投进，废纸团过界之后在地上滚了滚，落到了陈西安的脚边。

陈西安低头去拾纸，钱心一没能看见他的表情，只听他的声音从桌子底下传上来："好球。"

那纸上全是汗，钱心一自己都能闻见，见别人去捡篓时觉得很不好意思，"别"还没出口那边就昧着良心夸了他一句，他忍不住嗤笑一声，骂了句神经病。

他无意识地摸了摸手腕，其实他曾经打篮球还凑合，只是后来手筋断了。

陈西安重新露出头，用下巴点了点他的电脑："哪个项目？什么问题？需要我帮忙吗？"

钱心一边对着电脑屏喔喔地打着字，边跟他说："谢了搭档，有需要的话我会狮子大开口的。城科的结构和管线配合没到位，我查一下原来的参数，叫梁琴出个变更就可以了。"

梁琴是他们所唯一的女性，模样生得很嫩很欺骗，其实已经三十二了，用起来能顶一个半赵东文，实打实的女汉子，是钱心一挺信任的一个设计。

陈西安被他丧心病狂的求助方式弄得哭笑不得："算了你当我最后那句没说。"

钱心一双击了梁琴的四叶草头像，装模作样地冷笑了一声："嘁，进了一所你就没民权了，老高奴役我，我奴役你们，你们委屈自己，这是职业链。"

钱心一没听见回复，倒是收到一条消息，点开一看，是张捂着脸眼泪暴流的王尼玛。这和陈西安本人的"画风"差太多了，钱心一笑点忽然被戳了似的乐起来。

他对面的陈西安也盯着那张 90 后聊天必备的表情图，心里感觉有点微妙，他以前鄙视杨江一天到晚对着手机浪费时间，没想到自己也有对此期待的一天。

或许就是冥冥中的天意，别墅的启动会正好在钱心一二十九岁生日这天。每周五下午公司例行有交流会，所以别墅的会议是钱心一和陈西安一起参加的。

早上 8 点半，两人在和平桥集合，钱心一开着公司的奥迪接到了打的过来的陈西安，一起去甲方的办公地点西塘私人小区。

上车之前，陈西安细心地注意到钱心一的早餐还扔在挡风玻璃前面，于是接过了开车的任务，接着从余光里看某位所长啃着油条跟高远回电话，就猜他八成是不记得今天什么日子，因为他的早点很单一，买的话就是豆浆油条，没买就是热水泡麦片。

西塘是个非常高档的别墅区，里头全是小二层的仿古建筑，灰瓦白墙和镂空地砖，连车道都高档。

这里有点像北京的四合院胡同，五十米一个路口，又没有导航，两人追着打扫卫生的垃圾车在巷子里转了将近半个小时，才艰难地抵达了目的地。

西塘 89 号院，因为没有条件做前门，大门就是一个垂花门，仿木门直接开着，错落的小院即刻映入眼底。钱心一在门口观望两秒，就和院中凉棚下喝咖啡的一个中年男人碰了视线。

昨天高远给过他甲方技术负责人的联系方式，钱心一与之沟通过会议地点。他在门口带点疑问语气地微笑道："你好，是陈总吗？"

中年人站起来朝他走来，笑道："你好，我是西塘的陈瑞河，是钱所吧。"

两人迎着握了手，钱心一报了自己这边的家门，陈瑞河又跟陈西安握了手，然后走到凉棚下坐了。陈瑞河朝屋里叫了声，一个刚毕业模样的小姑娘立刻端了两杯咖啡出来，陈瑞河笑着说："GAD 的设计师都这么帅了，老高可真是业务脸面一手抓啊，你们先休息一下，我们大老板和总包那边还堵在路上，咱们 10 点 20 开始。"

钱心一客套道："谢谢陈总，我们关着门才拼脸，出了门只拼业务的。"

陈瑞河忍不住笑了起来："你这口才也是了得了，我待会得好好见识下你的业务。"

钱心一喝了口咖啡，带着满嘴的煳味说："我争取让您这边满意。"

陈瑞河说"自然"，又把话题引到了很适合初次见面闲聊的天气和本市的道路情况上，很快到了时间，三人移步到了会议厅，资料已经摆放好了，陈瑞河招呼那个小姑娘打开了投影仪，坐了没两分钟，会议室忽然进来了一群人。

几乎是一瞬间，钱心一就和其中一个人对上了视线，眨眼的呆滞后，对方勾起一个极其轻蔑的笑，而钱心一的脸色蓦然阴沉了下去。

侧身拿笔记本的陈西安将这一幕双向敌视收入了眼底，不由得抬眼去打量来人。

那人和他差不多年纪，眉细眼长有点狐狸面相，脸颊上有些陈年痘印，因为皮肤白而显得特别突出，本来就瘦还穿着很贴身的衣服，打扮和神情都挺傲的。

或许是两人之间的火药味有点浓，其他人不发现都有些难度，陈瑞河忙了下插进来打圆场："哟，这么巧，都省得介绍了，钱所好像和咱们总包的小张认识呢？"

钱心一一边不肯退让地还在用视线对峙，一边在心里气得吐血。他从没有一刻像这样，对高远心灰意冷过，商人逐利他可以理解，可是他没料到高远会为了利益这么爽快地卖掉他。他就说这项目怎么就非他不可了，弄半天是人家总包这边翻了他的牌子，让他"领辱"来了。

换作五年前他可能还会掀桌子走人，可现在的他不会，所以张航的如意算盘白打了。

这时，手腕上蓦然传来一股箍紧的压力，是陈西安在桌子底下捏他，钱心一回过神，没回头却翻过手腕在他小臂上拍了拍，表达出一种"我没事"的意味来。

他微微挣了挣，陈西安便松了手，钱心一得以站起来，露出笑意朝最前边的人伸手道："你好，我是GAD的钱心一，怎么称呼您？"

陈瑞河隔着桌子介绍："钱所，这是咱们总包的聂总，咱这项目就仰仗他和你了。"

聂总是个五十来岁的光头，面相看着还算讲理，人有点架子但也还能接受，他伸手来握，严肃地客套道："这么年轻就当负责人了，钱所真是年轻有为，我听小张说你们还是同学呢，小张，见了你老同学没表示啊？"

那细长眼走上前来，挺高兴的语气，腔调却拿得怪怪的："哎哟心一都当所长了，咱们有七八年没见了吧，有时间一起出去喝一杯啊。"

钱心一看他的眼神有些冷漠，跟他握了下手，特别使劲地掐了一把然后缩了回来："张航啊，好久不见，机会……有的是吧。"

张航忍痛地皱了下眉，陈西安一瞥他虎口那没回血的白印子，心里不由好笑，从他听见张航两个字他就大概知道这人是谁了……貌似就是钱心一那个村的支书的儿子。

陈西安微笑着跟离得远些的聂总打了个招呼，然后去握张航的手："张工，这么说我们也是同学了，你好，我是陈西安。"

张航疑惑地看着他，期间瞥了钱心一一眼，发现钱心一扭着头在看他身旁的人，他觉得有些怪，还没来得及探究，虎口便传来一股无法忽视的闷痛。

他咬着牙抽回手，背到裤子边握成拳，抬头见对面的男人一脸温和的补充道："是心一的高中同学。"

钱心一虽然不明白陈西安忽然抽什么风，但是张航的表情让他觉得很爽，他笑着推了一把陈西安，给自己脸上贴金道："那你俩还挺有缘的，都是我的同学，我和人张工是初中同学。"

陈西安看张航明显"嘶"了一声，立刻抱歉地说："欸，不好意思，我这人手劲儿有点大。"

张航连吃两个闷亏，并且一点不好意思的意思都没从他神情里看见，偏偏他还只能说："不碍事。"

西塘的大老板姓赫，挺少见的一个姓，陈西安惯性一样地留了个意。10点40的时候来电话，说他要先去考察一下一个厂家朋友的窗料，看看效果，陈瑞河扬了扬手机，肩膀一耸说他们先开始。

一群人陆续落座，那小姑娘给每人发了沓项目资料，陈西安打开一看，大都是些建成别墅的实景照片。陈瑞河依照社交场上的惯例说了些客套话，然后坐下来开始阐述他们老板的审美和大致需求。

钱心一跟着他讲的翻，把他对每个小楼的评论都做了笔记，一边回答他的一些问题。

"我觉得这黄色的石材怪好看的，钱所这什么品种？"

钱心一对材料其实不太了解，一般做外墙的才需要有这类知识的储备，但是开发商往往对这些更在意，因为直接涉及效果。他刚准备说不太清楚，桌子底下的膝盖就被人撞了一下，力道不重，却也不容忽视。

钱心一稍微侧过脸，发现正在写字的陈西安用眼神瞥了一下他的笔记本，他顺眼一看，发现他在边角上写字：帝皇金，别……

陈瑞河还在等答复，钱心一忽然把左手往陈西安肩上一搭："让我们陈工跟你说吧，他对这种石材比较了解。"

这无异于变相承认他不知道，不过行业面太广谁都会有不了解的东西，这其实并没什么，但如果有人想挑刺，那就是无错也错。

陈瑞河还没说什么，张航却先插了进来："哎哟，我们钱所可真是个好领导，这么给机会。"

陈西安虽然外形比较出众，但因为几乎不发言，搁一群领导里反而容易被忽略，加上钱心一的姿态又比较犀利，他又一直在记录，所以被张航误认成了下属。

陈西安没觉有什么，他是用实力说话的人，不会做无所谓的争辩，倒是钱心一因为陈年旧恨，没听出张航在讽刺他，反倒是觉得这话是在攻击他的搭档："这误会大的！陈总聂总我必须解释一下，我们陈工的机会只有我们老板才给得起，你们别害我啊。"

陈瑞河稍微有点吃惊，因为钱心一独断专行的作风在业界还挺有名，他会这么说，足以证明这个人远不如看起来这么中庸，但他笑着把话题掀过去了："那以后麻烦陈工的地方也少不了了，陈工这石材？"

陈西安一副什么都没发生过的样子笑了笑，说："陈总，这是帝皇金，属于米黄到金黄系的一种花岗岩，国内也叫黄金玫瑰，产地蒙古，价位在三百到四百元每平。"

除了效果外业主最关心成本，陈西安的表达既切入目标，又没有材料商那种需要推销的赘述，陈瑞河不自觉地坐直了一点，接着问道："那按照陈工的经验，这个石材做下来的平米造价大概是多少？还有它的效果持久度之类的都怎么样？"

陈西安："跟石材的厚度和处理面关系不小，我大概提供一个数吧，三十个厚度的火烧面，做下来接近一千五百元一平。效果还不错，持久度厂家保证的是五年以上不褪色。"

陈瑞河点点头，推着图册去和聂总讨论他家老赫会不会喜欢这种风格。钱心一在本子上记了下价格，凑过去和陈西安挤成一堆，小声地咬耳朵："你觉得这个石材好看吗？我怎么觉得太光了呢。"

陈西安能闻到他头上洗发水的味道，也很小声地说："看放在哪儿吧，挺好看的，但是做别墅效果应该不如罗马金沙、黄金钻麻这些。"

他一口一个专业词，钱心一觉得他的知识面起码比自己广，就夸他说："行啊你，去干材料销售都绰绰有余了，这个金沙和钻麻都多少钱的？"

陈西安抿了下嘴角："我去干销售你帮我推销吗？金沙近五百，钻麻四百五左右。"

"必须推销啊，"钱心一笑了起来，"你这么靠谱的律师。"

能搞推销的陈律师默默地在心里转了个 N 个行，心里好笑道：我当什么都挺靠谱的。

前期总包是没什么话语权的，因此张航一直没说话，净打量钱心一了。他虽然模样没大变，但是性格好像变了很多，以前阴险得挺明显，现在却阴险得很内敛，真是怎么看怎么不爽！

还有那个莫名其妙的陈西安，自己根本就不记得有这号人，却似乎对他抱有某种和钱心一狼狈为奸的敌意。

其实要是不重逢，他的日子里都没有钱心一这号人，但是有些旧恨难平，一经提起就成星火燎原，因为不甘心。他曾经把钱心一整得死去活来，自己却也弄得自伤八百，明明对面是个一根稻草就能压倒的弱者，却能神奇地总不落败，甚至还嘲笑他可悲。

可悲？这么多年张航都没想明白，以背井离乡的下场收尾的钱心一有什么资格笑他可悲。感谢人生何处不相逢，他现在有了上下求索的机会。

钱心一懒得看某些让他心烦的人，因此错过了张航复杂多变的眼神。

接着陈瑞河又就某些工程的窗和铜门和设计院进行了一系列的探讨，很快就到了 12 点，陈瑞河叫那丫头订了盒饭，宣布大家休息半个小时。

89 号院是个居住户型，因此只有两个厕所，男女各一。陈西安总是谦让的，于是钱心一先去，陈西安在外头等候。钱心一洗手时忽然想起握手事件，隔着嵌了磨砂玻璃的门心血来潮道："你高中是不是也被张航找人打过？"

张航以前挺花心，他带的小弟和他一个水平，看不上职高浓妆艳抹的小太妹，喜欢上二高食堂门口蹲纯天然美女，有那么一些先下手为强的早恋少年们都被打过，自然传得沸沸扬扬。

陈西安先是一愣，随即反应过来好笑道："我高中没谈过恋爱。"

钱心一"哦"了一声打开门："我看你和他好像有点爱恨情仇的样子。"

他洗过脸又用卫生纸擦过，左下颌侧边沾了片润湿的纸没自觉，陈西安指了指自己脸的近似位置，擦着他进了厕所："我和你同仇敌忾嘛。"

这是他第一次跟陈西安通话时候提的要求，三十年河西的钱心一明明很满意，却转身照着镜子笑着说他幼稚。他刚把纸片揪下来，张航的脸就出现在了他照的镜子里，钱心一瞄了下眼，偏了下身体假装去看风景。

张航意味深长地笑着靠近，口吻简直翻天覆地："钱心一，我是真没想到你混了个人模狗样的，挺厉害的嘛，你老板知道你曾经手很长吗？"

钱心一像是听了个笑话，斜着眼看他笑得不怀好意："应该不知道吧？倒是你，你老板知道你曾经被人绑在酒吧女厕所，身上什么都没穿吗？"

张航的脸瞬间就黑了，他非常愤怒地骂了个"你"，脏话还在嘴边，厕所门却忽然开了，陈西安带点好奇的脸出现在门口，疑问随之而来："心一，谁被绑在女厕所了？"

张航的嘴角不由一抖，那是他生命里的奇耻大辱，现在想起来还能火冒三丈，他狠狠地剜着钱心一，心想：他要是敢掀我的丑，那就谁也别要脸。

钱心一当他的敌意是空气，让出门口对陈西安说："你听错了吧，张航问哪里是女厕所。"

张航立刻被陈西安奇怪地看了一眼，登时气得吐血，就是他理智被点燃了他都感觉得到这两人沆瀣一气的很有默契，便话也懒得说，撞着陈西安的肩膀进了男厕。

陈西安感受着肩头的撞击感，一脸正直地火上浇油道："我好像还听见了什么都没穿？"

厕所门"砰"的一声被摔上，劲风里两人对视一眼往回走，钱心一忽然觉得陈西安似乎有点阴险。

陈西安到底是没能抑制住好奇心，女厕所、脱光……这使得他下小台阶的时候忽然说："所以是谁把张工绑在女厕所了？还脱光了他的衣服？"

钱心一用一脸"这些城里人真会玩"的揶揄表情说："他自己脱的咯，他跟一个小太妹躲在女厕所玩……嗯，那什么。"

陈西安大概听懂了，但是还没听到重点："我比较想知道你干了什么？"

钱心一满脸都是无辜："和我有什么关系？是他自己班一个胖子喜欢那姑娘，还有点跟踪癖，敌人的敌人就是朋友嘛，你懂的。"

陈西安虽然是万万没想到，却觉得这意外听着不赖。

午餐的氛围还算和谐，话题围绕着中美日之间的形势等，在场的男人谁都能插上两句，而且观点基本不会有很大的分歧。

饭后方案讨论会议继续，陈瑞河陷入纠结模式，又把图册从头往后翻了一遍，每发现个新东西他都要问一嘴，栏杆、檐口、屋脊……在不能确定老板到底喜欢什么的时候，准备工作自然是越有选择性越好。

材料方面的东西钱心一确实不太懂，懂的他就说两句，不懂的就寄托于陈西安，至于连陈西安都不知道的，那就说实用太少回去查。

过了两小时实在没得翻了，已经是下午3点多了，陈瑞河终于开始提室内使用功能和这个项目想偷点室内面积的事，钱心一打起精神专注起来。

陈瑞河打开天窗说亮话："钱所、陈工，咱这项目内部有点不常规的操作，我估计高总跟你们通过气了。"

钱心一心说：他不通气我也知道啊，常规谁敢在公园里拿地。他点了下头："室内面积有点弹性和后期会扩建外廊的事情我和陈西安是知道的。"

陈瑞河喝了口水，笑呵呵地说："其实还有些小地方需要变动，不过都是室内的，我先跟你通个气，咱们具体出方案的时候再说？"

不管哪行都怕改，尤其是建筑，地底管线顶头暖通，遇着实墙要打洞，还要讲究多快好省，说是牵一发动全身一点也不为过。钱心一撑了撑眼皮，说："陈总，一起说了吧，你们就出张嘴，要不了多少时间的。你要是不跟我交代清楚，让我把结构和走线位置给你预留出来，那出来的方案对你来说基本是废的。"

陈瑞河搓了搓手，有些无奈："我还想给你发个公函一条一条写好呢，这不是……"

他话没说透，但是大家都懂，钱心一在心里骂道，什么都不确定出什么方案。不过目前的行情就是这样，建筑师的地位早不是以前那么压轴，市场饱和的竞争力让设计院越来越没有话语权，基本行动听钱指挥。

陈西安说："既然变动的因素这么多，那出图的时间是不是也该松动一下？"

"那怎么行呢，报审的时间都是预定好的，"陈瑞河打着哈哈道，"画图嘛，时间紧加加班嘛。"

钱心一在本子上敲他的笔："要是一个星期上两天休五天，那还可以加一加。你们这边给的出图时间，我周末早都算进去了还不够呢，你不会也想把我逼失踪吧？"

前阵子业界出了件不大的事，但是因为很得人心而传得很沸腾。某个小设计院有个设计师，被上头逼着一个月出一套图，手底下还只有一个人。等到交图前一天，不闻不问的老板打电话去催图，那设计师直接崩溃了，开着扩音把机箱砸给他老板听了，大骂了一通，然后人失踪了，据说目前还没找到。

陈瑞河立刻摆着手笑道："这话说得，我哪敢逼你啊大设计。时间的事咱们就不扯了，现在说也没用，但我保证会尽力帮你争取，这总行了吧。"

钱心一笑着应了，开始具体说室内面积的事。陈瑞河打开投影仪，点开他们员工做的极简单剖面，跟在座的人说他们想要一个什么样的高度。然后是外廊，以及他们老板提过的室内改装游泳池等一系列"任性"的要求。

等他说完游泳池，已经5点半了，时间差不多，该说的也说了，他们大老板却还没来。陈瑞河本来准备打个电话交代一下散会算了，结果得到了十分钟就到的答案，他只能让大家先休息一下。

GAD的规矩是每个所每月有一定的餐费报销数，赵东文瞒着他师父偷偷搞了个聚餐，准备给他一个惊喜。他通知了陈西安，并且把将他师父骗到指定餐厅的艰巨任务交给了这个可靠的前辈。他们合同上写的是5点半下班，虽然基本按不了点，但是必要的时候还是参照这个华而不实的时间策划的活动，所以赵东文在城中一个川菜餐厅订了晚上7点的包间。

陈西安看看时间，觉得百分之一百的准点到不了，就给赵东文发了条短信，说可能要晚点，赵东文很快回了个OK，他收起手机后趁着这空当开始执行任务。

钱心一半个人挂在椅背上，脖子吊着后仰的头，扶手上搭着一双手，估计是坐得够呛。陈西安一扭头就看见他因为仰头而突出的喉结，忍不住把目光移开，小声地说："晚上想吃什么？"

钱心一把头转到能看到他的角度，有些疑惑地说："随便啊，一般我都是什么快吃什么。"

陈西安说："回去顺道有家川菜馆，一起？"

钱心一对川菜没什么兴趣，但他对顺道挺满意，"嗯"了一声就答应了。陈西安因为带着目的，又被赵东文一通穷紧张，所以没料到成功来得这么容易，他笑了一下，觉得自己想得有点多。

这时，门口忽然进来个人，对着门口玩手机的陈瑞河立刻站了起来，笑着叫道："老板，过来了啊。"

钱心一立刻坐起来，投向门口的目光里站着个五十岁左右的男人，面容刚毅，穿着很正式的正装，臂弯上还搭着西服外套，身材高大也没走形，看起来很有点上位者的威严，无疑就是西塘的董事赫剑云了。

陈西安自然也看了过去，谁知目光一落定，脸色却陡然间森冷下来。

世界大得你一生都看不完一遍，却也能小到一转身就遇见故人。故人笼统分两种，一种是情人，一种是仇人。

赫剑云自然是后者，他看见陈西安后眼神一沉，带上审视，一种威压无形中就散发了出来，他盯着陈西安迈步朝陈瑞河这边走了过来。

瞎子都看得出他们之间的气氛剑拔弩张，钱心一看看这个再看看那个，最后去和陈瑞河交换小眼神。陈瑞河也是莫名其妙，密切注意着形势。

赫剑云有能耐拿公园的地盘建别墅，说明背景硬到了政府里。陈西安一个刚被八局开除的设计师，转眼又成了这个不太普通的大老板敌视的对象，钱心一瞥着他严肃起来的侧脸，觉得他好像有很多故事。

陈瑞河让开主位，赫剑云放下银色的公文包坐下了，仍然盯着陈西安，开口道："瑞河，这就是GAD的主设计？"

他的声线很沉，而且方言口音挺重，钱心一反应了一会儿才知道他在说什么。那边陈瑞河已经忐忑地答上了："是的，这是他们的技术负责人钱心一钱所，另一位是设计师陈工。"

他看得出来赫剑云对陈西安不友善，便故意把钱心一压在了前面。

钱心一连忙越过陈西安走到桌子角那去和他握手："赫总你好，初次见面，我是钱心一。"

赫剑云总算是看向他了，笑就是嘴角一勾浅到没有的那种，伸出手来，"你好，"然后又看向了陈西安，说，"这位是你的下级？"

他似乎是惯于发号施令了，疑问句都是一股肯定句的语气。钱心一心里挺不爱听的，抽空回头看了一眼陈西安，发现他脸色已经恢复如常了，便转回来笑着道："不是，陈工跟我同级，计算的话我还得听他的。"

赫剑云眉心一皱，两只手在面前扣起来，特别不客气地说："我不想要这个人负责我的工程。"

在场的人皆是一愣，都去看陈西安，不料这个最该难堪的人却只是一脸淡然地朝他的同事笑了笑，没做其他反应。钱心一眯了下眼，心说"你连我一起也不要多好"，嘴上却说："赫总，陈工是我自己选的搭档，我想我需要一个他不能胜任的理由。"

就是高远对他都客客气气的，赫剑云没料到一个小小的设计主任竟然敢反驳他，面色有些不愉快："他的名声很差，我不想让这样的人碰我的项目。"

陈西安只是这个城市里的一个无名小卒，连到处打交道的陈瑞河都不知道他的名字，日理万机的大老板就知道他声名狼藉了，这不是有旧仇根本说不过去。在场的人都心知肚明，但谁都会保持沉默，新闻里很多人面对发生在眼前的惨剧都不敢挺身上前，又有多少人会为了一个不相干的人的委屈得罪自己的衣食父母呢？

这是第三次，钱心一听见别人说陈西安的名声，而且还将他全盘否定。他相信自己看人的眼光，而且也觉得陈西安无论是性格还是风度都是个不错的人。或许是他自己情商太低，不能随心所欲地控制自己的情绪，钱心一只觉得越想越窝火，有权有钱的人指鹿为马，无权无势的人就要堕入地狱吗？

他笑了一声，说："赫总，大家都有言论自由，我就不说什么了。我和他搭惯了，跟其他人合不来，我回去就跟高总讨论一下换组负责的问题，今天之前就给您这边答复，您看行吗？"

陈西安心头一震，生平第一次尝到了被血缘之外的人保护的滋味，这种感觉叫他在被刁难的立场中忍不住心口发热。同时他还不着边际地意识到，钱心一这种护短的人，通常都没法对小可怜坐视不理，若是他想在钱心一这儿占便宜，装弱明显是一张好牌。

钱心一本来就不想干这么有"内涵"的项目，乐得去找高远换掉他。但在别人眼里就成了他在绑定销售，陈瑞河吓了一跳，连忙上来打圆场："心一你说的叫什么话。赫总，我跟陈工接触一天了，业务上没得说，老聂也看见了。"

那聂总也顺势点了个头，赫剑云眉头登时皱得更深了，他虽是雷霆作风，但也不能罔顾民意。他看着成熟了许多的陈西安，昔年丧子的悲痛又隐隐发作，他曾经很欣赏这个年轻人的性格，也对他寄予厚望，如今却一辈子都无法原谅他……无论是谁对谁错，这个人害他失去了唯一的儿子赫斌是既成事实。

赫剑云心思一转：把他控在手底下干活也不错，说不定到时犯个错，付出点代价也不错。

赫剑云松了口，会议重新以一种特别压抑的氛围开了起来。不过赫剑云虽然对陈西安有意见，但是对自己的项目还是很负责的，他提出了很多自己考察过的实地，只和钱心一交流，陈西安坐在他身旁，像一个故意被隔离的孤岛。

接近 9 点的时候会议终于结束了，钱心一刚出院门，正在酝酿怎么安慰下陈西安，电话就响了，他接起来那边赵东文的声音委屈得都能去给人当女朋友了。

"师父——冷锅串都上了四锅了，你还来不来了？"

被蒙在鼓里的钱心一愣了下："来什么啊？"

赵东文"咦"了一声："来过生日派对啊，所里全在等你，从 5 点半等到 9 点，你快点！！！"

心脏里像是打了下电火花，钱心一忽然被感动得一塌糊涂，有些不知道该说什么："叛徒，瞒我啊，那个什么……你替我谢谢大家，我马上飞过来。"

挂了电话他似乎终于找到可以和陈西安说的话题了，推了他一下："行啊你，一来就开始背着我搞事情啊。"

陈西安笑了笑，有些勉强的样子。

钱心一看着不得劲，刚想说不愿意就不管这项目算了，他叫老高换个人顶他，巷子里却猛然蹿出一只没拴狗链的大型犬，钱心一头皮一炸，魂飞魄散地丢下陈西安跑了。

钱心一怕狗，特别是大狗，怕得屁滚尿流！

狗见不得人跑，他一跑，那狼狗立刻撵上了他。陈西安一把没拉住，在西塘明亮的照明系统里，喊了半天停下没用，眼睁睁地看他扔了包夺命奔逃，跑得屁股蛋子都要掉下来似的。

钱心一跑得特别拼命，一下就拐进一个巷子里不见了，陈西安十分担心，把公文包往院子里一扔也跟着跑。跑出两公里终于发现了他的踪迹，他不知道蹿进谁家院子里去了，开了一条缝从里头往外窥，那条狼狗扒着门缝朝他嚎叫。

陈西安撑着膝盖喘气，忽然觉得很好笑，赫剑云比狗可怕得多，他犟着脖子跟人干，区区一条狼狗，他又被吓得魂不附体，这人真是……

赫斌曾经在他的生命里留下了大片的阴影，杨江说总有人会为他带来光明。

陈西安看着那一条细细的缝，觉得应该是这个缝隙里的人。

第二章　嫌隙

　　等主人来牵走了狗，陈西安还在笑，钱心一也知道自己刚刚的姿势有点过于奔放，但自己逃之前还准备安慰他的，便觉得陈西安有点不厚道，他顺着怦怦乱跳的心脏骂道："笑屁，有什么好笑的！"

　　陈西安觉得自己的笑点中了邪，抿着嘴特别艰难地说："没有，我没笑。"

　　钱心一给了他一个"要吃药"的眼神，因为满脑子都是赵东文给他的惊喜，便懒得和他纠缠，把步子迈得脚不沾地。夜里的西塘特别安静，细风里有虫鸣，天幕上有星星，很适合悠闲地散步。

　　陈西安不急不缓地在他后头，距离拉开四五米的时候，忽然听钱心一头也没回地问道："陈西安，开会的时候我有点自作主张，没问你的意思。我现在问问你，别墅的活你要是不愿意，我找二所的计算替你。"

　　陈西安的笑意温和起来，牛头不对马嘴地答道："你会因为张航在总包而退出这个项目吗？"

　　钱心一不屑地转过头："笑话，他算老几。"

　　陈西安平静地与他对视："同理，赫剑云算老几。"

　　钱心一愣了下，忽然朝他竖了个大拇指："我才发现你还挺狂妄的，不错，这性格我喜欢。"

　　陈西安意味深长地靠近他，笑道："你喜欢就好说，我以后在你所里就好混，不过别墅肯定好做不了了，算我连累你了。"

"半斤八两吧，"钱心一展望了下前途，也忍不住笑了起来，"你和大老板有怨，我和总包有仇，缘分狗屎到这分上也是不容易，不过不要怕，国标和规范永远是正义的一方。"

陈西安拥着他的肩膀走得快了点："正义的使者快走吧，你的包还在草丛里。"

钱心一猛地跑了起来："我手机！都怪那只蠢狗。"

手机还在草丛里，并且正在响，来电人是彭十香，钱心一捡起来接了："欸，妈。"

陈西安捡回包，对等在门口的小姑娘道了谢，把钱心一推上了副驾，打燃车朝川菜馆开去。

钱心一跟他母亲的关系似乎不太亲密，一开始他还在电话里撒了一堆善意的谎言，"吃过了""挺好的""还有人买蛋糕"什么的，后来就开始敷衍，不是"嗯"就是"知道了"，最后以要下车了为由把电话挂了。

他把手机塞进裤兜，然后就瘫在座位上沉默起来，母亲的话题来回就那几个，陈西安知道他在烦什么，然而他什么也没问。如果他想知道钱心一身边的女性朋友，他的方式一定是曲线救国。

一个小礼袋忽然被搁在了腿上，倒方锥的模样很有不稳的感觉，钱心一下意识伸手撑住了袋子两边，看了两眼又去看目不斜视开车的陈西安："这啥？"

陈西安侧头朝他笑了下，眼底映着路旁的黄灯，瞳孔里像是盛着烟火："生日礼物，看看喜不喜欢吧。"

钱心一愣了一下，挺开心的，又有点不好意思。他没什么同龄的交心朋友，每年生日要么自己过，要么去师父家蹭饭，今年被他的徒弟弄得大张旗鼓，连新来的同事都逃不过破费的命运。他撑开礼袋口发现里面是个黑色的眼镜盒，不由想起自己在 VA 开会那天的随口一说，没想到陈西安这么上心。

"谢谢谢谢。"他发自肺腑地道着谢，低头掰开了眼镜盒，被镜布包裹的眼镜嵌在其中，隐约能看见黑边的镜框和眼镜腿，是个样式挺规矩的眼镜。

钱心一取出眼镜挂到鼻梁上，掰翻了后视镜看了一眼镜子里的自己。没戴过眼镜的人一开始都会觉得怪，钱心一看了几眼，觉得自己像个很奸诈的伪君子，就把眼镜取下来了，笑个不停："我觉得我把你的礼物给糟蹋了。"

陈西安因为要看路，没看见他戴眼镜的样子，但他觉得自己的眼光应该没问题："我觉得你是不习惯，我第一次戴眼镜也觉得很难看。"

钱心一想起他戴眼镜的样子，觉得他在骗鬼，陈西安瞥见他充满质疑的眼神，笑着解释道："真的。"

"等我回家多看几眼，看帅了再戴出来。"钱心一把眼镜认真地包起来放回去，扬了扬镜盒说，"谢谢，我很喜欢。"

到饭馆都快 10 点了，幸好周围有片大排档，吃夜宵的人多，大堂里还不至于人丁萧条。钱心一噌噌地跑进包厢，赵东文正在啃凤爪，一见他登时浮夸地抹了把被辣出来的汗，朝他做作地叫道："师父，你终于——肯来了，徒儿等得……鸡翅膀都啃完了——"

大伙被雷得哄堂大笑，不知道他们在里面聊过些什么，服务员也扒在门口笑得不肯走。钱心一觉得有点丢脸，谢过了服务员把包厢门带上了。

凉菜早就上好了，酒水已经倒过一遭了，桌上全是烧烤签子，大伙估计嗝都打了两遍了，但是还没人走，见他一来，立刻从桌子底下掏出预备好的彩带朝他喷过来，号叫着祝他生日快乐。

钱心一被喷了一身五颜六色的发泡剂，陈西安作为池鱼被殃及得十分彻底，两人像被批斗一样被喷了半天，终于飘红挂绿地走到预留的位子上坐下了。他们一坐下，坐在最靠门口的梁琴立刻打开门缝叫服务员上菜，钱心一还没来得及说话，大家就你一言我一语地叫他们先吃点东西。

钱心一手里被赵东文塞了双筷子，这是一种尤其久违的热闹，叫他心里的感动犹如落潮时的波浪，他眼尾发烫地接受了大家的好意，夹了块凉糕给陈西安，自己也吃了一块，然后端起酒杯站起来，忽然不好意思起来："谢谢大家费心给我过生日，高兴得不知道该说什么了，反正就是……谢谢，我以后少骂几句，来，走一个吧。"

众人"喊"了他一声，都站起来和他一下一下地碰了杯子，祝他生日快乐。接着就是一圈一圈地喝，钱心一开心，又受了大家的好处，特好说话，敬他就喝，让他发誓从此当个温润的美男子他就装斯文，等到赵东文的女朋友小温推着蛋糕进来，他已经醉得满眼都是烛光了。

陈西安单手撑着他，看他把蛋糕横七竖八切得像个王八壳子，哆哆嗦嗦地分给大家，然后被抹了一脸的奶油，拍得浑身都是蛋糕渣子，成了个奶油老生。

他们七个人折腾空了两瓶一斤装的牛栏山和啤酒红酒若干，除了不怎么喝酒的女性和陈西安，以及醉到尽头方转乖的钱心一，其他人都开始群魔乱舞。

赵东文非要抱着钱心一的大腿，号成了个文艺诗人，什么他师父是他职场上的指路明灯，虽然有时候一闪一闪，但是从没把他遗落在黑暗里……他看着秀气斯文的女朋友小温在一边笑得十分豪放，把桌子拍得砰砰响。

胖子包宇鹏醉得开始剖析心路，先是指着钱心一一通"你小子谁给你的胆这么跟我说话"地骂，后来骂得笑起来，把钱心一的背当皮球似的拍，说服气他。

陈西安听那声音有点实诚，连忙把摇来晃去的钱心一连人带椅子往后拖了一段，远离胖子的魔爪，又把趴在他腿上的赵东文提到胖子腿上。

组里年纪最大、人也最闷的吴哥喝醉了就成了话痨，揪着人就谈他的恋爱史，那女朋友一个两个三个地数过来，效果跟数绵羊似的，愣是把钱心一数得睡过去了。

要不是第二天还要上班，他们还准备浪去KTV，陈西安把开始脱缰的赵东文赶走，又叫清醒的梁琴帮其他两个醉汉打了的，至于"顺路"的、烂醉如泥的钱心一就归他负责了。

钱心一喝醉了颊上两坨高原红，被陈西安绑在副驾上睡成了一个聋子，陈西安一路问了他快八十遍他家的具体地址，他愣是没吭声。陈西安在和平桥慢慢开了一段，见他始终没反应，干脆油门一踩，把人带回了家。

到了自家楼下，陈西安弯下腰，特别没诚意地绅士地说道："给你一个拒绝的机会好了。"

他伸出手，在醉汉发烫的脸上轻拍，吓他说："钱心一，醒醒……喂，再不醒我可把你拎上去了啊。"

你永远无法叫醒一个装睡的人，同样的道理，陈西安也叫不醒醉酒或是通宵的钱心一。他呼吸悠长，在逼仄的座位上睡得天昏地暗，陈西安自然不可能真的拎他，只能把他扒出来，扛到背上背回了家。

两人身上一片狼藉，陈西安找了条备用床单铺在沙发上，把钱心一扔了进去，那连下意识的滚都不会打，拧巴的姿势照样熟睡。就他这个戒备心，陈西安想把他卖了恐怕都不是问题，问题是清醒之后，他可能会荣登钱心一生平憎恶榜的第一名，连张航来了都得靠边站。

陈西安的条件不至于缺朋友，他缺一个能让他欣赏并真正交心的人。钱心一目前占了欣赏，但还不到交心的程度，陈西安由衷地希望以后相处久了，他能够得到钱心一的认可，他们的交情能够更进一步。

他把钱心一翻得肚皮朝天，觉得这个人和他的沙发还挺配的。

陈西安分不清心里那一溪流似的愉悦源自什么，也许是因为白天在别墅的会议上，钱心一给了他一种勇气。他摸了摸钱心一有些出汗的脸，抽了张纸低头给他擦起了汗。

某位所长睡得雷打不动，心安理得地享受着他的伺候，陈西安总觉得一个人不该在别人家睡得这么熟，试探性地捏了几下他的脸，钱心一仍然一动不动。

陈西安终于败在了他的大心脏下，坐在沙发上无所事事，干脆偏头打量起了钱心一。

这是一个陌生的角度，视角下的人给他的感觉似乎也变了。

钱心一的脸近在眼底，凑近一点的话连毛孔都清晰可见，他的皮肤有些干燥，也有些浅色的斑痕散落，但整体还是耐看的，睡着的钱心一堪称无害，眉眼舒坦，鼻梁窄巧。

可当他睁开眼的时候，便是另一副侵略性的气场了。

虽然说人都有多面性，但他们其实还没有特别熟，所以能看见这些反差，陈西安心里有点新奇，他还从来没有在和一个人半熟不熟的时候，就产生这么多的接触。

人与人之间能有深浅不同的缘分，这个夜晚陈西安看着睡得不知今夕何夕的钱心一，好笑地想，他们这算是比较投缘的组合吗？

夜里的小区里偶尔还是有些人声，陈西安静静地坐了一会儿，又给钱心一盖了条预防感冒的毯子，接着起身洗澡去了。

半小时之后他穿着睡衣回到客厅，沙发上的人还是那个姿势，钱心一骂起人来排山倒海，睡起觉来却静若处子了，说起来也是个极端。

就这么让他睡一晚，明天起来估计都成酵母了，陈西安也没那个能耐扒光了替他洗，便去拿了瓶冷冻的可乐，从钱心一的衬衫下摆塞了进去。

很快，睡死的人"啊"地大叫一声，像诈尸一样弹了起来，眯成一条缝的眼睛艰难地睁开，先是找到了冻炸肚皮的源头，懒洋洋地扒远一些，又中枪倒地似的摔了回去，打着呵欠骂陈西安："你是不是有病！"

陈西安拽了毛巾来擦头发："起来，洗了再睡，你身上全是渣。"

"洗……"钱心一混沌的焦距里终于察觉到天花板上的灯有点不对，他翻了个身感觉天旋地转，又瞥见对面的沙发是黑白条纹的，这下终于是清醒了，这哪里是他的家……那就只能是陈西安的家了。

钱心一手软脚软地坐起来，四下打量了一下室内，冷硬的装修风格，窗明几净，屋里最脏的东西，差不多要属他自己。

他醉得云里雾里，也不记得他和陈西安才认识不久，或是给同事添了大麻烦，只是迫切地想要洗掉一身熏人的酒味和黏糊糊的蛋糕屑。

"那我去洗了。"他又打了个呵欠，东倒西歪地爬下沙发，走了好几步才反应过来自己在瞎走："浴室在哪儿？"

陈西安猛然发现，他都一把年纪了，这副样子居然还有点可爱，脸上倏然多了一抹连自己都没发现的笑意，指了指他左后方的门说："抽屉里有新毛巾和牙刷。"

钱心一连谢都没道，"好"了一声就游进了浴室，很快水流的动静就传了过来。

浴室门是磨砂的，但里面还有一道干湿分离的玻璃隔断，看不见里面的身影，陈西安也没想看他，只是屋里就这么大，哗啦啦的水声一直往陈西安耳朵里灌，他平时不怎么看电视，现在还要等钱心一出来了给他安排房间，于是只能靠在沙发上，仰起头任思绪漫游。

钱心一到自己的家里来过了，陈西安慢悠悠地心想，要到什么时候，钱心一才会邀请自己去他的家呢？

哪里都看得出陈西安挺讲究，他的浴室一样小资，有点酒店的感觉。钱心一洗完澡总算是回了魂，没光着就出来，他从门缝里探出颗湿漉漉的头："陈西安……随便来套能穿的衣服。"

陈西安已经站了起来，但还在开他的玩笑："出来自己找啊，都是男人你怕什么。"

钱心一满头黑线："怕你妹，我不耍流氓你还不愿意？你赶紧的吧，光着屁股我焦虑。"

陈西安笑着进了卧室，不一会儿翻出一套睡衣和一条洗过备用的新内裤来，站在浴室门口钱心一指尖堪堪够不到的地方，跟他开玩笑："求我啊。"

钱心一白了他一眼，迅雷不及掩耳地钻出来把衣服夺走了，然后"砰"地关上门，声音隔着玻璃传出来："求完了，滚蛋。"

虽然只是一眨眼的工夫，但是足够陈西安瞥到了不该看的，他挑了下眉毛，靠到玻璃上发笑。

钱心一套内裤的腿猛地一顿，忽然有点尴尬，但他拽着陈西安的内裤，又觉得开黄腔是男人的通病，平常心平常心。

不过心里想归想，但他嘴上还是"呵呵"了陈西安，豪放地说："去年海边全公司都看见我了，你想笑我就到公司里排队领号码牌去吧。"

陈西安根本没去排队，兀自在门外笑上了。

钱心一本来就是开玩笑，听见了也无所谓，闹完了正经起来，说："今天又麻烦你了，我一喝多就是这样，所以我平时不喝酒。"

陈西安心说"求之不得"，嘴上却说："不麻烦，小事。"

钱心一比他矮一些，但睡衣宽大无所谓，他开门前还愁了一瞬间明早穿什么，但拉开门就无所谓了，大不了起早一点回家换。他刨着头发出来，看见陈西安倚在左手边，长胳膊长腿的挺帅，就说："我收拾完了，折腾一天你去睡吧，沙发借我用一晚。"

陈西安把自己擦过头的毛巾盖到他头上，隔着毛巾揉了一把，戏谑道："我能让所长睡沙发？有客房，不过杨江前几天来睡过，你先擦头发，我去换套床单。"

钱心一捂住毛巾只剩半边脸："别换了，麻烦，谁介意这个啊。"

陈西安笑了笑，觉得他也不像是会介意的人，便把他引到客房里去了。

第二天一早，钱心一游魂一样出来，陈西安正好从外面回来。他明显是去锻炼了，短袖运动服，整个人跑得浑身都是汗，额发贴在脸上，目光清醒有神。钱心一醍醐灌顶地反省了一下，觉得别人帅不是没有道理的，他羡慕但是没有执行的动力，便泄气地抬了下手当打招呼，一回头钻进了浴室。

洗完脸出来陈西安在往桌上搬东西，豆浆、包子、鸡蛋和凉拌黄瓜，他坐过去，陈西安在对面问他要吃什么包子，钱心一听指挥夹了个梅菜馅，啃到嘴的瞬间幸福得冒油，脑子里忽然冒过一个念头，差点没把包子都吓掉。

陈西安又给了他一个鸡蛋，看了他一眼："怎么，不好吃？"

钱心一把包子塞进嘴里，鼓着腮帮子摇头，用筷子拨着鸡蛋在盘子里打滚，内心颇为凌乱：贤惠是贤惠，但他是个男的啊。

由于起来得晚，钱心一来不及回家换衣服了，陈西安给他刨出一套以前穿的休闲服，除了叠痕深一些，裤脚往里折一点，穿着倒也合适，而且陈西安对衣服质地挑剔，穿着比钱心一自己的衣服还有板型一些。钱心一在穿衣镜前面得意，又去把陈西安送的护目镜拿出来戴上，旁观的人一夸，他也觉得自己戴眼镜还能看，并且还越看越有学问，就对着镜子做沉思状。

陈西安把臭美的人后衣领一提，往门口拽："够了钱博士，去公司思考吧。"

钱心一到底没戴着眼镜进办公室，除了工作以外，他不喜欢别人注意他，他就在电脑桌前戴。不过进出他办公室的一所人员还是看见了，并把他的护目镜样式大夸了一通，说他戴上了之后气质如兰，斯文俊秀，十分的不适合发怒，被钱心一丢的文件夹给砸出去了。

只有年轻而热爱名牌的赵东文发现了他气质升华的另一个原因，就是他的衣服，于是陈西安的眼光得到了大家的一致认可。

钱心一先去找高远交了下底，说这个项目到处有仇，搞不好就砸了，问他考不考虑换个所干活。高远沉思了一会儿，说先干干再说，钱心一就破罐子破摔地出去了，临走他还从其他组敲了个竹杠，要求忙不过来的时候其他组必须无条件提供一个人来帮忙。

然后他召集全所开了个会，传达了一下业主的愿望和诉求，刷刷地把活分下去了。陈西安和胖子整结构，他、梁琴和老吴管功能和立面，赵东文机动，哪边缺人去哪边顶缸，散会了开始干活。

忙起来察觉不到时间的飞逝，每天就是画画画，钱心一和陈西安都很注意进度，一周开一个报告会。前期松散点，每天干到 7 点下班，高强度的脑力活动让人连吃面还是吃饭都不想考虑，其他人都是有家的人，所以陈西安只要提出一起吃晚饭，就是一提一个准。

杨江发现他的好朋友失踪了是在一个月之后，他打电话给陈西安，说："靓仔，出来玩呀。"

那边瞬间拒绝："自己玩吧，我在吃饭。"

杨江无语道："服了，一个人吃什么饭？寂寞都不够饿的，赶紧的出来喝酒。"

陈西安笑着虐狗："不去，我这儿有两个人。"

杨江心里"咯噔"一响，立刻来劲了："谁！！！钱心一？"

陈西安"嗯"了一声，杨江对他的误会是越来越深了，难以置信地说："你骗我吧？钱心一会单独跟你吃饭？我大伯跟我说，上次我去他家，钱心一嗷嗷地要潜逃，就是不乐意跟生人吃饭，你们这才共事几天啊。"

陈西安笑道："可能对他来说，我算老同学那一挂的吧。"

杨江不信："得了吧，我也他老同学啊，他咋不单独跟我吃饭啊。"

陈西安："那你也没单独请他啊！"

杨江："我一个大老爷们，单独请他那个大老爷们？干啥呀？"

陈西安轻笑："吃饭呗。"

杨江学着他的语气说："吃饭……你请我吃饭也没这么勤快啊，都是我求爷爷告奶奶地把你拉出来的，啧，一对比显得我好没地位，我心里好酸。"

说着他还造作地单手捧了下心，不过陈西安没看见。

陈西安只在对面说："我这儿吃饭呢，你要是没别的事，我就先挂了。"

杨江"嗯"了一声，陈西安刚要挂，忽然又听见他在那边说："哎等会儿。"

陈西安于是没挂，举着手机回道："怎么了？"

杨江组织了一下语言后说："西安，人言可畏啊，外头是怎么传你的，我不说你也知道，你觉得清者自清用不着解释，但很多时候就是很容易误会，所以你要是有心和钱心一走近一点，还是要亲自跟他说清楚的，你懂我的意思吧？"

陈西安心里挺感动，温和道："再说吧，这边女同事私底下讨论我在八局的事情，我都听到了，不过心一要是不主动提起，我也不会莫名其妙地去解释，没必要。而且一个人到底是什么品行，是不是真诚地在待人，成年人自己应该是有判断的。"

钱心一虽然有些迟钝，但并不是缺心眼，只是他一天起码要接百八十个电话，业主厂家施工单位，效果管线和外墙，自己还要调整好心态画图，实在是没什么工夫细思恐极。

偶尔会有那么一瞬间，他会觉得自己和陈西安好像有点形影不离，但这种念头通常持续不到一分钟，就会被各种各样的问话打断。就比如他现在坐在陈西安对面，鱼香肉丝还没来得及点，之前已经交图的施工单位就来电问他墙歪得很厉害怎么办。

陈西安挂了杨江的电话，就见钱心一在骂："大哥，我服了你们了，我只是个出图的，又不是大厦一条龙服务，墙砌歪了你也跑来问我，钱归我收吗？……按你这个逻辑那卖卫生纸的还要负责给买家擦屁股了？"

陈西安敲了敲菜单，对面的人用手指在鱼香肉丝上划了一下，他又加了个凉拌腐竹和金银馒头，把单下了。

现场必然是打了个马虎眼，钱心一不耐烦跟他闲扯："那我也没办法给你把墙别直了，问我？我建议你们凿了重砌，基都是歪的，误差累计后续什么都会歪得越来越厉害，不过你的初衷要是想建个比萨斜塔，那我也不敢说话了，就这样，挂了。"

他把手机往桌子上一滑，习惯性地叹了口气。

人的精力有限，要是太分散就容易累。钱心一看着凶巴巴的，但其实这种人恰恰是最好说话的，陈西安就能避免许多这种麻烦，因为他的回答总是特别官方：抱歉不是图纸问题，我们不予过问。

陈西安给他倒了杯酸梅汤："你还是太好说话了，别人一说难处，你就排忧解难，这样多累。"

话虽这么说，但他或许喜欢的就是钱心一这种态度，为安全负责。

钱心一灌了小半杯，贴着桌面晃动杯子，紫黑色的饮料在杯中跌宕，他抬起眼看陈西安，有点自暴自弃："你也觉得我嘴太长了是吧。"

陈西安："不是，你是心太软了，大家不懂的就要来问你。"

钱心一有气无力地说："烦成我这样，就知道这不是句好话了。"

"在我这里是好话，我喜欢你这种态度，不推卸责任，你到大企业里待一待就知道这种人多难得了。"陈西安想了想，说，"你要是觉得我可信，以后分一半的人跟我联系吧。"

钱心一愣了下，有些感动，工程上的麻烦大家都像皮球一样踢，因为一过问基本就得被烦到竣工，只有傻子才会接下麻烦。陈西安当然不傻，那他为什么愿意犯傻，钱心一虽然不愿意想，但是"他负责这个"的理由也不够用，因为这些项目都跟陈西安没关系。

他鬼使神差地避开了陈西安的眼睛，甩着筷子说："再看吧，哎菜来了。"

陈西安眼神一瞟，笑了笑没说话。他是个很细心的男人，这么久足够他发现钱心一某些小习惯的动作，比如他很闲或是焦虑的时候，喜欢折腾笔，不甩就敲再不就转，陈西安愉快地想：他现在是闲，还是焦虑呢？

吃完饭后钱心一决定去看看他师父，杨新民喜欢五路居的糖蒜和糖拌萝卜丁，钱心一说要去买，陈西安没什么事，也说去买点尝尝。

五路居是个老字号咸菜铺子，卤菜、调味料也卖得十分火热。陈西安对调料比对咸菜兴趣大，就低着头在那边看肉骨茶。收银的小妹亦步亦趋地跟着他，大夸特夸他们特制的肉骨茶是改良版，比进口的适口得多。钱心一在卤菜冷柜前把鹌鹑蛋、火腿什么的论斤称。

各自买完东西，出门看见五路居旁边的 Cherry 蛋糕坊，钱心一想起梁琴忙起来没时间逛街，嘀嘀咕咕地想吃这个牌子的朗姆芝士，就准备去带几块，当慰劳一下大家。所以他站在展柜前问陈西安的时候，只是临时起意顺嘴："你吃不吃这个？"

陈西安立刻就笑了，他老家沿海，有吃下午茶的习惯，他虽然不嗜甜，但是糖分低的蛋糕还是挺中意的，他眉眼舒朗地靠过去，说"谢谢"。钱心一瞥了他一眼，没想到陈西安居然喜欢吃蛋糕。

两个大男人一起买蛋糕感觉还是挺奇葩的，钱心一叫服务员装了七块，准备赶紧走人。谁料天不遂人愿，他就多看了一眼那个看起来好像不甜的香蒜面包，背后就响起一声尖锐又带着惊疑的叫喊。

"陈西安？！！"

钱心一回头的当口，硬跟鞋跶跶敲地的动静就急迫地靠了过来，他目光落处是个高挑骨感的女性，穿着平底的单鞋都到了他嘴唇的高度，淡妆瓜子脸，中分披肩发，肤色均匀、打扮精细，一看就是个白富美。

她身后还有个跟她差不多白净的男性，追着来拉扯她，脸庞很年轻，个头比陈西安还高，配她十分金童玉女。

此刻白富美跑到陈西安面前站定，想拉陈西安却被他避开了，于是愤怒地用涂着大红甲油的食指指着他，眼中飞快地漫起湿意："你，你为了躲我，居然连职都辞了！"

陈西安为了避免授受不亲，干脆别到钱心一侧后边拿他当挡箭牌，看着对面的女性也是一脸无奈："贾瑞，好久不见了。"

在他抬眼打招呼之前，那男人率先朝他笑了笑，虽然一脸尴尬："师……陈哥，好久不见，你，还好吗？"

钱心一听他们打招呼，脑子里猛然亮起一道闪电。贾瑞这个名字他有印象，就是女同事和王一峰的八卦里的女主角，八局局长的宝贝闺女。

传说中这个美女怀了陈西安的孩子，然后他死不承认……

钱心一暗搓搓地瞄了一眼她的小腹，发现她高腰包臀裙下的腹部十分平坦，在他思考是没显怀还是没怀的时候，他又瞥见那个被陈西安叫哥的男人拉着贾瑞的手摇晃的小动作，这举止亲密非常，钱心一盯了两秒，忽然感觉自己好像站了一场年度感情大戏的舞台中央。

听那句像极了赵东文风格的欲言又止，这个年轻人好像还是陈西安曾经的徒弟。

钱心一有了溜之大吉的念头，就在这时，感情大戏的男主角朝男二号笑了笑，一点也不剑拔弩张地说："挺好的，李安你们逛吧，我们要走了。"

贾瑞手一横拦住了去路，咄咄逼人地看着陈西安，说着说着就哭了："话不说清楚不许走，为什么要辞职？是不是我爸他……"

"小瑞，别乱说！"李安语气有些重地打断了她越发激动的话，贾瑞恼怒地转头剜了他一眼，梨花带雨的让他立刻没了脾气，他讨好地说了一连串的"好"，然后闭了嘴。

钱心一觉得这男的有点窝囊，不过另一方面，他也从那半句话中验证了陈西安确实是被排挤出八局的，正好被高远捡了个漏。

大获全胜的贾瑞甩开了他的手，往前一步想碰触陈西安，却又被避开了，这个动作或许挺伤人的，她咬着嘴唇委屈得眼泪都含不住，失控地哭了起来："为什么啊？我也不差啊，是有点小脾气，但为了你也愿意改，你为什么就是不喜欢我？"

贾瑞是真的有些崩溃了，她长得好家世好，向来都是人追她，或许就是因为陈西安不爱搭理她，她才觉得这个人与众不同的有魅力，她抛弃矜持追了陈西安半年，没想到真有人能无动于衷。

太过一帆风顺的人生遇到风浪，往往不堪一击。贾瑞有自傲的资本，又偏执成狂，越发想不通陈西安连她都看不上，那他能看上谁！

端着面包盘围观的人越来越多，眼里的弹幕估计全是三男一女的爱恨情仇，偏偏当事人们一个激动一个淡定，还有一个慌忙地掏纸巾，就钱心一这个无辜的外人尴尬得不行。他捅了捅陈西安，示意他安慰一下。

不过安慰也轮不上陈西安，看样子李安和贾瑞是谈上了。贾瑞第一天到八局实习，李安就看得目不转睛，可惜贾瑞爱慕陈西安这种对她高冷的类型，为了接近贾瑞，李安专门的陈西安收他当的徒弟。

陈西安没理他，只是看着被李安连哄带劝的贾瑞："你很好，是我的问题。"

贾瑞稀里哗啦地哭着骂："不要再说这种话了！我每个月给你小区的门房两千块钱，让他向我汇报你的行踪，你什么问题都没有，所以你说为了别人辞职的，也肯定是在骗我的，对不对？"

面对她的梨花带雨，陈西安无动于衷地说："没骗你，是真的。"

从文字游戏上来说，他自己就是那个"别人"。

贾瑞激动地喊道："我不信，是不是……是不是杨江叫你辞职的？他一直对我有成见，但他自己也不是什么好东……"

"西"字没出口，陈西安就严厉地打断了她："贾瑞，请你不要议论我的朋友！"

这些事情其他都知道，在贾瑞的父亲找他谈话的时候，为所欲为的人其实非常多，比监视更残酷的事他也经历过，所以当时他没有特别生气。他现在动了怒，是因为贾瑞差点在大众场合揭杨江的疤。

钱心一旁观得瞠目结舌，这女人的话里全是炸弹，炸得他脑筋都碎成了一段段，办公室恋情、监视、杨江……真是会玩的城里人！

陈西安冷下脸来还是挺可怕的，李安心虚地瑟缩了一下，拥着贾瑞温言细语道："小瑞，你冷静一点，陈哥不是你想的……那种人。"

那个刻意压低了语气的"那种人"莫名其妙就踩中了钱心一的地雷，他眯了眯眼，看这个话里有话的小白脸横竖不顺眼，忽然插进来："哪种人啊？说一说呗。"

陈西安眼里瞬间就染了笑意，看了他一眼，觉得那小模样挺霸道。

钱心一惯于骂人，积威到底不是一点点，他平着眼睛把语气一提，好像忽然就从群演变成了大boss，尽管他提着一堆香肠腊肉，穿得也很普通，李安还是愣了两秒，被他逼得口不择言起来："……呃，那个，没哪种。"

贾瑞毕竟敏感许多，陈西安的眼神没逃过她紧盯的视线，哪怕她拿出最娇弱的姿态撒娇的时候，这个男人也绝不会露出这种表情，怎么形容她说不出来，算是女人的一种直觉，她从那点神态里窥出了温柔与喜悦。

贾瑞心里"轰隆"一声，骤然疼得心脏都缩了起来，她不甘心，为什么她不能被这种目光笼罩。

她无法置信地看着陈西安和钱心一，嗓子紧得要命，话都是一个字一个字地蹦出来的："你、你……他……"

钱心一被她走火入魔似的双眼看得别扭，转头去看陈西安，见他面无表情、很不高兴的样子，于是钱心一说："我们走吧。"

贾瑞像所有求而不得的偏执者一样，伸手去推钱心一，嘴里是混乱不清的哭嚷："不许走！要走你自己走，你个……"

她平时骂惯了，险些张嘴就是一句"狐狸精"，可惜钱心一怎么看都不像，于是她急刹车地咽了回去。

钱心一被她的忽然发作推得节节败退，直到贴到陈西安的胸膛才回过神来站稳，背后的人将左手搭在他肩膀撑住他，钱心一匆忙转头瞥了他一眼，心里有些话但知道不适合现在说，便又转了回去，眉心浮起的痕迹显得不太愉快。

贾瑞还在歇斯底里地推他，质问变成了呜咽，李安要拉不敢拉地添着乱，连路过蛋糕坊的人都驻足在了门外，毕竟看热闹不要钱。

钱心一厌恶被目光包围的感觉，周围的窃窃私语让他有些心烦，他一把拽住贾瑞劈过来的手腕，盯着她的目光尽力别那么不友善："贾瑞是吧，别哭了，这么多人看着。那谁戴帽子的小帅哥，别拍了啊。"

贾瑞愣了一瞬，隐约察觉到他脾气似乎不小，顺他所说泪眼蒙眬地瞟了一眼，登时被人群里举起的手机给吓到了，她尖叫一声把脸一捂，在脑洞里自己已经成了微博上热搜的丑闻主角之一。

李安也是满脸通红，像个老母鸡似的把她护在怀里，搞得被又推又骂的钱心一才是个恶人一样。

钱心一无法理解这美女的脑回路，怕丢人开口之前也不想好，凶起来像个母夜叉，一个摄像头又把她吓得瑟瑟发抖，脸变得又快又翻天覆地。还有她这个男朋友，连稀泥都和不好，现在居然还敢有一下没一下地瞪他，简直岂有此理。

跟他们讲理估计是有点困难，而且这姑娘哭得也挺惨，钱心一决定见缝插针地溜掉。他也没知会罪魁祸首陈西安，提着他的蛋糕和香肠大步流星地推了地弹门，准备去他师父那里避难。

陈西安狗皮膏药似的撵上来，抓住他的食品袋把人拖上了车。

钱心一稍微有些迟疑，到底是没有放开他的吃食，几乎被牵一样地上了车。他明白陈西安找他干什么，有些话已经到了嗓子眼，藏着掖着反倒没什么意思，只是当事人如果愿意主动说清楚，尴尬明显能少一点。

小小的轿车门像一道结界，车外人来人往弦月东升，车内的气氛却渐趋沉闷。

钱心一确实有点尴尬。

而他的局促，陈西安看得出来，不过他也只是风轻云淡地扶着方向盘，等着钱心一憋不住先开口。

钱心一忽然就起了烟瘾，掏了掏才发现，自从陈西安出现后，他不再方便躲在办公室里抽烟，又没时间去楼梯间，好一阵子没带了。习惯真是个可怕的东西，养成得这样悄无声息，想改却难如江海倒流。

他松了松没系领带的领口，等了半天也没等到陈西安发话，急性子果然先受不了了。

"不说话我就走了。"钱心一嘴上说要走，上身却往靠背角上一压，半侧过身来方便看陈西安的脸。

陈西安一直撑在方向盘上看他，这样两人正好能斜着正面对。

很快两人四目相对，陈西安勾了下嘴角，声音十分温柔："今天谢谢你帮我解围，作为报答，我可以无偿回答你一个问题。"

他本来不喜欢提这些事，天意让贾瑞半路杀出，钱心一现在虽然没吭声，但陈西安看他的表情，也明白他心里肯定好奇。陈西安迟疑了一下，临时决定不再遮掩，向他摊牌。

钱心一被他"磁"出一身鸡皮疙瘩，明知道这厮在给他挖坑，却因为确实在意结果，简单粗暴地就跳了下去，然而话到嘴边又有点犹犹豫豫的：

"你能不能给我解释一下，那个'那种人'是什么意思？"

陈西安面不改色地微笑道："你觉得是什么意思？"

钱心一烦得刨了下头发："欸，你们这些大企业的人是不是不会好好说话啊！是我在问你。"

陈西安的声音低了一点，显得有些无奈："你从来不问我私人的事，我也不好上赶着跟你说，怕说得太直白了你会生气。"

他一副小心翼翼的姿态，钱心一反倒理亏了，他只对不讲道理的有理，陈西安这种性格天生就有点克他。他打量并回想了一下陈西安的日常，觉得他不太像，但眼睛看不透皮囊，他又不敢确定了。

反正他现在是有点顾虑会伤到陈西安的自尊，语气正常了不少："虚里虚气的我才生气，直说就好说。"

陈西安垂眼遮住笑意，接着再抬起来直视他，看了差不多有个七八秒才开口说："心一，我确实很喜欢你的性格和原则，到了咱们这个年纪，要守住这些不容易。"

他的眼神特别专注正经，钱心一被他盯得不由正色，接着就听见了他的称赞。这正说他，怎么变成吹捧自己了，钱心一啼笑皆非地打断道："说正事，别拍马屁。"

"这就是马屁了？那你不太经夸，"陈西安打完岔，言归正传起来，"话说你听了那些传言，有觉得我这人相处不舒服吗？"

王一峰也说过这种话，钱心一怔了下，莫名其妙地回了句："我为什么要不舒服？"

陈西安："因为人言可畏，近墨者黑啊。"

"黑个鬼，"对于那些喜欢在背后嚼舌根的人，钱心一一直挺不屑的，"我不瞎，我会自己看。"

陈西安微笑着说："这么相信我？"

钱心一没说话，一脸"你说是就是呗"的表情。

陈西安笑了几秒，感慨道："心一，你真好。"

钱心一假谦虚："马屁可就算了，我在公司的名声你又不是不知道。"

陈西安脸上笑意渐深："你的名声是明贬实褒，跟我不一样。不怕你笑话，我原来在八局的时候，明明什么都没做，名声就是不好听，这些乱七八糟的事挺无聊的，我也没准备让你知道，如果你觉得有点介意，或是会影响工作，我可以和老吴换工位。"

钱心一无语了好一会儿，心里居然觉得他这个提议有点瞧不起自己，当然，作为名誉上的受害人，陈西安心里应该最不好受的。

钱心一不懂贾瑞是什么情况，追个人追不到就算了呗，换一个再追不就行了吗？何必又是跟踪又是抹黑，他听着都替陈西安搓火，也就这人脾气好，见了这种"故人"还有好脸色，那要是换了自己，钱心一觉得自己这火暴脾气，可能分分钟就得捶人了。

钱心一想都没想，做了个意料之中的决定，他说："拉倒吧，工作就是工作，你凭什么去和老吴换位子，老高问起来你让我怎么说？因为我听见别人在外头说陈西安名声不好，我觉得影响我了，所以把他赶出去了？这也太幼稚了。"

陈西安："这是个小问题，你可以不用管。心一，我不想给你造成困扰，但有些东西是无法控制的，比如流言蜚语，你不明确地跟我划清界限，我怕下次遇到八局，你会被针对。"

钱心一忍不住气笑了："针对就针对，针对我的人还少吗？我又不是用私生活在给他们画图，还有，光是名声好，有个屁用？"

比如高远，那是远近闻名的好老板，可他的底线却越来越模糊了。

陈西安看着他，突然也跟着笑了："可以，然后我们组个组合就可以直接出道了，就叫声名狼藉二人组。"

钱心一还有脸乐："组啊，组好了出去横着走。"

陈西安笑得不行，他的性格决定了他当不了"霸王"，但他可以当"霸王"组长背后的男人。

两人开了通玩笑，又才捡起之前的话题，钱心一没个正形地说："搬办公室什么的你就不要再提了，你进了我们一组，就只能是一组的人了。而且我这还没压榨上你的剩余价值，你想走也走不了我跟你讲。"

这是个大实话，陈西安心知肚明地笑道："我不走，你压榨吧。"

钱心一最满意的就是他的专业水准，闻言心里简直踏实，暗自美了片刻，庆幸高远和自己捡到了这个便宜。

美完之后他又想起贾瑞，因为实在费解，八局又是常打交道的单位，所以忍不住有点八卦，钱心一未雨绸缪地说："陈西安，要是下回再碰到那个贾瑞，她还跟我鬼扯，我怎么做对你比较好？"

陈西安笑着摇了下头："别了，她挺偏执的，你还是不要掺和进来了，对你只有坏处。"

他毕竟是个有头脑的成年人，钱心一听他这么说，也就不掺和了，只是关心地闲扯道："你也是，刚刚是怎么想的？她冤枉你，你还在那儿跟她好声好气，这要换了我，我不呲儿她一顿，我得憋屈得够呛。"

陈西安发自内心地说："你这样挺好的。"

钱心一："你看，你又在睁眼说瞎话了。"

陈西安看他的目光深邃温和："没啊，我是认真的，你的性格我都夸了好几遍了，我很喜欢和你待在一起的感觉，工作、吃饭、聊天，都不会觉得很无聊。我是真的……"

他顿了一下，注视着钱心一的眼睛说："不希望你因为任何原因疏远我。"

传说中深邃的目光，大概就是他这种了。

钱心一撇开视线，笑了笑，他和陈西安待在一起似乎也很轻松，沟通方便，没什么顾忌，这个人细心而且体贴，兼顾贤惠，实在是一个很理想化的搭档。

钱心一也被他夸得受不了了，赶紧说："谢谢您稀罕我，我一直觉得我的性格挺讨人嫌的。"

陈西安很有风度地笑了笑："我最后再表一次忠心，不讨嫌，我们全组都爱你。今天这事是我对不起你，希望你回头想起来，夜里不要郁闷得失眠。"

钱心一拉出安全带往身上捆："我哪有那个美国时间失眠，走吧，我要去瑜苑，你带我一程。"

陈西安发动汽车，从后视镜里看他，心想：越是深入了解，他就越发现钱心一看着凶，其实心很软，这样的人一般都是人间瑰宝，遇到了就该好好珍惜。

打定主意要好好珍惜钱所的陈西安拐了个弯，说："那我们以后还一起吃饭吗？"

钱心一看神经病似的看了他一眼："吃屁，不一起！"

陈西安很愉快地笑起来："好的，一起。"

说不上哪里怪，但就是感觉有古怪。

小楼的造型叽里拐弯，结构因此也特别复杂，陈西安这边明显忙不过来，赵东文作为流动人员被拨到了陈西安这边帮忙，他一天往陈西安的工位跑百八十趟，这种感觉比谁都深刻。

"这里是个八角楼，檐口突出，风荷载比较大，梁截面加大一点，以后有时间我教你算，现在配筋你先问包工。还有梁底离屋面的高度不到700毫米，注意跟老吴和梁琴通下气，让他们画外装饰的时候考虑一下安装的问题，免得到时候现场来找麻烦。"

陈西安一边手速惊人地在草图上做云线标记，一边侧过头来看赵东文："明白没，还有别的问题吗？"

陈西安会是个很好的师父，有耐心，讲的也简单易懂，做他的徒弟应该是一种幸福，但是赵东文觉得自己不会叛变。

他下意识抬头看了他师父一眼，发现那个平时爱插嘴进来骂他的人正眼观鼻鼻观心地在画图，聋了一样。

这情况有点反常，以前他来一趟被骂一次，钱心一总觉得他依赖性太重，也没有归纳整理的习惯，一遇到问题就天塌了一样地来问，没半小时又来一趟，既打断对方的思路又浪费别人的时间。

这两天却很少插入他们的话题，也少见他和陈工边工作边聊天了，每次他来办公室里只有敲击键盘的声音从不停歇。

"嗯，"赵东文狐疑地看了他们两人一眼，咧出一个笑，"暂时没有了，谢谢陈工，那我先出去了。"

陈西安"嗯"了一声，赵东文拿着纸笔出去，迅速和梁琴凑到一起窃窃私语。

他趴在和梁琴工位的分界线上，先交代了陈西安提的问题，随即话题奔着八卦的道路一去不回，他鬼鬼祟祟地说："琴姐，你觉没觉得，我师父和陈工他们两个……"

梁琴萎靡的精神猛然一震，滑着椅子和他挤作一团："有有有，他们是不是吵架了？"

赵东文立刻摇头："吵不起来吧，陈工脾气那么好。"

梁琴一脸"这你就不懂了"的表情："泥人还有三分土性呢，一般脾气好的人发起火来才吓人呢。"

赵东文呵呵道："我师父不可怕吗？再说他们有什么好吵的，意见别提多一致了。"

这个梁琴赞成，她想了想，忽然小声地说："陈工在八局有些流言你知不知道？"

赵东文上班忙成狗，加班连狗都不如，还要抽出紧巴巴的时间和温晓茹蜜里调油，实在兼顾不了八卦，闻言把头摇成了拨浪鼓，眼底的兴趣像X射线一样。

梁琴左看右看，发现胖子在算配筋，老吴在纠结檐椽，就跟赵东文咬耳朵："我跟你说你别大嘴巴一咧歪全公司都知道了啊，是这样，我听徐姐和小张说，陈工在八局把局长闺女的肚子搞大了，不肯娶人家，被硬辞的。"

赵东文被大肚子的新闻炸得头昏脑涨，嘴巴里能塞个鸡蛋，后两句基本没听清："……你信不信，反正我是不信。"

梁琴面色古怪地说："我也不太信，可你师父说不定信了呢。"

赵东文摆摆手："可拉倒吧，我师父最不信这种乱七八糟的话了。"

梁琴到底是女性，细心且直觉强烈，还有半句话她没说，她能感觉出钱心一对陈西安的态度没以前那么随意了，至于是为什么，她能想到最合理的解释，就是陈西安那些流言，渣到让钱心一也忍不住避嫌了。

这单身女人一脸深沉地思维风暴了一会儿，最后被无止境的工作折磨得恶从胆边生，愤而想道：要是工作狂钱心一能被理性圆滑的陈工收服，起码一所的日子不至于这么艰苦。

钱心一倒是没再碰到贾瑞，但这个女人的出现，终究还是为他和陈西安的搭档关系注入了一点改变。

　　陈西安不知道是避嫌还是怎么的，好像跟他拉开了一点距离。

　　钱心一有点别扭，但所谓成年人的体面，又让他选择了顺其自然。

　　在又一次去工地的时候，王一峰拉着钱心一，聊了聊从他那个八局媳妇那儿听来的爆炸性新闻：某博士真是狗改不了吃屎，去了 GAD 没多久，这就又跟单位一个设计搞上了。

　　钱心一听得瞠目结舌，他以为蛋糕店那事已经过去了，谁知道谣言的风暴居然再一次肆虐了。

　　他终于见识到人言可畏的威力，在王一峰让他为陈西安考虑的劝说下，内心对陈西安和他保持距离的操作更不爽了。

　　还有，这个距离的标准又是多少？钱心一也不知道，他只是头一回经历这种不干不脆的事，没有经验，分寸拿捏得稀烂，渐渐地，他们之间的话变少了，饭也吃得不像以前那么频繁了。

　　他以为自己是为了陈西安好，却并不知道自己这么一整，在别人看来，却像是他对陈西安有什么意见，在用沉默来代言一样。

　　陈西安依旧温和依旧有礼，但是渐渐地也不再找钱心一吃晚饭了。

　　钱心一背地里纠结得不行，感觉他和陈西安之间，相互把对方当空气的感觉越来越重了，他觉得有点堵心，另一边习惯了约饭，再回归一个人到处瞎对付的晚餐，总是有种"寒风飘逸洒满我的脸"的凄凉心境。

　　这种状态让人难受，钱心一即使是在纠结得头发狂掉的时候，也仍然觉得自己还是站在维护一个谈得来的朋友的角度，所以他不该主动招惹陈西安。

　　没有意思，却给别人还有机会的暗示，是极其可耻的行为，这明明是钱心一的爱情观，眼下却被他套用在了交友上。

　　这厢他俩正在搞"君子之交淡如水"，另一边，杨江"恨不相逢未嫁时"的感情系列也再度遭遇滑铁卢。

　　他爱恋的女人为了给孩子和老人维持一个"完整"的家，在她老公指天发誓没有下一次的毒誓里回到了婚姻的囚笼，杨江痛苦地跑到陈西安家里苟延残喘，大惊失色地发现他好朋友的兄弟情也是大起大落。

过程依稀是这样的简单：起于贾瑞的神助攻，落在正常人的人生观，连电视剧一集的时间都没活过，就悲剧了。

杨江先是幸灾乐祸地回了半管血，对陈西安冷嘲热讽，活该他不听自己的话，早点解释和避嫌。

陈西安沉默地锻炼，全程无视他，杨江嘲笑得没意思，忽然又忍不住来替他操心。

杨江盘腿坐在健身房门口，抱着盘洗净的无籽葡萄，孤独寂寞冷地说："咱都一把年纪了，你也睁开眼睛，好好地找一找对象吧。你别跟我说什么奋斗那一套，你还没钱心一有事业心呢。"

陈西安选择性耳聋地忽视了前半句："钱心一也不算有事业心吧，有不少年薪开得不低的单位拉他，他都没去。"

刚吃的那颗有点酸，杨江被酸到了，皱着脸说："我在说你，你在说钱心一，你不要什么都扯上他，OK？"

"不OK，"陈西安笑道，"他是我的挡箭牌。"

"挡你大爷啊，"杨江实在是时运不济，跟着又吃了颗更酸的，不知道是被味蕾刺激得忘了词，还是因为自己都做不到，劝得也挺敷衍，只是低下头，开始拣看起来熟的果粒吃。

他不说话，陈西安也不找话，默默地踩着跑步机，等那几分钟跑完了才停下来，站在机子旁边缓气。

杨江在门口吃魔怔了，盘里不一会儿见了底，陈西安眼见着他的表情好像又哀怨起来，忽然说："我上个月遇到赫斌他爸了。"

杨江在伤心欲绝的边缘被震住了，塞到嘴里的葡萄掉回了盘子，他求证地说："谁？谁的爸？"

陈西安看他正常回来，暗自松了口气："赫斌他爸，赫剑云。"

杨江的悲伤登时被往昔岁月碎成了渣，他爬起来，打着赤脚啪啪地跑到陈西安身边打转："啊！你怎么会遇见傻帽的爹啊，他没为难你吧，你没事吧？"

陈西安看他穷紧张，心里一阵温暖："我在做的别墅开发商是他，我没事，你不要紧张。"

杨江知道赫剑云肯定羞辱过他了，不赞成道："辞职吧，赫剑云会整死你的。"

陈西安想起钱心一说张航算老几的表情，心里忽然挺想他的，他笑了笑，眼神里的东西几乎算得上执着了："不辞，我曾经退让过一次，所以赫斌死了，但这能怪我吗？不能，实事求是地讲，我也是一个受害者。你记得张航吗，巧的是，他也在甲方的总包。"

杨江彻底蒙了，喃喃道："我的妈，大路再宽，冤家路窄，你们老板也是倒血霉，遇见的多全是仇人。"

陈西安靠在门框上笑："心一问过我要不要退出，我问他怕不怕张航，他说张航算老几。赫剑云当众说不要我参与他的项目，钱心一说我是他的搭档，并且他只跟我配合。杨江，换作你面对赫剑云，你敢这样维护我吗？"

杨江没说敢，虽然他应该会，而且方式肯定不会像钱心一这么粗暴，不过钱心一确实有气魄，这一点他无法否认。杨江叹了口气："我算是知道你为什么非要赖着钱心一了，喜欢他正直勇敢不向恶势力低头是吗？"

陈西安瞥了他一眼："你直说他犟吧。"

杨江一迭声地说："可是张航就是不算老几啊，赫剑云不一样，他特别特别特别有钱。"

陈西安"嗯"了一声："知道，分内的工作我会做到无可挑剔的，如果赫剑云真想整我，我参不参与这个项目、辞不辞职都没区别。"

杨江想想也是，除非他不干建筑这行，否则根本避不开地产商。

"那你打算跟你的挡箭牌怎么办？听我大伯说，钱心一好像比你还忙，也拐弯抹角地逃避相亲，你们怎么想的，就这么耗着？等到一枝花的年纪过去了，选择降级地相亲，随便找位女士就结婚了？"

陈西安一副咸鱼的架势："先看着吧。"

杨江被他平静的姿态弄得有点发毛："你怎么这么淡定？你心里……不着急上火吗？"

陈西安苦笑道："急啊，但是不想像你这样。"

杨江低头看了一眼花裤衩，又想起自己每次都是来痛哭流涕的，忽然挺生气的，对他竖了个无声而有力的中指："祝钱心一天天被介绍对象，早点找到真爱，就你一个人打光棍。"

事实证明，杨江可能真是个乌鸦嘴，别墅的汇报近在眼前，王一峰又横插一杠，来给钱心一介绍对象了。

钱心一不知道自己是出于什么样的心理，通话声音就那么大，他却总担心对面的陈西安能听见，跑到楼梯间了才准王一峰说话。

王一峰在那边嫌他事儿多，又觉得他没诚意，本意也忘了，骂骂咧咧地谴责他不成熟没担当，还不孝顺。

钱心一顺了二所所长一根烟，歪头夹着手机点着，把他的废话从右边灌进去左边倒出来："大哥，你要是没正事我就挂了啊，我明天去甲方汇报，正赶着做 PPT 呢。"

王一峰一听这架势，他好像比蒋一芸给他介绍妹子的时候还忙，就觉得这事要黄，连忙打住了废话，单刀直入主题："钱啊，哥跟你说，这姑娘是我们项目新来的财务兼资料员，收入差不多是你的六成，也挺多了，性子特别爽利，个挺高，人也很理性，刚分手，我跟你嫂子合计了一下，把你照片给她了，她对你挺满意的，我把她照片传给你看看咯？"

钱心一呛了口烟："你什么时候有我照片的，你偷拍我？"

王一峰虽然对未经允许发照片有些心虚，但是照片的来源还是正规清白的："扯犊子，美女都不拍我拍你？！就你上次来我们项目现场上吊篮的时候拍的呗，我挑了张你正脸的把其他人都 P 掉了。"

钱心一不知道该说这两口子是疯了，还是该谢谢他们对他的脸如此自信，连戴着安全帽、背景全是钢筋水泥的照片也敢发给人看。不过他们这个新财务的口味貌似也蛮奇特，连这种没诚意的照片她都可以满意。

他沉默了半根烟的工夫，还是拒绝了："王哥，谢谢你和嫂子替我费心，不过我目前的状态不适合谈对象，挺忙的，火气也挺大。"

王一峰在对面叹了口气，不强求但还在做最后的努力："你这个加班狗当得我也是醉了，算了我不管你了，财务的电话和 QQ 我发给你，你不爱联系删掉吧。"

说完他就挂了电话，钱心一蹲到脏兮兮的烟灰缸旁边接着抽烟，没抽两口短信提示就来了，他没理手机，心里不太好受，觉得自己辜负了王一峰夫妇真心待他的好意。

以往那两口子给他介绍，他再忙都会抽出时间去见，成不成是一回事，承不承情又是一回事。这次拒绝得这么彻底，有一部分原因是陈西安，他自己心里清楚。

这人出现之后，他就有了个节奏高度一致的朋友，即使是难得休息，也不至于没人可找，以前那种很少会出现的孤独感也没了，钱心一对现在的生活基本挺满意的。

不基本的那一小部分，就是他还在跟陈西安搞"冷战"。

陈西安这阵子过得也不怎么样，钱心一除非是瞎了，否则没法不看见那人明显少了很多的笑容。他的近视好像也严重了，大白天的办公室里，16寸的显示器他都得戴着眼镜画图了。

好几次，钱心一瞥见陈西安好像是想喊他吃饭，动了动嘴唇又出去了，不到五秒钟，赵东文一定会冲进来把他拖进食堂。

钱心一陷入了一种自责性的焦虑里，如果他讨厌陈西安，他可以觉得他是活该，但是陈西安对他太好了，钱心一找不到谴责他的理由，想来想去都成了自己的错。

别墅的赫总那边虎视眈眈，办公室关系又一团糟，这个节骨眼上他去谈对象，钱心一哪有那个闲心。他把烟头摁在烟灰缸里碾来碾去，叹了很多口气，心想：王一峰要是给陈西安介绍对象就好了。

他把手上碾得全是灰，没注意到楼梯间的防火门外有道离开的背影。

做汇报PPT比画图难得多，需要大量的建筑材料信息以及造价，还要用犀牛建模渲染出仿真的效果，钱心一抱着他的名片盒，逐家逐家地打电话，从罗马金沙问到紫铜，再从木挂板问到铝板。

这些事他做了一个星期，但是一直没什么进展，因为名片上基本都是厂家的销售，负责舌灿莲花，其实并不太懂行，等他辗转打到真正的技术那里，人家一般都会委婉地告诉他在开会，稍后给他回电，然后就没有然后了。

等想起午饭这回事，已经是下午3点20，他的胃倒是没什么感觉，就是有点心慌，心脏怦怦怦跳得又急又猛。钱心一没太在意，站起来准备去弄个小炒，还没到门口就见赵东文端着两个打包盒冲过来，边跑边叫："师父师父，来吃饭。"

钱心一愣了下，很快反应过来，应该是陈西安提醒的小赵，他有点感动，一时忘了别扭，抬头就对陈西安说了声谢谢。

陈西安表情淡淡的，像是跟他生疏习惯了。

钱心一暗自叹了口气，不知道他们的相处怎么变成这样了，但这天凌晨2点，他才做完这个要命的PPT，退出免扰模式的时候，发现QQ提示里有一条消息，凌晨1点42分，陈西安发的。

CXAN：早点休息。

翌日早晨下着雨，乌云盖顶。

照例是陈西安来接他，钱心一钻进副驾，对视陈西安熬得发红的双眼，没忍住给他递了个酱肉包："昨……早上弄到几点了？"

陈西安接过包子，食指不小心从他手背上擦过，微笑道："弄完给你发的消息，你呢？"

钱心一撒了个谎："我1点就睡了，没看见你的消息。"

陈西安"嗯"了一声，看着雨刷啃包子，没再说话。

钱心一心里像被针刺了一下，泛起浅浅的痛意，一个会在误点帮他订饭、凌晨提醒他早点休息的人，面对面却以沉默相对。

长此以往，他们将变成真正的形同陌路，比梁琴和他的交情还不如，钱心一想想觉得自己接受不了。但他又不知道该怎么打破这个逼仄的僵局。

汇报正如他们预料中的充满艰难险阻，大老板早早就来严阵以待了，两人还没进西塘89号的门，就听见了赫剑云的声音。

"这个型材还是宽了点，我要那种很纤细透亮的感觉，窗就一整樘，不要有横隔，门要大门，高一点宽一点，嗯，反正感觉要现代化一点"。

跟着是陈瑞河疑惑的问句："不要横隔做不了吧？咱们层那么高大，首层得有四五米了，还有你说这窗型材，细了是好看，可是扛得住吗？"

接着他一抬眼，正好看见钱心一和陈西安站在门口，连忙笑着拉专业的来顶缸："欸，钱所，陈工，来来来，正好有问题问你们。"

两人走过去，赫剑云一路都盯着陈西安，院里的气氛一下诡异起来。

陈瑞河假装没看见似的把他的诉求转述了一下，请的是钱心一帮忙回答，赫剑云却很不客气地打断道："上次不是说陈工对材料更专业吗，我想听听他的意见。"

陈西安先看了钱心一一眼，见他没什么反应，这才去看赫剑云，很职业化地笑了一下："以我的经验来看，不要横隔框就一定得加宽加厚，两种视觉效果没法同时兼顾。"

赫剑云转身对着89号院的门窗看了半分钟，没回头地说："你都说是以你的经验了，会不会有已经实现过而你不知道的案例呢？"

建筑上没有绝对的可能性，时间和金钱都能创造奇迹，陈西安不可能因为意气把话说死，就默认了这个见识不够的讽刺，说："确实有这种案例，比如苹果4S店，单个板块玻璃的高度就能达到十米，不过要特别案例特别分析了。"

外行人都知道苹果的4S店像个水晶宫，连楼梯踏面都是透明玻璃，要现代有现代，要气派有气派，不言而喻的，它的造价非同一般。

赫剑云明知道针对是一种极其没度量的行为，但他的理智和度量在一看见这张脸的瞬间就能变成负数，时隔多年，那种白发人送黑发人的痛苦还是揪心折肺。

钱心一毕竟才是负责人，赫剑云再恨陈西安也不能当他不存在，他沉着一张似乎从来不会高兴的脸问道："那钱所的意思呢？"

单纯只听他们的谈话内容，西塘的老板就已经够欺人太甚了，更别说钱心一对陈西安还抱有一种愧疚感，他对这个开发商甚至有了点敌意，但是不能露在面上。他往前走了一步，笑着把汇报资料一提。

"赫总您也太抬举我了，我就是个画图机，意思也都是穷人阶级的看法，关键得看您。这样吧，咱们待会对着图纸说，什么地方你要什么效果，报价咨询这边我包了，你说造价包得住，那咱们就高个整窗按透亮的干呗。"

报价咨询已经超过设计院的工作范畴了，他话都说到这个份上了，赫剑云要提意见陈瑞河先得跟他急。

老板一般都只管发话，不知道底下的人为了节约点成本天天扯皮，设计院负责提供报价咨询，那么甲方就能少一道请顾问咨询的钱，陈瑞河心花怒放地把几个人请进了会议室。

等了十来分钟与会人员到齐了，除了在场的和总包张航他们，还有一家甲方聘请的管理公司，在方案前期就介入工作，美其名曰清晰地记录项目的每一个细节，说白了就是甲方的自己人，其实还是只有钱心一和陈西安是外人。

还是陈瑞河负责主持，他起了个预祝工程圆满成功的开场白，介绍了各个单位和职能，又请赫剑云发了个简短的言。

赫剑云直言不讳地讲了他的别墅后期将会被改造成私人博物馆，所以内部功能区要有调节性，外部的效果呢，要达到精益求精云云。十分钟之后他说完了对设计的要求，把话题一转："陈工，今天汇报是你主讲吧，开始吧。"

这话应该是陈瑞河的台词，而且主语也得按着设计院的配置来，不是他点名道姓就行的。

钱心一接投影仪的手一顿，心里忽然特别窝火，他把同样顿了下的陈西安的手一按，自己站了起来："赫总，不好意思，今天的主讲是我，我们的分工是陈西安负责结构，没有其他问题的话，我现在开始？"

一张抓人眼球的建筑效果图，胜过千言万语的夸夸其谈。

钱心一显然深谙此道，他最开始打开的不是他的PPT，而是一张像素很高的渲染图。

这是黄昏时候的别墅，细节到连光影都有，仿古建的陶瓦屋面和金属羊角脊，玻璃上印着橘光，中心的点雪亮，硕大的斜面石材，同黄昏色系的罗马金沙半隐半现，用黑色的石材线脚突出轮廓，半圆的紫铜柱子立在酒桶状的柱脚上，原木色的游廊上立着造型别致的仿罗马柱栏杆，有对没有脸部细节的白领男女在游廊上观望。

乍一眼望去，效果非常漂亮，不过效果图和实际做出来一般差得都挺多，不太禁得起推敲，所以钱心一就是吊吊别人的眼瘾，很快开了他的PPT。

高远曾经找人为公司编制过规范，要求大家都采用，里头就有汇报的PPT模板，第一页白底上全是蓝色黑体，页眉是公司的图标，页脚是公司的电话，中间一排是公司的中文全称，第二排是英文全称。

别人怎么看钱心一不知道，反正他是觉得这个广告挺副作用的，不仅丑还很多余，他们一套图纸几百张，每张里面都有图章，哪怕施工单位懒得看，他们深化的时候栏目里也一定得有设计院的名，但是高远很多时候非常一意孤行。

钱心一阳奉阴违，弄了两个封面，高远要查看就给他看公司全称，背着他出去汇报就只留个公司的图标在角上，上边放个小效果图，下边三排，项目全称、甲方、设计院。

陈西安知道这个梗，就在昨天高远还特别提过，让钱心一汇报之前介绍一下公司，当时他把头点得像捣蒜一样，现在完全又是另外一套了。

陈西安看着看他走到投影侧边，摁住激光笔在第一页转了两个圈，说："在座的都是自己人，我就不介绍项目概况了，咱们直奔主题，我先用效果图给各位解释一下各部位的材料和采用它的原因，然后不管有什么问题，咱们对着现有的1号楼逐条说，欢迎大家提出疑问。首先，请看这张正面的效果图……"

他讲起来很流畅，说话时基本不会有超过三秒的停顿，开图的时候就让别人看效果图，图开了就来一句"我们看细节"，整个过程中都非常具有主导性。

陈西安起初安静地看着，觉得投入工作的钱心一有种不同以往的白领精英感，比他平时要迷人几倍。

时间悄悄流逝，钱心一站着讲，陈西安坐着听，他看着看着忽然注意到钱心一要不停地弯腰开各种图，激光笔总是拿拿放放，有点干扰发挥，便移了个位置，换到笔记本跟前，配合钱心一的进度在后台开图。

钱心一看到他移位时愣了下，然后抿着嘴不起眼地笑了笑，挺开心的模样，接着转头全程拿着激光笔在投影上圈点。

一刻钟后，他关掉开关将笔放在桌上，环顾了一周后说："我的汇报到此结束，各位领导有什么问题吗？"

赫剑云只负责出钱，自然是提不出什么问题来，况且他想问的人只坐在那边开开图，他看向陈瑞河，示意他有问题就提。

问题一般在实践中才会暴露，但陈瑞河作为技术负责人，就是鸡蛋里挑骨头都得提出几个问题来，否则会显得他们这边技术力量太单薄，可以随意忽悠。他跟钱心一打了个招呼："钱所，我有几个问题。"

他低头去看他的笔记，顺手在空白处画起了简剖，钱心一单手撑在桌面上伸着头看，陈西安跟着也站了起来，见陈瑞河在他的简图室内外画了个 500 毫米的高差："你看啊，咱们室内要偷面积，所以验收的时候填土垫起来，完了清掉，但是室外怎么填啊，室外面积那么大。"

钱心一幸灾乐祸地想：自己偷的面积哭着都填完咯。办法是人想的，肯定有比实填要好的办法，但是钱心一现在不想告诉他，他乐意看他们急。他装模作样地想了想："暂时没想到什么特别好的办法，我回去再想想，也去问问同事，争取给你提供个解决办法出来。"

陈瑞河还是挺信赖陈西安表现出来的能力，集思广益地去问他："陈工这边呢，有什么好建议没？"

其实这个问题他们在办公室就讨论过了，陈西安本来是有的，但是听钱心一睁着眼睛胡说八道，又瞥见他在桌子底下朝自己摆手，于是也假装想了想："暂时没有，我回去跟钱所碰一碰，回头给您答复。"

钱心一爽得在桌子底下给了他一个大拇指，赞扬他的机智。钱心一有时候真的挺幼稚的，但都是为了项目安全，这让陈西安觉得他有点孩子气。

陈瑞河愁容满面地在第一条上打了个叉，接着说："那我等你们的好消息，一定要有啊，不然我土方不够了。第二条，咱外廊的结构怎么办，甩筋用土埋着，等验收了扒出来再绑筋？"

结构是陈西安的问题，钱心一也去看他，陈西安坐回去开图，然后把电脑翻过去给陈瑞河看："不建议甩筋，受力太集中，回填高度也矮，不如直接打埋板，我们目前的方案是 20 厚的热镀锌板，规格 500×500，绑十二根直径 16 的二级螺纹筋锚在底板的钢筋上，到时候直接焊钢龙骨。"

陈瑞河凑过去和总包的聂总探讨了两句，又隔着他和管理公司的头碰了两句，然后说："行，埋板好像更可行，赫总你看？"

赫剑云再讨厌陈西安也不能不赚钱，面无表情地说："我不懂，你们定吧。"

陈瑞河立刻在纸上打了个钩："那咱们就埋板，第三条……"

陈瑞河一共提了七个问题，因为是初期问题都很粗略，设计院这边回复很快，要么都直接回复，要么是只能等图纸放出样，甲方内部的讨论比较激烈，但是说来说去最后还是设计院的意见比较实际。

赫剑云没耐心听这种细节，接了个电话先走了，经过陈西安的身边忽然低声说了句："马上 9 月 7 号了。"

陈西安摁在鼠标上的手一顿，抬起头去看他，钱心一注意到他的目光非常冷漠。赫剑云报以更加针锋相对的横眉冷对，在下一个电话的催促里出去了。

甲方讨论没钱心一什么事，他没事干，就忍不住老观察陈西安，然后他发现他的表情从赫剑云说了那个时间之后就没缓回来过，他垂着眼假装在看图，看起来心情不太好。

散会的时候将近 1 点，陈瑞河客套说不留他们吃饭了，两个人提着电脑出来，外头的雨点有黄豆大小，说大不瓢泼，说小能湿衣。伞在车里，车停在巷子口，钱心一还在犹豫是提着电脑狂奔出去，还是问陈瑞河借把伞，陈西安就直接走进雨里去了。

他反常的时间有点长，都快半小时了，钱心一有点担心，也跟着一头扎进雨里，走到垂花门那截挡雨的檐下忽然伸手拉住了他："陈西安，9 月 7 号怎么了，啊？"

他平时把徒弟呼来喝去，这几乎是他能憋出的最温柔的声音了，名字叫得轻轻的，问句连个起伏都没有，檐口积聚的雨水哗啦啦地淌着，差点将他的声音淹没。

陈西安头发湿了一半，听见他画风突变的语气总算回了魂，看他小心翼翼的模样还是挺受用的，有点勉强地扯了下嘴角："以前一个同学去世的日子，没事。"

钱心一一脸"你骗鬼"的表情，把电脑包往他手里塞："拿好，我去借把伞。"

陈西安忽然就想起了高二的那场雨，他手腕一翻把钱心一的东西压了回去，然后堂而皇之地从电脑包里掏出一把伞，撑开走进雨里去了。

钱心一看呆了，有伞不打，打了也不分给自己一半，心想：他果然还是没正常。陈西安撑着伞走得特别快，钱心一生怕他失忆起来开着车自己跑了，忙抬脚就追。

他冲进雨里嫌雨有点砸眼，就把电脑包顶在了头上，跑得快接近的时候，前方的陈西安却忽然停下来转过来，提着电脑的手伸出来拦他。钱心一一撞在他的小臂上，转头不理解地去看陈西安，头顶的雨幕霎时就被截断了。

然后他听见陈西安牛头不对马嘴地问他："去食堂？一起吧。"

雨打伞面的急促旋律似曾相识，钱心一脑中有碎片一闪而过，但他没能抓住，他一脸茫然地看着陈西安，会错意地说："啊？公司的食堂现在只剩小炒了吧。"

他一点印象都没有，陈西安挫败地叹了口气，说："不是公司的食堂，是二高的食堂，有天你从教一顶着饭盒跑出来，我就现在这样拦住了你，我还记得你的饭盒上印着几朵荷花。"

那时的饭盒是都是圆筒的瓷包劣质钢，白瓷的底面上花样也少得可怜，不是荷花就是蜻蜓，钱心一那荷花碗还是他妈送他报到那天给他挑的，磕过掉过瓷，但是没能用到有始有终。

钱心一眼睛猛然一瞪，没料到陈西安还给他遮过雨，不过那时他过得兵荒马乱的，很多事都忘了。他记得自己天天洗的碗，却没想起来举手之劳的陈西安，但是他今天心情不好，钱心一希望顺着他，于是装出一副恍然大悟的样子笑起来："是你啊，谢了。"

他笑得不如当初那样腼腆，是个可以独当一面的男人了。陈西安说："是我，我那个时候就注意到你了。"

他们离得太近了，钱心一莫名有点尴尬，他还在思索该怎么回他，又见陈西安笑道："骗你的，我心情不好，开个玩笑，你请我吃饭吧。"

可如同爱是藏不住的一样，唇齿闭上了，眼睛也会说出来，悲伤也是。

不知道是不是雨打伞盖的旋律太急促，钱心一忽然觉得有点心慌，怦怦怦震得他发蒙，他移开视线把伞立直一人一半，说："你想吃什么？"

雨水将挡风玻璃糊成一片，全靠雨刷摆动刮出短暂的清明。

道上车人寥寥，陈西安在踩着离合等红灯的空当里，忽然说："心一，最近我刻意没怎么找你，怎么说，心里挺不是滋味的，如果你还当我是你的搭档，我们回到之前的相处状态，可以吗？"

钱心一对前半句求之不得，后半句心有戚戚。但他最近真的过得太纠结了，沉默了一会儿还是把头点了，谁知道以后呢。

因为饿得前胸贴后背，两人最后随便找了个烤串吧，零零碎碎地点了一堆烤香菇烤鸡翅膀，一人一碗石锅拌饭埋头狂吃。

这家石锅饭的洋葱切成碎丁，钱心一吃得很不像个样子，挑了半天见"工程"依旧很庞大，干脆一招手点了个馅饼。

还没吃完赵东文来了电话，说让赶紧回去，公司出事了。

钱心一最烦他说事之前一大堆描述，给单位送套图，起始句都是"你好，我是设计院的赵东文，请问你认识钱心一吗？我是他的徒弟，我……"

他把拿起来的香菇放下，说："重点。"

赵东文"哦"了一声，在那边急上火："师父你会开完没？三所的张姐把我们全关在办公室外面了，她一个人在里面，从午饭到现在快俩钟头了。"

三所的张姐就是那天在食堂议论陈西安的女人，钱心一愣了下，他对面的陈西安见状也放下了筷子，听他问道："怎么回事？雷所人呢？高总在不在？"

赵东文："不太清楚，上午张姐和雷所忽然吵起来了，吵得蛮厉害，我听见她对雷所说句'你有种就逼死我'，然后哭着去了卫生间，中午我们下去吃饭，回来门就锁上了。"

"雷所在门口抽烟呢，敲半天门了，张姐不理他，高总去机场接朋友，现在堵在高速上，他让我给你打电话。"

钱心一暗自骂了一句，心想"给我打电话有什么用"，但还是马上起身抓了电脑包，提着就往收银台走，边问道："为什么吵架？你不知道就把电话给雷所，我半个小时就到。你找财务姐隔着门喊喊她，张小雨要是不吭声，马上去楼下找物业把锁撬了。"

好撬早撬了，只是上上个月公司遭窃，门锁刚换的超 C 级防盗锁，物美价贵，大老板发了话要兵不血刃地解决问题，赵东文唯唯诺诺地说："这个……"

钱心一不耐烦："这啊那啊的什么啊？"

赵东文怕他生气，立刻投了降："没什么，好好我知道了，那我把手机给雷所了，你要找我打琴姐电话。"

钱心一夹着手机去掏钱包，陈西安把他往后拉了一步，示意他先接电话，钱心一朝他点点头，站到门口去等他，很快听见电话里传来三所所长雷志军的声音："小钱啊，是我，老雷，唉……"

还没问就叹起来了，钱心一说："小雨跟你吵什么呢，吵得大家都被迫消极怠工了。"

雷志军"嗐"了一声，语气听着有点后悔："还是海源的项目，当时她画图的时候没注意，把开启扇放在不可打印的图层上了，现场不都看蓝图么，没打出来，现在有个楼整面墙一个开启没有。现场那帮玩意也都不是东西，他们不可能没发现，就揣着不说，现在抱着图纸来找我们补预算，怎么补啊！我一急，就、就……骂了她两句。"

陈西安结完了账，走到门口撑开伞，对他勾了下手，钱心一走到伞盖下，知道他肯定说了不止一两句，还是很危言耸听那种，就要笑不笑地回道："老雷这就是你不对了，明知道咱这行缺姑娘，脾气好一点行不行？你看我就从来不敢骂梁琴。"

雷志军心头一口老血，公司骂人最凶的是他，挨骂最狠的是他徒弟，不过他确实很少看见他说梁琴。雷志军此刻焦头烂额，生怕上午放过厥词的张小雨干出什么来，也无力吐槽，只说让他赶紧回。

这也是最年轻的钱心一能当一所所长的一个原因，他是很少推事的，另外几个所长比较偏向于大隐于市。

电梯口全是人，赵东文就等在门口，像个接驾的小太监，门一开拉着他师父急吼吼地往走道里去："师父，陈工你们吃饭了没？张姐应了，在里头哭得可凶，就是不肯开门。"

一拐弯就看见财务背对他们拿着手机，不停地对着话筒柔声相劝，钱心一挤过去，把人全赶到电梯那边去了，蹲在门口的雷志军被暴露出来，跟前一地的烟头。

钱心一跟他打了个招呼，接着拍了拍财务姐的肩，示意她把手机给自己。接到手机后他换了个很温和的语气："小雨，我是钱心一，不许挂电话，挂了我立刻找人撬锁。"

张小雨估计就在门口，闻言也不用电话了，直接哭着吼："撬锁我就跳楼！！！"

赵东文提心吊胆，生怕他师父来一句"准备去哪个窗口跳，等我先打个110叫他们给你铺垫子"，忙用手拉他的袖口，眉毛眼睛鼻子嘴上全是"师父师父少安毋躁"的意思。

钱心一横了他一眼，做了个"边儿去"的口型，出乎徒弟意料之外地笑着说："明天就发工资了，小一万呢，跳什么楼啊。老雷就是个傻帽，吓唬你还当真，现场要你补他预算，我们还要骂他不看图呢，老子图纸上就有。来，开门，也别哭了。"

雷志军被他骂了一句，瞪了他一眼也没敢说话，因为张小雨在里面开始号啕大哭，听声音委屈得说不了话了。钱心一好像换了个脾气，足足听她从崩溃哭到打嗝，才接着说："行了别哭了，图纸上哪有解决不了的问题，你去洗个脸，把门开了，我们看看这个事情怎么解决，今天就落实，好吧？"

张小雨不作声，估计是觉得闹得难堪，钱心一想了想，对赵东文和雷志军说："要不你们都去大堂转转？"

一个办公室看笑话的毕竟少，起码事发时大家还是挺担心的，闻言都配合地退散了，和她关系好的财务留了下来，一会儿好安慰她。陈西安也被他留了下来，他怕自己凶惯了，张小雨更愿意跟温和的陈西安说话。

路由器就在进门不远，钱心一在门外还连着 Wi-Fi，咔咔拍了两张照片，在群里把张小雨找出来，单独给她发了过去。等了一会儿又把电话打通了："小雨，情绪整理得差不多了就开门，先让大家正常上班，你要是觉得不好意思，那我和陈西安也下去，财务姐负责把你接出去，等你能说了再说？"

张小雨确实被吓到了，按雷志军的说法，她得补项目八十多樘窗，进口的五金件下来共计二三十万，她白干两三年都不见得赔得完。

有人肯替她把球踢出去，她不敢放过这个机会，声音里全是哭腔："谢……谢钱所，不……不用了，我洗个脸就出来。"

钱心一立刻松了口气，照顾人的情绪是件很累的事，特别是对于一个急脾气。

陈西安并不惊讶他有如此温柔耐心的一面，其实工作中很多细节都能发现，赵东文再琐碎地问他问题，他嫌弃归嫌弃，至少给的答案都是非常负责的。

张小雨眼红鼻子红地出来，眼底的水膜还熠熠发光，她勉强地朝两人笑了笑，一看见来抱她的财务立刻就眼泪泛滥。

等她情绪终于缓和了一点，想着财务也听不懂，她也不想浪费她的时间，就让她回去工作，通知大家回来上班，剩下三个人直接到的负一层停车场，又走出来去了食堂的水吧。

三人坐在一个小角落，张小雨一边，他们两人挤一边，服务员来点单，钱心一照女生的口味来了壶什么橘子水。

张小雨不好意思地笑了笑，说："对不起，耽误大家工作了。"

钱心一真觉得没什么："这有什么，遇到了，以后就不怕了，我以前第一次在现场下料，把所有条形孔都开反了，一样吓得屁滚尿流的。不信你问陈西安，他肯定也出过错。"

两人看向他，陈西安明白他的意图，想缓解张小雨的尴尬，于是想了想举出个问题最严重的，笑着说："遇到问题了才会有进步，小三居的财富广场就出过问题，钢龙骨的温度应力变形太大，返完尺回来的玻璃都装不上了。"

提起钱心一心爱的双曲面，他立刻比张小雨还入戏，惊讶得不行："骗我的吧？实体很漂亮，视频也说一……算了你说吧。"

张小雨也是一脸不信，小三居堪称城市地标，网上还有专门的安装模型视频，对外声称建模合理、施工一体，整个过程都行云流水、皆大欢喜。

如果真如陈西安所说，那他得赔别人几百上千万了，她忍不住问道："那后来怎么解决的？"

"打电话，开会，重新放线，改模具"，他说得简单，实际肯定麻烦很多。

陈西安借着这个给她说经验："所以真正做工程，任何单位的初衷都是早点完工早点收款，遇到问题不会坐视不理的，卡住了大家都拿不到钱，谁也不愿意。大家协商，态度好一点，该改图改图该退步退步，一个问题有一万种补救方法。有人欺负你不懂，口气可能重点，经历过一次，下次你才知道他是虚张声势，就不会被他吓到了。"

张小雨认真地点点头，忽然莫名其妙地来了句："钱所，陈工，你们肯定不知道，其实我们公司，男的都羡慕小赵，女的都羡慕梁琴。"

钱心一受宠若惊地去看陈西安，心想他徒弟和梁琴要是听见这话，肯定会觉得这是讽刺。

赵东文挨骂挨得皮糙肉厚，梁琴加班加到单身技能一流，两样貌似他都是罪魁祸首。

钱心一受之有愧，喝了口水，没忍住说了大实话："赵儿就算了，这话千万别跟梁琴说，说了她又要来得寸进尺，要我年终奖给她发个男人。"

陈西安微笑着不说话，梁琴忙起来就要男人，闲下来说男人不如狗，双标得不得了。

张小雨"噗"一下被逗笑了："我说真的，一所虽然很忙，但是你们是个集体，总是一起下班，他们还给你过生日，当然了，你们组平均颜值最高。"

钱心一和陈西安对视："……"

张小雨："其实我以前挺怕你的，直到小赵来公司半年，画错罗马柱脚那次被高总打电话骂得差点哭起来，你拿走他电话跟高总说不怪他，线你来放，施工单位你来回复，然后你一边放一边教他，放到夜里快11点。"

钱心一想了想，却没想起这回事来，好多事情他都不记得了，他想着他是不是该去批发几箱核桃回来补脑了。而且集体什么的也挺悬，底下的人都快造反了，忙得要死还联合声明要秋游，要他去跟领导提。

陈西安已经明白小赵为什么这么忠心耿耿了，大概是在他师父手底下挨骂都有安全感。

张小雨看他的目光里带着敬意："我那天加班，记得特别清楚，我当时就特别羡慕小赵有个好师父，在他六神无主的时候肯手把手地教他。就像今天这个事情，我现在冷静下来，也觉得没什么，他施工单位稀奇了，来问我要钱，我一个月工资才几块钱？"

"可是很多事情，当你在局中的时候是没法思考的。我是个新手，我第一次负责项目，我整天提心吊胆压力特别大，我一天叹一百遍气，我知道雷所很忙，所以我能问同事的都不会去烦他。每次我实在没法拿主意了去问他，我尊敬他的技术实力，但他有一点特别不好，喜欢说风凉话，什么'这点小事你不会自己拿主意吗''你们这些人就是喜欢瞎糊弄，人家又不是傻子'……"

钱心一摸摸鼻子，忽然有点庆幸他徒弟的心理承受能力估计是C60级的混凝土。

他并不是说张小雨脆弱，或是雷志军做得没错，大家拼搏奋斗，为的无非是每月汇进工资卡里的数字，对错在价值面前不堪一击，也没人会在意。

他如今坐在这里，还要感谢杨新民从前一天骂他几十遍，而陈西安面面俱到的，难道这能力是天生的吗？反正他是不信。

张小雨接着说："真的特别伤人，今天早上也是，我接到电话都吓蒙了，跑去向他求助，结果他说'那我有什么办法，你当时怎么不注意呢'，我一下就崩溃了，跟他吵了起来……结果他说让我自己负责。"

好不容易缓回来的情绪说到这里又有点要崩的架势，她不想当着人面哭出来，就红着眼睛故意装作去看窗外。

钱心一最怕听这种掏心窝子的话，要安慰她就得骂老雷，要维护老雷这姑娘估计又不开心。

他跟雷志军五年同事了，交情不深也不浅，能在小单位待这么久的人都是干实事的，人差不到哪里去，也不可能说不管手底下人死活，雷志军充其量有点爱抱怨，但是张小雨还议论陈西安了呢，是人谁没点小毛病呢。

钱心一打定主意不说话，就借着桌子的遮挡用手肘推陈西安，示意很会说话的人赶紧上。

陈西安侧头看他，也不说话，又被他推了两下，脸上的无奈才一纵即逝。陈西安看向张小雨，微笑道："张工，你现在冷静下来了，还觉得雷所不会管你吗？"。

他总是给人一种比较正式的感觉，但是姿态又挺温和，钱心一叼着软吸管，觉得自己这辈子估计都不会有这种疑似精英的气质了。

想来积怨已久，张小雨心里或许明白答案，但她不愿意吭声，陈西安接着说："刚出来的时候走道里烟味很重吧，我看你捂鼻子来着。"

钱心一是个粗人，连烟味都没闻到，自然注意不到她捂过鼻子，而张小雨也是满头雾水，不过她点了下头："嗯，我有点鼻炎。"

有没有鼻炎都不要紧，陈西安也就是借此拉个话头，他说："你在办公室两小时，雷所抽了将近一包烟，他很担心你。"

如今的职场已经不流行师徒情分了，但是像建筑这种传统行业还保留着一点习俗，张小雨算是雷志军半个徒弟，从半知半解拉扯到独立担项目，她要是没点依赖，也不至于这么失望。

闻言她满脸都是委屈，眼泪在眶里打转："担心就管我一下啊！不要我问他什么都不关他的事，真出了问题他是我上司，他也赖不掉。"

这话有点报复性质了，陈西安没听到似的，避重就轻道："怎么会出问题呢，我相信你的职业素质，没确认的东西不会提交的。"

实际上哪有这么崇高，只是不敢而已，但漂亮话就是顺耳，张小雨咬着下嘴唇："可是我能找谁确认？找钱所？找陈所吗？怎么可能呢。"

钱心一忙得饭都约不上，从护短的角度来说，陈西安肯定不希望别的组员还来打扰他，但是实事求是，当一个初级设计还没熬出头，他必须有上下求索和不厌其烦的态度，否则一纸文件谁也没注意就交上去，可能就是日后安全事故的祸根。

而钱心一的态度在陈西安刚与他重逢的时候就表示得足够明显，他不怕麻烦，只要能顺利完工使用，这也正是陈西安欣赏他的地方。

"谁都能问，谁有能力就问谁，没人答得出来就去论坛里问，还解决不了就向老板反应，不要急，也不要怕麻烦，安全永远比脸皮重要。"

陈西安换了个轻松些的语气："其实公司的培养环境很不错了，起码八局没有师父这个概念。我在那里前后四年，打游击战，哪儿缺人去哪儿，上来就画平面图，连卫生间的马桶到底搁在哪里最合适都拿不准，也是靠自己摸爬滚打到现在。等你开了口，就会发现别人没有你想的那么不愿意回答。"

钱心一对这点赞同得五体投地。

他这辈子做过最正确的决定，就是那年下雪时战战兢兢地抱着图纸去问杨新民：平立剖面要怎么对着看，被杨新民错当成应届毕业生大骂一顿，如果他那天转身回了板房，那么今天的钱心一可能还在工地搬砖搅水泥。

设计是要负终身责任的，他骂赵东文不能说是百分之百为了他好，但起码有六成是真心的，骂人也是要时间的。无关痛痒的事情不长记性，而赵东文又实在粗心了些，钱心一希望他进了这行，未来哪天不想干了，也能走得坦坦荡荡。

他对徒弟要求不高，一是细心，二是工作上不懂一定要问，被骂死也不能装懂坏事，他附议了陈西安的言论："有什么不可能的，我办公室又没锁门。"

张小雨正要感激，他连忙又补了一句："不过仅限于雷所忙得没空理你的时候啊……那什么，我徒弟会吃醋的。"

他徒弟连个屁都不敢放，哪里敢吃醋，他是怕雷志军心里不舒服，自己手底下的人老往一所办公室跑不太像话，办公室的人心有时挺复杂的，他不愿意操这份心。

张小雨明白他的顾虑，心里很感谢他，情绪明朗起来也开了个玩笑："小赵才不会呢，他巴不得全世界都夸你厉害。"

钱心一正想谢谢他徒弟，陈西安忽然插进来："我也会吃醋的。"

张小雨就笑着的姿势蒙掉了，惊魂不定地把他们俩并着看，钱心一吓了一跳，搞不懂自己为什么要不好意思，他把陈西安一推，小声骂道："醋个头啊。"

陈西安笑着歪了歪，抬手去搂他的肩膀，做出一副老母鸡的姿态："梁琴和胖子也会吃醋的，钱心一是一所的。"

因为他去掉了沉默寡言的老吴，所以可信度还是大于零，钱心一甩掉他的胳膊，头疼地对张小雨说："完了他已经染上了一所的恶习，无组织无纪律。"

张小雨就一直在对面笑，暗自羡慕他们组里和谐。

那个什么橘子水挺好喝，端起杯子钱心一才发现见了底，又看张小雨也不抽噎了，便放下杯子坐直了些，说："水都喝完了，咱们就不闲聊了，小雨，海源这个事你现在想想该怎么处理，说给我们听一听。"

"我……哦，好，"张小雨本来以为他会直接告诉她解决办法，愣了下点头，绞尽脑汁地思考了一会儿，"我会给项目打电话，告诉他图纸里有，蓝图上没有开启是打印问题，其实，其实……"

她不知道该怎么措辞，说不是他们的问题也不行，说是项目自己没发现也不妥，做起来永远比想象难，她顿在这里。钱心一笑了笑，替她接了下去："想不出来不要紧，我告诉你，下次你就知道了。"

"首先，你要看对方是给的邮件还是电话通知，不管是什么问题，都不需要立刻回复，告诉他你回查一下图纸再联系他。然后你去找问题，看是咱们的问题还是对方的问题，就拿海源这个事来说。"

"咱们也有问题，他们也有问题，他给你打的电话，不要怕他，给他回电话，态度不要太差也不用太软，告诉他为什么他的蓝图上没有，他要是不讲道理，那就不跟他谈了，告诉他记得看邮箱，我们给他联系函，抄送业主，定下时间了面对面谈。"

"不过一般是不会有这种人的，得罪了设计院他后期省钱难，他就是看你没经验，吓唬吓唬你，他上级肯定也骂过他了，拿你撒气，别跟他一般见识。"

张小雨叹了口气，点着头说："谢谢钱所，如果他讲道理，我接着怎么办呢？"

钱心一想听听陈西安的解决办法，于是转头问他："你觉得呢？"

陈西安看向张小雨："讲道理就只剩下蓝图的问题了，场面话不愿意说也要学两句，说习惯就好了，告诉他现在只能换图，裁掉错误的，换成正确的，一张A2的图而已，哪里都能重打，也没几块钱。他如果嫌麻烦，咱们打了过去给他换，一把美工刀和一卷双面胶和沓一个章的事，只要没有下料，一切都好说。"

钱心一也只能做到这样了，但是场面话那种提点他教不出来，他想着赵东文是不是也该跟陈西安出去开几次会，练练嘴皮子。

张小雨受教地点点头，又谢了他们好几遍，钱心一站起来："你要是想再喝点奶茶什么的就坐会儿，我和陈西安要回去卖命了，你……别生老雷的气了。"

没有预料中的尴尬和议论，高总没找她谈话，老雷没对她冷眼相向，同事也没闲言碎语，并且张小雨还惊讶地发现，雷志军对她的态度比以前好了一些。

正如《圣经》中所说，有些烦恼凭空虚构，人们却总把它当成真实去承受。而你越是沉默，你应得所得的就会越少。

一所不管外面的风雨飘摇，闭门造车地画着别墅。

钱心一难得长回记性，从网上买了一箱纸皮核桃，组里一人发了一大包，剩下四包塞在快递箱里，往图纸堆上一放，忘了。

这个楼真是乱得人神共愤，柱子得一个一个地来，线条山路十八弯地拐，梁琴画得腱鞘炎都发了，愣是彪悍地把鼠标从右边换到左边，加入了左撇子的队伍。

她是个很拼的女战士，又不买包又不用买奶粉，谁也不知道她在拼什么。反正包胖子是发自内心地折服了，日常叫她梁哥，她头也没回就叫他胖妹。

两人吵起来，掀起一股起小名的妖风邪气。老吴叫老闷；小赵成了小哈，意思是又萌又蠢又忠诚；陈西安风马牛不相及地叫船长，不过勉强都算符合人物性格；只有钱心一的外号反其道而行，叫钱宝宝。

这酸爽的外号也有个酸爽的来历，梁琴熬夜追着一个偶像剧，女主角就叫钱宝宝，中午吃饭她忙里偷闲地看，正纠结所长外号的胖子一回头，立刻跟她看到一起去了，然后两人一拍即合。

此称号仅供表达一种遥不可及的愿望，希望所长又软又萌，可任自搓扁揉圆。

钱心一不排斥用这种自黑让大家开心，反正也不花钱，每天加班饭梁琴笑着喊"宝宝吃饭啦"，他就从办公室漫不经心地应一声"宝宝马上就来"，连陈西安都能笑得停不下来。

他们那个讨论组里一开始也是群魔乱舞，一天到晚全是"胖哥呼叫船长，船长船长，收到请回答""梁哥呼叫钱宝宝，重复一遍，梁哥呼叫……"，其他基本全是哈哈哈和代表哈哈哈的表情……烦得钱心一恨不得揍死这群人，把组屏蔽了好几天，只肯跟陈西安面对面讲小话。

9月7号这天，钱心一留了个心眼，整天都在不动声色地观察陈西安，但是并没发现他有何异样。

陈西安泡他的红茶配他的筋，连电话都没多接一个。吃完饭去打印图纸，还翻出了钱心一补脑用的核桃，拿个小钳子悠闲地夹了半个小时，咔嚓出的小半碗放在A4纸上，折成个三角包全进献给他了。

钱心一挺喜欢坚果，因为他觉得自己的脑子不够用了，但他嫌麻烦，搭档此举正中他下怀，他不好意思收，没料陈西安拿起就走："不吃我拿出去了。"

钱心一在后面伸出手："别，真不吃啊？那给我吧。"

陈西安嘴角微翘，把纸包放在他桌上："我不吃生核桃。"

钱心一捡了个白食，拆开一看全是半个整的，登时龙颜大悦，假模假样地说："欸，早知道我就买碧根果了。"

设计院没有加班费的概念，合同朝九晚五，默认是朝九晚九，紧张的时候没双休，马云也付不起这加班费。

因此他们每天晚上都加餐，每餐都大鱼大肉，但大家都吃得四肢无力，因为每天坐的时间太长了。长期加班的人一般都会胖，两个月下来，连陈西安这种早起锻炼的人都觉得腹肌有恙，饭后拖狗一样拖着钱心一去楼下散步。

钱心一可能是天生的瘦子，只是胃消化功能很差，吃一口能顶一整天，多走走不见得能好，但绝没有坏处。

老吴一般会刷刷新闻，剩下三个不甘寂寞，吃完饭也会下楼晃悠，不过他们一般都会去逛进口的小超市，然后带回一些钙片巧克力无糖饼干之类的零食，吃了更胖。

温度凉下来了，梧桐的叶子也开始掉了，落在这个干燥的城市里，踩上去是窸窣的碎响。远处的小区里，大姐们的广场舞音响已经上岗。两人在梧桐和香樟夹缝的走道里来来去去，聊些有的没的。

比如高远最近想挖的墙脚，听说是国际公司出来的高级人才；低迷的房地产经济，导致建筑行业很不景气；三所跟进的超高层建筑，排的是国内第五高楼；日趋渐近的国庆节有什么打算。

钱心一说他要回趟老家，但没说他姥姥估计不行了，陈西安两手插在薄风衣里，影子的轮廓也十分潇洒，说他应该会待在家，到处都是人，懒得去挤。

钱心一要是不回老家估计也待家里了，比起去景区排队上厕所，他更愿意睡个懒觉起来去逛超市，然后回家喝酸奶看电视，他妈那个家他去着别扭，那家人也别扭，但他不知道陈西安为什么不跟父母过。

如果陈西安约他吃饭，那就一起吃呗。

等他们散步时需套起薄毛衣，努力的成果也逐渐成形，别墅一共六个楼，四个基本完工两个有了雏形。复杂的造型直接等于漂亮的效果，每个人都特别有成就感。

第二次汇报因为陈瑞河的出差暂时延期，工作稍微空闲下来，梁琴和赵东文轮番轰炸办公室，说他们的心已经脱缰到塞外的草原上拉不回来了，求万能的所长赐一场秋游。

陈西安作为安静的结算师，在旁边夹核桃，一会儿攒一小堆包起来，被奸计得逞的两人一人顺走一包，剩下的全归了钱心一。

钱心一去了趟高远的办公室，提了下秋游的事情，不出意外又被碎叨半天，说他们就会忙里添乱，就惦记着玩。钱心一习惯他这样了，坐在老板对面神游九天，合计自己要不要也跟着去，他已经有四年没参加过公司旅游了。

高远说了一刻钟，东拉西扯的又从行业不景气说到简历，忽然得意起来，捞出个文件夹翻开推过来，一脸炫耀："心一，公司不久会来个人，你看看，履历多漂亮，国外毕业的博士，方设大头 JMP（ JonuPacemakerArchitectural ）出来的人才。"

真正的建筑大师是不像他们这样画图的，他们 4 点不到就下班，生活和打扮都像艺术家。他们出的是概念，给出的往往也是铅笔草图，比如一个长方形上画着弧线，他说是河流就是河流，说是丝带就是丝带，顶多再出几张效果图，业主看得心花怒放，他们的工作就完成了，下一环才是设计院。

JMP 是德国一所建筑师事务所，在全球都算实力顶尖的公司，建筑大师云集，惊艳世界的作品也不少。

高远是个特别看重表面光环的人，比如陈西安是名校博士，他就对他特别客气。

学历或许是一个人智力和毅力的证明，钱心一也向往高学历，但他不喜欢高远这一点，他喜欢脚踏实地的人，而之前高远塞给他的一流名校的应届生，要求高还情绪重，还不如赵东文讨他喜欢。

公司传言他敌视高学历，也是这么来的，其实事实并不是这样，看他对陈西安的态度就知道了，只是恰巧前几年来应聘的学生都跟他气场不和。

钱心一看了一眼，简历十分高大上，姓名栏写着陈毅为，两寸照片上的人年纪和他差不多，小平头深眼窝，看起来有点混血的感觉，硕博院校是英国伦敦大学学院 UCL，职称是建筑师。

获奖和经历栏写满，公司领导评价写满，翻过第二页，竟然是一张专利论文的复印件，论题是建筑玻璃在未来城市中的发展和限制，看起来是个很牛的人物。

高远正笑着看他，钱心一顺毛夸道："挺厉害的，谈下来了吗？"

"必须谈下来啊，下周就入职了，"高远拖回简历又欣赏了一遍，说，"秋游啊，也好，我叫他周末直接参加，融入融入。"

钱心一生怕他把这人的导游工作交给自己，腿一撩就想跑："谢谢大领导，任务完成了，我去宣布一下喜讯。"

"先别走，"高远招手叫住他，姿态有些犹豫，"那个心一啊，我跟毅为谈了一下，他很欣赏你们一所的业绩，他希望加入你们，你……的意思呢？"

大公司的建筑师来小公司给他当小兵吗？用脚想都不可能，钱心一立刻就明白了，老板这是给他请了个上级回来。

可能是看他没说话，高远急得站了起来，他最不愿意得罪的就是钱心一，倔是倔了点，但是干得多说得少，办事也可靠。他从来没有放钱心一走的想法，但是这个陈毅为的性格很强势，他认为一所的实力最高，坚持这才是他的战场。

高远喜欢有主见的年轻人，加上陈毅为是从高枝上跳下来的，他因此更多了三分容忍。他的打算是钱心一还是负责人，陈毅为暂时当副所。

但这也不是长远之计，他看得出陈毅为不是一个甘于人下的人，看他的言谈举止，似乎对第一有种执念。到时候他做得好，又坚持要当一所的所长，高远心想他就只能委屈钱心一，建个四所给他了。

他当然知道钱心一不善于拒绝，哪怕什么都还没发生，但是从良心上来讲，他就已经亏欠了这个人。

高远急忙笑道："心一，你别多想！我就随口提一句，你要是不愿意那就当我没说，算了算了，怪我，我就没说，你去宣布旅游吧。"

辞职是他自己跟高远提的，高远找个人来替他也没什么不对，只是当这事情摆在面前，钱心一还是控制不了地震惊了，毕竟这么多年的交情，如果他在这个节骨眼上辞职成功，那么看起来就真像是被赶走了似的。

不过交情和本分他还是分得清的，钱心一回过神，立刻笑了："说都说了，什么算了？正缺人呢，欢迎他加入，还有事没，没有我出去了。"

高远盯着他打量，见他神态一如往常，才慢慢坐回去："没了，去吧。"

钱心一"嗯"了一声，转身要走，高远又忍不住叫住他，叮嘱道："这次你也去吧，放松放松，放心，我不会叫你接待人的，都错过四年了，你……你做了多少事，我都看在眼里。"

钱心一眯了下眼，知道他是想缓解刚刚的尴尬，就说："空头支票就算了，年终给我组里人多发点年货钱就行了，走了。"

他把喜讯告诉小赵，让他徒弟的大嗓门带着喜悦播报了这则消息，办公室里一片呼声，公司群也瞬间活过来，七嘴八舌地讨论去哪玩什么。钱心一进办公室把门一关，本来是准备画点图的，结果一个呆发了十几分钟，被脸颊上一股热意烫得回过神来。

办公室铺的地毯，滚轮滑动的时候动静很小，陈西安不知道什么时候把椅子拖到他办公桌边上来了，端起烫他的玻璃杯喝了口茶，笑道："钱宝宝，有烦恼啊。"

这昵称简直了，钱心一把水性笔夹在中指无名指缝里甩来甩去："宝宝心里苦啊。"

他不是圣人，他其实挺郁闷，但他没处倾诉，杨新民要气得晕过去，王一峰估计也会暴跳如雷，替他不值的结果就是跟高远闹，他觉得没必要，好聚好散。陈西安忽然一问，他想了想，忽然觉得这个人还是可以谈心的。

陈西安还在吹他的红茶，连一只手都没张开地说："苦啊，来，哥安慰你一下。"

钱心一没憋住笑了，往他杯子里丢了把核桃："吃药吧你。"

陈西安喝了口红茶泡核桃："晚上请我吃饭吧，上次说请结果还是我掏的钱。"

不说钱心一都忘了，他有点不好意思地说："请请请，烤串多少钱来着？我给你。"

陈西安把核桃挑出来扔了："忘了，欠我一顿就行。"

"说吧，高总跟你说什么了？"陈西安往烧烤架上放了一大块五花肉。

钱心一坐在他对面配调料，孜然胡椒辣椒油，乱七八糟地瞎倒，一塌糊涂地乱搅："没说什么，就所里下周要来个人。"

过了那阵子他又不想说了，就算陈西安说的都是他想听的，把高远大快人心地骂一顿，可骂完了呢？

人该来还来，他和高远的芥蒂也是冰冻三尺，而且诉苦是会上瘾的。

他觑觎着二三组的闲散人员，活像猫盯着水缸里的金鱼，本来该是求之不得的事，可看现在这样似乎不太高兴，陈西安隔着被热流扭曲的空气看他："谁要来？"

钱心一把搅得差不多的调料推到一边，拿勺子舀免费供应的南瓜糊喝："JMP 挖来的一个建筑师，叫陈毅为。"

高远不止一次提过他招了个大公司来的人，字里行间都是藏不住的炫耀，应该就是这个人，可他来一所干什么？一所的配备相对齐全，人也是最多的……

陈西安夹肉的手一顿，有些明白钱心一出神的原因了，但是并不全面，因为他不知道杨新民催促钱心一辞职的事情。

他把肉翻过来，油滋滋地冒着泡，陈西安随口问道："JMP 的建筑师，怎么会来咱们公司？"

无数的同行削尖了脑袋想进 JMP 这个公司，钱心一愣了下，倒是没想过这一点："……可能老高给的薪资很高吧。"

陈西安并不太赞同："如果是你，你会因为高薪离开 JMP 吗？"

没有一个设计师会没有这种念想，希望某个城市里引人注目的建筑出自他的手笔。钱心一也不例外，他想去大公司看一看，可惜他没有登山杖，学历可以用实力填补，可是他不懂计算，再美的线条不符合力学规律都是白搭，画家成不了建筑大师，所以他也不行。

钱心一一脸"别逗了"的表情："如果是我就反过来，JMP 给我低薪我也去。"

陈西安："别闹了，JMP 没有低薪，你想去这个公司？"

钱心一眼里露出些向往："想，想去见识一下建筑大师的境界，你不想吗？"

不同的高度视野不同，见识越多的人越能临危不惧，你可以不住在高山上，但你要爬上去看看日出。

陈西安顿了顿，说："想，但是我去不了。"

钱心一立刻不舀糊糊了，惊讶道："这么没自信？不像你啊，说我去不了还情有可原，你怎么就去不了了？"

"人才太多了吧。"陈西安不太愿意谈，把话题拉了回来，"来个人卖命还不开心？怎么，不喜欢这个陈毅为？"

"瞎扯，都不认识这人。"钱心一不知道该怎么说他跟高远之间的嫌隙，沉默了老半天还是便秘似的憋了出来，陈西安是个可以劝他的人，让他不要再用朋友的眼光来看待高远。

"是跟老高有点疙瘩，"他往椅背上一靠，像是陷入了回忆里，"我跟他认识九年了，当年他从安全员转到项目上，跟的是我师父杨新民，按年龄算我半个师兄。"

"那会儿他还没有这个事业，我们在施工单位，他跟我一样苦哈哈的，给业主送图纸，熬夜画加工图，逢年过节揣一百个不愿意去送礼，性格跟现在完全不同，木讷，话也不多，让他拉下脸去求人比不发他工资还难受，没人把他当回事，也受过很多委屈，有件事我记得特别深刻，可能就是那件事情改变了他。"

"国际金融危机，前期人心惶惶的就像现在，建筑行业按五成砍人，砍完留下的工资也砍一半。那会儿我们在江河施工，侥幸没被裁掉，庆幸得要死拼命地干活，有个房地产公司招标，三万平不到的干挂石材，一共去了十三家投标单位，我师父是项目经理，他是安全员，我跟着做记录。"

"那个业主比高远还小，但他是这样说话的。"钱心一把左肘往桌子上一搭，半侧着身子斜眼看人，作出轻蔑的神态，下巴一抬十分傲慢地说，"我现在问安全员问题，所有人都不要说话。"

然后他的目光从陈西安身上掠过，定在他脸上："你！说说我这个楼西北面未来可能出现的安全隐患。"

陈西安登时也愣了一下。

行内人都心知肚明，不少施工单位是不看图纸的，他们把招标图套个图框，把型材换成自己的，顶多深化几张主系统，现场开始干了遇到什么问题就解决什么问题，图纸只是备案存档的一个必要的证明。

这种问题提出来就是赤裸裸的刁难和打脸，可以想象当年没有看图纸的高远在十二家同行的跟前，面红耳赤却一个字都憋不出来的屈辱。

钱心一脸上有种稀薄的讽刺："我师父当时才说了半句话，'针对这个问题我补充一下'，那个小甲方当场就指着门让他出去，并且真的把他赶出去了，我师父那会儿都快六十了。"

"也许一个人的地位就能决定他的底气吧，甲方的小喽啰都可以完全不把施工单位的头头放在眼里。高远半个月之后辞职了，借了一笔钱，自己注册了一个设计公司，没多久我被他拉到GAD，七年的时间，看他千辛万苦地把公司做到这个程度。"

"现在甲方的老板见了他都要点个头露个笑，他算成功了，是吧？"

钱心一捏了捏眉心，眼神看起来有些茫然："可是我觉得他变成那个甲方那种人了，他有时候有些做法吧……触及我的底线了，就像别墅这个项目，连施工图深度的合同他都敢签，风险太大了。这个陈毅为吧，就是个躺枪的。"

这就是钱心一的天真之处，别人都向利益靠拢，他却固执他的坚持。

陈西安欣赏的就是他这一点，如果他有钱心一的勇气，那么现在可能早就站在了更高的平台上，可能会在JMP也说不定，然而生活没有如果。

陈西安给了他几块烤好的肉，笑道："高总现在是你的老板了，以前的交情你要学着放下。不过只要一所的人还是我们，一所的所长就只会是你。"

他只是很平常的态度，并没有像发誓一样郑重，钱心一却是猛然一愣，从其中听出了一股坚决拥护的意味，他心里一热，忽然担心了起来。

如果有天他真的离开了GAD，他的徒弟和组员将由谁来负责？这个人能像他一样，尽力带着他们规避掉可能到来的风险吗？

还有陈西安这个人，当同事默契，当朋友舒服，当室友可能更好，假使以后各自忙得脚不沾地，他们几乎就不会有多少交集了吧？

这天夜里钱心一睡不安稳，翻来覆去地做梦，一会儿是他辞职了，然后赵东文莫名其妙地成了负责人，结果他把参数弄错了，结构配筋没配够楼塌了，他和负责结构计算的陈西安都被追究了刑事责任。

一会儿又成了他找了个对象，短发高个，一如王一峰口中的财务，两人已经到谈婚论嫁的地步，去宜家挑家具，迎面撞上陈西安，他身边还有个人。

陈西安跟他打招呼，第一句是好久不见，第二句是这是我爱人，那人对他点头一笑，钱心一看清对方的脸，接着就醒了过来。

秋游计划是周五吃完午饭集合上车，晚上抵达草原住宿休息。

王一峰就是个搅屎棍子，钱心一刚决定参加这次旅游，他徒弟机智地把他和陈西安排进了一个标间，陈西安隔着显示屏用眼神征求他的意见，钱心一的头还没点下去，那边的电话就像讨债一样掐了进来。

王一峰扯着大嗓门，在工地各种切割机器的背景音里吼："钱儿啊，我家大裙摆的埋件已经上了样板墙，明天上午做拉拔试验，要你来，哥哥需要你。"

明天就是周五，计划说中午就走，钱心一简直不知道该选谁才好，他应王一峰也不是，不应又还不行，而且拒绝陈西安也特别不好，好像不乐意跟他住一起似的，钱心一顶着一脑门的纠结，愣是半天没吭声。

陈西安于是站了起来，小声问道："怎么？"

钱心一没避讳王一峰，就着手机说："城科的雨篷埋件明天上午做拉拔试验，要我去下判定单。"

赵东文还在门口翘首以盼，陈西安沉默了一秒，说："我跟你一起去吧。"

钱心一连忙摆手："这个不用，旅游一年才一回，不去白不去。"

陈西安有点惋惜那个标间，但钱心一不去他去了也觉得没意思，而且他有点心疼钱心一，每次别人放松他都在傻忙，忙完老板都不知道他有多辛苦。但是陈西安不一样，只要他想，高远就一定能知道。

陈西安笑着问："试验做过了还好，万一抗力不够 VA 的人又要你现场给他个数怎么办，你再给我打电话，亲自去坝上接我吗？"

钱心一碰上计算就没招，完全无法反驳，犹豫再三还是应了，但是心里对陈西安特别过意不去。

直到早上 10 点，钱心一和陈西安还没来。

赵东文打了个电话，才知道他师父和陈前辈去看别人做拉拔试验了，现在正堵在高速上，离现场差半个城市远，看样子没个下午 2 点回不来了，而他们的大巴发车时间是中午 12 点半。

这就意味着两人都去不了了，赵东文大失所望，从前台签完工资条回来，发现 QQ 里多了条信息，来自陈西安的手机客户端。

计算.前辈.陈：赵儿，想让你师父一起去旅游吗？

赵东文的昵称叫帅到天边去，他十指如飞地回复到：想想想！

计算.前辈.陈：那我给你个问题，高总经过你工位的时候问他。

帅到天边去：问了我师父就会去吗，什么问题这么神？

计算.前辈.陈：比不问的可能性大一点。

帅到天边去：好好好，那我问，前辈，问题使来。

计算.前辈.陈：你可以问高总，框架剪力墙结构建筑楼的层间，有背板的玻璃为什么算非透明？

帅到天边去：前辈你在说什么啊，这个问题做什么用的？？？

计算.前辈.陈：高总会告诉你的。

帅到天边去：……然而这和我师父去旅游一毛钱的关系也没有啊……

计算.前辈.陈：那就制造关系。

帅到天边去：怎么制造咧？

计算.前辈.陈：高总回答完你的问题之后，应该会问你去旅游高不高兴。

帅到天边去：（鼓掌）像是高总的固定语式欸……所以咧？

计算.前辈.陈：所以你不高兴，因为你师父又不去，不仅如此，连我也不去。

帅到天边去：……然后咧？

计算.前辈.陈：然后高总应该会给我打电话，之后你师父应该就会去了。

帅到天边去：（惊呆）听起来好简单的样子……好吧，但要是高总不问我呢？

计算.前辈.陈：那你就问他，问他去不去，他说不去，你就说'我师父和陈工也不去'；他要说去，你就说'要是我师父和陈工也去就好了'，应该就差不多了。

帅到天边去：高总不知道你们不去吗？

计算.前辈.陈：你觉得你师父会说吗。

帅到天边去：不会，好的前辈，我在草原等你们（噘嘴）。

高速上堵得水泄不通，钱心一探出去看了一眼，发现前面车龙长得看不见边，他缩回来给王一峰打了个电话，说11点到不了了，那边说不要紧，做试验的也在他们的队伍里，让他闲得无聊可以打电话约出来见个……

钱心一把线掐断了，一回头发现陈西安在旁边神速地打字。

“聊什么呢？”钱心一探了下头，没料陈西安立刻把屏按黑了，他笑了一声，“哟，还是秘密呢。”

陈西安捏住手机的一角在手里旋了半圈，笑得意味深长：“对，你不能看的秘密。”

钱心一：“还装神秘，你要不捂在西装里聊吧，免得我一不小心看见了。”

一条消息点亮了屏幕，陈西安瞥了一眼，把手机塞进了兜里：“不用，聊完了。”

将近11点的时候，高远的电话来了，陈西安把电话接了：“喂高总，你好。”

一来就忙，还忙到同事旅游自己跟现场，高远怕陈西安心里不舒服，离开赵东文的工位就给他打了电话：“西安，你跟心一去城科现场了啊，王一峰这个人也是，什么时候拉不好非要今天拉，那你们中午赶得回来吗？”

陈西安顿了两秒，说：“应该回不去，现在还堵在去路上呢。”

高远惋惜的声音传过来：“那怎么办啊，你这还是第一次公游，心一也是，不就是个拉拔试验嘛，怎么还要你一起去。”

他可能是随口说习惯了，陈西安看了钱心一一眼，心想他听见这话估计又得心寒，他不想钱心一听出他们的谈话内容，因此没有维护他，只是笑道：“没有，VA 的总工也去，到时可能需要提供一些数据。”

高远本来还打算让他们跟陈毅为提前熟悉熟悉，结果一个不去，两个还不去，到时候陈毅为还以为这两人对他有意见，工作起来估计得火星撞地球了。

当领导就是有操不完的心，高远说：“能去还是去吧，集体活动缺席了不好，大家肯定也想跟你们一起出去玩。这样，我让他们晚点发车，你们赶一赶早点回来。"

陈西安婉拒道："我当然也不想缺席公司的福利，但是赶回去再快也得2点多，而且我们也没收拾用品，让一车人等两个也不太好，这次就算了，我们下次再去。"

他的第一句话立刻让高远陷入了一种疑神疑鬼里，老板总是想得很多，既要考虑薪酬，又要兼顾心理，他思来想去总觉得不该让陈西安心里有芥蒂，顿了会儿笑着道："还是去吧，小赵念叨半天了，特别希望你们能去，坝上也不是特别远，东西也甭收拾了，缺什么我给你们报销，你们做完试验直接开公司的车过去，两人轮个班，几个小时就到了。"

陈西安看向钱心一，挺为难的语气："这……我不知道心一是不是还有其他事情要处理。"

高远对钱心一就没这么客气了："什么事就非得急在这一两天了，你把电话给他，我跟他说。"

钱心一听出来是高远的来电了，其实就撑在方向盘上看他打电话，陈西安模棱两可地说："他在开车呢，您的意思我明白了，我转达给他，好的，再见。"

钱心一打了个呵欠，懒洋洋地问道："老高吧，又有什么吩咐啊？"

陈西安："让我们做完试验自驾游的吩咐，衣食住行全包。"

铁公鸡拔毛了，钱心一惊讶了："这么高级？"

陈西安笑起来："对，就是这么高级。"

钱心一不领情："高级我也懒得去，比上班累一倍你信不信。"

陈西安劝道："去吧，我想去，你徒弟也特别希望你能去。"

要不是他，陈西安现在都该在公司吃完午饭准备出发了，钱心一听得愧疚万分，立刻就妥协了。

再美的建筑，核心筒都是一样的，钢筋水泥混凝土，远看灰扑扑，近看惨不忍睹。

王一峰家未来大裙摆的最边上打了个今天试验用的预埋件，半个人那么高的厚镀锌板糊在混凝土上，简直像是夜空里最亮的星。

钱心一从进了工地的铁栅栏门就开始笑，等看到试验件下方戴着安全帽的王一峰，越发笑得停不下来了。

王一峰自知理亏，也是不敢往墙上多看一眼，恼羞成怒地伸手去搂他："笑个屁！要是你早点发现，老子就不用遭这种眼罪了，都快丑瞎了。赶紧的，拉拔完了给我封上幕墙，太扎心了！"

钱心一把他甩到一边去，笑呵呵地说风凉话："还不是大裙摆惹的祸咯。"

陈西安这么厚道的人也觉得丑得够呛，嘴角撇得厉害，倒是没笑出声来。

VA 的总工和施工单位的试验队伍没多久也陆续来了，一群人戴上安全帽，站在建筑的荫蔽里看工作人员上脚手架，连上千斤顶和拉力计，打开仪器对钢板做拉力试验，直到边梁拉豁了再连第二个试验。

拉拔试验做起来很快，接着一伙人抄下记录的数据，蹲在地上对着表格公式就开始按计算器。陈西安的担心是正确的，VA 那边果然问了他们试验数据值的可靠度和理论值，陈西安翻出笔记本调出自己常用的公式表，填进去算。

写写算算很快就过了一个多小时，没钱心一什么事儿，他就跟王一峰在工地闲逛，到处看看结构。东看西看就坐着吊篮上了结构屋面，王一峰让他帮忙看看结构女儿墙顶上的防雷甩筋距离是不是偏大了些。

城科这个楼的女儿墙是个同心圆，未来两道梁之间会铺上穿孔的铝板，看起来像是一个造型很多的环。

陈西安算完上楼找他，一出吊篮就看见他蹲在外侧的女儿墙顶上，手里扶着一根防雷主筋，头发被风吹得乱七八糟，正侧着头跟王一峰说话。

超高层的风非常强烈，从陈西安背后掠过来，仿佛一只无形的手，推得他往前跟跄一步。不远处钱心一的衣服也飞了起来，一股窒息的感觉忽然笼罩了陈西安，他脑中划过一个坠落的身影，脸色猝然苍白下来，失声叫了起来："钱心一，下来——"

钱心一本来正在骂王一峰："你的施工队里都是茬吗？甩这么点钢筋出来才几块钱啊，省省省，给我二级省成了三级，到时验收不过，我看你挖筋再绑花几百倍的代价还省不省！瞎子都看得出你们省钱的地方以后就别……"

然后他就听见陈西安叫他，他的声音听着很……慌。

钱心一莫名其妙地站起来，看见陈西安跑到第一道女儿墙后头，伸手按在上面，又像被烫到似的缩了回去，他站在那里露出半截上身，表情怪怪的，又说了一遍让他下来。

钱心一还以为是下面的埋件拉豁了，连忙从女儿墙上跳下来，边跑边问："怎么？埋件豁了？"

陈西安隔着道墙拉住他挽起衬衫的小臂，手心里全是冷汗。

钱心一愣了下，这才发现他脸上很难看，于是从墙那边爬过来："怎么？VA 的总工骂你了？"

陈西安终于回过神，发现自己失了个大态，他摇了下头："没豁，也没人骂我，是楼顶风太大了，你蹲在那里很危险。"

钱心一满头雾水："没有啊，墙外头有个平台来着，你忘了吗？"

陈西安一时只觉得心灰意冷，他一看见女儿墙，就会无法思考。

纯钢材质的强度绝对比钢混高，所以只要计算不大打折扣，埋件拉豁的可能性基本为零。

拉拔试验各项数据都在设计值范围之内，下午 2 点 20，钱心一和陈西安从工地出来，随便对付了一顿牛肉面，直接上高速踏上了草原之旅。

从屋顶下来之后，陈西安明显沉默了许多，钱心一脑子里时不时冒出他在屋顶慌乱的状态，虽然没想明白是为什么，但好歹后知后觉地转过弯来，明白他是担心自己掉下去。

钱心一不可能没有一丝感动，但他也不知道该说什么，他知道自己善解人意的技能没点满，怕说错了话陈西安会尴尬。

走到半途的加油站，两人换了班，陈西安握住方向盘之后倒是恢复了常态，主动跟他说起了话，问他有没有骑过马。

钱心一有心活跃气氛，说骑过小木马，陈西安笑起来，说他连小木马都没骑过。

天黑的时候抵达了目的地,他们来得晚,蓝天白云和绚烂晚霞都没有了,只有群星闪烁和浓厚的尿骚味。如果你从没去过小草原,一定会被这种无所不在的气味打破向往。

陈西安打电话问赵东文民宿在哪儿,那边音响吵得要死,正唱着"我在遥望",赵东文亢奋的声音掺了进来:"啊啊啊啊!!!前辈你真是牛,我知道你们在哪儿,等我,我去接你们。"

说完他就挂了,陈西安靠在车身上,看车里的钱心一趴在窗户上,开着手机电筒对车外的马路一阵扫射,亮光里一坨坨深色之物以各种姿态糊在路上,钱心一登时露了个惨不忍睹的表情——

来路没看见几匹马,马粪倒是遍地开花,啊真是一个"芬芳"的大草原。

陈西安忍不住就笑了起来。

赵东文不知从哪借了个小摩托,风驰电掣地飙了过来,他看见钱心一高兴得要命,一边笑一边挥手:"师父你来啦!"

钱心一看他攥着马粪也能那么开心,就一直安慰自己可能是还没看见草原的美。

民宿是个很大的农家院,他们一群人还没住满,还有些不认识的散客。

他们进门的时候正是夜间活动,篝火边几个姑娘穿着蒙古族的长裙正在歌声里旋转,飞扬的裙摆像缀着流苏的伞盖,他们公司的姑娘小伙围在外圈的圆上,跑动着踢腿,一个个笑得东倒西歪。

墙边上还有个烧烤架,院主操纵铁器翻烤着一只小全羊,棚下摆了五个圆桌,女主人们麻利地撤着残羹冷饭,看样子已经吃过了。

梁琴从人群里跑出来:"来来来给你们留了饭,快来吃。这是你们的门钥匙,房间号 2-101,吃完自己找去吧。"

她把两人推到收拾干净的那张桌子上,接着一头扎进了厨房,很快一个大姐出来铺了一次性桌布,菜大碗大碗地搬上来,都是农家菜。

梁琴给两人发上筷子碗,一转身又冲进了包围圈,激动得不成个样子。

钱心一每天瞎对付,农家菜咸的齁嘴淡的没味儿,他吃得倒也不少,陈西安自己做饭,对这味道就有些敬谢不敏了,吃了一小碗就没再添,光着啃了个馒头。

钱心一却以为是他上午惊魂未定，十分殷勤地给他夹了许多菜，像个复读机一样把大姐带着乡音的介绍重复一遍："来点这个，野生山蕨菜，纯天然无污染……这个也不错，油炸的什么菜来着，忘了……"

陈西安只能把他莫名其妙的温柔夹在馒头里，痛并快乐地吃掉了。

等两人吃得差不多，全羊也烤好了，一堆人也顾不上跳了，又围到火堆旁边，师傅片下一片儿就抢一片儿，起哄起得比吃还带劲。

钱心一对于排队等美食这种事情无法理解，在城市里他看见餐厅一堆等号的，从来都是掉头就走。

赵东文在人堆里咋呼轮到自己了，被胖子和老吴拉住胳膊往后面一甩，三个人就互相捶了起来，打着打着肉就到别人嘴里去了。

钱心一笑看看了一会儿，把碗一推对陈西安说："你也去吧，绅士只能啃骨头，我去买点洗漱用品。"

说完他走到厨房门口探头探脑，看见上菜的大姐就笑："大姐，问下咱镇上便利店在哪儿？"

大姐给他指了路，他折回身看见陈西安也站了起来，看来对抢肉活动也不感兴趣，他没说什么，摸了摸兜里钱包还在："走吧。"

坝上的夜市挺热闹，但游客很少，撸串的人看着多，却多半都是当地男人，不怕冷的穿着短袖，二锅头喝得满头热汗。商铺也很多，卖奶片、奶糖、手工编织等纪念品的，就是没有正经卖衣服的。

两人一出小巷子就找到个微型便利店，买到了牙刷牙膏和质量不怎么样的毛巾，然后扫街一样地从这头逛到那头，天杀的只看见有卖情侣印花T恤和运动外套长裤的，而且还只能一次买两套。

老板是个系着腰包的大姐，为了做生意也是拼，先把两人夸一通，又帅又高又有气质，然后把自家的衣服夸一遍："小伙儿不是我说，这条街上就我家的T恤是纯棉的，花样也最多，看你们长得这么帅，买两套我给你们打八折。"

八折当然好，问题是她这店里的套装都是情侣装，钱心一去看陈西安，发现陈西安也用一样的表情看着自己，还率先说："去下家看看吧。"

钱心一登时被气笑了："你虚不虚伪！下家还不是一个样，买了走人，可这女装怎么弄？"

陈西安见他这么机智，也不装了，直接笑起来："先收着吧，等回公司了给梁琴，让她处理。"

钱心一没什么意见，两人分头拿了一套，钱心一先拿了套黑白搭，陈西安接着才选了套蓝黑配的，钱心一注意到这个细节，在心里叹了口气。

第二天集合果然是炸了，因为大伙第一次见陈西安穿运动装，感觉像是换了个人，女同事看的频率尤其高。

钱心一压力很大地离他远了点儿，徒弟却又来凑热闹，他浮夸地喊道："师父你们真是心机美男——还统一服装，琴姐，我们被抛弃了……"

梁琴噌噌噌地从楼里跑出来，破天荒地化着妆，还穿得十分女王，她扫了两眼，大红唇一张："我的天，没天理了，钱心一你们居然穿情侣装！"

钱心一抽死她的心都有，不过被她违和的打扮给震住了，他用一种看公鸡下蛋的表情看着梁琴的眼线，说："……你这个……高跟鞋，不是去骑马吗？"

赵东文也有点吃惊："……琴姐原来你还，还会化妆啊！"

妆是王淳给她化的，化完了梁琴虽然不习惯，但还是觉得挺好看的，结果这两个像是被吓得话都不会说了。从不化妆的女人往往没什么自信，梁琴受到了巨大的打击，把脸一捂，结巴起来："很，很丑吗？"

她指甲上也涂得一片血红，两人的注意力登时又到她指甲盖上去了，瞠目结舌的模样。

梁琴等了一秒直接崩溃了，转身就准备往楼里冲要去洗脸，气得快哭了。

陈西安看见这一幕也是无语得可以，觉得钱心一光棍到现在也是活该，迟钝成这样，一般的女的谁受得了。他千钧一发地插进来："梁琴今天这么漂亮。"

梁琴脚步猛然一顿，还是捂着脸，委屈地把师徒俩指来指去："真的好看吗？安慰我吧？你看这两人！"

陈西安过去在背后推了钱心一一下，他才反应过来，亡羊补牢地说：

"真的，这不太好看了吗？被惊呆了。"

梁琴又去看赵东文，赵东文立刻竖起手机对她拍了一张："琴姐美得不行咧！我要去找胖子，他肯定觉得他以前瞎了，哈哈哈我要让他跪着向你道歉。"

钱心一："……"

陈西安："……"

他说着就跑了，梁琴不好意思地放下手，骂剩下那个："化个妆而已，又不是变性，你们这些人这么大反应干吗啊，真讨厌。"

她说讨厌……钱心一又被吓一跳，觉得她今天中邪了，他认识梁琴四年，没见她这么女人过，钱心一终于没管住他的好奇心："反应不大你才该不开心吧，你这是……春天来了？"

梁琴踩着小细跟跶跶地走下来，剜了他一眼："春你个大头鬼！你没发现公司的姑娘今天都打扮得花枝招展吗，我就是不想丢你的脸才化的，你要有良心啊钱总。"

钱心一："……"

陈西安赌一个亿钱心一没发现，估计"情侣装"让他心力交瘁了。陈西安憋着笑问道："新来的同事很帅？"

梁琴羞答答地眨了眨眼："对的，混血，我的菜！！！"

钱心一忽然觉得他几年下来对梁琴的了解全白瞎了。

女同事们坐了一个多小时的旋转木马，拍照拍得头昏脑涨，结果新同事还没来，于是各自原形毕露，射箭的射箭，放风筝的放风筝，还有的打着赤脚在沙地上跑来跑去。

钱心一的筋都懒锈了，被梁琴吆上小木马，在上面转得不愿意下来，其他人都跑光了，陈西安像个收票的坐在阴凉里陪他，翻着 Kindle 里的小说。

钱心一趴在马头上打瞌睡："你去玩啊。"

陈西安："玩什么？"

钱心一想了半天："跟胖子他们一起，为咱们的女同胞们护驾去啊。"

陈西安心想"那我还不如在这里给你护驾",但是他没说话。

钱心一没等到他的回答,兀自闭着眼睛吹风,不知道过了多久,听见有人走上来说话。

挺有磁性的一个男声:"钱所吧,你好,我是陈毅为。"

钱心一睁开眼睛,发现坐着的陈西安跟前站了个男人,就是简历上那张脸,肤色古铜,侧对他的身体有着很明显的肌肉线条,穿着件迷彩花的紧身T恤,腰杆挺直地朝下伸手对着陈西安,脸上的表情挺耐人寻味。

陈西安靠着柱子,一手抱着他的电子书,折着右边手腕指向钱心一,但是没说话,因为他不太客气。

钱心一于是朝他挥了下手:"你好。"

伸着手的陈毅为立刻呆了一下。

第三章　心病

钱心一没加上称呼，并不是因为这人居高临下地跟"他"说话，而是摸不准高远准备给他安个什么头衔。

陈工不太好叫，被陈西安先占了坑，叫他陈所吧，又像不太把自己当回事，也不能叫小陈，他看着挺年轻，说不定比他们都大。按高远的性格，估计最后得直接叫陈总……陈总就陈总吧，反正都空降了。

钱心一出来和他握了手，假装高远没有找他谈过话："新同事是吧，欢迎欢迎。"

陈毅为是个欧美体型，比陈西安还高一截，精神状态也很饱满，跟他一比，钱心一简直可以说是萎靡不振，陈西安跟他宛如一条流水线出品，慢悠悠地从地上爬了起来。

陈毅为笑容满面地道歉："不好意思，眼拙，认错人了，听说钱所雷厉风行，没想到还这么有童心。"

钱心一就当他在夸自己了："不要紧，都怪他长得比我有威严。"

陈西安宽容地背下了这个锅。

陈毅为又愣了一下，似乎是没料到他们的等级关系这么随便，他看向陈西安，说："钱所，这位是？"

远处响起胖子的声音，钱心一揪着头寻了下声源，想也没想就说："我搭档，陈西安。"

陈毅为登时拿不准该叫他什么了，他伸出手还在犹疑，陈西安先握了上去，笑道："帅哥你好，我是陈西安。"

陈毅为笑着夸他也很帅，钱心一心想国企的人就是机智，叫一声帅哥什么错都没有。

他能找到这里自然是从组织里来的，但是杵在这里不知道聊什么，钱心一只能没话找话："你怎么知道我们在这里？"

陈毅为指了指西边的沙地，那里胖子还在呼喊，不过声音都散在了草原上，听不清在喊什么。陈毅为替他传递道："大家要举行沙地摩托比赛，让我来叫你们回去。"

肯定是他自己要来的，不然那群化妆的女人首先就不答应，钱心一不愿意动，看了下陈西安说："你们去比吧，我就在这吹风好了。"

人帅耸肩也潇洒，陈毅为有些为难地说："来之前梁大美女说我一定请不动你，我撂下话了，说要么回去三个，要么一个都没有，钱所不会这么不给面子吧？"

钱心一单纯地挺反感最后那句话，跟项目上的人吃顿饭能听到一百遍，而往往给面子的下场就是吐到胆囊都造反。他年轻的时候没什么面子，打肿脸也撑着给，现在有了点面子却矜持了起来。

年纪大了，会自动意识到健康不可辜负。钱心一虽然没老，但很多蛛丝马迹都显示出他已经不再年轻了。

不过陈毅为的要求是有益于健康的，钱心一想了想，还是不愿意去，他独惯了，觉得什么集体活动都没意思。而且不少同事带了家属，凑在一起的话题要么是尿布奶粉，要么是未来婆媳，他不仅插不进话，还总是被拉皮条，体验挺不好的。再说一个摩托有什么好骑的？

他看向陈西安，决定尿遁到其他地方去："给，比我面子还有分量的搭档先押给你，我去上个厕所。"

"卖我要负责的，"陈西安笑着勾住他脖子，心有灵犀道，"我也去吧。"

然后钱心一就被他诱拐到了沙道上，因为被箍着脖子没法逃脱。

陈毅为不好打发，骑个摩托也不是什么天大的难事，钱心一最后还是过去了，身旁还跟着他的搭档。

他们过来的时候，正赶上赵东文飙完一圈回来，头发全被风吹得竖起来，速度很快，他却扬起一只手来耍帅，在额头上比了并指甩向人群，车体很重的沙地摩托登时翘着半边，惊心动魄地从钱心一面前刮过，甩了他一裤腿沙子。

钱心一被吓一跳，抬腿就跟着摩托车后面跑，窝火地骂他："赵东文，手长得太多了是吧！"

远去的赵东文没敢回头，手却像条件反射一样缩了回去。钱心一停下来，发现旁边一个小正太盯着他，见他看过去，呆了一秒瘪起了嘴，一副要哭的模样，估计是被他吓到了。

钱心一只好"矜持"起来，退到陈西安旁边，不到两分钟赵东文跑完赛道，把车还到队里，故意离他师父远远的。

胖子一般都挺能活跃气氛，作为公司最胖的人，包宇鹏成了主持人，他操着洪亮的嗓门把人集合在一块儿，宣布了一些比赛规则和参赛奖品。居心叵测的，为了满足某些单身男的互动需求，比赛规则是铁打的一带一，因为建筑行业男多女少，所以找不到女同伴的男同志只好……

钱心一不太感兴趣，没怎么细听，等回过神来发现人全疯了，男的围着女的，女的突围去围别的男的，就为了骑个摩托。

陈毅为尤其炙手可热，被几个直爽的姑娘围在中间，向他提出申请。

钱心一积威太重，除了梁琴其他女士都挺怕他，有两个来问陈西安，被他以有队友婉拒了。

梁琴的首选本来该是钱心一或是小赵，这回却为了她的"菜"在旁边装淑女，胖子上去要舍生取义，被她用细跟踩了下脚背，嗷嗷叫着在沙地上跳。

他跳着跳着发现陈毅为朝这边来了，绅士地对梁琴提出了邀请，因为她是一所唯一的女性。梁琴美梦成真，惊喜地捂住嘴，以免笑得太过忘形。

胖子放下脚，脸上的表情有些……钱心一多看了两眼，忽然像是开了窍，他拐着陈西安窃窃私语："胖子是不是喜欢梁琴？"

陈西安心想"所里除了梁琴，估计就你不知道"，嘴上却故作惊讶："这你都能看出来？"

钱心一朝那边挑下巴："你看胖子那表情，是不是挺哀怨？"

陈西安"嗯"了一声，钱心一自顾自地想了想，觉得胖子配梁琴也还行，起码两人的共同话题挺多的，特别是恶趣味惊人地统一，收入也半斤八两，但是梁琴估计看不上胖子，她喜欢长得好看的，从现在面对陈毅为时爆棚的少女心就能看出来。

他刚准备说胖子挺可怜，话到嘴边猛然想起比起陈西安的遭遇，胖子简直就是个菜鸡。钱心一想象了一下陈西安脸上露出胖子那种表情的样子，心里忽然有点不是滋味，一时什么也没说。

陈西安是个从容里透着自信的人，这样很好，整个人都像是在发光，钱心一不希望看见他露出卑微的姿态。

陈毅为笑着过来要跟他比一局，钱心一没什么心情，但是陈毅为很坚持，大家又一直在旁边劝，说重在参与，梁琴在陈毅为背后对他眨眼，眨得睫毛膏都险些掉下来。

钱心一这下推卸不了了，只好对陈西安说："我赌五毛我会输，比不比？看你了。"

陈西安无所谓输赢："给你五毛，拿去输，比吧，沙地摩托挺好玩的，试试，可能你待会还不愿意下来呢。"

钱心一给他一个"怎么可能"的表情，转回去对陈毅为说："那比吧，先跑一圈熟悉下场地吧。"

沙地摩托是四个轮的，有点像加高版的卡丁车，为了防止飙起来打飘翻盘，车体做得很重也很低，扶上去身体基本是半趴的。

旁边陈毅为戴着墨镜，拉风地加上油门载着梁琴呼啸而去，陈西安蜷着腿缩在后座，拍拍他的背，说："宝宝，可以带我飞了。"

这摩托看着复杂，需要操控的地方其实比电瓶车还少，一个油门两个手刹，脚刹基本都用不上。

钱心一不相信他徒弟嘴里的"安全得不行"，检查了一下零件，拧上油门，车体老牛拉车似的滑出去，他牙疼地说："我忍梁琴是因为她是女士，你再瞎叫我让你飞出去。"

陈西安很愉快地笑出声来："我一害怕，估计就会搂你的腰。"

钱心一准备拧油门的手立刻不敢动了，他腰上全是痒痒肉，一碰就会扭成麻花，他叹了口气，说："我拉你飞一圈，一会儿换你拉我，我怕痒。"

如果他此刻回头，就会看见陈西安看他的眼神里满是笑意，可惜钱心一一直看着路。

过了几秒，钱心一才听见陈西安说"好"，他把沙地摩托开成了个拖拉机，慢得人神共愤，绕着跑道兜了一圈，回到起点的时候嘘声四起，鄙视他故意占着车。

陈毅为倒是很给他面子，说："钱所故意的，想让我放松警惕吧？"

钱心一干笑了两声，众目睽睽地跟陈西安换了个位置，大家哄笑成一片，理解他不想输得太惨的自尊，陈毅为墨镜后的眼睛一眯，笑着说："怎么，钱所不愿意跟我比？"

钱心一绑着没人会用的安全带，自己绑完了又把陈西安绑上了："怎么会，陈西安来开可以节约点时间，反正我是不好意思让大家等两圈了。"

陈毅为点了下头："开始吗？"

陈西安任钱心一折腾，目光落在脚刹上，等他弄完才把车开到不知道是谁用脚勾出来的起跑线上。

胖子在旁边衔着口哨，看了梁琴一眼，吹响了口哨。

两辆车同时冲出去，前半圈基本都是平齐的，到了弯道陈毅为的车甩出一个横飘，梁琴惊叫了一声，被淹没在轰鸣的引擎声里。

陈西安的车却陡然减了速，稳定地走出弯道才又提起来，之后追上不少可到了弯道又折了进去，两圈跑完慢了差不多六分之一圈，不过不到五分钟的时间也很快了，大伙嗷嗷叫着给了认可。

陈毅为被包在男同事里，问他飙车神技。

钱心一下车就去了梁琴身边，陈西安紧随其后。这女人被吓得脸色煞白，在人群里歇了好一会儿还没缓过来，钱心一捞了瓶水给她："还好吗？"

梁琴握着水瓶："嗯，没想到沙地摩托还能这么刺激，没做好心理准备。"

钱心一"嗯"了一声："去玩点轻松的项目缓解一下。我去趟厕所，陈西安，去不去？"

这次不是尿遁了，只是他站在便池前忽然说："我估计跟这个人才合不来了，谢谢你的减速。"

陈西安想起刚才沙地里兜圈的感觉："不用谢，我的所长。"

一趟秋游陈毅为出尽了风头，他的荷尔蒙和表现欲都很强，人还很高级，打得高尔夫跳得街舞，一直都是目光的焦点，男同事嫉妒女同事爱慕。

不过因为赛车那个细节，钱心一对他起不来好感，觉得这个人有点太争强好胜了。或许是男女看人的角度不同，比起来他还是喜欢陈西安这种人，肚里有货，人也温和。

周一上班，高远一来就开了个大会，先是问了大家玩得怎么样，然后隆重地欢迎了陈毅为的到来，夸了他不同寻常的来历，还说他上过专题，让大家向他学习。

陈毅为穿得很正式，站起来朝大家点头致意，笑着说："初来乍到，大家多多指教，不熟悉或做得不好的地方，也请大家多包涵指正。"

高远带头给他鼓了掌，接着宣布了陈毅为的归属问题，理由冠冕堂皇："这样吧，目前心一那边是最缺人手的，别墅也是精品活，毅为从 JMP 过来，细节上肯定有我们比不了的地方，毅为暂时跟一所的项目，也先熟悉熟悉，心一你觉得呢？"

钱心一电话最多，中途出去过一趟嫌兴师动众就没回自己的位子，坐在门口临时拖来的一个椅子上，笔记本放在腿上，像个小喽啰。话都谈过了，他当然是觉得好了，钱心一点点头："我没什么意见。"

高远又问了其他几个所长，大家自然都没意见，然后他敲定陈毅为进一所。陈毅为又跟钱心一客套了两句，高远说晚上聚会欢迎，谁都不要缺席，然后把会散了。

陈毅为的工位周末已经置办好了，就在钱心一的办公室，把他背后堆积如山的图纸搬到了杂物间，换成了一个办公桌。

这事他走前没被知会，弄得开完会之后满办公室找金荣的会签图，王淳也去旅游了，肯定不知道，他又不能去问高远，自己跑去杂物间翻了半个小时才找到。这其实都是小事，但也挺叫人郁闷。

因为陈毅为是临时来的，也没配合过，所以钱心一暂时没打算让他负责图纸，只是跟他交代了项目的概况和图纸的进度，让他先看看。

他背后多了个人，椅子滑来滑去的动静挺不习惯，加上好几次他起来接水，都发现陈毅为在看他画图，见他对上眼，就笑笑跟他说话。

"钱所你们画图不分图层的吗？"

"我觉得那个铝板造型折个线条会更好看。"

"窗的横向分格碎了点，看起来不够通透。"

"……"

或许他说的都是对的，但他的意见真是挺多的。中午吃饭陈毅为要跟他们一起，钱心一跟陈西安话也说不成了。

陈毅为带着打交道的人的习气而来，本来公司聚餐没有拼酒的习惯，但是他作为新同事来敬酒，大家没有不喝的道理，钱心一作为他目前的虚壳子领导，更不能不喝，被敬得分不清东南西北，又是陈西安打着车"顺路"送回去的。

一阵子下来，陈西安看得出他不自在，但也没什么表示，其实他大可以跟钱心一换位子，自己去背对陈毅为，但有时候确实是需要适当的对比，才能显出一个人的优点来。

别墅的第二次汇报时间很快就定好了，这次陈西安没去，是陈毅为跟着钱心一去的。陈西安虽然不知道发生了什么，但是显然过程不太愉快，临下班点他接到了钱心一的电话，主动约他吃饭。

这本来是件值得高兴的事，但是陈西安无法应约，因为安分了一阵子的杨江又出了幺蛾子，约饭虽然很有诱惑力，但是糟糠之友也不可抛弃。

陈西安遗憾地说："虽然我很想去，但是今天不行，杨江的状态有点不对，我得去看看。"

钱心一立刻问道："杨江怎么了？"

还有七分钟5点半，陈西安今天得先走，单手收拾着手机充电器："他说他要辞职，约了人步行入藏。"

钱心一忙到崩溃的时候，时常也有辞职去看雪山的念头，但哪怕真的辞职了，他估计也走不到十公里远："这也能看出不对来？"

陈西安："能，他有哮喘，体质也很烂。"

这是要拿生命去旅游啊，钱心一想起他那个虐恋，明白他大概是受了刺激。

杨江毕竟是杨新民的亲侄子，钱心一今天开会不用回公司加班，本来想约陈西安吃饭吐吐槽也没能成功，反正没事觉得应该去看看，就说："我跟你一起去。"

杨江住在外环边上的一套两居里，一如他在陈西安家里来去自如，陈西安也有他的家门钥匙。要不是知道杨江喜欢一个已婚妇女，而且陈西安又跟自己摊过牌，钱心一觉得自己还真可能会以为他们关系非同一般。

其实他很羡慕这种朋友，要是他有，他也会像陈西安这么珍惜。

进了杨江家看见散落的建筑图，钱心一才知道他竟然是同行，问了陈西安，发现他的职业是设计顾问。

乍一听是个很高大上的职业，其实比设计师还苦一点，在业主和施工单位之间游走，接下设计院的建筑图，深化出外墙招标图，交给业主发标，被国内乌烟瘴气的竞争市场弄得一点地位也没有。

两人随即看见杨江盘腿坐在地上查攻略，时而还有户外探险用品的网页划过屏幕，QQ 提示音不停地响，一副日理万机的架势。

"哎看谁来了，"杨江听见门响看过来，很酷地说。

陈西安拖鞋也没换，摆了下手示意钱心一直接踩地板，无视了杨江的废话，直接进去把他正在打字的电脑屏幕往下一压，说："先别聊了，出去吃饭吧。"

杨江正在热情高涨地跟驴友请教狼眼手电买哪个牌的，被他一打断，不耐烦地推了他一下："烦不烦，正聊呢。"

陈西安朝钱心一打了个眼神，勾住他左边胳肢窝，钱心一会心地挽住右边，两人同时一使劲，生拉硬拽地把杨江抬了起来。

杨江骤然腾空，被吓了一跳，拖鞋没勾住直接掉了，被赤脚拖了一段距离，哭笑不得："你们这两个贱人，哈哈哈撒手，我裤子要掉了。"

陈西安和蔼地问他："吃饭去吗？"

"吃！！！"杨江重获自由，踢了陈西安一脚，跑到电脑前一阵敲打，然后进房里换衣服去了。

认识也挺久了，三人却是第一次正经坐在一起吃饭，陈西安涮了个杯子，倒上大麦茶往杨江面前一放，一副坦白从宽的姿态："怎么了，说吧。"

杨江低头吹凉茶，从杯子口上翻着眼睛看对面两人，文不对题地答道："你俩怎么一起来了？"

钱心一刚要张嘴，陈西安忽然给了他一杯水，对杨江说："还有想转移的话题吗，一起问。"

"你这个人有时可太讨厌了。"杨江撇了撇嘴，侧着往桌上一靠，低着头说，"……没怎么，就是忽然开窍了，想开始新生活，不行啊？"

陈西安笑了笑："可以，去丽江吧，适合你这么文艺的青年。"

"不去，"杨江浮夸地敞开怀抱，说，"我要去接受雪山的洗礼，重获新生。"

新生够呛，埋在那里的可能性倒是更大，陈西安是不可能让他去的："行了就丽江吧，票订好跟我说一声。"

杨江哼了一声"谁理你啊"，去和钱心一叽歪："钱心一你看见没，这才是他的本性，一个板上钉钉的独裁者。"

钱心一一副"关我屁事"的表情，和陈西安狼狈为奸道："就丽江吧，回来的时候顶多黑点，起码还是个人样。"

微博上有个西藏之行的前后对照图，特别能打击人入藏的热情，杨江立刻低骂了一声，不想跟他们说话了，低头去翻 QQ 记录，看群里已经聊到了如何在 318 国道上机智地搭顺风车。

他装腔作势得厉害，看状态却不算特别差，起码还晓得装，陈西安也懒得问他了，打算直接去问杨英，就是杨江喜欢的女老师。他催着杨江吃了点东西，和钱心一直接从餐馆折回家了。

路上他问起今天的汇报，钱心一想起这事就心累，说："不想提，下次你跟他一起去汇报吧，我这暴躁脾气快遭不住了。"

陈西安好笑道："他干什么了，你这么上火？"

钱心一被气得直笑："他闷不吭声地做个 PPT，把我第一次汇报完了确认下来的东西全推翻了，陈瑞河说他考虑考虑，要是考虑得好，咱这俩月全白干了。"

设计最怕业主临时起意，忽然要大改特改，陈毅为倒是好，业主还没觉出什么来，他先把自己这边的成果给推翻了。

钱心一从没见过这种自己人，震惊之下把他的PPT从头听到了尾，发现他的建议确实效果更好，但很华而不实，他建议的那些细节国产的材料精度根本达不到，但是这些东西他偏偏不提。

这是很典型的方案公司的工作风格，就像VA那个根本不管结构承不承受得住的大裙摆雨篷。

陈西安慰他："不会白干的，他的建议本来就不实用，顶多是走个大弯道回到原点，不过时间又是个大问题，弯道让他自己去走，咱们的图纸不理他，走自己的进度。"

这个钱心一知道，但他纠结该怎么把陈毅为拨出去，处理人际关系本来就是他的弱项，加上高远发迹后自己也挺虚的，中意陈毅为这套，觉得高大上，是与国际接轨。

这个PPT在自己一点都不知情的情况下还敢讲，明显是给老板看过的。

钱心一很过来人地说："得了吧，他跟你说这个铝板线条要压细30毫米才好看，你不理他跟你没完，没一会儿老高亲自来了。"

陈西安想了想，说："把赵儿拉出来给他画细节吧，他让画什么就画什么，每个地方出个小节点，把造价单子拉出来抄给陈总，看到钱了就不会做白日梦了。"

钱心一摇头道："小赵画的节点没法要，要不换老吴吧。"

"别，"陈西安笑着说，"要不了更好，让他教，我觉得陈毅为应该挺爱教的，老吴你自己留着赶进度用。"

钱心一："……"

他怎么就没有这个姓陈的这么机智呢？

赵东文最近过得有点难。

他被他师父卖了，去了陈毅为那边做卧底，乍一听消息还有点窃喜，因为陈毅为不仅来自大公司，还持有专利，这种被带的荣幸不是谁都能有的。

陈毅为也表现出了一个大公司员工的素养，在他师父呼来喝去的对比下，显得尤其礼貌，无论让他干什么，结尾都会缀上一声谢谢，而且不管他拿出个什么图来，陈毅为都会先夸他干得不错，然后才加上但是。

赵东文被尊重得简直找不着北，自信心膨胀了一阵子，终于被这人逐渐显山露水的脾气给戳破了。

可能是小公司环境单纯，大家只会哼哧哼哧地干活，用工程量说话和领奖金，也没人会拍高总的马屁，因为大家会鄙视他，更有甚者像他师父这种倔脾气，还要跟领导对着干。

陈毅为就不一样，他说的每一句话都很不寻常，但是高远听着高兴。赵东文不知道该怎么形容这个人，接触下来最清晰的感觉就是翻脸非常快。

他上午还笑呵呵地来让他这么画那么画，下午来验收成果，发现不如预期，就会立刻变脸，问他怎么会这么慢，还错误这么多。

赵东文心里全是怨气，哥不会啊能咋办——然而陈毅为不会管他会不会，他只想要结果。

就像高总对他师父的要求，他只负责给项目，然后只问他要结果，中间的问题一概无视。

GAD基本都不能算是个职场，但是赵东文已经隐隐明白过来，并不是谁都会像他师父那样，气得暴跳如雷还会告诉他因果缘由。

等他终于发现了师父的美好，钱心一却开始不着办公室了，一周五天四天半不在。

10月是建筑施工最紧锣密鼓的阶段，过了这阵子天气转凉，混凝土固化慢，石材胶总也干不了了，还有北方冷得早，冻得快，材料供应也是大问题，所以这段时间整个行业脚打后脑勺地忙，与之相应的，问题也特别多。

钱心一这里的事情堆积如山。

先是去年配合的一个旧楼改造项目竣工发现没法看，玻璃原料中铁元素超标，导致玻璃的楼冠直接成了个"绿帽子"，让他去参加补救讨论会。

然后是金荣的图纸会签没成功，施工单位省得太厉害，但是因为料早早备好了，没有回头路可走，坚持他们的材料都满足受力要求。没办法，出了钱找专家评审，要求设计院也参加。

跟着王一峰的城科这边结构上的埋件打完了，项目进入下料阶段，发函让他去石材场地看石材样板。

还有别墅的项目追追赶赶，他去外地出差，白天静音晚上回电话远程指导，整个人累得筋疲力尽，有时候陈西安叫他，一声还叫不应，再叫一声回过神来，根本没听清他说了什么。

记性也特别差，前脚跟赵东文交代的事后脚就忘了，陈西安看他那个精疲力竭的样子，一面认可他能干，一面心疼他太累。他在公司的时候陈西安等他一起下班，送他回去的路上让他在后座睡一个多小时。

钱心一的心不是铁石做的，陈西安对他的照顾和容忍，他都记在心里。他有时候也想回报些什么，想来想去也没想出朵花来，人就睡过去了，他真的快累垮了。

这样下去并不是一个可持续发展的工作状态，钱心一自己也察觉到了，他有时候早起心口发疼，想着什么时候去查个心电图，然而转头就忘了。

因为实在兼顾不过来，钱心一把陈西安接触过的两个项目的对外工作交给了他，一个是城科，一个是别墅的进度掌控。

这在以前是从来没有过的事，他因为不放心，公司对外发的函件、图纸等东西说什么都会看一遍，而其他公司内接过来的工作，所里人都不靠谱，也都是他一个人亲力亲为。

而如今他把一半的工作分给了陈西安，其他人或许不能理解这项分工的意义，包括他自己可能也没察觉，不知不觉间，陈西安对他来说已经成了一个值得信赖的对象。

钱心一去 A 市出差了。

"绿帽子"问题解决之前不会出现，陈西安接盘了他所有的统筹兼顾。干活的几个人没意见，陈毅为却没想到，他本来以为钱心一不在一所就应该由他负责，谁知道归这个只管低头配钢筋水泥的，他不太痛快，却很高明地没表现出来。

陈毅为总是提一些赵东文目前的水平做不到的要求，徒弟没办法，只能把陈西安烦了又烦，幸好这前辈有求必应，对他耐心如他师父，温和堪比春风。他有时候灵思一闪，会奇怪像陈西安这么无缝衔接的优秀人员，为什么会愿意待在这种默默无闻的小公司。

陈西安平时话不多，也非常听钱心一的话，看起来像个软柿子，陈毅为没太把他当回事，直到9月份的建筑门窗幕墙展在即，一个外国人敲响GAD的大门，在门口用英语问Mr.Chen是不是在这里。

王淳以为他找的是陈毅为，把人带进一所办公室，结果他握上了陈西安的手，整个办公室的人都惊呆了。

陈西安并不认识他，但是这个自称库伯斯的人拿着康纳博士的邀请函而来，陈西安给了赵东文一包速溶咖啡让他泡一杯，将人请进了会议室。

赵东文第一次接触同行的外国人，兴奋得磕巴起来，please别人喝coffee，一出来先摸出手机给温晓茹炸了消息，嘚瑟完跑去楼梯间给钱心一打电话，说有外国人来公司找陈西安。

钱心一工作这么多年，合作的国际公司不少，接触的外国人却不多，因为在华的分部基本都是同胞。闻言也挺新鲜，不愿意挂电话，缩在甲方的会议室小声问："谁啊？找陈西安干吗？"

赵东文幸灾乐祸得不行："不知道，哈哈哈不过师父你是没看见陈副所那个脸，他以为那金毛来找他的。"

钱心一想想陈毅为的自尊心，觉得他估计受到了暴击，并且从此将会集火陈西安，他是那种谁最优秀就想压过谁的性格。

不过外国人来找陈西安，钱心一想知道为什么，就说："你弄清楚了给我回个……算了我自己问，没事就挂了，我在开会。"

赵东文收了线跑进办公室，坐在工位上偷窥遮挡百叶，瞧见细缝里两个人一直在交谈，他才反应过来陈西安一直是用的英语在跟对方交谈。

他忍不住咂舌道："乖乖，前辈这么牛，我师父得镇不住他了。"

库伯斯送来了一些展会的VIP通行卡，还邀请陈西安务必出席康纳·冯博士关于未来都市构想的演讲，陈西安谢过他之后，答复他如果期间没有工作缠身，一定会去。

送走这个外国人之后，连高远都没忍住，来问了他一趟：这洋鬼子是谁，干吗来的？

陈西安说是送展券的，给自己和钱心一留了卡，把其他的都送给老板随心派发了。

然而其他人可能是英语不好，没听清楚，但是陈毅为听得懂，而且康纳·冯这个关键词于他而言还十分敏感——

那是 JMP 驻华北区的总监理，一个很有才华和天赋的建筑大师。

当年陈毅为进入 JMP，最终的面试官就是这个不按常理出牌的德国老头，他每一期都会让应聘者站在高楼边上俯瞰不同时间段的城市，然后告诉他感想，不管什么都好。

陈毅为把椅子转了一百八十度，盯着钱心一黑着的电脑屏，那后面坐着陈西安，他心想：可是这个名不见经传的陈西安，怎么会有人专门来送入场券给他？

钱心一开完会出来都 6 点了，接着业主请吃饭，他尿遁到厕所，给陈西安打了个电话，那边很快就接了："吃饭了吗？"

"就吃，"钱心一憋不住话，笑着问，"赵儿下午跟我说你今天在公司大出风头，专门有外国人来送请帖。陈大师，什么情况？"

"绝对是谣传，"陈西安低笑的嗓音穿过线路显得很有磁性，"大师的领导什么时候回来？感觉好几年没见你了。"

"神经吧你，"钱心一说，"不出意外大后天，'绿帽子'嘛，戴上容易取下来难，再替领导扛两天。我说完了，该说你和外国人了。"

陈西安："没什么可说的，马上门窗展会了，送票的一个助理。"

钱心一"啧"了一声："怎么没助理给我送啊，哪怕是个国产的也行啊。"

陈西安笑着毛遂自荐："有啊，我。"

甲方在外面叫他，钱心一说吃饭，把电话挂了，然后在厕所发了会儿呆。

从陈西安来面试那天他叫他帮忙验算模型的时候钱心一就看得出来，GAD 应该是他职业生涯里的一块跳板，他的实力适合更高的平台，如果待在 GAD 不肯走，那就叫没出息。

可他要是真的走了，钱心一脑中鬼使神差地冒出个念头：我会不会不习惯……

"绿帽子"难题最终的讨论方案是：无解。

临空换玻璃显然不可能，只能选了会议一开始钱心一就提出过的建议，在楼冠外面做一圈遮丑又鸡肋的遮阳，线条细密一点，造型柔曲一些，兴许能起到喧宾夺主的效果。

业主纠结了几天妥协了，接着又开始纠结加什么样式的遮阳，因此钱心一的"大后天"变成了"下个星期的大后天"。

钱心一被牵绊在 A 市，作息倒是比之前正常了不少，主要是他带了电脑也不用画图，顶多查查规范回复下施工单位的求疑，因为陈西安把事情都揽下了。

可惜陈西安只有一个，其他人就没这么体贴了。

高远一天一个电话，问他什么时候回来，说陈毅为用他的关系牵了条线，进了某个地标性超高层项目的招标，他要组个特别行动组，从负责人到画图员全是公司顶级配置，自己亲自操刀引航，让他回来挖坑站位，听得钱心一心有余悸。

高远虽然是个专家，但是他已然干不了项目。钱心一无法想象他引航出来的螺丝钉都是德国进口的造价，高档过头先把业主吓蒙了，以为自己投资的是空间转换站。

王一峰也催得紧，虽然陈西安接手了城科的后期配合，他也觉得陈西安靠谱，但是板上钉钉的事情他习惯性地让钱心一来敲了。他死乞白赖地跟钱心一约好了周四在工地上不见不散，然而台风突袭，钱心一周三被困在了 A 市的机场。

航班都停了，外头暴雨如注，机场里人满为患，有些挑剔的乘客开始生气，要求航空公司按条例赔偿，吵得不得了。

钱心一缩在角落里，强行往眼睛里塞的悬疑小说也看不下去了，他除了工作从来不用 QQ 聊天，因为没有防备，也没下个电影，只能摸着手机百无聊赖。

坐在他旁边的是一对年轻的情侣，女孩插着耳机用手机在看电视，男孩个子不高，脸也很普通，钱心一会注意到他是因为一个细节。

他一直在往女朋友的手里递肯德基系列，红豆派、玉米棒、鸡块，女孩看得忘我，眼神晃都没晃一下，只是凭手部的碰触在拿东西吃。

递饮料的时候，他递到一半忽然缩回来，掀了盖子搅了一会儿，才盖上又递给她，女生毫无所觉，笑眼盯着手机屏随手就把吸管叼进了嘴里。

钱心一心里炸了个惊雷，忽然想起了陈西安。

陈西安就像这个沉默晾着饮料的男孩，他无论做什么都是悄无声息的，帮了自己很多的忙。

钱心一见过他应对高远，陈西安不是不会表功劳，他从大企业里出来，很会那一套，钱心一知道他或许是不想那么"功利"地对自己，那么推己及人，自己又为他做过什么呢？

天平两端若是不势均力敌，就会忽上忽下，要是差距太大就会一边倒。秤盘的砝码，无论是什么都脱不开这个规律，亲情、友情、爱情，都一样。

他对陈西安有好感毋庸置疑，也知道他身上有些不对劲的地方，但钱心一从来没有主动问过。这种沉默到底是尊重，还是因为不在意？钱心一也说不清楚。

日子毫无波澜，是人只要不是变态，没人喜欢上刀山下油锅，得过且过是最平常的生活方式，他总觉得这样很好，没有改变的必要。

这种心态也许是正常的，但钱心一觉得自己有点无耻，对陈西安的关心，不如那人对他的多。

可交心本来就是一件很难很难的事。

航路第二天还没开通，钱心一没办法，只能给陈西安打了电话，让他代自己去。

陈西安让他不慌回来，等天气好了再说。钱心一又给王一峰解释了原因，那边把他骂了一通，末了到底还是补了句一路平安。

不久之后钱心一想起这通电话，都会觉得非常后悔，但多年之后，他却只能抱着一种复杂的心态看待它，这是一柄双刃剑，引发了一场或许可以避免的事故，却把他推向了陈西安的过去。

他是周四下午4点20抵达的C市机场，赵东文跟着陈西安去了城科的现场，来接他的人是胖子。

一个多星期没见，胖子还是个油脸，人却似乎瘦了一些，钱心一问他的时候他摸摸脸，茫然地"啊"了一声。他从前体重轻了两百克都要炫耀得像中了五亿大奖，这反应不对劲，钱心一猜八成跟梁琴和陈毅为有关系，但是他没说话。

作为领导他固然有替员工纾解心结的义务，但是胖子暗恋梁琴、梁琴花痴陈毅为这么高难度的感情问题他束手无策，他连自己那一亩三分地都收拾不清楚。

车里一股汽油味，钱心一因此油然而生一股忧虑，一所最近春风浮动、关系纠结的，会不会出什么问题？

出差回来他本来该直接回家，但是高远迫不及待，让他回公司一趟。钱心一把手机扔在后座上，问胖子："我走期间没什么事吧？"

胖子"啪啪"按着喇叭，骂插队的车，头也没回："大事没有，小事不断。"

钱心一摆出一副洗耳恭听的样子："比如说？"

胖子讽刺地说："咱陈副所给公司拉了个大皮条你知道啦，新世纪的小蛮腰，连购物卡都没送出去呢，就搞得像中标了一样，那家伙，大张旗鼓的。"

"高总这人你也知道，说风就是雨的，立刻把陈所、雷所全薅出来了，让陈工负责钢构建模，陈工说别墅的结构还没收尾，推荐陈毅为。他肯定没这本事，戾了啦，就跟高总把陈工夸得天花乱坠，高总现在压着呢，不过陈工没松口，现在你回来，薅你来了。"

陈西安看着君子，其实有他的心机，钱心一倒不担心他会叛变，只是对他有始有终的态度还是挺愉悦的，笑了笑："薅我啊，我现在手里的事交给谁干？陈所和雷所不也挺忙的，没吭声吗？"

"嘻！"胖子叫道，"交给手底下的人，随便干干呗，反正在高总眼里，我们画两星期的图他两个小时就能搞定，什么都简单，以我们的经验足够了。"

"他上次例会还骂公司某些员工上班喜欢浑水摸鱼地聊天上网，也不积极进取，一所外面几个，除了老吴，都躺了聊天上网的枪。"

钱心一皱皱眉，觉得高远越来越过分了，嘴上却说："你们别有压力，我先回去看看。"

胖子点点头，又说："下周四是门窗展，有一些铝材和玻璃的供货商来公司拜访过你，送了点茶叶和入场券，金鑫玻璃的周经理说你要去的话她安排人员在会场门口接你。"

"嗯，我待会给她回个电话，"接着他随口就问了句，"送的什么茶，绿茶还是红茶？"

问完之后自己也吓一跳，他没喝茶的习惯，以往的茶叶都是拿一罐给杨新民，剩下的往茶水间一摆，谁爱喝谁喝，但是陈西安喜欢喝红茶。

胖子喜欢雪碧和可乐，更莫名其妙："我回去给你看看吧，包得都宁静致远的，谁看得出来！"

钱心一盯着旁边车道上一辆雪佛兰的车屁股，此地无银三百两地解释道："我师父差不多缺茶叶了。"

胖子根本没上心，"哦"了一声和堵车作斗争去了。

领导全坐在会议室，导致公司下班比上班还规矩，一个个正襟危坐地刷着网页，想走却不敢。

梁琴看见钱心一，笑颜如花地对他抛了个飞吻："哟喂，救兵来了。"

大家闻言都转过头来，一脸期待地看着他，钱心一不负所托地把手一挥，笑着说："一所不忙的人可以下班了。"

只要有人领头，就会走得稀里哗啦，梁琴对他做了个感恩戴德的表情，开始收拾东西，她办了张瑜伽卡，想塑塑形体，所以急着走。

钱心一让胖子没事也走，自己提着笔记本，敲门进了会议室，里头四个人，高远、陈毅为和两个所长，其中陈毅为正在讲PPT，投影仪上是一张方案效果图。

高远看见他笑着说："心一回来了，辛苦辛苦，'绿帽子'的问题解决了？"

钱心一找了个位子坐下来，看了一眼效果图中的蓝色高楼："差不多，加了层遮阳。这就是小蛮腰啊，造型怪别致的。"

图中是一个由倾斜的线条扭曲成一个掐腰造型的筒子楼，线条之间是尖菱格的小线条，看起来简洁又生动。

高远雄心万丈地指着图说："要感谢毅为的消息，四百多米的超高层，要是拿下了，公司就要成名了。"

可能性很小，会忙出一场空，但是钱心一不想泼他冷水，因为泼了陈毅为立刻会来递毛巾，会衬得自己不识好歹，钱心一给嘴拉上拉链，"嗯"了一声。

高远要给他安排任务，自然不能让他沉默："心一，我觉得公司到这个地步，不上不下需要有个突破了，这是一个机会，成功的话能把公司的名气彻底打响。小蛮腰我准备亲自带队，毛手毛脚的设计不要，你们几个主设计跟着我做，你看呢？"

其实从小公司的角度来看，GAD 发展得很不错了，这么不景气的时候还忙得连轴转，很多大型的设计院都已经开始裁员了，施工单位和材料商天天来哭穷。高远有目标是好的，但是望天不看路，容易掉进坑里去。

钱心一看了一眼另外两个所长，那两个和他一撞眼神，里头全是无可奈何，他心里叹了口气，回过头笑："高总，跟你做小蛮腰可以，但是目前跟进的工作我肯定是顾不上了，图纸和文件我会备份存档，更换负责人的联系函我也会发给陈瑞河陈总，之后这些项目的任何问题都跟我没关系，不过存档之前的东西我认。咱们什么时候开始？"

二、三所的所长已经微弱地表示过兼顾不过来，但是高远两句话打发了他们，让他们随便监督监督就行，不过这个随便监督要是出了问题，那肯定就是他们太随便的结果。

看样子陈西安也难逃此劫，组里没有拿得起项目的人，钱心一不可能松口随便画一画。

高远对他目无领导的意见已经不是一两天了，这次忍无可忍，直接拍了桌子，脸色阴沉："钱心一，这就是你跟老板说话的态度吗？"

桌子发出"嘭"的一声，钱心一蒙了一下，睫毛一抬，只见对面怒发冲冠的人西装革履，陌生得好像从来没认识过，他不太难堪，只是心里有种如鲠在喉的感觉。

敲门声忽然响起，接着门从外面拧开，陈西安从扩开的缝隙里进来。他走到钱心一旁边，笑着说："我没迟到吧。"

高远察觉自己反应太过，看了他一眼，挤出一个怒气未消的笑："没有，坐吧。"

陈西安坐下来，小声地说："吃午饭没？给你带了盒饭。"

钱心一感觉到自己胳膊被人拍了一下，他心里一暖，小声答："吃了。"其实他没有，他上飞机的时候早过了午饭时间，只吃了点小饼干。

陈西安安抚地拍了下他，接着就把手拿到桌上去了。

高远又开始拉拢陈西安。

陈毅为跟着他一唱一和："陈工真是太谦虚了，力学中最复杂的异性双曲都没问题，小蛮腰肯定不在话下。"

陈西安这回没有打太极，拒绝得非常彻底："抱歉高总，谢谢您的抬爱，和单曲双曲无关，是我个人的原则问题，高度大于二百米的超高层，计算模型我是从来不接手的。"

在座的集体一愣，越高的超高层越能突显出一个结构计算师的功力，如果一个五百米高的地标竣工，普通人乍一眼会觉得这楼真气派，而业界人士的第一印象会是这个计算师真厉害，因为设计可以天马行空，而能否实现结构说了才算。

而且计算很难，结算师本来就小众，一旦有个成型的作品，立刻就能跻身到一流的平台。陈西安拒绝超过二百米的超高层，那就意味着他将功成名就的可能关在了门外。

钱心一不知怎么就想起了他那天在城科楼顶失态的样子，他侧头看了陈西安一眼，不知道这两者之间是不是有什么关联。

高远惊讶地问道："为什么？说实话，这种机会真的很难得。"

"因为风，"陈西安的手指动了动，他似乎措了下辞，这才抬头说，"我们都知道，风荷载是一个建筑定位的标准，但风是我们无法把控的东西，国标可以给行业一个测量好的均值，但它们只适用于平层建筑，超高层一枝独秀，只能通过风洞试验这一种手段测出体形系数，但是很遗憾，我不相信风洞试验。"

GAD 没做过超高层，所以屋里这几个，只有陈毅为在 JMP 学习的时候接触过风洞试验室，而试验还是前辈的。他虽然没有深入了解，但相关行业造飞机汽车都是采用的这种试验，产品一样投入使用。

别的不说，就说暂时位列世界第一高楼的迪拜哈利法塔，同样做的风洞试验，至少到目前还屹立不倒。所以他这个理由挺无中生有的。

高远看向他，陈毅为立刻去看陈西安，笑着说："陈工，就我所知，建筑的风洞试验在行业内已经是很成熟的检测手段了吧，如果是你曾经合作过的实验室有问题，我们可以换业界最好的来做试验。你看，高总特别希望你能加入这个项目，钱所是你的搭档，一定也希望和你并肩作战。"

他这话说得有点水平，直接把还在讲条件的钱心一拉下了水，要是陈西安接着拒绝，那就一下拂了公司最大的两张面子。而且钱心一也不能跳出来否认，因为高远的火气还没降完，他还赶着撞枪口，那么情商就太低了。

不过陈西安还是拒绝了，无论是不给高远面子，抑或是把搭档拱手让人，他有他自己的底线，一如钱心一对安全的坚持。

"抱歉，我还是不能参与，"他虽然有些为难，但态度全然坚决，只是话在出口的时候顿了顿，看了钱心一一眼，"如果我的坚持与工作岗位的职业需求有冲突，那我可……"

是个人都猜得出他接下来的半句话，上星期还有外国人来公司专门给他送入场券，高远虽然没弄清他们之间的关系，但陈西安这个人深藏不露的感觉还是挺明显的。

这个时期，不说人才，想招个靠谱上手快的人都不容易，高远坚定了要牢牢抓住陈西安的念头，因此不可能对他像对钱心一那么生气。他连忙打断话，笑道："也不用现在就给答复，你再考虑考虑，这样吧，反正毅为都讲得差不多了，要不咱们一起吃个工作餐，也算给心一接风洗尘。"

于是钱心一的问题也不了了之了。

吃过晚饭回去的路上，一直没怎么说话的钱心一看着车窗外，忽然问了句："要是高远强迫你算小蛮腰，你真的会辞职吗？"

陈西安愣了下，一时没明白他的意思："公司不止我一个计算，高总应该不至于把我逼走。"紧接着他反应过来，忽然有些小期待，"如果我真的要走，你会留我吗？"

钱心一犹豫了半秒，回头看着他的侧脸，正色道："如果你仅仅是因为高远逼你就要走，那我不会留你，因为这种情况会很普遍。但如果是有其他原因那另当别论，你为什么不肯算二百米以上的超高层？"

看来饭前那个虚无缥缈的风理论没能取信于他，陈西安忍不住笑了笑，轻轻地说："心一，我讨厌风，讨厌风洞试验，你注意到了吗？我开快车从来不开车窗。"

他的笑容里掺着点悲意，或者还有其他东西，神态有种不同往常的脆弱，钱心一讷讷地闭了嘴，一下就不敢接着问了，怕知道得太多了僭越，但是不知道又总忍不住去想。

小蛮腰的事情高远和陈毅为在瞎忙活，几个所长还是负责自己的事，在他们停下来开会之前，偷了点自由的时光。

陈毅为或许事儿多，但有些观点还是中肯的。比如他跟高远嚼耳根子，建议大家都去参加展会见见世面，高远觉得在理，强制要求所有人都去观展。

大家凄凄惨惨地号忙，但是有半天空闲到底是暗爽。

门窗展会设置在一个四星级酒店，从酒店大堂到二层的休息区会议室，全是展商和待讲的专家。

陈西安给钱心一留了卡，两人从 VIP 通道进的展区，免去了排队的困扰，剩下的赵东文一行，钱心一打了金鑫周经理的电话，让人带他们进的场。

办在酒店的展会肯定不如市展规模大，参展商和展品都相对少一些，但是因为名额限制全是新精品，价格也高。这次展会的主要目的也不是销售，而是一系列的品牌商在此结成联盟，防止行业内恶意压低价竞争，造成两败俱伤。

两人在展区转来转去，展品和去年的大同小异，等到 11 点，去了二楼中央会议室，验卡机读出两人的卡编号，安检的保安立刻举起了对讲机，把他俩拦在了原地，弄得他俩像是危险人物似的。

钱心一摸摸鼻子，茫然地问陈西安："你这不会是假票吧？"

陈西安："……应该不会吧。"

事实证明票是货真价实的，而且还是尊享版，很快库伯斯从会场里出来，笑得找不见眼睛地跟陈西安打招呼，又问了钱心一的身份，把两人引到了贵宾席。

让钱心一惊讶的是，陈西安坐下后，前面一排有个贵宾转过来跟他打了个招呼，陈西安尊敬地问了好，两人就随意地聊起了家常。

陈西安笑着说他现在还没结婚，那中年人还向他推荐外甥女。陈西安说他有喜欢的人，还让钱心一做伪证。

钱心一干笑着印证了，配合得有点违心。

11 点 10 分的时候女主持人上去开了场，接着从小台门那里走出个老头，矮矮瘦瘦的一个外国人，往台上一站，虽然普通话很蹩脚，可是那种真大师的气场一下就散发了出来。

这是钱心一第一次见到康纳·冯，却发自内地折服在了他的建筑构想和美学天赋上，见了这种人，他才知道自己差得有多远，他这辈子都到不了这种境界。

想得到，表达得出，而且让不懂的人也一听就明白。

康纳博士说得不多，先提问题给自己，然后用项目解决它，他说了迪拜的哈利法塔、上海中心大厦等世界高楼的设计概念和施工难题。一个半小时很快就过去了，雷鸣般的掌声里，他提起了一个人。

他说："我面试过无数的优秀人才，他们现在都有不错的前途，可是给我印象很深的一个年轻人，他却不在这其中。我个人觉得他非常有天赋，大家可能都知道我的恶趣味，喜欢让人站楼顶，因为这个，他与我失之交臂，我虽然觉得很遗憾，但他确实没能通过我的试炼。可是我记得他的回答，非常可笑，他说他害怕，一个连站在高处俯瞰城市的勇气都没有的设计师，永远造不出通天塔。"

会场登时响起一片哄笑声，钱心一下意识去看陈西安，他直觉康纳博士说的是他，却意外地发现他十分平静，专注地盯着台上的老者，神态温和恭敬。

"但是……"

博士话锋一转，忽然严肃起来："对我来说，十分振聋发聩，楼越建越高，或许是因为空间不足的原因，但目前的症结在于一味地比高，其实没什么必要。建筑确实需要突破极限，来展现科技的一部分力量，但是在科技之外，攀比不需要超级高层，异形也可以。我后来看过这个年轻人设计的一个异形双曲面建筑，非常完美，像个艺术品。"

"年轻人，我知道你在这里，你愿不愿意跟我分享一下这个优秀的异形模型，以及这些年从事这一行的心得和体会？"

老人浑浊的目光穿越距离，落到这片席位，许多人茫然地跟着看过来，在他们中间寻找"年轻人"。

陈西安久久没动，钱心一恨不得轰他上去，一面又想起那天他随口提的那句"想，但是我去不了"。

原来他曾经去 JMP 面试过，只是因为害怕，被刷了下来。

可他为什么会害怕女儿墙，甚至又讨厌风呢？

钱心一脑中灵光一闪，赫剑云憎恶的脸霎时掠过，他看了垂着眼的陈西安一眼，觉得自己的好奇心有点危险。

陈西安最后没有上去，他面无表情地坐在那里，钱心一都没敢跟他说话。

台上的康纳博士面不改色，自嘲式地解围说这年轻人竟然不给他面子，自己又要记住他了，然后鞠了个躬下去了。

主持人上来收了个尾，请大家移步西边的餐厅享用午餐。

人多杂乱，两人被人流冲进餐厅，没看见赵东文一行人的影子，却一会儿遇见一个合作过的产商，各自来跟他们握手，让他们去这边那边坐。走走停停就靠近了一号桌，陈西安忽然停了下来。

钱心一顺他视线望过去，看见康纳博士在库伯斯的陪伴下朝这边过来了，老人先是对钱心一笑了笑，接着停在陈西安面前，木着脸说："陈西安先生，好久不见了。"

陈西安抿着嘴笑了一下，神色有些无奈，他弯下腰去拥抱他："博士，你的演讲很精彩，除了最后那段，我很抱歉。"

康纳博士其实根本没生气，他们西方人并不太在乎面子这种东西，等陈西安很快松开他，他无所谓地耸了耸肩，说："库伯斯同样觉得我很唐突，我也很抱歉，不知道这位帅气的先生是？"

陈西安扣住钱心一的手臂，把他拉到了自己身前，笑道："这是我的所长，钱心一，有钱的钱，一心一意的心一。"

康纳博士立刻用一种年轻有为的目光看着他，伸出手来："哦——心一，我喜欢这个名字，你好你好。"

钱心一一边觉得陈西安真是烦人，在大师面强调什么名字，一边又激动得厉害，这种近距离接触偶像的感觉实在是很澎湃，他双手握住老人的手，轻轻晃了几下，说："您好博士，很高兴见到您。"

康纳说："我也很高兴，你这么年轻就是小陈的领导了，你很棒。"

钱心一被夸得不好意思，笑出了一点学生时代的腼腆："没有没有，您过奖……欸，谢谢。"

库伯斯不引人注意地推了他一下，康纳瘪了瘪嘴："看来我得走了，希望以后能在我的高楼边缘面试现场看见你们的身影，再见。"

钱心一是没戏了，但还是跟着陈西安点了点头，目送他离开。康纳博士走出两米，忽然又抛开库伯斯折了回来，他很矮，看着陈西安的目光却犹如居高临下。

"每个人都有恐惧的东西，害怕并不可耻，或许你憎恶自己的软弱，但请记得我就是因此对你印象深刻。我知道你们伟大的国家有一句古话，叫塞翁失马，焉知非福，我把它送给你，希望在我有生之年，能在普利兹克建筑奖的提名单上看见你。"

那天陈西安吃得不多，也沉默了不少，钱心一猜他需要时间思考，并没有打扰他。

别墅的第三次也是最后一次汇报时间定在国庆节之后，高远再次找了陈西安谈话，希望他能加入小蛮腰项目组，钱心一十分在意，故意在会议室门口晃来晃去，接了七八趟水之后才恍然大悟，他可以等陈西安出来了直接问他结果。

如他所料，陈西安答应试一试，虽然这有点背叛的意思，但是经过展会的事情之后，钱心一也希望陈西安能突破极限。

他笑呵呵的样子倒是叫陈西安摸不准他的心思了，他奇怪地问道："你很希望我参与小蛮腰？那别墅的结构谁负责？"

钱心一一脸"怎么可能"的表情："谁希望了？中标的可能性那么小，别墅的结构还是得你负责，不过呢……"

他忽然变了个脸，笑着说："参与也没什么坏处，起码是个体验，以后你要往高处跳，超高层也是个十分有利的条件。"

普利兹克建筑奖提名单上的建筑师不可能出于这种接不到大活的小设计院，他既然愿意尝试着去克服恐惧，那就说明有了离开这里的打算了。

陈西安心里泛暖，站起来撑在工位栏板上看他，目光和声音都温柔："我想和你在一起工作，以后都是。"

钱心一被他看得心肝一颤，立刻就要转眼，为了掩饰，他捂住眼睛，一副泪奔的样子："就寡人这个计算水平，怕是真的做不到。"

陈西安笑得肩膀轻抖，声音却特别正经："心一，如果我遇到跨不过去的坎了，你在背后推我一把，好吗？"

钱心一愣了下，慢慢把手移开了，露出一双眼睛和半张脸，过了好一会儿，才说了声"好"。

他明知道不该答应，却没能管住那张嘴，他甚至异想天开地找了个借口，心想：他要是真得了个普利兹克奖呢？

陈西安心里一沉，蓦然感受到了承诺的重量，他看着一桌之隔俨然掉入贼窝的人，心想：完了。

他之前来GAD，目的就是积攒经验，并不没打算久留，但钱心一在动摇他的目标，和钱心一一起工作的体验是别处没有的，这个人很守规矩，让人感觉安全，也很有气量，丝毫不怕自己超越他。

两人在屋里相顾无言，陈毅为突然"哗"一下推门进来，莫名有种说不上来的感觉："你俩干吗呢？"

钱心一国庆回了趟老家，他姥姥还剩两口热气，到了弥留之际。

团圆节见白本来不是好事，但他舅舅家所有人包括他妈等一系列经常接触老人的，虽然不孝，但都希望她断了气算了，人老不死谓之贼，折腾得大家受不了了。

他母亲比他提前一天到，把积尘压土的老房子收拾了一下，还是没法住人，屋顶的瓦条都烂光了，只能在镇上的宾馆订了两间房，她和她的小儿子一间，钱心一一间。

彭十香的小儿子叫刘易阳，才五岁，怯生生的像个小姑娘，她不该也不想带他回来，但是她的新丈夫出差了。她自知理亏，生怕钱心一不高兴，尽量让小儿子待在宾馆。

钱心一其实无所谓，不过她母亲弄巧成拙，过于小心翼翼地把关系弄得更疏离了。

彭十香忙着在床头尽孝，顾不上刘易阳，有次钱心一中途回宾馆换衣服，发现小孩开着房门杵在门口，见了他像老鼠见了猫似的，蚊蚋似的叫了声大哥，就盯着鞋面不说话了。

钱心一问他开着房门干吗，他说饿了，钱心一愣了下，朝他招招手，留了个手掌给他牵："拿上门卡，过来。"

陈西安来电话的时候，钱心一正缩着腿坐在麻辣烫摊子前面，给他的小弟弟往碗里拨豆棍，小孩第一次吃这种乡下串棍一锅煮的麻辣烫，新奇加饿得拘谨都忘了，辣得鼻头冒汗，吐着舌头扇风，钱心一问他辣不辣，他又说不辣。

钱心一回头要了杯米酒，接起电话，听见那边问道："在干吗？"

店主端来米酒，钱心一指了指刘易阳："带孩子，吃麻辣烫，你呢？"

陈西安："谁家的孩子？我在家看《动物世界》。"

钱心一又给刘易阳拿了串笋："我妈那边的小弟弟，真羡慕你们这些能在家看《动物世界》的人。"

陈西安笑了笑："你小弟弟怎么到你老家去了？你们明天吃团圆饭吗？"

"他爸出差了，"钱心一想我们明天估计要吃白饭，不过没告诉他，"吃，你怎么过？"

陈西安："杨江不来吃饭的话，就随便弄两个菜。"

钱心一在忙着剔串没走心："你不回家看看父母吗？"

陈西安："我父母不在家。"

钱心一："那在哪？"

陈西安："基地上。"

钱心一来了兴趣："什么基地，核武器？人造卫星？"

陈西安笑起来："你脑洞真大，导弹。"

钱心一羡慕地说："难怪你能建小三居的模型呢，搞了半天是科学世家，不过你爸妈研究导弹的，你怎么学起了建筑？"

陈西安："干一行恨一行吧，看起来光鲜的职业都很辛苦。"

不过他父母常年在基地上，逢年不一定，但过节肯定是独自一人，钱心一想起他那个面积不小却空荡荡的家，心里说不上来是什么滋味，不像同情，似乎是一点感同身受的心疼。

他点了碗花饭让刘易阳不要只吃串，然后举着手机跟陈西安东拉西扯，从什么时候回去聊到十一去哪里，再从这里那里的气温聊到杨江的西藏之行，等回过神来，居然就打了四十多分钟。

钱心一挂机的时候看见那个通话时间很是愣了一下，放之前他简直没法想象，他会跟一个人聊这种没营养的话题还聊老半天。

他的小弟弟吃完了坐在条凳上，斯文地喝着米酒，一直盯着他看，见他看过来忽然来了句："大哥，你在跟谁打电话呀？"

钱心一："没谁，吃你的。"

刘易阳居然还挺八卦："真的吗？你知不知道，你讲了好长时间哦。"

钱心一说半天口舌燥的，刚喝了口绿豆汤，闻言直接呛进了鼻子里，又酸又咳地缓了老半天，老泪差点折腾出来，他脸色有点红，可能是咳出来的，也可能是燥出来的。

他去捏孩子软嫩的面颊："你管我讲的时间是长是短，再瞎说我就把你卖到这里给老板串豆棍。"

他指尖上一点力道都没有，刘易阳却被吓了一跳，瘪着嘴不敢说话了，惴惴不安的模样像个受惊的小兔子。钱心一觉得好玩，不忍心把他关在宾馆里，结了账牵儿子一样把他牵回了村里。

村旁的马路坑坑洼洼，积了水，越发像一块块补丁。

这里本来该是水泥路面，但因为这一任村支书私吞了部分款项，导致路面只铺了石子，车来人往，石子磨损下陷，泥土便浮了上来。

他离开这里的时候就是这样，这么多年依旧如此，不知道是不是因为太穷，所以发展得特别慢，麻木承受的乡里和以权谋私的小地方官。其实知识不一定能改变命运，但见识可以。

刘易阳没见过这种阵仗，发臭的枯河和星罗棋布的生活垃圾，东张西望没两脚踩进了小水洼，怕钱心一生气，愣是一声没吭。

钱心一其实注意到了，但也没说什么，琢磨着他待会得去跟他的小侄女玩泥巴，弄双拖鞋先拖着算了，反正天气还不太凉。走到村口的时候，一个老头晃上了马路，两人抬头一相望，登时都愣住了。

还是那老头先张嘴，眯着发昏的老眼，背着手有些讪讪地笑道："是满意吧，回来了？"

乡下讲究贱名好养活，钱心一的小名就是满意，连他妈都不叫了，只有他父辈的老乡才记得。

钱心一瞬间有种岁月荒唐的感觉，这人是他年少时的噩梦，逼得他们举家迁离，谁料经年再见，横行八乡的村支书已经老态龙钟，甚至还用这种惴惴的神态跟他说话，这实在有些可笑，偏偏却是现实。

钱心一心情复杂，一时不知道该用什么表情，就冷淡地回道："张书记，是我。"

他很多年没回来了，村里谣言不知从何而起，越传越离谱，在传说中他俨然成了个百万富翁，键盘一敲十几万唾手而来，在小地方已经成了个得罪不起的人物。

张航的爸张元山前些年被人告下来了，没了权利傍身，一下就夹起尾巴来做人，以免人报复，而且他真的老了，年轻时做过的坏事织成夜里的噩梦，人和脾气都朽得飞快。

几个月前才听过他儿子酸溜溜地抱怨，钱心一是真出息了，是他们项目设计单位的总工了。他对总工的概念就是很大很大的包工头，连他儿子的工钱都归他管，他越想越惊心动魄，怕钱心一回来找他算账。

如今他见了钱心一，这人早已经不是记忆里惊慌失措的少年，脸盘瘦了眼神也沉淀了，牵着他手里那个白白净净的城里孩子，浑身有股和乡下人泾渭分明的东西。

张元山忍不住有点慌，摆着手干笑："不是什么书记了，你要是不嫌弃，就跟以前一样叫我……大伯吧。"

这个大伯曾经叫混混打断了他爸的腿，教唆他儿子把自己逼退了学，他好意说，钱心一却没好意思听。他本来以为自己再见他会冲上去给他一拳，然而实际上却没有，他只是看见他曾经的恐惧在他面前碎成了渣，心里甚至有些难以置信，他心想：我当年怎么会觉得他可怕呢？

生活的压力磨平了过去的棱角，等时过境迁，人也成了一个全新的自己。无数孩子的童年梦想是成为科学家艺术家，可十年二十年后，他们只是在柴米油盐中挣扎的普通人。

钱心一也一样，如今张元山对他来说，还不如高远给他的负面情绪大，报复他没有意义，因为他已经不堪一击。真把他推个屁墩儿骨折了，张航还得要死要活，纯粹是自找麻烦，他站了会儿，没接话转身就走了。

他看着这些人堵心，但无论把他们怎么样，过去依然是定局，最可怕的是他竟然还没想把他们怎么样，这种复杂的感觉让他觉得自己简直有些不孝，他一边走一边想：以后还是别回来了。

刘易阳被他牵着，回头看了一眼，见那个胡子花白的老大爷跟着追了几步，脸上的表情非常奇怪。

道旁白桦上的枯叶旋着落了下来，一叶知秋，凉风瑟瑟，冬天也不远了。

姥姥如众子女所愿地闭上了眼睛，因为葬礼的事情，钱心一拖了两天才回到C市，他走的时候只带着一个旅行包，回来的时候却多了一个箱子和一个孩子。

彭十香要待到守完灵，刘易阳没人管，被她央求着让钱心一带上了，钱心一一直到上大巴还在拒绝，他忙起来脚不沾地，刘易阳估计只能喝西北风了。

但是他母亲不管，她不知道设计狗的生活，只觉得再忙都是坐在室内的板凳上，来不及做饭订个外卖也就是一通电话的事，饿不到她的小儿子。

不过其实她并不是偏袒小儿子，只是发现钱心一并不太讨厌刘易阳，而且小儿子还很黏他的大哥，她希望钱心一能融入她的新家庭，小儿子或许是个催化剂。

刘易阳不知道他妈的用心良苦，他只知道钱心一的侄女是个超级可怕的野丫头，这两天逼着他又是在地上趴着捡石头，又到河里埋鱼雷炸水玩，他的身上脏得看不见鼻子眼睛，烘干的鞋也在乡下的石子路上扎破了底。

有次草丛游出条水蛇，她还折了根棉秆挑起来，大开大合地扔进了河里。

还有什么蚯蚓马蜂窝，层出不穷的玩意，最可怕是她还亲他。刘易阳害怕出去玩，又不敢说，累得心身俱疲，一见钱心一提着包要走，就觉得自己要完蛋了，外套都没穿地跟了他大哥一路，隔着十几米可怜巴巴地看他。

钱心一给的零钱多，他的侄姑娘勉强买他的账，让别闹就能安分一会儿，刘易阳就在这间隙里休养生息。

钱心一把他送回去一次，他转头又跟了出来，他妈妈灵机一动，直接把孩子塞给了钱心一。

他大包小包还牵着个娃，机场的的士又不太好打，陈西安打电话说来接他，就也没拒绝。

刘易阳虽然乖，但是有点怕生，陈西安跟他打招呼，他抱着钱心一的腿露半边脸看他。钱心一没法放东西，只能由陈西安搬，他觉得过意不去，就指使他弟弟卖乖，说："叫叔叔。"

刘易阳软软地叫了声叔叔，陈西安弯下腰摸了摸他的头，说："这么小，像你儿子。"

钱心一还没想好把他安置在哪儿，又想起他妈的一百条注意事项，整个人都是蒙的："是我儿子就完蛋了，为什么五岁了还在冲奶喝啊？半夜还要定个闹钟叫他起来上厕所！睡前还要讲故事！"

陈西安笑得不行，心想他带几天孩子崩溃了，说不定对结婚生子会留下点阴影什么的。

刘易阳的小王子待遇一进家门就没有了，他没谱儿的大哥把遥控器往他面前一摆，让他自生自灭，接着就跟那个陈叔叔带上门下楼了。

楼下一出单元门就有便利超市，只是卖的东西选项少，但小孩独自在家，钱心一也不敢跑远，三五分钟地采购完回去，发现孩子累坏了，已经歪在沙发里睡着了，并且等他们看完一集NBA还没醒来。

钱心一本来打算请陈西安吃顿饭，看这样子不知道什么时候才吃得上，但是让别人饿着肚子回家的事情他也干不出来，就说点外卖算了。

陈西安鸠占鹊巢地削着苹果，边削边自己吃："天天吃外卖？"

钱心一见他一点分享的自觉都没有，就扬着手问他要一半，据实以告："……一个月能开两三次火吧。"

陈西安用刀子戳着给他一半，假装惊奇："哟，你还炒菜呢，炒几个？"

"三个吧，西红柿、鸡蛋、面。"他自己说完，就笑了起来。

陈西安也笑起来，很浅那种笑意，有点关怀之外的东西："你这样不行，老熬夜，饮食还单一，外卖老吃也不行。"

道理谁都知道，就是懒，很多时候钱心一回来外卖都不送了，大半夜的煮个挂面都要夸自己勤快，有时因为一个人吃饭没意思，索性就不吃了。

钱心一埋头翻APP，无视了那通关心的唠叨，瞎答应道："晓得了晓得了，吃什么？"

陈西安放下水果刀往沙发上一躺："土豆丝，地三鲜，干锅娃娃菜……"

钱心一赶紧翻了翻随便找了个附近的小店，刚下了个酸辣土豆丝的单子，陈西安又说："不要外卖。"

他愣了一下，抬头看着陈西安，用一种犹疑的语气问他："你的意思是……要吃我做的？"

说实话，他不是不能满足客人的一点小要求，他的厨艺另说，单说那个土豆丝，切一盘够他玩半天，要命的是他家里还没有擦丝器。

为了能准时吃上饭，钱心一觉得他不能答应这么无礼的要求，他刚要说"还是点外卖吧"，就听陈西安笑着说："不是，我的意思是，我做给你吃。"

钱心一的脑子估计是被门夹了，他没说"不用不用"，偏偏下意识就以自己为检验标准来了句："能吃吗？"

陈西安站起来，忽然来了一句："诚信至上，技术一流。"

钱心一立刻就笑瘫了，因为 GAD 的服务理念就是这句话，高远每次开会都要念一遍。

刘易阳是被摇醒的，洗了脸上桌吃饭，他吃了两小碗，末了真心实意地夸了他大哥："大哥你真厉害，你做饭比妈做的好吃。"

看着他崇拜的小脸，钱心一捏着筷子不知道要怎么解释——厉害的是你大哥旁边的那个。

陈西安唯恐天下不乱地附和道："下次让你大哥给你做可乐鸡翅。"

大哥只能让别人给他做可乐鸡翅。

钱心一走之前就知道回来要加班，家里没保姆，临时请也来不及，托儿所根本不在他的概念里，就把刘易阳送到他师父家去了，免得饿到这小绵羊。

他说他下班早就来接他，但这显然是张空头支票。

杨新民退休了没事干，见到个孩子当孙子一样，高兴得不得了，刘易阳一个人在家害怕，就开始了每天和老大爷打太极下棋的退休生活。

节后上班第一天，一所就开始整合别墅的图纸，为小别墅的最后一次汇报做准备。

好在有小蛮腰比在面前，陈毅为看不上别墅这种螃蟹腿似的工程，半天剔出丁点肉，还费事得不得了，就一门心思扑在了小蛮腰的前期上，提着公文包跟着高远不知道跑哪里去开会，省去了很多自找麻烦，前期也没有结构，所以陈西安也很自由。

查漏补缺，强迫性地检查看了几百遍的图纸，办公室外的几个一天到晚被叫进来赶出去，鸡飞狗跳到周二晚上，核的人见图就想吐，改的人摸到鼠标就更年期，煎熬到把图纸打包压缩，钱心一揉着眉心把笔一扔，宣布关机吃饭。

如果次天汇报不用大修，那接下来他们就可以喘口气了，建管局的流程就是设计院苟延残喘的盼头。

这次汇报声势浩大，他们全所人除了陈毅为都去了，确保陈瑞河这边无论提出什么问题都能立刻答复出来，一是显得专业，二是赵东文他们今天也没事，跟着来见识一下也不错。

赵东文人高马大的，但可能是因为心态年轻运动的原因，穿得太正式总少点味道，他自己也别扭，局促得让别人一看就知道是个新手。

会议室一共十七八号人，甲方的技术、结构，总包加管理公司，当然，赫剑云也在。

张航不知道吃错了什么药，进门的时候就恶劣地撞了钱心一个趔趄，眼神里满是敌意。钱心一莫名其妙，觉得这厮简直是中二期再临。

因为前两次该说的都说得差不多了，这次没什么内容，主要就是答疑，问到谁的楼就归谁回答，进展还算顺利，只有赵东文因为紧张，时常发出"呃"这样迟疑的声音，瞥见那个面沉如水的大老板眉头皱一皱，吓得都不知道自己在说什么了。

张航瞄准他负责的5号楼，一直不停地问他问题，赵东文磕磕巴巴，又尴尬又惭愧，觉得自己极大地拉低了公司的水平，丢了他师父的脸。

师父倒是无所谓，因为他也是靠丢师父的脸混出来的。钱心一没替他解围，让他自己结巴着答完了，心里明白有了这次的经验，下次他就不会这样了。

差不多之后，陈瑞河抛出了他之前就关注的一个问题：怎么回填？

钱心一和陈西安已经达成了一致意见，他看向陈瑞河，说："尽量空填，我们这边的建议是局部从负一层顶板甩出一截钢筋，到时候把砌块砖钻上孔，插在上面固定，铺压型钢板，浇一层薄混凝土充当地面，验收完之后拆掉，可能费点小钱，但是能省下很多工夫。"

对面的几个领导针对省钱和费事的矛盾议论了一会儿，最后因为铜门都有了，不差这点钢板，采纳了设计院的建议。

赫剑云自始至终只朝设计院说了一句话，针对谁草履虫都看得出来，他说："项目的安全你们全权负责是吗？"

他一说话就像空调加了氟，瞬间就冷场了，而张航阴郁地盯着钱心一，嘴角浮起一个冷眼旁观的讽笑。

赫剑云看的是陈西安，但他是不能说话的，也幸好负责人不是他。

钱心一并不是第一次遇到这种"老子牛到不知道什么是道理"的逼问，既不打包票也不往坑里跳，笑着说："图纸方面的问题我们当然全程配合，但具体实施的过程归咱们总包和管理还有之后的中标单位负责，毕竟设计院是脱离施工环节的，陈总，是这个道理吧？"

大老板虽然有钱，但是说的话没什么工程常识，责任判定是跟着款项比例来的，设计院才拿几个钱，就让他们全权负责！

而且就别墅这种矮楼来说，只要他的混凝土里不是没配钢筋，基本都塌不了。以前没有钢筋的时候，纯砖混的房子照样住十几年，设计也不是蠢货，给自己挖坑还把自己埋起来。

陈瑞河怕他接着丢人，背地里被人取笑，连忙跳出来打圆场："是是是，钱所多靠谱的人哪，金荣和城科这么大甲方的指定设计师，你办事我们放心。这个，钱所啊，后期遇到现场问题了，要劳烦你们多跑跑工地。"

钱心一没戴高帽子，许诺了会尽力配合，汇报就算结束了，之后的合同由商务负责。甲方要请他们吃饭，稍作休息解决下生理需求之后就走。

因为男厕所的容积率严重不够，钱心一和陈西安就先晃到院子里去了，他坐久了腰疼，正反着手捶腰，猝不及防被人从背后推了一把。

事发突然，陈西安也没来得及拉住他，拽住手的时候人已经跪到小花坛的岩口上请了个安。

膝盖碰石头自然是膝盖疼，压上成年男人的体重，冲力和惯性让带着锋利毛边的蘑菇石岩口瞬间切破了真皮层。

钱心一突兀地叫了一声，被膝盖骨位置轰然爆发的痛意刺激得眼冒金星，撑在花坛边上倒吸凉气。

陈西安率先反应过来，一回头看见愤怒之中又有点怔忪的张航，心里十分窝火，一步上去就推了他一把，冷下脸声音一抬："想干什么？"

他的力气实在不小，张航没料到钱心一会摔到石材口上，一时没回过神，被他推得倒退了好几步，慌忙中拉劈了一根梨树枝条都没能站稳，一屁股墩在了地上。

你谁啊……他怒从心头起，爬起来拍拍屁股灰，瞪着陈西安横声道："没你事儿，滚开！"

陈西安发了个闷火，稍微冷静下来，想起该先看钱心一的情况，冷冰冰地说："不滚，看不惯自己滚吧。"

"你……"张航一提骂腔，准备问候他祖宗了。

陈西安转过身，看也没看就朝大门方向叫了声"聂总"，张航紧张地回过头，见他的光头领导从屋里走出来问道："陈工，有事……呃，怎么了这是？"

钱心一左腿不仅使不上力，还因为刺激抽起了筋，抖得受损的髌骨在石头上磨，疼得立刻就起了一层冷汗。

他都没太听清后边人在说什么，只是抬着手盲目地召唤队友："陈西安，你……嘶……先把我弄起来。"

陈西安从背后半抱着把他从岩口上挪开，又指挥他转过身体扶住自己的肩膀，翻了半面坐在花坛边上，让他曲着腿，蹲在旁边卷他的裤子。

伤口一露出来，钱心一生理性地觉得更疼了，皮肉全砸进去，凹出一道棱，正因为皮还没破，所以血全瘀在里头，紫得有些触目惊心。外伤倒也还好，主要是膝盖头上没肉，一撞就是骨头。

聂总靠过来，一见他的膝盖就"哎哟"了一声，说："磕得有点狠，估计伤了骨头，送医院去。"

这光头老奸巨猾，看得出情况不对，故意跳过怎么就摔了的问题，一句话就想把张航故意伤人的事情圆过去。

屋里的人察觉到庭院里情况不对，陆陆续续也出来了。

赵东文是亲徒弟，一见钱心一的膝盖就大惊小怪起来，他本身就是个咋呼性子，嚷起来特别纯天然："师父你腿咋啦？好端端的怎么就摔了……走走走去医院，师父来，我背你。"

老吴把莽撞的他挥到一边去，蹲下来按了按钱心一的膝盖骨头。他儿子是校篮球队的，扭伤骨折次数多了，因此也有了点常识。

钱心一疼得浑身一颤，飞快地把他的手指拍掉了。

如果是纯外伤这会儿应该疼麻了，但看这反应速度，至少是骨裂了。

钱心一疼得恨不得嗑一板止疼片，左手无意识地扣着陈西安的手腕，把人掐得手背青筋暴起。但是他也不能就这么一声不吭地被送走，医药费自己出，工伤谈不上，更不能忍的是张航推自己干吗！

因为瘀血不通，被砸出凹痕的位置以肉眼可见的速度肿了起来，不用拍片子都知道够工伤级别了。

正好陈瑞河上完厕所出来吃喝吃饭，见一群人围观，走近来看后，也是吓一跳："怎么摔成这样了？"

钱心一抹了把冷汗，抬头看着张航笑说："我也奇怪呢，捶个腰就飞出去了，张工，你说呢？"

自己西裤上还有灰尘，垂花门下面也有个摄像头，抵赖都没用，张航心里恨不得抽他一顿，却碍于领导都在场，只能违心地认错。他把眼睛一垂，念经似的说："对不住，急着出去开车，不小心撞到钱所了。"

他的光头领导警告地看了他一眼，开始训斥他："让你平时别这么毛躁，还不快把钱所送到医院去。这样吧，医药费小张自己掏。"

当谁稀罕他那点医药费，连一句诚心诚意的对不起都没有，不过钱心一给陈瑞河面子，也没让他们下不来台，被送到医院拍个片，果然，髋骨骨裂了。

饭没吃成，陈瑞河折回去叫人收拾会议资料，在大门口遇到大老板，显然是旁观了全程，若有所思地问了他一句："那个总包的年轻人叫什么来着？"

陈瑞河答了，还怕他怪罪张航误事，还替他说了几句好话。

钱心一在科室里打石膏，赵东文和胖子在外头义愤填膺，陈西安让他们消停一点，毕竟他们的所长虽然外号叫钱宝宝，人却和宝宝沾不上边，他不会刻意占便宜，却也是不肯吃亏的。

张航不知道是怕挨打，还是纯粹看不上他们是钱心一的狗腿子，一个费用交到钱心一都出来了才交完。

他没走完全是为了给他领导一个交代，光头聂总虽然架子大，对他还是十分维护的。他阴阳怪气地把缴费单往钱心一面前一扔，转身就准备走人了。

他其实还想打他，不过钱心一这边人多势众，每一个看起来都更想打自己的样子。张航虽然处于弱势，心里却滋生了一种扭曲的快意——钱心一一推就倒，弱得一如当年，他心想：没人给你撑腰的时候，我看你怎么办！

赵东文恨不得抽死他那小样，一个"你"没说完，踏出去的半步就被他师父给扯了回来。

这是他和张航之间的陈年旧恨，钱心一不会当着所里人问他原因，他只是捡起那张缴费单看了看，然后叫住了张航："你先别走。"

张航侧过身，见他用两根指头捏着单子，一副挺嫌弃的样子，就挑衅地笑道："怎么？不要我的臭钱？"

放在十年前，这种宁折勿弯的气节钱心一估计是有的，这种程度的激将法他也吃，可惜现在不这样了。

"钱涂了屎都是香的，"钱心一张嘴恶心倒一批人，自己还觉得是个大实话，笑着说，"我没那个意思，就是想跟你说一声，接下来的营养费、护理费、误工费什么的也拜托你了。"

陈西安补上一刀："精神损失费。"

张航完全没想过这种多米诺骨牌效应似的连带问题，一下愣住了。

钱心一心里冷笑一声，接着说："哦对，还有精神损失费，就算到拆石膏的时间好了，医生说一个月左右，期间的单据和发票我会留好，到时贴在一起，让陈总带给你。"

他还要让老跑工地的陈瑞河带给他……张航气得直要吐血，但愤怒之外，他又隐约地意识到，他爸爸并不是危言耸听，钱心一真的不是他得罪得起的人了。

倒不是说他赔不起这个钱，问题是他不想赔，他赔了生气，他凭什么要赔？从前打钱心一一顿，他只能一声不吭，现在推他一下，却被他拿捏着把柄要挟，这种地位颠倒的反差让张航比赔钱还愤怒。

但是愤怒不顶用，真到那时候陈瑞河把报销单给他，他难道也把单子摔在陈瑞河面前？或者告诉陈瑞河，他就是不赔？

张航瞪了他一会儿，带着一肚子愤怒和一点点的无奈走了。

钱心一到他师父家门口没敢上去，一是爬不了楼梯，二是怕挨骂。其实被骂也没什么，只是陈西安还跟着，看着自己被训得跟赵东文似的，有点丢不起那人。

陈西安上去接了他弟弟，一本正经地朝杨新民撒了个谎，说钱心一还在开会，其实那时他就坐在楼下的车里。

陈西安来得及时，杨新民跟夕阳红伙伴组了个老年团，订好了去庐山旅游的票，钱心一再不来人，他这两天也准备把孩子送回去了。

刘易阳虽然舍不得有求必应的杨爷爷，但是大哥对他来说还是个愿意接近的人，他第二次见陈西安，也不如第一次那么拘谨，被他牵下楼往车里一爬，立刻就"呀"了一声。

钱心一打了个石膏腿，正靠在对面的车门上发愁，伤筋动骨一个月，他上哪去请三十天的假？不坐班也不是不行，家里的电脑配置比公司配的好得多，就是不太放心。

老吴年纪够了，人有点糊涂；胖子够聪明，就是毛躁；梁琴吃得了苦，但她现在心思不在工作上；赵儿听话，可毕竟才入行，很多问题他想不到；陈毅为他不评判，跟老板的时间比待在所里多。

陈西安是他工作这么多年最称心如意的同事，但他凭什么要求别人替他累死累活啊。

况且，三十天都够画完一期四方楼了，高远哪怕答应了，背地里又要给他打电话长吁短叹，忙啊缺人啊老板难当啊，真要挨那软鞭子，钱心一宁愿每天五点钟就起来，折腾到公司去。

不过逞英雄也是个毅力活，他心虚地想到：五点我起得来吗？还每天……

童音将他唤回神，钱心一看见他唇红齿白的小弟弟站在车门缝里，张着嘴一脸惊讶地看着他的腿。

居民区电瓶车多，见缝插针技能点得特别满，开着车门一不注意就两败俱伤了，他指了指副驾说："嘴巴闭上，前边坐着去。"

刘易阳听话地坐到前面，很快翻了个面抱着头枕，将脸嵌在缝里看他和他的腿："大哥，你腿怎么了？"

钱心一又想起他还不会自己洗澡，登时心如死灰："没事，你坐好。陈西安，麻烦帮他系下安全带。"

他一路愁回去，根本顾不上刘易阳，陈西安心里好笑，默默接下了嘘寒问暖的任务。

小孩容易交付信任，不一会儿两人就聊上了，内容傻白甜得要命，早上吃的什么、中午吃的什么、睡了午觉吗、晚上想吃什么，钱心一扪心自问，他没有陈西安这种耐心。

晚饭又是劳驾的陈西安，钱心一因为愧疚，想给他洗个菜，被陈西安赏了个小板凳，在一边儿刮黄瓜皮玩。

刘易阳的澡也是陈西安洗的，钱心一听着浴室里的弟弟唱起来的《小苹果》，差点被累计下来的不好意思和感激给活埋了。

刘易阳穿成个鲜黄的海绵宝宝出来，可能是唱兴奋了，胆子也大了起来，跑到钱心一面前卖萌："大哥，我可以看半个小时的电视吗？"

反正钱心一看不进去，"嗯"了一声把遥控器给他了，没法理解孩子的脑回路，想看个电视还要征求意见。

刘易阳开心地调起了台，询问了两次他看不看，都被回了个"随便"，就定在动漫频道看海绵宝宝，笑得像个小鸭子。

陈西安收拾好浴室出来，见这场面就笑了："钱宝宝，洗澡吗？"

他都多大个人了，还要同事帮自己洗澡，钱心一丢不起这人，拒绝得飞快："不洗！"

陈西安把袖子解下来："不洗算了，我走了，明天来接你去公司请假。"

这是一个完美的献殷勤的机会，能讨好领导、加深友情，但当事人很君子，钱心一张了张嘴，说了声"好"。

这晚他跳着脚送陈西安送到电梯口，看着门逐渐合成一条缝，缝里的人对他说"回去吧"。

钱心一看着他慢慢消失，脑中只有一种印象，那就是这人是真的脾气好气质佳，钱心一活到这个年纪，第一次遇到这么 360 度都随和的人。

等电梯上的数字开始变小，钱心一又跳着回了家里。

腿上疼得厉害，钱心一以为自己会失眠，事实上却入睡得飞快，意识模糊前他还在高瞻远瞩，心里模模糊糊地冒出了一个想法。

对于钱心一的腿伤，高远表现出了高度的关心，他的表情发自真心，但是这种慰问无法持久，因为他们是老板和员工。

高远答应了钱心一为期一周的请假，但是又说了些忙不开的话，希望他早点回来。

虽然别墅暂时进入了报建阶段，但是小蛮腰这边有了突破性的进展，他们已经联系到了 C 大的风洞实验室，可以进入初设阶段了。

自上次会议不欢而散之后，高远再找过陈西安，但是却没找过钱心一，在他的意识层面里，钱心一的拒绝就是隔靴搔痒，他默认这个人全权听他指挥。

这种事情没有十次也有八次了，钱心一已经堕落到了不会去和他争辩的地步，因为确实没什么用。

钱心一带着他的石膏腿回家了，然而陈西安预料中的上门服务却没能实现，因为钱母接到小儿子会错意的通风报信电话——大哥的腿断了，彭十香吓一跳，大清早赶车过来了。

钱心一其实不太想她过来，他都三十的人了，还要母亲过来照顾他吃喝拉撒，自尊上有点过不去，但是彭十香不听他的，柴鸡蛋鲜火腿的带着，还带来了一个剥洋葱皮似的消息。

张航他爸张元山，在院子里摔了一跤，中风，瘫了。

他隐约明白张航突发的神经病了，但是这和他有什么关系呢？

那天老家的白桦道上，钱心一其实没说什么，但是张元山中风之后，张航根据他父亲这段日子以来和他的通话内容，主观且单方面地认定，钱心一对他失势的父亲至少是恶语相向了，甚至是威胁。

否则，张元山怎么会三天两头地打电话给他，让他去给钱心一送礼，给他道歉，让他大人不计小人过。他年轻的时候就表现出了这种特性，遇到不顺利的事情，就昼夜不息地放在心里磨，弄得自己心力交瘁。

张航烦这种求人的话，更烦这话里的对象是钱心一，挂过几次，却没料再接到来电，就是父亲瘫痪的消息。他母亲哭着转述的理由，就是他爸最近心神恍惚，明显是有事挂心。

短暂的震惊之后，他把黑锅扣在了钱心一头上，除此之外，他想不到他爸爸最近反常的其他原因。

他飞回去看过张元山的情况，生平挺臭美一老头，到老眼歪嘴斜，口水飞流直下，瘫在轮椅里半边身子都失去了知觉，张航一看眼眶就红了，心里恨不得把钱心一挫骨扬灰。

多年后再见钱心一，张航依然看不惯他，但也仅止步于情绪不满，工作上小有针对，伤的也只是脸面。但张元山的中风就像是一个深水炸弹，将张航绷紧的理智炸了个支离破碎，在推得钱心一骨裂之后，西塘的大老板找他谈了次话。

这次谈话发生在大老板的休息日，地点是一个看起来很高档的茶馆，张航被要求独自前来，还跟他的光头领导请了事假，理由是外地的朋友来这里，他请吃个饭。

张航忐忑地进了小包厢，看见了姿态一直都高高在上的西塘老板，被他审视的目光一扫，登时如芒刺在背，不知道是不是因为自己推倒了GAD的所长，他对自己有意见。

可是他一坐下，赫剑云的第一句话却是客气地问他喝什么，除了他们两个，谁也不知道这次的谈话内容。

钱心一对这次秘密的谈话一无所觉，沉浸在他母亲奶娃似的照顾中，被念得耳朵起老茧，让他妈带着刘易阳回去上学的念头便一发不可收拾。

国庆已经过完，小儿子确实该返校了，但是大儿子孤家寡人加半度残疾，彭十香又放心不下。她每天碎碎叨叨的关心无微不至，但是钱心一毕竟是自由生活已久的成年人了，一次两次听着暖心，听一百遍一千遍就难免觉得啰唆了。

父母眼里儿女再大还是孩子，可在子女眼中，父母会在岁月里从依靠变为负担，特别是当他们老了以后，这么说虽然没良心，却也是事实，靠近让自己觉得舒服的人是一种潜伏在本能里的选择。

终于，在又一次陈西安带着水果来看他时，钱心一忙不迭地把他拉下了水，说有他帮衬生活自理不是问题。

陈西安表示义不容辞，保证把他照顾到活蹦乱跳。

父母总是记挂孩子的学业，彭十香有六成心动，加上陈西安一番推波助澜，她犹犹豫豫的还是走了。

刘易阳也不知道是哪根筋搭错了，钱心一对他爱理不理，他却对他有种莫名的亲近，仰着小脸依依不舍地问他："大哥，过年会回去看我吗？"

钱心一不讨厌他，但他带孩子的技能万变不离其宗，只会让人看电视，因此还不如陈西安和他的话多，但孩子纯洁无辜的小眼神还是十分无法抵挡的，他稍稍犹豫了一会儿，答应了。

对于这个登堂入室机会，陈西安表现得十分淡定，但钱心一却开始尝试着用一种检验同一个屋檐下生人的眼光来观察他，和对香菜退避三舍的人心理类似，一旦克服障碍尝试过之后，便会发现这东西妙用无穷。

经过十来天的休养，钱心一伤处的疼痛消减了很多，他也检验得差不多了，陈西安也许不是全世界最好的人，但他可能是钱心一接触过的人当中，对他容忍度最高的一个。

期间虽然不算正式，但是小蛮腰的初设阶段已经开始了。

高远打电话慰问钱心一，潜台词就是催他回去上班，钱心一网购了一个拐杖，在陈西安的顺道接送下，瘸子上班以至于生活问题全部得到了解决。

别墅的图纸还在接着深化，但是因为楼体大同小异，细节添加就全交给了底下的人，他开了个会，耳提面命不要光图进度，特别要注意结构。

另一边，小蛮腰特别行动组开始频繁地开会讨论，在缺乏超高层，换而言之就是缺乏风洞试验经验的条件下，陈西安俨然成为了主导，陈毅为作为接触过的人，各种唬人的理论也是一大堆。

钱心一认真地听着，将陈西安那种不疾不徐的姿态映在瞳孔里，这个时候的他身上有种让钱心一移不开眼睛的东西，或许正是他或缺而渴求的综合实力，在达到一定的水平之后掩于一举一动里的自信。

陈西安是生理性地厌恶风洞试验，尽管他下定决心要克服，但朝夕难建罗马城，每当他开始抵触的时候，他就要去看钱心一。

钱心一看他的眼神专注，犹如一个速写生看着他最爱描摹的静物，陈西安想起康纳博士朝他伸出手的时候，他脸上露出的受宠若惊，还有他鼓励自己参与超高层时的神情，隐约能理解他想要到达更高境界的追求。

陈西安心想：我希望这个人以我为荣——

在他不知道的脑回路里，钱心一确实有点名不正言不顺的自豪，就算……这个人是他所里的好了。

小蛮腰标准层的初设平面逐渐成形，不细化下去简直好看得不得了，要是不谈能不能中标这么忧伤的话题，这确实是个值得精雕细琢的新颖项目。

不过要是有时间，就是白干钱心一也愿意，毕竟这么耳目一新的系统和结构，让他有种重获新生的感觉，在模板式的建筑里重复劳动，懈怠和厌倦与日俱增。

同一时期，别墅的报建图也返了回来，另一版实际施工能采用的施工图纸就迫在眉睫了。

钱心一和陈西安又去了趟西塘89号，跟陈瑞河碰了碰具体细节，如地下游泳池的位置、外廊的起止等，回来后把他的要求转达给了所里人，画图的工作可以交给梁琴和老吴带着赵东文先画，他看了有问题再改，不过结构的问题胖子搞不定，因为外廊是后起的，而且主体是后起的钢结构，只能陈西安来算。

小蛮腰的结构复杂得一塌糊涂，陈西安本来就是初设组里最忙的一个，现在别墅又叠进来，除了加班就只能撂挑子。

老板和其他两个所长都是有身份的人，不可能像一所的人一样等他一起下班，赵东文他们根本不参与这个项目，也没道理白等，钱心一给他们的标准就是按期交图，进度自己把握。

这下他们俩的位置陡然颠倒了，换成陈西安加班，钱心一等他。

陈西安察觉到钱心一对他的态度似乎变得有些不一样了，无形之中他们的交情好像更近一步，他有趁热打铁的心，却没了打铁的时间。

　　建模比设计要费脑得多，每一根杆件的连接方式、受力模式都极考验经验和力学直觉，他需要完成一个四百多米高的模型，因为高度超高，地面的承载力和楼体的自重受限，纯钢结构是唯一的选择。

　　可风洞试验拦在他面前，在试验之前，没有四百高空的风荷载数据，杆件的规格全是假设的，这无形中给了他很多压力，然而他不愿意向钱心一倾诉，那是陈西安软弱无能时期的黑历史，他不想让钱心一看见。

　　钱心一看得出他压力大，但是不知道他的心结，作为劝人一把渣，钱心一能做的只有"我与你同在"式的陪同。

　　陈西安给杨江打电话，藏行计划再起高潮的杨江正在买山地车，他又准备骑过去了。陈西安这次没心思管他，把自己目前的情况告诉了他。

　　杨江作为局外人，一点也不纠结："我觉得你还是跟钱心一聊聊吧，你知道他的黑历史了还老维护他了，说不定他看了你的过去就心酸得眼泪都掉下来，替你把赫剑云都杠得不敢说话。"

　　陈西安说了声"再见"，立刻把电话挂了。

　　这种日子持续了将近一个月，陈西安的钢件模型架子搭了个七七八八，其他人手里的建筑等比例模型也拿给了制模专业，这几天就交给风洞实验室，而钱心一的左膝盖也到了重见天日的时候。

　　拆石膏那天赶巧是光棍节的前一天，两人提前一小时离开公司，赶在医生下班之前拆掉了石膏，医嘱是让钱心一多休息不要剧烈运动。

　　走出医院的大门，视野里的晚霞铺天盖地，钱心一感受着两条腿自由行走的感觉，愉悦得恨不得唱歌。

　　陈西安却有些疲倦，抬手揉了下眼，里头的血丝层层叠叠。

　　钱心一侧眼看见他的动作，脚步顿了一下，然后停了，他说："我请你去看电影吧。"

　　没有谢谢做前缀，加上哀怨的胖子醋香十里，他们都知道明天是光棍节，陈西安反应了一会儿，光棍节前天约单身人士看电影……他转过身来，看见钱心一眼里盛满了碎光，心情忽然就轻松了起来。

"好，反悔的是小狗。"

然而陈西安没料到的是他害人害己，次天两人都成了小狗。

光棍节其实不是光棍的节日，花式虐狗还差不多。

高远早上带来一则消息，说C大的实验室接下来的一个预约因为审批没过而取消了，因此他们的预约提前，下周一就可以进入测验。

这对于陈西安来说尤其突然，他还没做好准备，但看样子也只能硬着头皮去了。宣布完消息之后，高远临时让他带上图纸，去了C建院。

C建院是C城建筑设计院的简称，是当地排名十分靠前的设计院，C建院专门有个结设组，在结构方面很有建树。高远托了关系勾搭上他们结设组的负责人，让人帮忙看看陈西安的模型是否可靠。

按理说项目的图纸，尤其是结构和功能分区这种，在定标甚至竣工之前，都不该流入行业内，以免被人剽窃。

不过高远有他自己的考量，一来C建的结设总工还不至于掉价到"借鉴"他一个小设计院的模型，二来他确实不放心，需要一个内行人的肯定。

他们上午10点不到就出去了，一直到下午3点多还没回来。

办公室弥漫着一股躁动的气息，赵东文不到4点就开始蠢蠢欲动，给他师父发表情卖萌，想踩着点下班。

钱心一自己也浑水摸鱼地在搜热映电影，这个没兴趣那个没兴趣，以己度人就准奏了，不过这次他前所未见地管了个闲事，问了下赵东文准备带温晓茹去看什么电影。

赵东文立刻发了个委屈的表情，说他想去看这个，而小温想去看那个，所以他们决定还是去看那个。

他说的"这个"是个梦工厂的动画片，钱心一毫不犹豫也选了温晓茹的"那个"，是个特种兵题材的电影，哪怕电影不怎么样，但起码是成年人会选的题材，毕竟两个大男人约在光棍节一起看动画片，画面想想就十分酸爽。

他选座订了两张靠后但正对屏中的票，就关了杂七杂八的东西回去查邮箱。

陈瑞河发来了一个工作联系函，声明他们找了家外墙顾问单位，为了促进沟通的有效性，要求下周二去西塘开个碰面会，钱心一给予完确认回复，一看时间已经快5点了。

他正准备给陈西安发条信息，问他什么时候能完，那边就心有灵犀地先把消息发了过来。

——我过了高速入口，我们去看什么电影？

为了表示出他对这场电影看得比较随意，钱心一回复陈西安说他现在去看看，一边发短信一边吐槽自己的心态简直是有病。

两人用短信沟通好，约了6点半在电影院门口碰面。

先到的是逆着下班流路线的陈西安，钱心一看见他的时候，他坐在售票台对面的等候区，旁边的椅子上放了一袋子肯德基，察觉到钱心一的靠近马上转过头，微笑着站了起来，像一个在等同伴的绅士。

钱心一还是有点心虚的，左右看了看发现没有人注意他，又鄙视了一下自己不该有迟疑，朝他走了过去。

陈西安拿起那袋子肯德基，示意他坐在座位上，自己坐在他旁边，开始掏东西："来不及吃饭了，随便垫点，一会儿再吃。"

钱心一接过汉堡，笑着说："感觉像是你在请我看电影。"

陈西安拆着包装纸，笑着强调："是你请我，礼尚往来我请你吃饭。"

"是是是，我请你，"钱心一心知他那点潜台词，无语地附和了一下，靠在椅背上啃汉堡，"结构怎么样了，C院那边说了什么？"

陈西安看他把沾着沙拉的生菜挑出来要扔，就说："菜不吃给我。结构暂时没什么问题，什么都是假设的，也就这样了。"

钱心一干不出这种事来，就又把菜塞了回去，他其实是不喜欢稀糊糊的沙拉："吃你的吧。暂时就这样也很牛了，结构一哥都没挑出刺来。"

陈西安好笑道："也要有刺可挑才行，目前就几根主要杆件，数据也不准确。"

钱心一努力地咽着味道奇怪的沙拉，因为夸奖发自内心，所以也没走心，随口就来："谦虚也没用，你本来就挺厉害。"

陈西安心里叹了口气，心想：跨过了这个坎，我才配得上你这句话。

两人验票进了播放大厅的走道，钱心一才想起来爆米花这件事，回头问陈西安吃不吃，那边笑了半天又说不吃，被他翻了个白眼，推进了五号厅。

这是个倒叙方式的电影，开场的一瞬间，就是男一在梦里的回忆，很有张力的一个场景，他抱着一具尸体，在野草横生的丛林，侧身看着镜头，眼神里戏感满满，锋利如刀，愤怒之后有种压人心魄的悲伤。

故事的情节普通，男一是个退伍的特种兵，在市井里讨生活。有一天他的上司找到他，说有一个报仇的机会给他，男主犹豫挣扎之后，重新踏上了刀头舐血的路。

讲到一半，前因后果就能推出来了，钱心一缩在座位里，心里有点遗憾之外的感受。兄弟间的感情就是如此，两肋插刀、义不容辞，既感人也真实，而当这种情谊再上升一点，达到形影不离、无微不至的程度，那就是一种更加可遇不可求的缘分了。

陈西安可以是他的兄弟，钱心一转头去看黑暗里的陈西安，电话却在这一刻忽然响了起来。

他按了静音抬起来一看，发现来电人是王一峰，影厅里声效巨大，说也挺难听清，所以他就没接。不料王一峰立刻又拨了过来，钱心一接通了听筒，还没"喂"就听那边又急又小声地说："钱儿，工地上出事了。"

钱心一心里一跳，说了句"等一下"，借过着从座位里挤出去，走到影厅外的走道上说："出了什么事？"

王一峰不知道躲在哪里打电话，声音压得挺低："高空坠了段角钢下来，把人屁眼都捅穿了。"

钱心一听出他在哪儿了……医院，他眉头皱起来，说："什么时候的事？"

王一峰又骂了句，说："一个半小时之前，受伤的人还在手术室缝合，电话刚兜兜转转地打到我这里来。"

多高的角钢掉下来能有截穿人体的冲力呢？起码得是三十层以上。

钱心一觉得匪夷所思："角钢为什么会从高空坠落下来？"

"不是人抛的，今儿上面都没上人，标准层都快完工了，最可能的情况是从女儿墙外边那个平台吊顶上坠下去的，具体是哪一片儿哪一根还不清楚，但是我叫人上去查，结果查出个不小的问题。"

那边停了一下，钱心一心里忽然有了种不祥的预感，但还是急切地催了一声："说啊！"

"我叫人拍了张现场照，一会儿发给你看吧，看了你就知道了，"王一峰犹豫了一会儿，说，"钱儿，估计马上开始推卸责任了，提前该做的准备，你宜早不宜迟，哥哥只能跟你说这么多了，我去一趟手术室，先挂了。"

钱心一他用力握了握手机，点进QQ消息，王一峰发的图片旋转着下载，然后一瞬间弹开，于是他看见了一张……满目疮痍的吊顶墙。

说是满目疮痍一点不过分，预埋的钢板锈出的铁水顺着吊挂的角钢流了有二十多厘米长，钢件的焊接不用高清都看得出全是点焊，焊得也乱七八糟，螺栓上垫片不全螺杆歪斜，简直不知道是怎么拧上的。

这还是没有挂外墙材料的钢架，就这施工质量，一没自重二没风压，光锈都能锈断的感觉，难以想象以后挂上了东西，会坠落成一个什么样。

可就是这种垃圾施工，他在"绿帽子"出差的时候，负责检查的陈西安一个字都没跟他提过！！！

钱心一心里压了块石头似的，心慌的感觉越来越重，他又气又心寒，简直快要炸了，他转过身使劲地捶了下影厅的墙壁，疼得一瞬间冷静了一些，拿起手机给陈西安打了个电话。

"陈西安，你出来。"

听他的声音就知道有事发生，拉开门之后，他看见钱心一的表情和那天他质问自己是不是来者不拒的时候如出一辙。

首先砸过来的是手机，陈西安不解地低头一看，图片映入眼帘的瞬间，他眼神剧烈地晃了一下，脸上的血色瞬间尽失。

钱心一见他的模样，就知道他那天根本没上去看，否则他不可能发现不了。钱心一心跳剧烈到心口隐隐发起痛来，这一刻对陈西安失望透顶，他张了张嘴，却没能发出只言片语来，脑子里乱得断了片儿。他盯着陈西安，不现实地希望他哪怕能狡辩一句也好。

可是陈西安看着地面，不肯看他，他说："对不起，这事和你没关系。"

然后他转身就要走。

钱心一被刺激得急火一怒，冲上去扬手就打了他的左脸一拳，冷笑道："怎么会和我有关系？检查单上签的是你的名字——"

这一拳捶出来的动静不大，沉闷的一小声，却像是一道惊雷炸进了陈西安心里，他倒是没觉得很疼，只是有种完蛋的感觉，不管是他的事业，还是他的搭档。

钱心一的肝都快气炸了。

其实手掌才开始发疼他就后悔了，他再生气，在公众场合打一个成年男人的脸都不是解决问题的态度，但是陈西安接下来说了句话，立刻把他的愧疚炸成了渣，恨不得在另一边补个好事成双。

陈西安表现得很冷峻，心里的慌乱一点不露痕迹，他迅速打完一个电话，然后对钱心一说："我现在去医院看看，你不要出面，也不要管，如果电影看不下去，就先回家去，车我开走了，你打个的。"

说完他又说了句"对不起"，接着转身赶路似的跑了。

他从来做事都是不急不缓，这么急迫的模样还是第一次，想必心里非常难受。

钱心一拖着还没痊愈的腿，边骂边追，跑出电影院的检票口没追上人，膝盖开始隐隐发疼，他又想起座位上还有两人的外套，火冒三丈地回去取了，走在过道里实在气不过，把陈西安的外套扔在地上踩了好几脚，火也没撒出去，捡起来回家去了。

他暂时确实不适合露面，虽然该谁负责的皮球到时候一定会踢到他这里来。钱心一要做的是按兵不动，不到矛头对准设计院的环节，就假装没听见。

和他没关系完全是句失去理智的笑话，负责人哪怕是完全没接触过项目，都不可能独善其身，遇到急于脱身的其他单位，作为负责人，不接触项目也是错，谁叫你不管的？

不过说些扯皮的话，GAD在这个事故中的责任其实并不大，在图纸报审成功、移交给甲方和顾问之后，他们的工作基本就完成了九成，剩下的就是一些配合。

在施工环节里，真正起监督作用的人是监理，他们住在工地上，监督工程的一切进度和细节。

城科的监理显然失职得厉害，而且顾问也不太尽职，他们是甲方聘请的外墙可实施性和成本方面的专业人士，对于项目的合理竣工有着不高不低的监督权限，然而他们也没发现。

不过，必须为此负最大责任的还是中标的施工单位，他们不合格的用材和施工技术是导致事故发生的直接原因。

而对于设计院来说，在外立面方案确定之后，如果没有不可实施的设计项目，他们基本也就和外墙脱开了。现场的监督虽然是合同里的一个环节，但是行业内都默认不践行这个环节，因为很多的项目都在外地。

钱心一最生气的点是陈西安的工作态度，哪怕施工单位按图施工，该他看的就不能少看一眼。

而陈西安自我唾弃的原因也是如此，就像从事餐饮的人员必须持有健康证一样，作为一个设计师，他不能抗拒建筑的任何一个角落。

"监理和顾问都没发现"这种说法安慰不了他，他确实一直在逃避女儿墙和风洞试验，这个事故只是让他不得不正视这个问题罢了。

钱心一好不容易对他有了好感，经此之后，估计要被拉黑了。

陈西安联系了王一峰，两人在手术室门口碰了面，伤者还在手术中，家属在外面哭得不能自已。

因为心情各自沉重，王一峰躲到楼梯间一根一根地抽烟，整个人焦虑而烦躁，陈西安坐在他旁边的台阶上，不知不觉也借了好几根烟抽了。

还是王一峰起的话头："钱儿他人呢？没跟你一起来？"

"气炸了，"提起钱心一，陈西安生出一点开玩笑的心思，"这跟他没关系，我让他别来，他应该回家去了。"

王一峰钦佩地看了他一眼："说没关系这种话他都没揍你，你们交情可真是不错了。"

陈西安心说"已经揍过了"，面上只是笑了下没说话。

王一峰以为他是担心后续，又给他递了根烟，安慰道："官方的话接着你估计得听得耳朵起茧，我就不说了，咱说点私下里的话。"

"虽然那单子是心一的徒弟代替你签的，但到时候肯定只看字面，施工那边要分散责任，监理、顾问和你们都逃不了。你们最冤我心里清楚，但目前要是能用钱解决呢，大家一人摊一份儿，尽快解决了算了，你的意思呢？"

当你的地位达到一定高度的时候，名声比钱重要，尤其是安全问题高于一切的建筑业，用钱压事是梦寐以求的解决办法，陈西安要是识时务，就不能有什么意见。他点了头，扣了高远的设计费，但是最让他难过的，还是他自己的过失。

这天他在医院的楼顶坐到很晚，王一峰离开之后，他坐电梯上了顶层，走到女儿墙五米之内，就紧张得浑身是汗，越靠近就越是胡思乱想，脑子里全是赫斌朝那儿一靠，瞬间剧烈恐慌的表情，以及徒劳挥动的手，接着陡然消失在楼台处的画面。

陈西安努力了不到两米，终于崩溃地蹲在了地上，心里十分绝望。

他喜欢这个存在无限可能的行业，喜欢这里有固执坚持的钱心一，他想成为冯博士那种人，希望能有一栋大楼上烙印着他的名字，但是他摆脱不了心理上的牢狱。

既然他不合格，他就该离开这个行业，他也不是不能转行，但转行了他还是怕女儿墙，陈西安并不欠赫斌任何东西，却必须一辈子活在他的阴影下。

这对他不公平，可很多说法都说，公平是弱者才会心心念念的说辞。

陈西安给杨江打了个电话，可惜杨江鞭长莫及，才快递了他的山地车，人也在三个城市之外的火车上。

杨江听见他在楼顶吓得够呛，他从高中认识陈西安，大学毕业之后就没见他上过高层的楼顶，他生怕陈西安一个激动干出点什么来，就苦口婆心地劝了一个多小时，结果把开了一天会的陈西安的手机给打关机了。

杨江抓耳挠腮地又给钱心一打电话，让他去医院看看情况。

结果钱心一还在气头上，气那句"没关系"，喝了一板酸奶都没降下火来，他形象全无地瘫在沙发上，违心地说着风凉话："跟我有什么关系啊，我不去。"

陈西安并没有告诉他电影院里发生的事，杨江觉得钱心一有点冷血，语气不太好道："你这人怎么回事？他帮你多干了多少活？跑来跑去地接你上下班？就算你觉得这些都是他自愿的，是他同情心泛滥，你可以不回报，但哪怕只是看在同事的情分上，去看看也没什么不应该吧？"

钱心一心说"他担心陈西安，语气差点可以理解"，但阿Q完了心里还是不舒服，陈西安宁愿给杨江打电话，也要跟自己没关系，他是犯贱了才往上凑呢。

而且上个楼顶有什么好看的，陈西安又不是没上过楼顶！他心想真要是无动于衷还好了。

可惜钱心一做不到，陈西安那个"和你无关"的态度极大地刺伤了他的自尊，他心里有闷气，嘴上就全是反话："应该是应该，主要是没必要，没事的话我挂……"

他还没说完，杨江忽然发飙了："钱心一，你有没有良心？"

钱心一被他突如其来的吼声吓一跳，甚至都来不及窝火，又听他连珠炮似的说："等到有必要的时候就晚了，陈西安怕女儿墙怕得跟狗一样，还有那个风洞试验，他到设备跟前就腿软，要不是你怂恿他，他也不会去做什么超高层，弄得自己天天失眠。还有这个城科的检查，要不是你误机晚点，本来也该是你的事。现在出了问题，你就想撇得一干二净了，天底下哪有这么便宜的事？"

他说的都是钱心一不知道的事情，既然怕到腿软，为什么要答应……

钱心一脑子很乱，没有辩解，只是沉默了一会儿，问道："女儿墙和风洞设备都是死东西，陈西安他怕什么？"

杨江叹了口长气，但情绪还是很激动，他替陈西安不值，愤怒地说："因为赫剑云的儿子赫斌，曾经把他关在风洞试验里差点冻死，后来又在他面前从施工不合格的女儿墙上掉下去，摔成了肉饼。"

钱心一心口被针扎了似的，猛然想起了陈西安在城科楼顶朝自己伸手的场景，那人当时的恐惧还历历在目，钱心一无意之间，甚至还一并记下了他额头上的冷汗。

怪不得他会那么怕，钱心一心想搞了半天自己觉得厉害的风洞，在陈西安眼里可能是一件凶器。

可是我不知道，钱心一说："你说详细一点。"

杨江有点烦躁，叹了口气："赫斌是我和陈西安在大学时的室友，人帅钱多智商高，不过性格很孤僻，他念建筑系完全是跟他爸对着干，赫剑云想让他学商学，他就选了个搬砖的行业，不过他搬砖也要搬第一的。"

"陈西安在这一行还是有点天赋的，赫斌不参与比赛和活动，加权分数老是差他一点，就和他比上了。比熟了就成了好朋友，那会儿我还得靠边站呢。"

"不过赫斌太好强了，因为他爸爸的原因，他也特别想出人头地。"

"大三下学期的时候，陈西安有了个新型建筑概念的想法，呼吸式建筑节能外墙，不知道你听过没有。准备了很久，导师说做完可以去申请专利，而且应该是稳中，当时因为怕被人借鉴理念，所以保密工作做得很好，知道的就我们三个人，加上导师四个，这个系统要是成型了，陈西安就出名了。"

"当时也是在C大的风洞实验室，陈西安进实验室放模型的时候，赫斌偷偷从外面把门锁上了，他填了陈西安申请专利的表格，交完之后被他爸临时接走，忘了陈西安。结果试验模拟的是雪荷载，陈西安被从里面抬出来的时候衣服都冻在了舱体上，加温融化了才抬出来的。"

"要不是没多久之后的城市专题报告上刊登了这篇论文，陈西安还以为他的原始表格是实验室外面人多手杂被弄丢了，实验室的舱门是因为失修自动弹上的。他成了第二撰稿人，第一是赫斌，他跟赫斌闹崩了，一度要告他侵权。"

"不过赫斌的爸爸有权有势，不怕被告，而且导师也跟着劝，说他告了会一无所有，目前起码还是辅助撰稿人。陈西安他一个连爸妈一年都联系不上一次的学生能有什么办法？专利就成赫斌的了。"

"他差点死在里面，付出又白瞎了，就再也不肯接触风洞实验室。赫斌完成了测量，找了个超高层考察，想接下来让他爸投资个楼，让他尝试下呼吸式外墙。"

"结果那个合作楼是个垃圾工程，女儿墙还不是纯钢混，用的马牙槎加砌块砖，你说建楼的人有多大胆？陈西安当时发现了这个问题，但是他懒得跟赫斌说话，所以没提醒他，他以为赫斌自己能看出来。可是赫斌没有，他是纯理论型的高才生，马牙槎长什么样都没百度过。"

"他在女儿墙边上瞎看，陈西安就转了个头，他就一屁股靠到上面去了，那些砌块砖没塞严，被他一靠松了，连人带砖地掉下去了，陈西安来不及拉住他，眼睁睁看他坠楼了。其实跟他有什么关系呢，但是他一直挺后悔的，赫斌虽然不是东西，可他做的错事却罪不至死。"

杨江的语气忽然轻了起来："所以，你明白他为什么会对你青眼有加了吗？不，是你这种人。"

钱心一心里浅浅地刺痛起来，陈西安确实值得心疼，但他也是个傻子。

三个多小时的抢救后，伤者被推了出来，医生对家属说了一堆专业性的词语，陈西安只听懂了最后一句——暂时脱离了生命危险。

他穿越半个城市回家的时候已经11点多了，走道的声控灯坏了，他走到门口几米开外才发现，有道黑影靠坐在他的门上，微弱的手机屏光线对着脸，在察觉到自己的靠近之前，似乎在看小说。

见他停下来，地上的人打开手电筒照向他："回来了，吃饭没？"

陈西安愣了一下，十分意料之外，照钱心一的性子，现在应该看见自己就生气才对，可或许是在黑暗里，他的语气听起来竟然十分温柔。

他的视力逐渐适应了突来的光明，能看清钱心一的表情也很平和，陈西安不知道他在演哪出，答非所问道："你怎么忽然过来了，来多久了？"

钱心一爬起来，照着他说："有些话想跟你说，结果你手机关机到现在，我就来了，顺便你没吃饭的话，请我吃个消夜。"

陈西安没胃口，但还是说："走吧，我带你去吃饭，你要跟我说什么？"

钱心一不说话，跟到电梯前，在陈西安摁下朝下之前，手快地把向上向下全按了，很多急躁的人都这样，觉得电梯会上来得快一些。电梯很快运转上来，两人进了电梯箱。

陈西安刚准备按"1"，钱心一胳膊一别过来，又把"18"给摁亮了。

陈西安转过头去盯着他，满眼都是疑惑，钱心一迎着他的目光笑了笑，说："杨江给我打了个电话。"

陈西安心里一沉："所以？"

钱心一："所以导致你工作失误的原因我大概都知道了。"

陈西安眼皮一抬，神色有些震惊，他不知道了解真相后钱心一是怎么想他的，同情，或是瞧不起？杨江就怎么也无法理解，为什么他明明无辜到六月飘雪，却因为赫斌的死对女儿墙恐惧至深……

杨江觉得他懦弱"圣母"，可感同身受这种东西太难了。

假使朋友家的猫狗被当街碾成肉泥，人们大概都会觉得惨不忍睹，濒死的惨叫萦绕你的梦境，更何况是一个人呢？杨江没有经历过，所以他不能理解，一条人命的重量究竟有多重。

但是赫斌早就死了，所以他不会受到责备，为什么看不出女儿墙不合规范？为什么连马牙槎都不认识？为什么要未经允许擅自进入施工现场？

可是他活着，作为唯一一个和死者一起进入楼顶的同学，兼而分享专利的荣誉。赫剑云的污蔑，同学的指点，这些都是很快就会在时间里淡去的东西，只有愧疚发自内心，才会经久不息。

赫斌不成人形的遗容让陈西安总是忍不住想起，如果那天在屋顶，他不是因为交恶少说了一句话……

电梯"叮"一声停在十八层，陈西安忽然变得哑口无言起来，只是哑着嗓子又道了一次歉。

他没有看钱心一，所以错过了这人踏出电梯前看他的一眼，眼底有怜惜和恨铁不成钢，他听见钱心一说："陈西安，我不想听这个，跟我说点别的吧。"

接着，陈西安手腕一紧，竟是被钱心一拖着朝走道尽头而去，那里有三级台阶，台阶上是一樘通往屋面的铝门。

陈西安有种不好的预感，抵触和不解让他顿住脚步，看着钱心一义无反顾的后脑勺说："你想让我说什么？"

钱心一头也不回，拔河似的拖着不太配合的他，直到两人的手臂拉成了一条线："说赫斌，说实验室和女儿墙，说这次事故，纠结什么就说什么。"

很多事情正是因为说不出来，才会闷在心里发酵成死海。

陈西安几乎是凄凉地笑了一下，心想"说了有什么用呢"？但是不可否认，他有一点点的心动，想卸下一切伪装，放松地让这个人看见自己所有的弱点。

钱心一"哐哐哐"拧了半天没拧开门，猛地一使劲，稀薄的月色混着城市灯火的余光照进来，积累的细尘洋洋洒洒。

陈西安被他拽了个跟跄，跌进防水卷材露在外面的屋顶，他有些紧张，握紧钱心一的手指，欲言又止地开了头。钱心一老牛拉车似的牵着他，逐渐朝开阔的楼体边缘靠近。

"……赫斌是赫剑云的儿子，是我大学的室友，大二的时候我们是朋友。杨江不喜欢他，说他很踺，不过我觉得还行，聪明的人任性一点是可以忍受的。熟了之后他就很吃香了，他家里很有钱，而人都是虚荣的，我也不例外。"

"我吃了他不知道多少顿大餐，不过最后闹掰了也没还过他。大四上学期的时候我写了个专题，他也很感兴趣，那时候我还觉得避讳他会显得小肚鸡肠，不过很多事情就是这样，不好意思拒绝熟人的后果就是闹得比说开更僵。"

"他帮了我很多的忙，包括风洞实验室的借用，一部分也是靠他爸爸帮忙，所以后来他从外面锁了舱门，填了原始表格，我唯一能拿来威胁他的东西，就是那点已经显得十分可笑的友情。说出来你可能不信，当时我在论文上签字，一低头，眼泪先掉了出来，自己都蒙了半天。"

他看着远方，轻轻地说："心一，换了是你，是不是不会这么轻易地把自己的心血拱手让人？"

"看我，"钱心一停下来，推了下他的侧脸，让他面对自己。

钱心一的表情很温和，语气也很正经："没妥协过的人都不知道无奈这两个字怎么写，换了我是当时的你，我也没办法……你什么眼神啊，哄你我又不拿钱！我要有扛得住赫剑云压力的骨气，早八百年前傲得张航和他爸闻风丧胆了。"

陈西安被他安慰得哭笑不得，但脸上只有悲凉，笑意丝毫没有："有没有人夸你很会安慰人？"

钱心一扯着他往楼边走："还没有，等着你给第一个好评呢。"

陈西安很快就开不起玩笑了，他以前没发现住的这栋楼的女儿墙很矮，上面压着栏杆补充高度，离着一段就能看见对面楼房下的地面临时停着车，这种视野让他手心一下就潮了，嘴唇也开始发白。

他定住身体不肯再往前，钱心一拉了两下没拉动，也不强求他，挣开了手，在陈西安惊心动魄的阻止下爬上了那截矮矮的女儿墙，旷处返上来的风压瞬间掀得他衣角飘起。

这一幕和那天在城科的楼顶大同小异，那会儿他还蹲着，这一刻却是站着的，于是更像赫斌了。

陈西安头疼欲裂，语气里都是哀求的意味："心一，你下来好不好？"

钱心一居高临下地看着他，朝他伸出了右手："好，你扶我一下。"

陈西安没动，他紧绷得左手都在发抖："……我不敢。"

钱心一伸着手，声音一抬说："陈西安，你不是不敢，你是不想，你给我过来！"

陈西安像个草木皆兵的人，生怕他被自己的声音震下去，紧张得冷汗炸一身："是是是，你先下来。"

"先不下来。"钱心一忽然变了个脸，严肃道，"陈西安，恐惧不是一个人停滞不前的理由，我曾经也觉得张航的爸就是老家的天，可等我离开那里，才发现他什么都不是。也有人说过我也很惨，但我不觉得，这世上比我可怜的人多得多，你不知道这些才好，那说明你的生活很安稳。现在我告诉你，陈西安，你也不可怜。"

"其实事实没那么可怕，故步自封才可怕，现在我想拉你一把，你不要辜负我。"

"你不敢爬上这里，不敢吹高台顶的风，可能是因为你对死亡有阴影，可这里的风会吹死你吗？吹不死。你掉下去？你不会，因为我在这里。你不是喜欢我的原则，让我推你一把吗？要是连这点信任都没有，那你有什么资格跟我提那些要求？"

陈西安眼眶灼热，视野虚化只剩那个不甚清晰的人，心里滚烫因而动容，他做梦也没想到钱心一专门过来一趟，是为了替他解开心结。

他说他在这里……

陈西安许久没动，只是痴呆一样地盯着自己，钱心一胳膊都抬酸了，却一派温柔道："陈西安，我喜欢有出息的人，所以我愿意交的朋友一定要比我出息，如果你连这点阴影都克服不了，那你再会计算也超不过我，你只能停在这里，而我会一直往前走。"

"可能以后有一天你会克服这个阴影，但我只会给你一次机会，就是现在的这个女儿墙。陈西安，我想推你一把，希望你可以走得更远，能去JMP，可以做更好的项目，我也向你学习，我也跟你一起，这个机会你要吗？"

陈西安整个人都蒙了，他脑子里的惊喜和畏惧天人交战，迫切地想要答一声"要"，谁料情绪激动过头，他的嗓子直接哑掉了。他张开手，想去搀扶那个矮台上的男人，步伐走得瑟缩而缓慢，也有停顿和犹豫，却没有后退过。

钱心一看他一点一点地靠向自己，暗自长吁了一口气，默默为自己点了个赞。

这几句话他腹稿打了两个多小时，总算是不辱使命，一气呵成完其实还是有点难为情，为了掩饰这点尴尬，他张开怀抱说："下午我不该打你，我性子太急了，对不起，你伤没伤到？我看看。"

第四章　室友生涯

陈西安一步三止地靠近边墙，第一件事就是把钱心一弄了下来，因为怕惊到他，也不敢硬扯，只敢抓紧了手指，迎老佛爷起驾似的把他托了下来。

钱心一看他紧张得都快尿了，也不敢笑他，绷着脸迈下来，立刻被陈西安拖着后退几步，攀浮木似的抱住了。

直到这时，陈西安才真正舒了口气，然后精神一松懈下来，他便感觉浑身脱力。他靠在钱心一身上，人体的温度终于让他逐渐从惊慌中冷静下来。

与此同时，另一种惊喜缓缓升温，康纳博士说的焉知非福好像来了，这么多年了，陈西安头一次离高楼的边缘这么近。

陈西安喃喃道："我会改的，你别动不动就爬女儿墙，就算你是专业的，也还是危险。"

剧烈而沉重的心跳从紧贴的胸膛传过来，钱心一被锁着手臂，便活动了下胳膊肘在他后背上安抚地拍了拍，笑了起来："你这话可真有意思，好像我爬墙上瘾一样，那什么……你胳膊松点，我要用手。"

陈西安放松了点，让他把手臂拿出来："我不是这个意思，我……算了，我现在脑子里一团乱。"

"是不是还感觉像做梦一样？"钱心一戏谑道，"乱不要紧，明天开始清醒就行了，下午我不该打你的脸，我向你道歉，但是你有错是不争的事实，下不为例行不行？"

　　这就是所谓的幸福来得太突然，陈西安确实觉得有些不真实，但他的恐惧是真的，入耳的安慰也是真的，他心酸难言，充满了感激和庆幸，感谢命运让他与这个人相遇，庆幸他的朋友和领导积极而有正能量。

　　六年的噩梦迟来惊醒，当他再度站到久违的高楼旷野，陈西安仍然会心慌和出汗，赫斌的幻影仍然会从这里掉下去，但是有人支撑着他，让他能蹒跚地正视这里。

　　陈西安心里有种东西破碎的声音，他想，那大概是他画地为牢的枷锁。

　　"没有下次了！"他哽咽道，紧绷了一天的神经终于松懈下来，他垂下僵硬的脖子，将头搁在了钱心一的肩膀上，他累了，需要靠一靠。

　　钱心一平时像个喷火龙，这会儿却撑着他半身的重量，拿环在后背的掌心安抚孩子似的轻轻拍打。

　　他骨子里其实是个心软和温柔的人，之前安慰张小雨，现在陪着自己……陈西安嘴角一动，眼泪毫无征兆地落了下来。

　　钱心一颈上一热，心里不由得震了一下，他脸上有些愕然，却因为什么都没听见，于是也什么都没说。

　　陈西安没别的毛病，就是太体面了，连哭了都悄无声息的，钱心一心里叹了口气，动了动手臂，拍了拍对方的背。

　　裹着锡箔的风帽旋转不休，折射着城市夜灯的光，犹如一个个黯淡的银色霓虹灯，这里是没有观众的舞台，楼顶有个犯了错也受了伤的男人，也有一个安慰他的人。

　　两人从凉风肆虐的楼顶下来已经快12点了，饥乏交加，也没地方吃饭，只好一起回了陈西安的家，主人下了锅面，两人勾着腰在小茶几上吃。

　　本来屋里有个六人座的餐桌，奈何钱心一饿成了狗，陈西安一回头，这个能干的人端着面碗就跑了，走到一半被烫得抓心挠肺，半放半扔在了就近的茶几上，面汤泼出来不少，反正也脏了，就省得擦桌子了。

　　钱心一夹起一个微波炉煎蛋在盘子上抖，把上面的虾皮往下甩。

　　陈西安一面觉得他真的有点挑食，一面心里压抑得厉害，总想要说点什么，来暂时甩开那则承重的事故。

他缓慢又低哑地说："洋葱不吃豆芽不吃，排骨不吃羊肉不吃，虾皮不吃估计海鲜也不太吃，你妈以前不打你吗？"

"以前哪有什么排骨羊肉吃，"钱心一把蛋泡进面汤里，不知道在得意什么，"我妈觉得我全村最好养，一盘土豆丝能打发一年。"

"很遗憾，"陈西安筷子一伸，忽然夹了一撮虾皮塞进了他碗里，"我不是你妈，不要挑食。"

突袭就胜在猝不及防，钱心一看着汤里浮起来的小虾米，愣了一下忽然想起陈西安很讲究，登时有点心里发毛："陈西安，你不会是事儿妈吧？你吃你的，不要管我，我跟你讲我受不了这种人。"

陈西安笑了起来："你别慌，我不是，你只要不太挑食，进了我家不要乱扔鞋子和烟头烟灰，其他的我都不管。"

钱心一不动声色地把虾皮用筷子撩到堆起来的面条上，他就是不喜欢海腥气，准备从底下掏面吃："虽然这是你家，你说了算，但这些你最好也不要管，我肯定烦你。"

独惯的人就怕被约束，钱心一属于独出铜皮铁骨的，陈西安看见了但没说什么，伸出筷子夹了撮小咸菜："什么话都不能说得太满，容易翻车，知道吗？说不定你来的次数多了，看惯了我家干净，回家受不了，就不烦了。"

钱心一震惊地说："怎么可能！"

陈西安抿着嘴笑了笑，眼底的阴霾这才散了一些，让他赶紧吃饭。

钱心一于是埋下头去专注地吃面，过了一会儿，陈西安忽然抬起头，犹豫了几秒后说："心一，你……怎么忽然就不生我的气了？"

还有半句话，他没敢问出口：是因为可怜我吗？

他的过去，其实不能当成这次事故的免死金牌，他也许可怜，这次受伤的工人也可怜，然而这两者之间并没有干系。

钱心一正把碗扣在脸上喝汤底，闻言顿了下，仍然将碗抽光了才露出脸来，看着陈西安的眼睛说："其实不突然，电影院那会儿，你一走我就后悔了，你是有错，但我也有点冲动。你对工作的态度怎么样，我应该是整个公司最清楚的，所以出了这种事，当中肯定有原因，但我当时气上头了，只对你发了火，却没细问你内情，杨江说得没错，作为朋友，我不够关心和信任你。"

"还有我不是偏袒你，咱们就事论事，这次事故不是你一个人造成的。我、甲方、施工单位、监理，所有接触过那面墙的人都有责任，你有愧疚心是好事，但是不需要把所有过错都揽在自己身上。我是你的搭档，那天的现场也是我让你帮我去看的，这个事我和你一起扛。"

钱心一说了这么多，每一句都在证明他的造访并不突然，而是深思熟虑后的表现。

陈西安心软得一塌糊涂，接过钱心一的空碗，心里有千言万语，汇到嘴边只成了一句："谢谢你。"

谢谢你深夜的造访，谢谢你在天台的鼓励，谢谢你愿意和我一起扛。

陈西安已经不再年轻了，历来总觉得自己有些冷漠，朋友亲人也老这么说，难以被感动，也不想去感动谁。

可自从再遇到钱心一，陈西安时常会被他打动，这个人身上那些朴实的特质，恰好都是他想要却又欠缺的东西。

钱心一是个温暖的人，是他特别而又珍贵的朋友。

"不客气""珍贵"的朋友却并不知道对方正在给自己狂发好感卡，满心满眼都记着吃，"你起来方便，再给我来半碗面。"

收拾好盘碗差不多1点了，陈西安没留，钱心一也没打算走，太晚了，他提心吊胆地惦记了一天，身心都也累了。

陈西安洗完碗出来，见他在电脑桌前看邮箱，便凑到他旁边的单人沙发上坐了下来："有新邮件吗？"

两人都心知肚明指的是什么邮件，钱心一转了半圈椅子面对他："还没有，不过我估计最迟明天会有消息发出来。"

陈西安露出愧疚的表情，钱心一把他的头发摸得乱七八糟，说："没有不犯错的人，犯错了害怕了，以后才不敢随便应付。我以前也犯过错，所以现在哪怕是高远说我胆小，我也不松口，胆小就胆小了。"

陈西安把他作乱的爪子扒开："什么错？"

钱心一把右手伸给他看，凑近了陈西安能看见他手腕往下一厘米多，有一条横向的长疤，痕迹不深，但还能看见缝针的踪影。钱心一说："这是我刚跟着我师父学 CAD 那会儿，在现场被二层破裂坠落的石材切伤的，外伤问题不大，不过肌腱断了，到现在手腕都使不上劲。"

陈西安握住他的手，拉到眼底下端详了一番，等他接着说。

"你知道这件事里最有意思的是什么吗？那块石材是我自己编的号，自己往上挂的，我那时候年轻，人也马虎，而且觉得这活又无聊又挣不到钱，做事比小赵还浮躁，师父让我检查好每一块石材是不是有裂纹，钻孔深度够不够，我嫌烦，连随便看看都不愿意。直到那块吊挂石材掉下来。"

钱心一抬起手摊平，做了个飞速下落的动作："就这样，一团黑影刮下来，伤倒是小伤，但是能吓死人，特别特别突然，跟一个人掉下来一样。当时现场的师傅说，我要是再往左边站二十厘米，被切断的就不是肌腱了，是我的脑袋。"

"后来我就不敢了，哪怕是半夜也要把材料检完了再睡，出来混都是要还的。我知道你以后不会再犯了，所以这次我维护你。"

钱心一不会说甜言蜜语，但是他的话总能戳到陈西安心里去，他握着钱心一的手摇了一下，仿佛是一个"成交"的意思，同时嘴上"嗯"了一声，想起高远和陈毅为，心想：我也会走到可以维护你的高度去的，虽然你不一定需要。

这是个暴风雨前的夜晚，等到明天公邮里出现了事故邮件，高远的脸色一定会首先甩向钱心一。他待下属的态度十分讨巧，难听的话从来只关起门来往自己的下一级灌，而对于他下一级管辖的员工，从来都是笑意满满，所以他在公司大部分员工面前的形象，是个非常和蔼和人性化的领导。

哪怕在单子上签字的人是赵东文，签署的名字是陈西安，他不管这些，唯一的原因就是钱心一不够负责。

陈西安心里叹了口气："高总那边……"

钱心一预料到已经是一场狗血淋头的大骂，死猪不怕开水烫地说："随他说，你就当聋了就行。"

陈西安：……你要是真这么心大，那还好了。

"行吧，"陈西安站起来，顺便也把他拽了起来，"去洗漱吧，很晚了，对了，次卧里有点乱，你跟我一起睡吗？"

钱心一唾弃他："谢了，不要，我喜欢一个人独霸整张床的感觉，要不是晚得不行了我还要回家去的，我U盘还在家里。"

"还回家，"陈西安哭笑不得，"你也不嫌累？你又是大姑娘吗？"

"滚蛋，"钱心一推了他一下，"你才大姑娘。"

陈西安笑着跌出去："大姑娘长成我这样，那还嫁不嫁了？"

钱心一持反对意见："陈大姑娘，不要妄自菲薄，你的脸一直是我们一所的排面。"

陈西安从来不知道，一个人起床能难成这样。

他起来洗漱的时候差不多是6点20，在浴室里就听见钱心一的闹钟在响，因为他临睡前说要早点起来回家去取U盘，还特意定了个闹钟。

陈西安说可以叫他，钱心一"好"了两声，看来还是想靠自己……的闹钟。

他的铃声挺励志的，正好是国歌的高潮：起来！起来！起来——

结果等陈西安晨跑回来，铃声还在响，人还没起来。陈西安换完衣服去他房里，钱心一还埋在被子里，像在床上生了根。

也没有什么传说中安静乖巧的睡颜，他的睡相不算安分，脸半张陷在枕头里，半张挡在胳膊后，一米八宽的床横得只剩两个三四十厘米的小边，看起来似乎没打算给他留一席之地。

不过这种感觉挺新奇的，一天之计的开始，房子里除了自己，还有另一道呼吸。

陈西安在床尾坐了一会儿，心里的温馨没怎么累积，倒是被五分钟响一次的"起来"给吵得哭笑不得。

钱心一也很有意思，他"嗖"地爬出来，都不用睁眼就能立刻摁灭闹钟，接着瞬间倒下，周而复始了好几趟。

陈西安看着都觉得累，不能理解他干吗不只定最后一次，拼了老命都起来算了，非要弄得睡不好又起不来。不过他那种困疯了的模样挺好玩的，充满了挣扎，有点孩子气。

陈西安一直坐到7点10分，才把他推得翻了个面，胡说八道："钱心一，8点10分了，我走了。"

钱心一挥手赶他，挥到一半手一顿，猛地弹了起来，去拿手机确认时间，扫见顶头那个"7"，才发现陈西安在床尾发笑，他被骗得清醒了一半，打了个呵欠把手机砸了过去，刚睡醒的嗓子低哑一些："你可赶紧走吧，要打不上卡了，本来工资就少。"

"知道你工资高，任性随便扣。"陈西安知道他是开玩笑，自己也不介意，他以前在八局虽然职位没钱心一高，但是他不忙，偶尔接接私活，年薪其实不比钱心一少。

不过知道自己斤两的人往往会更在意自己的所得是不是应得的，而不会做无谓的比较。

除了赫斌带来的阴影，他在钱心一面前是没什么落差的，他接住手机扬了扬："土豪，密码。"

钱心一踢着拖鞋准备去火速洗个脸："1235。"

人懒密码也简单，陈西安开了屏锁，第一件事就是把他的闹铃提示关了，一早上"起来"这么多次给他吵得够呛："闹你一小时也没见起来，你干什么呢？"

钱心一满嘴牙膏泡，含糊不清地笑道："我也想早上起来锻个炼，学学哈佛凌晨4点钟什么的……唉，就是起不来。"

陈西安笑道："有心上进是好事，不过物极必反，起不来就睡啊。"

钱心一实话实说："睡不踏实，每天就是上班吃饭加班睡觉，网上的段子看起来都费劲，有时候我想想，有一天不干这行了，完全不知道能干什么，我该读点鸡汤了。"

陈西安收拾着公文包："不知道干什么就先在这行干着，干得也挺好。读啊，从明天开始我叫你起床，闹钟停了行吗，太吵了。"

钱心一其实不太相信他能把自己挖起来，但还是说："随你。"

他不如陈西安讲究，收拾起来也快，陈西安有时间做早饭，但是也来不及吃了，匆匆地赶到钱心一家取了U盘，陈西安在车里等，钱心一从小区里出来顺路买了两个煎饼，啃着就去上班了。

一上午风平浪静，赵东文跑进来问了个问题，钱心一到他的工位上去看图纸，一见他垃圾场一样的桌面，半天找不到自己刚保存的 DWG，就把他说了一顿。

"赵儿，手头的事先停一停，你把桌面收拾干净，看得晕死人，你还找要半天，发错了也不知道。做事可以慢一点，但不要做无用功，会画几张图不叫设计，叫画图员。做事有条理，一说就到点，别人才会觉得你专业，明白吗？"

"我的习惯是文件按工程分月份整理到文件夹里去，自己的放一个包，别人发来的放一个包，桌面上只放最近改动的东西，改动的待改的都标上记号，+1+2+ 时间，随便 +，发邮件之前把东西全扔到文件夹里去，把待发的单独放在外面，保证不会发错。你要是有更好的方法，可以用你的，下次我看见你桌面上还是这样，我就给你全丢到回收站里去。"

赵东文嬉皮笑脸地谢过了师父，恭送他回了办公室，一转身点开了陈西安的 QQ 框，开始问他钱心一没回答的问题，墙面的落水管从哪里下来。

午休的时候，城科事故责任讨论的邮件悄悄来到了技术部的公邮。

高远平时基本是不上技术部公邮的，他如今已经是老板了，这种技术层面的问题不用他费心，他常登的是商务邮箱，如同关注股票一样地盯着收发邮件。

不过最近因为他在亲自操刀小蛮腰，想做到一应俱全，所以事无巨细，什么都要亲自过问。

昨天金鑫玻璃的技术负责人亲自给他打电话，说今天将他感兴趣的玻璃配置和参数列表整理出一个系统来，打包发给他。

高远画图少，相对也不太疲倦，他中午通常不休息，没事就悄悄地斗两盘地主，有事就忙事。

公司外面的人倒下了一大片，没倒下的人也不会兢兢业业到难得能摸鱼的时间去忙工作，所以高远是第一个看见那封邮件的人。

他还没看内容，首先一眼就看见了"事故"，心里就"咯噔"一响，觉得大事不好。

邮件是王一峰发的，发件公司是城科集团，收件人里有一大堆抄送，城科的总包到分包，全部通知到了。

设计院基本都是甲方之后的地位，这次却被排在了最后，王一峰拟的邮件也有刻意维护和淡化设计院责任的意思，在正文通知中只明确了个分包厂商请检查好自己的工作，会议上做汇报，疏离责任归属，没有提设计院。

但是高远还是瞬间沉下了脸色，GAD从建立到现在，只在大前年年出过一次设计上的失误问题，失误人是雷志军，问题是设计时考虑不周全，梁低窗高，导致内开内倒的窗打开角度达不到要求，后来没办法，压缩了开启高度勉强满足了通风的要求，但是外立面效果差了不少。

这直接导致他现在人都快四十岁了，工资还没有钱心一高。

高远的膨胀是去年才开始明显的，以前他小心翼翼、如履薄冰，本质是个异常谨慎的人，只是近两年的款项蒙蔽了他的双眼，这个事故犹如一道惊雷，劈得他心惊肉跳。

他强迫症似的将这封邮件从头到尾看了不下十遍，越看越觉得抄送末尾的公司邮箱扎伤了他的眼，心里的火也旺得不能自己，钱心一是怎么办事的！

钱心一昨天跟陈西安秉烛夜谈，睡晚了，午觉睡得熟了点。陈西安看不太忙，也没有叫醒他，毕竟陈毅为也还趴着。

所以当高远推开办公室的门，看见钱心一还趴在桌子上睡觉，本来就不好看的脸色登时更加难看起来，他心想：钱心一真是越来越放肆了，不仅工作上有松懈，态度也是越来越恶劣了，这都快1点50了，他竟然还在睡觉……

等陈西安察觉他情绪不对，领导已经到了钱心一办公桌跟前，陈西安一边在桌子底下踹了钱心一的腿一脚，一边站起来，声音不太小地笑道："高总，您下午出去开会吗？"

钱心一动了动，但是没全醒，半迷半醒的仍趴着。高远脸色阴沉，站住了看向陈西安说："不去，怎么？"

陈西安拿起一张计算的稿纸，遮着桌子又用脚又拨了下钱心一的腿，说："小蛮腰这里我遇到了一个问题，想让您帮我拿个主意，您现在方便吗？"

钱心一这次醒了过来，头还没抬起来，又被陈西安踢了一下，觉得他真是莫名其妙，但也假装没醒。

高远其实不太方便，但要是他不方便的理由是要向钱心一发火，那就更不方便了，高远压了口气，停在了他的办公桌前面："什么问题？"

陈西安让出他的座位："图纸上我圈出来了，问题写在旁边，您先看看。"

高远到底是重视小蛮腰，坐下来开始看缩小的蜂巢一样的结构龙骨，陈西安用框在旁边写了问题，局部异形的龙骨算不过，调大规格不协调，不调要加斜拉杆，效果都有影响等。

高远有咬住图纸不放松的习惯，所以这问题他一看，就纠结了起来，跟陈西安讨论来讨论去，最后也没讨论出朵花来，倒是暂时把钱心一给忘了。

钱心一在这个缓兵之计中"醒"过来，看了眼邮箱就明白了大概，他把裤腿拍干净，坐在座位上看高远和陈西安讨论，等着逃不掉的教训。

陈毅为也被吵醒了，跑到陈西安背后看他们在说什么。

陈西安说："要不做两种方案，到时让业主自己选，说不定他们还觉得是咱们别出心裁，故意设计出来的细节区别，本来个人审美也不一样，您看呢？"

高远一听觉得很符合业主喜欢挑选的癖好，勉强才露了个笑，说他不错，然后他站起来，不高兴的表情非常明显，他看着假装在查规范的钱心一说："心一，你跟我出来一下。"

钱心一跟陈西安对视一眼，大概意思就是：爹来了。

陈西安跟到一所的办公室门口，看钱心一在高远的办公室门口一拐弯不见了，站了一会儿就回去坐下了。

其实他完全可以先找高远谈谈，问题在他，和钱心一没有直接关系，但是钱心一在来时的车上问过他："假设我和你是普通同事，咱们组负责的项目出事了，老高首先来找我，你觉得这反应有问题吗？"

陈西安愣了好一会儿，然后十分郑重地朝他道了歉，如果只是普通同事，他肯定是多一事不如少一事。

他确实是有些昏了头，弄混了工作和生活的界限。

私下在工作之余，他想怎么维护钱心一都是他自己的事，但是在工作上自己不该越俎代庖，该钱心一挨的骂，就得这人自己担，钱心一既不是没担过，也不是担不起。

私交之外，钱心一还是自己的上司，作为负责人，他拿比别人高的工资，想训人时无需忍，这些权利都是和付出对等的。

高远并不闲，技术组的运作他没时间一天跟到晚，哪个楼谁出的图，哪个边梁谁配的筋，这些他都是不会过问的，他作为老板，只需要知道这个所有没有按时完成任务、会不会妨碍商务收款就可以了。

所以出了事先来质问负责人，也是很寻常的行为。就是不知道当这个人是他合作多年的师弟时，他的态度是不是会亲则不敬！

高远把办公室的门摔上了，工位侧朝他门的赵东文应声抖了抖，他看见邮箱里的通知函了，心里害怕得厉害。

那天检查陈西安说他不方便，拜托他去楼边看一看，他交代得很详细，埋板、焊接件、螺栓甚至垫片，该注意哪些细节，都是钱心一反复教过的东西。

赵东文答应得很好，结果趴在墙边上的时候温晓茹来了电话，边哭边说她在医院，赵东文吓得够呛，问东问西才发现她是陪她妈妈去检查妇科病，医生说疑似宫颈癌，她一个人等得慌，于是他又劝上了。

等一同上来的施工员说该下去了，他来不及细看只够匆匆瞥了几眼，C市一直挺干燥的，当时因为台风的影响才下雨，杂质多的合金钢也没锈穿防锈漆，他没看出锈痕来，其他东西也还像回事，就告诉陈西安说没什么问题。

恰好当时陈西安又被王一峰叫上了脚手架，在二层悬空看雨篷的对穿钢板锚固深度够不够，管理那边催检查单，王一峰一门心思扎在他的大裙摆雨篷上，就说让赵东文签他的名字算了。

赵东文少不经事，尽管还不知道是什么级别的事故，就已经被吓得六神无主，脑洞一开，师父看他的眼神里全是失望，前辈对他说没想到你是这么不负责任的人，老板指着他说公司不能替他背黑锅，被判赔偿二百万，结果赔不出来要倾家荡产了。

钱心一经验老到，知道自己站着高远生气，坐下了也生气，索性没等他开口就一屁股坐在了他办公桌对面，不愿意伏低做小。

高远火冒三丈到已经注意不到这点细枝末节了，他把6S往桌子上一扔，"砰"的一声闷响里粗鲁地把笔记本掀了个面，朝着钱心一，手指重重地点在邮件上："你给我解释一下，这是怎么回事？"

他手指的地方，正是王一峰的官方台词：请各单位收到邮件后，于11月13日上午10:30，到城科项目现场会议室开会，议定责任归属和赔偿事宜。

11号晚上出的事，并且伤亡实在不算严重，13号上午就兴师动众的全员开会，这么快的反应速度，在施工环节里简直是绝无仅有。

不是王一峰少见多怪，他是为了堵住各种可能：堵住伤者、堵住媒体、堵住悠悠众口。在房地产业已经低迷至此的时期里，这是个非常敏感的关口，说不定就被这个项目连带单位中的任何一家单位借题发挥，搞倒竞争对手，株连整个行业。

也不是危言耸听，之前建材行业大整改，禁止和限制了许多建筑材料，导致建设成本直线上升的起因也只是持续的高温晒炸了玻璃，接连坠落砸伤了路人。

平时砸了也就砸了，但正好赶上房地产泡沫期，活不下来的小企业也不想让别人好过，联名提议专家会审，审完建造成本贵出小半个数量级，果然大家同归于尽了。

王一峰是想赶在建材坠落事故被曝光之前，将事情悄悄地消化掉。

截止到10月中旬，专业论坛上有不完全统计，半数的设计院都已经裁掉大半人员，GAD今年是木秀于林，签下的几个战略性合同足够公司不接新也能撑过今年，但是明年、后年呢？

高远气的并不是这个小事故，他气的是这个事故将会带来的隐患：如果对手揪住这一点，投标的时候他们将会丧失优势，毕竟现在僧多粥少，毙掉他GAD，选择仍是一大把。

钱心一睡不醒都清楚，高远看见邮件的第一时间就给王一峰打过电话了，检查单的事情他肯定知道，不然不至于气成这样，但是他能怎么解释呢？

告诉他自己当时被暴雨困在 A 市的机场，检查交给了陈西安，对此一无所知？又或者检查单的签字人是陈西安，和他只有……一分钱的关系？

可这种推脱他说不出口，也不能说，但凡他遇事就推得干干净净，他根本就走不到负责人的位置上来。

杨新民带他第一个项目的时候就不止一次地警告过他：不要找借口，不要被问题问倒，不许说是那谁画的你不清楚，你是负责人，你必须什么都清楚。这必然是强人所难，但只有高压下的人才走得远，也是半条职业真理。

钱心一只能说确实是工作失误，没检查出来，抱歉给公司带来了麻烦，他会竭尽所能把损失降低到最少，是谁失误他没说，高远说是谁就谁。

高远恼火得要命，钱心一倔起来他倒还好发泄一些，两个人对着脸红脖子粗，要难堪一起，可这会儿他偏偏又卖起乖来了，垂着眼睛一脸自责，将他的火气全堵住了。

高远把手机捡起来又扔掉，烦得不知道怎么好："我早说别检查别检查，别的设计院都不检查！你非要多此一举，现在石头砸烂自己的脚了，好多人等着看我的好戏，好几个合同我跟甲方都是口头协议，合同纸都没打出来过，这当口你弄出这破事来，被人听到风声了，谁还敢跟我合作！怎么降低损失？你说怎么降低！"

他一掌一掌地拍在桌子上，愤怒顺着音波传过来，钱心一不作声，还没到会议判定责任的时候，他怎么知道要怎么降低！

其实他不是不知道高远想让他说什么，他就是在装傻。

高远想让他走后门去和王一峰换下那张纸，只需要改掉一个字就行，把"女儿墙及吊顶"改成"女儿墙及压顶"，就能脱身到事故之外，去会上打个酱油就可以。

碍于情面，再说责任也不大，王一峰确实会帮，但当时接触过检查的工人没有十个也有八个，谁敢保证没有认真看过单子的人？要是有，难道他还要为了一个本来就不是己方问题的错误，一个个去贿赂打点？

纸能包住火吗？一秒半秒的或许可以。

高远见他无话可说，胸膛上下起伏了一会儿，赶人似的说："算了你出去吧，要是还有下次，我就要怀疑你这些年是不是越干越回去了。"

钱心一心里被刺了一下，他盯着高远站起来，惊讶地发现自己竟然没多大感觉，也不知道是从什么开始，高远对他越来越不客气了，而自己越来越麻木了。

"你让陈西安到我这里来一趟。"他听见高远在背后吩咐道，这下连去楼梯间抽烟的工夫都没有了。

陈西安仔细地盯着他看了看，擦着他肩膀过去了。钱心一眼神清明，冲他点了下头，潜台词是让陈西安别瞎担心。

钱心一最丢脸的时候被高远当着全公司的人骂，不过那会儿全公司也才六个人而已，现在不过是蚊子叮牛皮的程度罢了。

陈西安的待遇就好了一倍，他是小蛮腰的主计算，C院的结构工程师随口说了句多少钱挖得动他，高远清楚他到处都有人抢，也不敢随便给他脸色。

他假装不知道检查单的事情，随口提了提城科的事故，问陈西安要看法。

陈西安坦白从宽，说是他的问题，态度诚恳，说话又比钱心一好听，高远虽然很担心，但是表现得很轻松，说心一会处理好。

陈西安知道他对着钱心一肯定不是这套说辞，但他也只能笑着表态，说自己也会尽力挽救。高远把话题拉开，又聊了半小时的小蛮腰近况，才放他回了办公室。

金荣的施工员来签图了，钱心一在会议室圈图纸问题，陈西安问需不需要帮忙，钱心一说不用，结果半天全花在签图上了，陈西安就进来给他送了趟水，话都没时间说。

下班之后，因为明天又得赶早去工地扯皮，两人还有些细节要合计，两人一起去了钱心一的家，这里离工地更近。

两人的心情都有点沉重，话也不怎么说，各自在考虑明天可能会出现的状况。饭也吃得马马虎虎，钱心一撑伤了趴在沙发上假睡，被陈西安在肚子底下塞了脚撬了起来："钱宝宝，起来洗碗。"

钱心一觉得他的胃像铁板一样，一折就痛，被弄得十分地烦，抱着陈西安的腿刚准备撂倒他，一听洗碗都忘了愁，巴在腿上抬头看他，是个抗拒的表情："不是先吃完的不管，后吃完的洗碗吗？"

陈西安笑得不行："没听过，我还是客人你还是主人呢，结果我在给你搞家务，这过分了吧，洗碗和拖地，选吧。"

钱心一下巴枕着手，从下往上看他，一开口全是理工味："有几个碗？拖多大面积？"

"没几个碗，也没多大面积，"陈西安把他的头揉成鸡窝，"不过吃大锅饭要平均分配才公平，起来。"

钱心一懒趴趴地翻起来，艰难抉择："我拖地。"

不止一次看见他吃撑了就趴沙发，这样对胃不好，陈西安不打算惯他这毛病。

次卧的被套和床单还是上次刘易阳来睡过那套，钱心一健忘症厉害，想起过要洗，出了房门就忘了。

趁着钱心一洗澡的空隙，陈西安进次卧瞅了一眼，隔着浴室门批评他不讲卫生。

钱心一在哗哗的水声里不要脸："所以我才请你来吃饭，我看你家里连颗灰都没有，肯定忍不了，哈哈哈你洗吧。"

陈西安提着"不卫生"的枕头就扔到了主卧的大床上："忍不了。"

不知情的所长还以为这个处女座在次卧里拆被套，有点得意他真勤快，结果洗完澡出来，发现他床上占了只"鸠"。

他生平第一次发现那个摆设了好几年的床头灯有了用武之地，灯下翻书的搭档美貌异常，无框镜边上攒一点星芒，光影勾勒得五官立体、气质温柔，是个大帅哥的模样。

钱心一本来挺自然的脚步，莫名其妙就慢了下来。

他是个生活无趣的工作狂，向来对技术的要求比脸高，不过他两只眼睛也不白长，陈西安模样不赖他有点概念，却从来没有像这一刻这样具现过。

可能是灯下看人美三分，温和体面的陈西安竟然也成了一道"秀色"，钱心一心想他平时要是作风高调一点，陈毅为的"公司第一帅"头衔估计就保不住了。

钱心一对上陈西安抬起来的视线，镜片后方的眼神温和矜贵，让钱心一刹那间产生了一种蓬荜生辉的感觉。

"你不去睡觉，怎么跑我房里来了？"他说。

陈西安扶了下鼻梁架，指了下搁在床头柜上的笔记本电脑，意思是还有问题要说。

钱心一会到意，趿趿地走过去，卧室总共就那点面积，他就是爬也爬不了几分钟，距离肉眼可见地缩短了。

卧室里没开顶灯，钱心一屈腿坐到床沿上，台灯照出来的亮度便将他和陈西安笼在了同一片光晕里。

这光线昏得恰到好处，不那么明亮，让人昏昏欲睡，钱心一原本是过来谈正事的，屁股一挨到睡觉的地方却又松懈了，伸出左脚将电脑扒到一边，自己转了半圈往后一躺，瘫在被子上觉得太阳穴有点痛。

陈西安等了一分钟，见他不仅没说话，反而还揉起了太阳穴，就猜他大概是被老板的态度伤到了心神。

但这一切又是因自己而起，陈西安有点愧疚。

钱心一睁了下眼睛，这让陈西安的目光一下和他对了个正着。

钱心一的眼睛并不算特别漂亮，睫毛也并不卷长，但陈西安很喜欢他看人的眼神，眼底仿佛有种真诚和力量，和他的心脏一样坚忍不屈。

钱心一在楼顶说的那句话忽然蹦出脑海，他说你不可怜……你不要辜负我……

陈西安微微侧过头，说："今天算了，不说了，明天还要早起，你睡吧。"

钱心一眉眼不自觉眯了一下，像猝不及防地被酸到了，眼神有点无辜。

陈西安从这个角度，突然发现他都这个年纪了，居然还有一点点少年相，不知道这是相由心生，还是世间原本就有一直赤诚的人。

所以我怎么会可怜呢，陈西安垂下眉眼，脸上依稀有抹笑意，他心想，我这么幸运——

纠纷在即，两人的情绪却都还算放松，人一旦下定决心承担责任，就会放下患得患失。

陈西安对现状说不上满意，但也不像昨天那样消沉了，也许是因为背后有了战友。他在穿衣镜前打领带，钱心一则满卧室找他的另一只袜子，一边到处跑，一边出了个和他穿羽绒服去方案公司叫板一样馊的主意。

他说："我建议你穿丑一点，到时咱们往最后面一坐，存在感跟没有一样，各种被无视就完美了。"

陈西安接下了他口是心非的赞美，相敬如宾地夸他："有脸穿什么都没用，你一样一只袜子也行。"

西裤不比牛仔裤，走起来裤脚甩动，袜子动不动就会露出来，钱心一难得忍不了这种不讲究，刨出双新的袜子换上，带上笔记本和U盘才肯走。

项目上的会议室都是活动板房，顶矮漏风，一点都不高大上，但是气氛非常凝重。

两人10点15到，会议室里就坐了过半，王一峰在外头的台阶上不知道埋怨谁，看见他俩挥了下手，接着聊他的电话。

钱心一的愿望铁定落空了，首先他们穿得不丑，其次施工单位不敢让设计院坐最后面。

两人挨着坐在长桌侧面三四座上，边观察各家单位的脸色，边开了电脑将自己这边屋面吊顶位置的图纸又查了一遍，没什么问题，人也陆续来齐了。

王一峰坐在领导的位置上，钱心一左手边是他们集团的另一个经理，管商务的，他和陈西安对面是施工石材的中标单位，也是这次事故的最大认责对象。

王一峰大腹便便，眯起眼来是八卦妇男，绷起脸来架子居然还不小，他先是把事故的大概情况描述了一下，然后杀鸡儆猴地敲打了各单位的工作态度。

城科的商务在旁边唱红脸，假模假样地打他的脸，把沉下去的气氛拉起来，方便他再敲打。

等所有的施工单位都开始讪笑之后，王一峰见好就收，手一挥，坐在墙边的施工员就往桌子上搬了一大摞 A2 的蓝图，王一峰说："行吧，既然大家这么不诚实，都觉得问题不在自己，那咱们就从图纸开始查起，一级一级往下捋，开始吧。"

首先就是设计，大家 N 双眼睛一起对完，过了；接着是施工图，也过了。查变更也没问题，图纸层面的东西基本就完了。

然后是坠落原因分析，很明显，就是施工单位偷工减料了，他不得不承认之后，为了分担责任，只能狗咬狗将矛头指向监督，怪别人没提。

管理不说话，顾问也沉着脸，因为无可辩驳，他们是需要常驻现场的，设计院的检查单在下午 4 点多也暴露了。

石材的施工已经吵红了眼，连设计院的权威也忘了，振振有词地逼问："设计院当时也认定没问题了，你们专业的都没看出来，我们这些土老帽怎么看得出来？所以设计院也有责任，我说得没错吧？"

王一峰闻言露出一个有点担心的表情，却盖不住底下那点幸灾乐祸，他觉得这项目经理是个大写的傻帽，人设计院都是什么水平，遣词造句都是抠着国标来的，该不应的时候绝对不说应。想往别人头上扣虚虚的屎盆子，他都不能答应。

钱心一看向这个项目经理的时候，心里挺凄凉的，高远不反对赔偿，但是赔偿不能由 GAD 给。在这场事故中其实他们只有 5% 的责任，但是这一刻他必须全推出去，这 5% 的推卸伤到了他老实的本心，在他看来，这 5% 就是他们 GAD 的。

"设计院当然有责任。"钱心一的第一句话说得又慢又缓，以至于焦躁争吵了半天的会议室一瞬间安静了下来，为了听清他在说什么。

讨论的声音一消，钱心一眼神一凛，猛地把声音抬了上去："早知道贵公司是这种施工水平和职业素质，设计院当初就不该签你们的图！"

那项目经理心虚，视线兜了一转："我们的图纸没有问题。"

钱心一冷笑一声："这话本身就有问题，JMP 这么严谨的公司都不敢拍胸脯说自己的图纸没问题，你们的图纸就能没问题？我不信，陈西安，你信吗？"

陈西安："有现成的图纸，查一查就知道了。"

查一查就完蛋了，项目经理连忙转移话题："图纸是没有问题的，上午不是审过了吗？问题出在检查上，我们现在是谈检查的问题。"

他的意思是设计院在转移话题。

钱心一舔了下嘴唇，说："行，就谈检查的问题，我们的检查单上的日期是9月25号，检查的内容是吊顶位置的钢件，检查的结果是没问题，这个我们认。当时检查的人是我们陈工，你有疑问直接问他，他回答不了的，那就是设计院的责任，行吗？"

有意思的地方来了，作为施工单位，有几个问题是他不能直接问的，比如点焊，比如螺杆不直，这种问题问了就是自打耳光，所以他只能问两个问题："可以，第一，施工不规范的地方，当时为什么没指出来？第二，我怀疑吊顶位置的钢件是设计小了才锈断的。"

两人匆匆对视一眼，陈西安给了他一个安心的眼神，站了起来："您好，第一个问题，明知道施工有不规范的地方，当时为什么不按要求施工？还有我需要提一点，9月25号检查的时候，已经施工的范围只有西南角的两个轴线，那边的施工状况和事发点并不一样。"

他那天根本没上天台，施工状况什么样纯粹是胡说的，但是妙就妙在施工单位不可能反驳他，说我那边的施工状况明明和事发位置的差不多。

项目经理吃了个高帽子哑巴亏，胸膛剧烈地起伏了一下，陈西安接着说："第二个问题，9月25号检查的时候，现场确实没有生锈的迹象，或者说锈了但看不出来更准确。上楼看过的人不只有我们公司，咱们管理、顾问甚至总包的施工员都去看过，如果锈了，不可能没人看出来，所以当时的检查我们签字，是没有问题的。"

他笑了一下："有一点我觉得挺有意思，不知道大家注意到没，9月25号到11月11号之间，一个半月的时间里，钢件从锈得看不出来到完全锈烂了，连Q235A级都达不到吧。"

话音刚落，所有的人都看向了石材中标单位的项目经理。

陈西安其实不愿意这么刻薄，让人难堪得面红耳赤，可是要想保住GAD的声誉，他就只能咄咄逼人。

钱心一就愿意违背良心说谎吗？他也不愿意，可人善被人欺，面对利益的时候尤其如此。

虽说他们把自己摘干净的手段并不光明，但是背地里该赔偿的款项，高远都没有说不赔，他只是在坚持一个无垢的名声。

而这个大错在先的项目经理，他……不，是他的公司办事的水平实在太糟糕了。

偷工减料在项目上是默认的事，只要不太过分，能保证工程的基本安全，甲方到监理都会睁一只眼闭一只眼，毕竟谁挣钱都不容易。另外，在设计环节中，也控制性地将建筑材料的用量刻意扩大，确保施工单位在深化中一定有利润可得，避免他们克扣得太狠。

在这种兼容性的政策下，墙上的钢件能在一个半月内锈穿，这已经不是没有良心，而是丧心病狂了。

几十双眼睛盯着这边，里头的含义各不相同，石材中标的项目经理嘴唇嗫嚅了好几次，终于是没敢反驳。墙上的钢件成百上千，但凡他否认半个字，马上就有人上去锯下一截来送去检验，他的老脸已经撕破了，没有余地够检验出结果来再撕一次了。

王一峰从一堆文件夹中扒出这个单位提供的钢件供货单，对应事故的 L50×4 号角钢的材质，白字黑字加红印章，写的是 Q235B 级热浸镀锌钢材。他向陈西安丢了个眼神，示意他到此为止，给对方一个台阶，看他们愿不愿意下。

陈西安很隐蔽地朝他颔了下首，假装凑过去和钱心一讨论公事，其实是讲小话。

钱心一正在用一种阴沉的目光看施工单位，陈西安压低了声音说："别把脸垮成这样，大家虽然在这里争，但心里肯定都不好受，你别老盯着别人看。"

"我知道，我不是在……"钱心一心里沉甸甸的，"算了，散会了再说吧，先把这事揪过去。"

他没有在瞪谁，只是在走神。这些争辩忽然让他想起了自己的职业来，他明明是一个设计师，却坐在板房里跟施工队争论角钢的腐蚀问题。

其实这些年来，他干的大都是和设计不搭边的事。

这个城市里林立的楼体中，有些是他一个线条一个线条拼凑出来的，他进入其中能轻而易举地找到卫生间和逃生楼梯，然而那些线条都不属于他，是别人给出的构想蓝图，他再画出来的。

他说赵东文只是个画图员，其实他也是。

康纳博士那种人才叫建筑设计师，他说这个位置需要一个线条，这个线条就是美的，投资商置喙都没用。

更多更多的时候，钱心一在开会、按照业主的喜好修改他的设计、跑现场，然后庆幸这个烂摊子终于竣工了。

他自己做过的每一个项目，他都当它是个包袱，钱心一忽然有些发怵，他想：原来这么多年我都在原地踏步。

在紊乱的施工次序和近乎苛刻的成本压制下，他的思维和灵感早就锈了。

他看着近在咫尺的陈西安，心里止不住地难过起来：你呢？陈西安，你还是一个设计师吗？

陈西安不知道他在想什么，只是应了一声，安慰道："不烦，问题我来答，你再坐会儿，不久咱就回家。"

他坐回去，脸上露出些许歉意，看向石材的中标单位代表人说："抱歉胡经理，我这个判断不严谨，我的领导刚刚已经骂过我了。建筑上A级钢不常用，贵方作为经验丰富的施工队，想必是不会冒这个险的，或许是降雨量增加、空气酸化的原因加速了钢件的锈蚀，具体的原因还要等检查之后才能确定，您说呢？"

想必个鬼，还不是要检查？

胡经理只感受到了来自他隐晦的恶意，笑得很勉强："那是当然。"

陈西安接着看向王一峰："王总的看法呢？"

钱心一这个搭档可真是了不得，王一峰心里咂舌：让他给别人个台阶下，他就铺得堪堪能下只脚，还能显得特别大度，这人太聪明了。

他看了眼走神走得魂不附体的钱心一，忍不住替这个心大的兄弟操碎了心，他堵一个月的烟钱，这小子肯定没有防备过陈西安，王一峰心想自己还得找时间敲打敲打这个直脑筋。

"这种技术问题你们达成一致就行了，我的看法不重要，我现在不关心原因，我要结果。"

王一峰站起来，双手撑在桌沿上，环视了一周严肃地说："各位，今天差不多要过完了，我给了你们大半天的时间为自己争取，现在心里应该也有数了，下班之前我要这个事情有个定论。"

"家属的情绪必须尽快安抚，闹大了我们全都完蛋，我希望大家都诚实一点，不要逼我找专家来论证。责任单我们的法务已经拟好了，现在每人一份看仔细了，没问题签，签完了给钱，给完钱散会。"

最终协商结果是施工单位赔付 65%，监理赔付 20%，甲方赔付 10%，顾问赔付 5%，设计院和其他专业一样，成了与会的见证单位。

等王一峰想起敲打钱心一的事，那人和他的搭档已经跑得没影了，王一峰还要去医院慰问家属，便决定下次叫他来家里吃饭的时候再说。

任务圆满完成，可钱心一看起来并不高兴，陈西安拐上匝道："心里不好受？要不去医院看看？"

"还行，"钱心一沉默了一会儿，又说："好吧。"

为了矫正陈西安怕风的问题，开车的时候钱心一都会把车窗开一半，这种程度的风震最大，时速达到一百的时候，室外的微风在车里的感觉和八级差不多。

这是一种细致而无声的关怀，简直不像是一个月不洗被套的钱心一干得出来的事，陈西安领他的情，并且很喜欢这种照顾，作为回报，他也知道钱心一有心事，从开会那会儿的欲言又止时就开始了。

陈西安打开导航，说："开会的时候你说'你不是在'什么？"

对着他钱心一还是很放松的："那个啊，我准备跟你说我不是在瞪他，我是在走神。"

"走什么神，说来听听，看我这个搭档能不能给你排忧解难。"

钱心一笑着"嘁"了一声，却没心情开玩笑，他叹了口气，说："我在想，我干了这么多年，好像除了扯皮什么都没学会，一根角钢都能把我拉来开一天的会，我根本就不能算个设计，我是个什么呢？"

陈西安是可以理解他的，他们都是投资人的CAD，他们的灵感太贵了，他们的话语权太轻微了，他们起初身不由己，到后来随波逐流，说是设计师的悲哀太酸了，行情如此，历史也是如此。

"你是钱心一，是个了解施工的设计师。"

陈西安看着车道，郑重地说："可能你目前确实只是披着它的称号，但是我相信有一天，你会成为一个名副其实的设计师，可以随心所欲地掌控所有的线条，设计出令人惊艳的作品。"

钱心一被他高得戳穿青天的高帽子逗笑了："扯吧你就，我怎么可能这么牛？我计算一窍不通。"

"搭档觉得你牛就行了，计算我懂，你可以来问我，我不懂的可以学，我觉得这都不是问题，问题是你得离开GAD，去更大的地方看看，只有看得多了，眼界和思路才会开阔。"

这是第二个劝他离开的人了，钱心一愣了下，抓住了他的手说："GAD不好，你为什么要来？"

陈西安依照导航将车开进城市辅道，说："不，GAD很好，因为我在这里遇到了你。当时我来这里，是因为不敢爬上女儿墙的我去不了JMP，去哪里都没差。可是现在不一样了，GAD的平台确实有些小，看来对你也是一样的。"

"GAD适合有经验的画图员，不适合设计师。"陈西安斩钉截铁地说。

钱心一心神一震，纵使心里偏袒GAD，也不得不承认他说的确实是事实，鸡窝里飞不出凤凰来。

他其实从没认真想过要离开GAD，无论是从人情还是熟悉度上，他那点不切实际的设计师的梦，因为计算这个硬伤，还不足以让他产生变动的决心。

钱心一盯着鞋面说："我还没考虑过下家。"

陈西安知道他重情义，闻言也不再劝："没关系，慢慢来，我也没考虑好。这样吧，谁先有方案了提出来碰一碰，争取一直当着搭档。"

钱心一应了声，总算是高兴了些。

到了医院，两人碰见了王一峰，趁着钱心一去厕所的空隙，陈西安问他要了卡号。

王一峰："干吗你小子，想贿赂你王哥？不可能的我跟你讲。"

陈西安笑着说："贿赂你就是一顿饭的事。"

王一峰疑惑道："那你要我卡号！"

陈西安迟疑了一下："检查的事情谢谢王哥帮忙遮掩，我心里过意不去，个人想做点补偿。设计院不方便出面，钱我打给你，你夹在哪个款项里给病人都行。"

王一峰听多了传言，一直觉得他是假正经真油滑，没料到他这么善良诚恳，尴尬了片刻，心里忽然生出了一点好感："我要你的钱干什么，老高以公司的名义给了我一万块钱了，你的心意我知道了，钱就别掺和了，攒着娶老婆吧。"

老婆没有，陈西安组里的老宝宝倒是忽然从后头冒了出来："什么钱什么老婆？"

王一峰被他吓一跳："没你事儿，待会去我家吃饭，咱唠唠嗑。"

钱心一答应了。

王一峰没请陈西安，不过走的时候他发现陈西安一点也不见外地跟上来了，他哪里好意思赶人，就是觉得奇怪：我跟他很熟吗？

王一峰不肯给他卡号，陈西安曲线救国，问钱心一要了他的支付宝账号，向他转了一万块钱，备注只有谢谢。

他并不是钱多得没处花，一万块钱他得画上百张图纸，都是血汗钱，陈西安只是想给自己的良心一个交代。

不过钱转出去之后，没几分钟陈西安的账户里就多了五千块钱，转账人是他的领导兼搭档，那位离他不到五米，正横在沙发上玩手机。

最近他们大概都流年不利，陈西安这边工地上前脚出事，后脚钱心一的楼上水管就爆了。

楼上没人住，赶上那天他在陈西安家里留宿，最后还是他的隔壁发现天花板上有水，找了半天才发现症结在他的楼上。他回去的时候屋里已经涝透了，床上都是湿的，他没地方住，工地上又跟催魂一样，钱心一没心思琢磨去处，反正陈西安的次卧空着，外加他那个老房子，也确实到了该翻修的时候。

于是乎主人一提，钱心一也不客气，搬着电脑和换洗的衣服就过来了。

陈西安过去帮他搬电脑，在他家里瞅了几眼，感觉泡成那鬼样，原先墙上的腻子怕是也得刮了重刷，是个旷日持久的工程。

两人一起合住了两晚，暂时相处得还算和谐，钱心一下了班就是一坨人形的稀泥，喜欢瘫在沙发上调电视台，陈西安只好转移据点，去了阳台。

这时他坐在阳台上，收了钱既没动，也没打算还钱，透过现金看心意，这就是一起扛的实际行动，他不能煞了同甘共苦的风景。陈西安把这个数字看了许多遍，心里的阴霾终于渐渐散开。

有句话叫伴侣是一人一半，一人一口，他们这两个饭搭子，现在竟然也过出了那么一点意思，陈西安觉得人生的际遇挺奇妙的。

难得工地的事故落了地，两人都松了口气，尤其是钱心一，晚上老早就困得东倒西歪，横在沙发上看电视，看到一半就睡过去了。

陈西安喊他去房里睡，钱心一光吭气却不动。沙发上不是睡觉的地方，陈西安没办法，只能弯下腰去架他的人。

钱心一别看平时糙，实则是个大爷的命，陈西安几乎是把他生背进房的。

因为小蛮腰的风洞实验，陈西安和钱心一跟着公司的车回了趟大学。

说起来他们大学也是校友，陈西安是正统的高考生，而钱心一走的成人自考的路子。只是当年因为时机未到，他们没能有所交集。

C大的建筑群还是老样子，颜色老了许多，格局也没怎么变，只是道旁的树木换了品种，从十几年生的银杏变成了碗口粗的香樟。建筑学院就在学校出口车道那边，与经管院隔着广场遥遥相望。

陈毅为开着公司的车直取风洞实验室，陈西安隔着广场的雕像群看见记忆中最深刻的六层楼，心里感慨万千。

他的青春和梦想都葬送在了这里，如今他重新回到这里，来求一次涅槃重生。

钱心一也是恍如隔世，当年他擦边考进这里，学费一半靠杨新民赞助，一半靠自己勤工俭学，一晃这么多年过去，他也勉强活成了自己想要的模样，这里是他脱胎换骨的地方。

实验室在学校的西北角，不管什么时候看到它，陈西安都觉得它像个首尾相连的巨型绞肉机。

其实它已经不能算是当年差点冻死他的那台了，它的每一段都随着科技的进步而更换过，功能更加强大，外观更加流畅，唯一没变的只是位置。

陈西安还是很紧张，钱心一看出来了，他把胳膊挂到了陈西安的脖子上，希望能给陈西安一点慰藉。

陈西安一感动，倒是没那么紧张了。

带路的实验员在前面走，高远觉得他勾肩搭背的没礼貌，钱心一只能让远在天边的张航背黑锅："不好意思，我膝盖又开始疼了。"

高远皱着眉，到底还是有些关心他的："怎么搞的，这么久还在疼？要不你去休息室等着吧。"

"缺钙吧。"钱心一胡说八道，"机会难得，我长长见识，陈西安带着我就行了。"

高远就是怕陈西安嫌麻烦，看向他时见他在笑，就随他们去了，陈毅为为此还吃了个醋："高总，您看他俩好的，我平时在办公室就是个孤家寡人，都没人理的。"

两人笑笑地对视了一眼，不知道这个笑面虎的玩笑话是不是百分百纯天然的。

陈西安只是心理作用，这次他没有产生错觉，因为钱心一的体温给了他很大的慰藉，而且他一直故意跟他说话，让他没时间思考或是回忆，臆想中那种可怕的寒冷并没有来临。

现在也不需要他亲自进实验室摆放模型了，只需要到控制室待一会儿，将工程参数和相关的数据提供给实验室，观察个十几二十分钟就可以走了。

高远带他们一票人来的原因有两个，一个是让他们没见过的长长见识，二是请实验室的教授们吃饭，场面不能太随便。

陈西安心不在焉地熬过半个小时，跟高远说想去看望以前专业课的老师，高远记得钱心一也是这个学校的，就让他俩都滚蛋了。

找到学院的值班室，被告知那些老教师都已经退休了，两人在秋末的校园里，沿着被不知名的落叶积满水沟的马路晃出了校园。全是吃食的堕落街还在，并且规模比从前长了好几倍，环境也好了很多。

　　两人不约而同地停在一家黄焖鸡米饭的小店门口，又异口同声地说："这是以前……"

　　以前是一家叫"荷叶袖子"的小炒菜馆，钱心一在这里兼职，陈西安和赫斌老在这里吃饭。

　　陈西安先开口："我上学的时候在这里见过你很多次，总是坐在靠门口那张铺面玻璃碎了的桌子上，还以为你在这里当服务员，结果你也在建院读书。"

　　钱心一："……"

　　钱心一对那张桌子有印象，因为那玻璃就是他弄碎的，他刚来兼职的时候上汤忘了垫汤垫，结果把玻璃热炸了。老板娘知道他不容易，也没让他赔，玻璃也还能用，就一直都没换。

　　他对陈西安没什么印象，但是对老坐在那张桌子上等人的一个黄毛有点印象，瘦高的个子，左边耳朵上一排碎耳钉，浑身上下挂一堆钉子链子，在那个重金属风还没流行起来的年代显得十分异类。

　　钱心一对他最深刻的印象就是有钱，买十八的小炒丢五十块钱，无论店里有多少人，老板总是第一个做给他。钱心一到这一刻还不知道，那个戴耳钉的土豪就是赫斌，他等的人是陈西安。

　　命运是个很虚的词，有时又确实会让人觉得神奇，原来这半生里有那么多次，他们一直都近在咫尺。

　　钱心一看着堕落街尽头天空上漂浮的云，有种天高路远的错觉："我几乎不在学校上课，当时讲工程力学的程老师是我师父的同学，我借着程老师的面子在别的老师那里批了假条，只回学校参加考试。"

　　陈西安陪着他慢慢地在学生流里往前走："为什么？"

　　那是钱心一生命中最难熬的一年，他恐惧于现状的卑微，然后失去了父亲，他从没对人提起过，但是陈西安不是别人，他们共享过伤口和秘密，已经都是自己人了。

尽管已经时隔多年，但这会儿陈西安一问，钱心一还能记起年少时逼仄的无助和委屈。

他笑了一下，在往来不绝的奔饭人群里朝陈西安耸了下肩："我爸不是张航的爸打死的，是自己得肺癌死的，抽烟抽得太狠了，体检又做得不到位，检查出来的时候已经是晚期了，不能怪别人。我需要钱，也借不到钱，我师父给了我五万，我以后给他养老，高远借了我两万五，他那时候一个月工资税后不到两千八，我欠他一个人情。"

陈西安抬手搭住了他的肩膀，笑着说："我给王总的钱，你帮我出了一半，我以后也给你师父养老。"

高远他没说，从钱心一的性格来说，这是一个永远都还不完的人情，就是可惜承情的人变了，不太领他的情。

GAD的工作环境已经复杂起来了，陈毅为的到来带来的改变非常明显。最简单直白的从饭桌上就能看出来，端起酒杯先说套话，不少人开始不醉不归，吃饭的时间也急剧拉长，从四十五分钟散场到饭店打烊。并不是说钱心一应付不了职场环境，他应付不了的只是他的老板是高远。

他和陈毅为只能留一个，从目前的情况来看，陈毅为已经开始不自觉地对钱心一下达指令了。照这个趋势，抓住一个纰漏，陈毅为就会将他挤走，再说GAD也不是什么金茅坑，非待不可。

于公于私，陈西安都觉得他该辞职了："欠人情要尽早还完，高总想要小蛮腰，那你就尽全力帮他夺下标，我也尽力，给他一个最好的结构，要是中标了，我们就一起去JMP，好不好？"

钱心一被他说得疯狂心动，但是也有自知之明："好个鬼，我够不到JMP的门槛，我心里有数。"

"我给你当垫脚石，"陈西安笑着说，"心一，康纳博士给我打过电话，透露了一点消息，迪拜塔二期已经在展开中了，预计明年5月份会公开招标，要是你愿意去迪拜鸟不拉屎的沙漠上吃半年土，回来应该就够得到门槛了。"

这可以说是一个后门，但说实话也没什么人愿意走。迪拜气温酷热，小沙暴云集，气候适宜的时间短得可怜，很多中国的工人去那边都扛不下

211

来，钱心一作为一个一千米都跑不动的画图狗，适应能力可想而知，但这确实是一个机会。

钱心一沉默到堕落街尽头，终于被心里那一点点可以接近梦想的希望给蛊惑了，他说："好。"

陈西安猜他就是这个反应。街尽头因为在施工，从校园开了个门，通到这街上，所以饭馆都没开，因此也没什么人，陈西安开始打鸡血，他用一种挺高昂的语气说："JMP，没问题，我们进得去！"

钱心一笑得不行，拍他的背："神经病。"

陈西安也笑起来："你附和我一句，我就正常了。"

钱心一推开他："还是报警抓起来比较靠……"

"谱"字还没出口，他的笑容忽然僵在了脸上，陈西安顺着他目光看去，发现陈毅为正站在那个搭着钢架的施工通道口，若有所思地看着他们。

陈毅为的表情恢复得很快。

他不是有意偷听，但撞上了他也没刻意回避，所以这两人商量的事，他多少听到了一点。

陈毅为心里挺震惊的，他视这两人为劲敌，有意无意地较着劲，想要压这两人一头，自己好一枝独秀。

可谁知道，他这边斗志十足，那俩却根本不屑于迎战，别人有着更高的目标，这个发现让陈毅为突然觉得十分挫败，隐约还有一丝被看低的恼火。

不过反过来想，那两人都存了离开的心思，对于陈毅为来说，这不失为是一个把柄。只是仓促之间，他还有点混乱，并没细想这个把柄对他来说有什么用。

既然没用，陈毅为就暂时压下了这点心思，笑了下，招呼道："你俩跑得挺快的，给我这一通找啊。"

尽管稍纵即逝，但钱心一并没忽略他那道复杂的目光，略一回想他们刚刚的对话，钱心一很快反应过来，陈毅为大概是听到了什么。

事关高远，钱心一念旧情，原本是打算好聚好散，至于怎么个聚散法，因为手头的项目还在进行，他就还没想过。

但现在多了陈毅为这个变数，钱心一拿不准他会不会找高远打小报告，但听都被听去了，自己愁也没用。

而且钱心一只怕他负责的工程出问题，至于其他有的没的，他其实不怎么怕。

退一万步讲，即使陈毅为告诉高远了，最坏的情况不过是他和高远不欢而散，钱心一不想走到那一步，但他心里也明白，结局不是他一个人能决定的，所以爱咋咋地吧。

气氛一度冷场，钱心一没说话，陈西安假装没看懂他意味深长的目光，仍旧搭着钱心一的肩，从容地笑道："我俩没跑，走过来的，你在找我们是吗？"

钱心一也没甩开陈西安，他还犯不着忌惮陈毅为，一听这话就抿着嘴笑了，心里是一排炫光的弹幕：当国企遇上国际化。

陈毅为一瞬间简直要被陈西安的坦荡弄得怀疑自己的判断了，不过他还是觉得他们是虚张声势，便笑着钻出来说："嗯，我在找吃饭的地方，你俩缺席不行啊，院长说抄这条小道出去最快，还真是。话说你们刚嘀咕什么呢？"

谎话还是得一个人来编，才不会那么快露馅，钱心一继续当哑巴，心里却在吐槽：你管我们嘀咕什么？

陈西安继续说场面话，反正公司都知道陈毅为是在伦敦毕业了才回的国。

"在说一个过世的大学同学。"

陈毅为没想到他的谎能撒得这面不改色，愣了下，心知追问他也不会承认，干脆顺着他说："这样啊，抱歉。"

陈西安微笑："不要紧。"

钱心一看了他一眼：……

既然有两个往届生，陈毅为乐得让他们帮忙找吃饭的地方，三个人出了堕落街，一路往繁华的消费区走去。

晚上回家的路上，陈西安问他："下午陈毅为应该是听到我们说的话了，你怕不怕他告诉高总？"

"怕个屁，"钱心一优哉地说，"谁还不是个自由平等的中国公民了。"

陈西安好笑道："你还能不能行了？我这儿担心你呢，你正经一点。"

钱心一在开车，注意力在前面的车上，一堆歪道理："开玩笑的时候不能太正经，笑点会变低。"

低个鬼，陈西安懒得跟他瞎扯，只说："你要不提前琢磨琢磨，万一真被告到高总那儿了，你也为难。"

钱心一懒得琢磨："算了，到时候临场发挥吧，我不爱想这些。"

既然如此，陈西安也就随他了："也行，不过防人之心不可无，陈毅为这个人有点复杂，你多注意一点。"

晚饭霉干菜吃多了，钱心一拎起矿泉水碰了下陈西安的胳膊，示意这人帮他开一下，动作的同时斜了旁边一眼，似笑非笑地说："你还好意思说别人复杂。"

陈西安谦虚起来："不太好意思，所以只跟你说。"

钱心一赶忙灌了两口，又把水递了回去："那我可真是荣幸，来，涌泉相报。"

陈西安接住这瓶农夫山泉牌的"涌泉"，有始有终地拧上了盖子。

接下来的几天里，钱心一稍微观望了一下，感觉风平浪静的，陈毅为不知道是忙，还是因为时机未到，反正没给他找什么麻烦。钱心一也不是个有精力耗费在这种事情上的人，很快就把这件小事忘了。

那天响应了陈西安一起去 JMP 的号召之后，钱心一调整了一下心态，开始用最初工作的谨慎和投入来对待小蛮腰的平面图。

这是一种陌生而熟悉的感觉，CAD 黑色的界面，纵横交错的各色线条，横冲直撞的剖开布局，形成卧室、客厅、卫生间……

没有施工单位没有供货商，没有老板没有其他项目，能坐着安安静静地画图，是一种返璞归真的享受，不被催促，就可以将每一个细节都考虑得很清楚。若有人来指手画脚，给他一个有理有据的拒绝，这才是一个设计师该做的事情。

不过在活小量多出图快的GAD，他能清闲半天做做梦也挺满足了。

别墅的改图工作已经差不多完成了，陈瑞河催得也挺紧。

建筑图和墙身这边打成了包，结构图纸因为只有胖子一个人在配算，进度慢了些，赵东文在帮他打下手，下午跑进来发誓，晚上下班之前一定整理出来。

整理好了之后钱心一整体看了一遍，花了四个小时，有问题的地方圈上了云线打回去给他们改，改完差不多快12点了，压缩好发了出去。

这天夜里有一个小插曲，只有赵东文一个人知道，不过他觉得这问题不大，就自己做了决定，谁也没告诉。

钱心一一直说他桌面乱，赵东文一直没改过来，结构的图纸是他修改完发给梁琴做的压缩包，由于桌面预存的版本太多，加上长时间盯着电脑视力疲惫，他复制的时候点错了文件夹，把一个多月之前的版本发给了梁琴。

第二天上班梁琴给全组人在线发完整的压缩包的时候，他从消息记录里看见日期不对，怕钱心一骂他，就把压缩包解压替换了，重新往陈瑞河和抄送的总包那边发了一份。

接着，赵东文干了一件千不该万不该的事，为了避免钱心一看见已发送里重复的邮件来问他，他偷偷地把自己发送的正确版本的邮件记录给删掉了。

做工程最重要的就是保留证据，坐到钱心一这种位置，他的习惯是连各个单位给他寄送邮件的快递单子都备份，一旦纠责起来，他不只不缺理，还什么都不缺。

当时赵东文并不知道，他这个偷偷摸摸的举动，将给他师父的职业生涯带来什么样的动荡。

钱心一完全不知道不知名的危机已笼在头顶，因为别墅的事情暂告一段落，不出意外的话，接下来设计院有段日子可以暂居幕后，等甲方的顾问出套招标图纸。

他全身心地投入到了小蛮腰的设建中，并且在陈西安的监督下开始艰难地捡英语，假设一切都能按照预期的发展，他的英语至少要达到基本的交流水平。

钱心一慢慢发现了一个事实，那就是同居毁所有。

他上学的时候英语就烂，忘光了回来捡更是难上加难，本来就过得痛不欲生，又发现跟陈西安离得太近，就越发洞察到了他这人身上的毛病——事儿多。

其实陈西安不算严格，只是钱心一过日子实在有点糙。他的菜单就是天天下面条，衣服攒一起丢洗衣机，没事窝家里两天不动弹，陈西安过不了这种日子，只能技术性地管制他。

钱心一不愿意做菜，他做，不过他把每一道菜里都放上洋葱、芹菜，还要切成碎丁，弄得钱心一恨不得叫他爸爸。然后叫了爸爸更糟糕，"爸爸"丧心病狂，开始用芹菜汁和面了。

钱心一怕了他，只能下厨自己炒菜，他放很多很多的盐，自伤八百地报复他的饭搭子，实在是幼稚得厉害。

另外，家里有洗衣机，钱心一本来以为陈西安来了之后，跟洗衣机配在一起就等于一个人工智能，连放都不用他放了。结果陈西安不给他洗，只把他自己的衣服洗得雪白透亮，把钱心一都给看傻了。

后来他俩只能约法三章，轮着来，一三五七二四六地排，钱心一自己都没发现自己变勤快了。

周末如果休息，有一天一定是被拖出去逛的，看电影、听小剧场的音乐剧、逛书店。

冬天来得很快，好像昨天还树叶金黄，骤然就落了雪。

C市的降雪向来充足，所以冰冻一出现，工地就进入了停工阶段。年尾发标的项目也都招完了标，越近年关，设计院一年中最清闲的时期来临了。

高远没有工夫再紧盯着小蛮腰，年终的款项尤其难收，为了给公司和员工们交上一份满意的报酬，他和商务部开始频繁地出差。

火车票早就可以预订了，同事都抢得热火朝天，钱心一和陈西安却都按兵没动。

陈西安的爸妈今年会在基地值班，而钱心一不愿意去打扰他母亲的新家庭，他们打算留在城里过年。

徒弟准备带女朋友回家见父母，老吴买了票陪媳妇回娘家，胖子和梁琴为了躲避十里八乡的问候，各自准备了半个春节假期的旅行，一回头发现对方都正有此意，可惜一个要去云南，一个要去广西，于是天天试图说服对方约起来。

陈毅为不参与他们的抢票大战，刚进入12月他就订好了飞伦敦的机票。高远不在，他俨然成了总揽小蛮腰设计的总管，转着圈地问几个负责人进度，不过大家都不太搭理他，职场里说话，至少是地位相当才会有人听。

钱心一难得有时间摸鱼聊QQ，陈西安说晚上回家吃火锅，钱心一看那菜单的长度，想想庞大的洗切工程，立刻说他上火。

陈西安回复了他一大堆红汤辣油的火锅图片，钱心一经不住诱惑，于是也不上火了。

下班的时候，GAD来了个不速之客，严格来说，她早就来了，只是一直在电梯口等。

贾瑞已经显怀了，不过冬装厚重，她穿着件A字的毛呢大衣，不细看不容易发觉。

钱心一拐进电梯间，一眼就看见她在窗户边抽烟，或许是没抹口红的缘故，她的气色远不如从前。

两人都是一愣，因为往来有同事，钱心一没有主动跟她打招呼，而贾瑞的目光则探向他身后，显然找的人是陈西安。

陈西安半路折回去取铁棍山药了，最近拜年的多，不少施工单位和厂家快递来许多种小礼物，从脐橙到大枣，能现场瓜分的钱心一都分掉了，剩下铁棍山药和茶叶无人问津，陈西安准备拿回去下火锅。

很快他从楼里出来，也看见了贾瑞，正赶上钱心一进电梯门，陈西安也没追，电梯里的人朝他挥了下手，表情看不出什么来，接着被掩在了门后。

只有消逝的时间才会让人注意到它，贾瑞的肚子让陈西安猛然发现，他到GAD已经半年多了。

贾瑞也不知道自己为什么要跑来找陈西安，爱情不如意想起前任或许可以理解，但是陈西安对于她来说只是一个有嫌隙的同事罢了。

　　她受了委屈，需要倾诉，可是父辈有代沟，朋友又觉得这件事只是个应酬，安慰了她许多遍，但她还是非常愤怒。

　　贾瑞凭一时冲动开车上路，走到半道其实就后悔了，但她还是来了，有些话不吐不快，至于该不该，意气之上哪有理智。

　　如果人生能如她所愿，其实贾瑞想依靠的人是陈西安，只可惜这个人对她无感。不过即便如此，她在最茫然的时候，第一个想起的人却还是他。

　　她心里委屈，憋屈而不解，想找陈西安倾诉倾诉，那个口口声声说爱她一辈子的人，连结婚证和戒指都绑不住。而陈西安当时拒绝她的理由，恰恰就是要等他到他喜欢的。

　　可是李安不喜欢她吗？开始应该是喜欢的。人们总爱说婚姻是爱情的坟墓，现在贾瑞觉得不对，她认为爱情的坟墓应该是时间。

　　世上没有永不熄灭的热情，也不会有一如既往的痴情，感情必然会淡下去，陪伴成为主题。

　　陈西安听了她的描述，尽管绅士应该如此，但也没有给她递纸巾，他客观地说：“我觉得李安没有出轨，你冷静好了应该跟他谈谈。”

　　贾瑞用手指撇去眼泪，气得一直在抽噎：“去洗脚城光洗脚能洗一晚上？他衣服上酒气熏天，还有好几条口红印子，也是洗脚洗出来的吗？！”

　　李安的性格陈西安不做评论，但从贾瑞哪怕是负气的描述中都没什么直接证据，陈西安觉得她还是有些任性了。

　　古时候有一日为师，终身为父的说法，现在虽然没有了，但技术员一般还是不会收徒弟，就像整个GAD只有赵东文一个人叫钱心一师父，答应了就意味着责任，要教导他指引他，甚至给他擦屁股。

　　陈西安和徒弟的交集虽然十分“露水”，但比起贾瑞，他到底还是更愿意向着李安。

　　贾瑞家境富裕，所以她不懂普通人要有多努力，才能过上相对体面的生活。李安是上门女婿，他想出人头地的野心陈西安可以理解，问题是他媳妇不能理解。

这明明是跟他没关系的家庭矛盾，现在却跨越了半个城市摆在了自己跟前，陈西安不愿意也不想掺和，便只能看在以前的交情上，帮李安说句公道话。

"贾瑞，我问你个问题吧，"他说，"你觉得在设计院画图的日子怎么样？"

"无聊，累，没意思，"贾瑞想也没想就说，"每天做重复性的劳动，很多时候还是无用功，方案改来改去改来改去最后还是用最开始那个，动不动就加班熬夜，没时间出去玩，没时间淘宝，画出来的也是个错误百出的破楼，烦得要死。"

很多人都觉得自己的工作如此，陈西安也有这种时期，他相信钱心一也有，因为不懂，因为心浮。可后来他适应了，无形中积累的经验让他可以独自处理一些问题，这种成就感对于他能走到现在至关重要。

不过他不打算循循善诱让贾瑞爱上设计，愿意学习的人哪怕是扫地也能扫出不一样的经验来，不肯学的人用棒子敲也不会扎实一点。

"你觉得设计很烦，实际施工比画图烦一百倍，你信吗？你家里有在项目当经理的亲戚，你可以在他身边跟一天看看，你什么都不用干，就看他干多少事。他可能要接五十个电话，打五十个电话，有二十个人来敲办公室的门，要上二十趟吊篮，跑三趟建管局，请人吃三顿饭，钱他出，地方别人选……当然，我只在项目上实习过，更深入的情况没摸透，你要是有兴趣，可以去问问李安。"

陈西安的排比句语速很正常，贾瑞听了半天，还没听完脑子里已经乱了。

她只知道李安当项目经理的年薪会比当设计师助理高，却想不到他需要做这么多。他带着口红印回家仍然是错，但如果他真的这么辛苦，自己不分青红皂白就发火也似乎有点……过。

贾瑞绞着手指："……我没兴趣。"

"那是你们两口子的事，你来找我有什么用？"陈西安笑了笑，表情有点淡漠，他说，"抱歉，我不方便请你吃晚饭，李安肯定在等你吃饭，我也要回去了。"

贾瑞开始对李安觉得愧疚，陈西安的话又让她莫名其妙地觉得难过，他在下逐客令了。

她知道她该走了，可就是迟迟做不出行动，她看着陈西安的眼睛说："你在这里上班，适应吗？我，我听人说，钱心一脾气不好。"

陈西安不认同："谢谢你的关心，我挺好的，心一也很好，他脾气是有点急，但是很讲道理。"

贾瑞心酸得无以复加，他们明明面对面坐着，她却忽然有种他离自己很远的错觉。

陈西安等了几秒，见她不说话，自己就打算走了，他说："你是想让李安来接你，还是自己回去？"

贾瑞咬着嘴唇顿了几秒，心口躁动着一团没道理的火气，她压住了说："不要你管！你走吧。"

陈西安也不跟她讲什么绅士风度，竟然提着他的铁棍山药站了起来："那我去给你打个的，你先坐着。"

其实他不是去打的，他只是想避开李安，照他对李安的了解，他肯定会找过来，照面太尴尬，他本来就是个外人，而且陈西安也有自己的事。

他的饭搭子半个小时之前什么都看不出来地离开了，陈西安现在要回去确认他是不是对自己有意见，关于和久远前不待见的人牵扯不清什么的。

离开了水吧之后，陈西安摸出手机给钱心一打电话，谁知道连打了两个都没人接。钱心一不是会随便揣度别人的性格，陈西安皱了皱眉，心里总觉得不对劲，连忙取了车开始往家里走。

走到离钱心一家不到两公里的那个家乐福，丁字路口堵车了，而且堵得水泄不通，很多车主都离开了驾驶位，在往路口跑。

陈西安拦住一个从人行道上逆行过来的电瓶车车主，那大姐也是道听途说："好像是全德商场地下超市失火了，前边路口在疏通，好跑消防车吧，哎呀我也不太清楚。"

陈西安无端的一阵心惊肉跳，又打了两个电话没打通，焦躁得受不了，直接把车锁好，不得已丢在了塞车道上。

钱心一那么能凑合，一个人是不会去买菜的，陈西安这样安慰自己，但是他又忍不住往坏处想，人总是这样，爱自己吓自己。

往超市的方向跑了五分钟，陈西安基本能够确定，确实是失火了。

尽管从商场外部还看不出来，但是交通管制已经限死了上下行的车流，而商场门口混乱不堪。

他一边跑一边打电话，一会儿没人接，一会儿占线，估计网络繁忙得不行了，跑到家乐福的路口，陈西安犹豫了一下，还是决定就站在这里等。

要是钱心一在家，那一切都好说，要是他恰好在超市里……

陈西安简直有点不敢想，除了消防员，没有人比他们更清楚大火势如吞天的威胁性。

大型商场的地下一层，是最难救险的地方，易燃物多、摆设复杂、人流密集，地下的人慌不择路出不来，堵得上面的人也下不去……

消防车的鸣笛声都还听不见，一时半刻不会到来，商场里的员工拿着喇叭在门口咆哮，请行人不要靠近，离开。

陈西安在绿化带的缝隙里走来走去，险些把手机屏都盯穿，他不敢随便打，怕钱心一找他的时候占线，只能一直发短信，告诉他自己在家乐福外面。

他焦虑得都看不见时间，好像过了几年，屏幕才终于亮了，来电人，心一……

在钱心一说话之前，一阵兵荒马乱的叫喊席卷耳膜，有人在骂别推，有人在尖叫，还有婴儿哭泣的声音，工作人员透过喇叭安抚的动静，在传声筒里听起来如此微弱。

陈西安心里一沉，他在下面！

钱心一要靠吼，才能让陈西安听到："我没事，你不要担心，手机刚被踩掉了。"

神仙才做得到不担心，陈西安一口气松下来，下一口又提了上去："嗯好，你赶紧出来，安全出口你摸瞎都找得到的，我在大门正对右手边的绿化带里等你。"

钱心一的小脚趾都快被踩烂了，他吃痛地"嘶"了口气，继续扯嗓子：

"够呛，安全出口可以摸瞎，问题是我被夹在扶梯上了。"

陈西安脑门上青筋直跳，素质都被气没了："你怎么回事?！你往扶梯上跑什么！"

钱心一其实很无辜："关我啥事儿啊？这底下人都跟疯了一样，我用手动报警器报了个火情，就被后头人直接从消防箱那里推过来了。"

其实他有心疏散人流，让后面的人后退，不要上自动扶梯，因为一旦火烧过来了，扶梯被烧烂只是十几分钟的事，分开按着头顶的绿色指示标去找两个安全出口才是正确的选择。

但是形势太过恐慌了，就算有几个听见他说话的，也被一起推了上来。

自动扶梯被塞得像首都上班高峰期的地铁，显露出严重超载的迹象，上升速度近乎暂停，动力也出现一截一截的微颤，在火势到来之前，钱心一担心扶梯会首先崩溃。

陈西安深吸了一口气，让自己冷静下来。

钱心一是不会爬扶梯的，他们每天都抠建筑防火规范，深知出了火情只该走由钢筋混凝土浇筑出来的安全楼梯间，而且绝不能多作停留，当火势蔓延之后，热辐射的炙烤会让楼梯间变成了一个超级蒸笼，蒸熟人轻而易举。

他飞快地理了理思路，声音不由自主地提到跟钱心一差不多的程度，两人对着吼来吼去："底下火情怎么样了？应急措施启动了没有？人有多少？分布情况怎么样？还有……你在扶梯的哪一截？"

扶梯半截处有个男人被烟尘呛得引发了哮喘，揪心的呼吸声吓哭了周围一大票女性，紧挨着他的几个人试图挤出一点空隙来找他的喷雾剂，结果挤到了稍远些不知情的人，又是一阵弥天大吵。

有些人真的是吵架不分场合，钱心一更加听不见了，他必须高度集中连蒙带猜才能知道陈西安在问什么，他硬生生地在一圈肩膀和后背里拧动身体，去看右后边超市里的火势。

浓烟滚滚的情况减弱了些，明黄色的火苗在三十多米开外若隐若现，高温气流潮汐似的一波一波卷来，这是一个双刃剑似的信号，如果救援速度够快，那么它是最佳的抢救时机，因为视野勉强清晰，如果来不及，明火大面积蔓延，那它就是悲剧的开场白。

"明火已经有一定规模了，烟尘很浓，热辐射还凑合，我这里四十多度的感觉，暂时还能视物，超市里的易燃物被卷得很快，现在离人流大概三四十米。"

"应急……应急我看看！应急没有，分区的防火卷帘没下来，自动喷淋系统也没喷洒的迹象，最离谱是烟雾报警器都没响过，我怀疑报警器的防尘罩都没除，哦不止，应该是精装后没过消防验收就投入使用了。智能的没用，人工的人也没用，控制室的值班员都穿越了吧？"

防火是建筑设计里最严格的一个环节，因为灾难性太强，所以是重中之重。他说的这些应急措施，按照设计环节都该是智能启动的，烟雾报警、消防控制反馈信号、防火卷帘下行、喷淋开启，等等，然而什么都没有！

难为他还有心开玩笑，陈西安一听简直要急疯了，抬脚就往商场门口跑。

穿越应该不能，不过有两种可能，一是没人值班，二是值班的人没有消防上岗证，不会操作设备，这太可怕了，就像快疯的人放弃了治疗一样。

钱心一不知道他在外面跑得形象全无，接着说："人流其实不算密集，但是很混乱，疏散半天扶梯口越集越多了，分布现在看不清楚了，最多都聚集在上下行的扶梯上，其他地方肯定也有人。我在……"

他大概在上行扶梯的八分之一处，钱心一看了看铁饼一样的人群，多年前那块石材贴着头皮削下来的感觉再度降临，那大概是死神擦身而过的感觉。

三十米对于燃起的火来说，不过是半个小时的事，这么多人被焊在这部几乎不上升的扶梯上，后果简直不堪设想。

"我在上一层那条扶梯口往上大概三米的位置。"钱心一嗓子干痒，不由咽了口唾沫，这么吵的环境里他竟然听见了那一声微弱的"咕咚"，像枝头的水滴掉入湖面引起的涟漪一样，将他心底的恐惧逐渐荡开。

因为他懂，所以他怕。

陈西安在外面等他，他还要去迪拜吃土，这里还有这么这么多的人，从老人到小孩，他们的脸上全是疯狂的恐惧，但事实是在他们疯狂之前，事态明明是可以控制的，而人身伤害也是可以减到最低的，为什么要这么惊慌啊。

钱心一心想：我必须做点什么，我必须要离开这部该死的扶梯。

他狠狠地咬了咬下嘴唇，轧出一道深深的咬痕，痛觉暂时压住了周遭的环境，他脑中急速思考，很快在浓烟和混乱之中对着手机大叫："陈西安，帮我个忙。"

"我在，"陈西安已经跑到了商场门口，被穿着制服的保安上前制止，他的身体被推搡着，却用眼神加手指在唇部的动作让保安暂时没出声驱赶他。

"我马上去商场的消防控制室，也会弄到商场的总平图，用广播帮你疏通，扶梯不到三十度的角，三米垂直地面不高，你看能不能想办法从扶手那边跳下来，动弹不了就待在那里，我到了给你通知，不要慌，不会有事的。"

听起来他比自己还慌，钱心一忽然就没那么怕了，他说了声"好"，声音恢复成平常的音量："陈西安，你别怕，我等你。"

地下又热又吵又闷，将他的信任压得跟没有说过一样，陈西安确实也没听清，但是他猜得到："嗯，我就在外面，一层的安全出口见，等我电话。"

智能手机耗电快，每到下班本来就不会是满格的电，这一点他也必须考虑到，陈西安挂了电话，开始跟保安交涉。

"先生，这里已经封锁了，只能出不能进，您走吧，不要妨碍我们的工作。"

陈西安从钱夹里摸出身份证，诚恳地说："您好，请听我说完，我叫陈西安，是个建筑设计师，一级建筑师的资格证书编号是0030815，你们上网能查到。我室友在里面，也是个设计师，他说自动扶梯堵死也停运了，火情非常严重，但贵方的疏通效果不太理想，我很担心他和大家，我想进去帮忙疏散，请你联系一下负责人，放我进去。"

保安摇着头把他往外推："我理解你的心情，但是你真的不能进去，我们经理会骂我的。"

陈西安眉峰一凛，陡然强势起来："人命关天，骂两句怎么了！两句口水话比良心债更严重是吗？我进去了可能只有你的经理会骂你，要是我进不去，消防救援不及，那不只我会骂你，所有在你们商场购物的人的家人都要来骂你。况且，我也没说要你放我进去，我只是让你联系一下负责人，他要是不放，我也不会为难你。"

陈西安是个很有逻辑的人，可怕的是他的表达也清晰，钱心一在他这儿都讨不到嘴皮子上的便宜，只能耍赖皮，保安被他说得无法反驳，愣了两秒讷讷地应了，传呼了一下。

不到两分钟，商场内部的灰烟里跑出个穿着套装的中年男人，他押下了陈西安的身份证，直接应要求带他去了消防控制室。

万幸的是这个商场的消防控制室设在地上一层，陈西安经过进货通道的时候看见了墙上的总平图，跳起来将它从墙上拉了下来。

他猜得没错，消防控制室的值班员没有上岗证，只是普通的保安，对着设备焦虑得不知道怎么好。

这使得控制室里这一堆曾经花了大价钱购置的贵得离谱的仪器，在需要它发挥作用的时候形同虚设，明珠蒙尘不可惜，就怕灾祸因此形成。

火警电话已经打了，陈西安其实不太懂操控这种消防设备，他只知道最基本的操作，就是将火灾报警联动控制开关从手动转成自动，不过这也够了。

仪器的指示灯开始按着自动程序启动，红绿光交错闪烁，陈西安不再关注设备，转向联动的监视器，烟雾使得画面灰蒙蒙的，他伏在自动扶梯那个屏幕上，盯着找到了钱心一。

这人被卡在人群里，正在非常努力地抓着扶手把自己往外拔，半边的火光映了过来。

看见人了，陈西安提着的心才落了一点，他坐下去开始看平面图，手指压在图上飞快地画着疏散走道和楼梯间，同时拨开了消防广播。

很快，闹哄哄的地下一层想起了一道广播男声：

"尊敬的各位朋友，我是现在被卡在地下一层自动扶梯上某个人的亲友，我希望他能离开那里的心情，和所有人一样迫切，所以请听到广播的人给我两分钟的时间保持安静，我忠心希望能帮助大家脱离困境，希望大家配合我的疏通工作，谢谢。"

你挤过公交车和地铁吗？如果有，那你一定知道，很多人宁愿在门口挤成肉饼，也不愿意往中间或后面稍作挪移。

暂时还没有人去研究这是一个什么样的群体效应，大多数人的心理是反正我已经上了车，宁愿挤也不愿意放弃抓到手的稳定物。

陈西安面对的也是这样一种情况，第一个吃螃蟹的人需要勇气和魄力，并不是随便一个路人甲就能担当的，在他不厌其烦地通告了七遍"请自动扶梯位置最末端的朋友后退左转，去商场西边的安全楼梯，谢谢"之后，监控里终于出现了两道配合的身影。

一旦有人开始离开，陆续就会有人跟上风。

陈西安舒了口气，他有他自私的地方，如果可以，他愿意帮助下面所有的人，但让他来到这里的人是钱心一。

钱心一在扶梯的队尾，只要后面稍微松散一些，他就能从扶梯上翻下去寻找逃生通道。

好几个闭路电视的屏幕都黑了，高温烤炸了作用区的摄像头，透过暂时幸存的摄像头能看见大面积的明火吞卷了食用油的货架区，使得情况更加危急。

唯一值得庆幸的是，姗姗迟来的下落卷帘拦断了一小截大火的尾巴，虽然效果不大，但好歹聊胜于无。火势上升到这种程度，自动喷淋就失去了作用，水幕还没形成，就蒸腾成了白汽。

消防队不像神兵可以从天而降，到来需要时间，经理急得双眼赤红，仿佛已经看见了自己的穷途末路，他看着这个看起来很冷静的设计师，病急乱投医："自动扶梯上的人不愿意疏散，要不我们用水枪喷扶梯，一来可以把他们都浇湿，二来可以浇走一部分人。"

陈西安反应算很快的了，在他说到"用水"的时候就预感不祥，手快地摁掉了广播，等听到他说完，被经理的"别出心裁"弄得呆了好几秒，回过神目光带着压迫地说："我劝你千万不要！本来情况就已经惊慌得控制不住了，不要再刺激人群了，而且非常非常重要的一点，扶梯的荷载已经严重超标了，注水会增加荷载，很可能会压垮扶梯。"

经理被他看得心头一颤，别开眼道："那……那怎么办？"

"联系消防,问他们还要多久能来,出勤人员和设备都是多少,你们……不,我们现在能指望的只有消防了。"

经理刨了刨头发,转身走出控制室开始打电话。

因为没有眼镜,不具有放大功能的实际图纸阅读起来非常困难,陈西安趴得很近,手指摁在走道上"巡回"。

这个底商面积很大,两个防火分区共有四个安全出口,火线横在中间,让东边两个出口失去了作用。而从监控来看,虽然自动扶梯这里聚集了底商里将近九成的客人和员工,但在火灾刚一出现时,还是有清醒的人往楼梯间跑了过去。

这个楼梯间位于整栋建筑的西北角,设在直梯对面,知道的人多一些,而西南角的那个位置隐蔽,藏在超市的杂物间后面,这条逃生道上空无一人。

除了这些直达一层的楼梯,局部还有几个通向地下二层的楼梯间,一个是生鲜区的进货道,一个是员工通道,除非是认识路的人,才可能在很短的时间内找到地下二层的安全出口进而回到地面,对于惊慌失措的普通人绝不推荐。

透过被烟雾熏得浑浊不堪的监控,陈西安看见钱心一已经踩着护栏翻了下去。一米五并不矮,他落地时跪了个安,跌跌撞撞地爬起来边面朝扶梯大声呼喊,边跑了起来。

等他跑到了挂着安全指示标的走道,陈西安开了广播,开始通告:"西北角的楼梯间人流量已经饱和,请扶梯队尾的人跟着那位穿灰衬衫黑西裤的先生,去西南角货仓后面的楼梯间逃生,一次不要太多,二十到三十人,之后一批去西北角,认路的人帮忙带下路,没有我给你们指路。大家不要慌,我们还有时间,消防官兵也已经到了,大家配合一下,所有人都会安全返回地面,谢谢。"

"穿灰衬衫的先生,请直行到头右拐,一直跑到看见出地面的排风口,到了那里我会再给你提醒,你……们加油。"

"现在,西南角方向不要跟人了,那位穿红裙子的女士,请在走道尽头左拐,一直跑到看见直梯,记住不要上直梯,进对面的楼梯间,上了一层立刻离开商场。"

钱心一体能差的短板此刻暴露无遗，不只男的，好几个女的都跑得比他快，他"领队"的威严被无视得相当彻底，他跑起来力不从心，也没有余力破口大骂，问这群义无反顾的选手们认不认识什么叫出地面的排风口。

等他喘得像狗一样停在了挂满灰尘的排风井旁边，前面几个果然跑过了。他等了一分多钟，说好的提醒却没有来。

排风井对面是个卫生间，钱心一眼睛一亮："各位，走水估计断了，但管道里还有水，现在都进去弄个捂口鼻的以防万一，但是不要浪费水，能给后面的人留一点是一点。"

说完他率先进了男卫生间，打湿了半截袖子，跟来的人于是如法炮制，有的洗了脸甚至抠了鼻孔，钱心一皱着眉头没说话，这个时候很容易打起来。

他心里清楚，陈西安没有按时提醒他，一定是有突发状况转移了他的注意力，而最有可能的是最靠近火源的扶梯。

他猜得没错，自动扶梯确实是出了问题。

炙热的辐射能量先声夺人，氧气的消耗量惊人，飘浮的粉尘和颗粒让扶梯上的人开始咳嗽和呼吸困难，扶梯上终于有人被烤得受不了，推搡着别人想离开这里。有的慌不择路，踩着别人的肩膀开始上行，这种失去人性的行为让场面彻底失控。

高温破坏了扶梯内部的构造，加上混乱的外力作用，在谁也没料到的一瞬间，扶梯陡然下滑了。那么多的人，全部歪倒层层叠叠地压积，顺着急速倒退的扶梯滚了下去。

陈西安不忍心地闭上眼睛，脑中蓦然浮起了一个成语：哀鸿遍野。

到了这个时候，他也没有勇气说出"请大家保持冷静"这种话，广播失去了作用，生死存亡都只能看造化。

两个值班员已经吓傻了，杵在他身后面无人色地发着抖，陈西安心里一口恶气，却因为向他们发也无济于事，让他们在这儿看着，交代了一下指路的任务，自己拿着手机跑出了控制室。

作为同胞，他能做的也只到得了这种地步，现在他只是一个焦虑的亲友，要去找钱心一。

经理迎面跑来，也是脸色煞白，哆嗦着嘴唇说："消防还要十多分钟才能来。"

换了旁人或许会骂消防局反应太慢，但是陈西安可以理解他们，当这里需要救险的时候，那里或许就正在救险。他没说话，指了指控制室，让经理自己进去看那人间地狱。

广播再也没有响起，因为刻不容缓，钱心一选择自己去找楼梯间。他一跑开，其他人尾巴一样跟上来，尽管他解释了自己也不认识路，可能会兜圈子，但是因为他是被指定的带路人，大家生怕他独自逃走，非要跟着他。

既然力气多，那就随便了。钱心一眼观四路地巡查着途经的情况，梁、柱子、剪力墙，陈西安说楼梯间在货仓后面，那他要先找到货仓。

货仓要透气，就一定会有排气孔，那就说明有百叶，还有既然是货仓，那么走货的通道不可能太窄，钱心一飞快地跑起来，在脑子里思考之前，都是凭直觉在转弯。

有经验的设计师只需要看到平面图，脑子里就会出现整栋建筑的三维立体图，这就是日积月累的经验。

在穿过两条小窄道和三个拐弯之后，钱心一找到了那个货仓……之后的楼梯间，逢生的喜悦让他忍不住笑了起来，这一刻他特别想告诉陈西安，在这条路上他好像突破了一些什么。

身后的人欢呼着跑过来，挤开撑着膝盖喘气的他去拉防火门，谁也没料到，命运又跟他们开了个玩笑。

门拉不开——

钱心一瞬间怒火中烧，心里却又觉得冷，他知道不少民用建筑的物业公司为了降低清洁量，会锁住低层的防火门，不允许低层的用户进入楼梯间，但是却没料到，基本没人走楼梯的商场，也会锁住他们的楼梯间！

如果业主都这样做，那么他这么多年跟别人脸红脖子粗争辩的道理，是不是都像一场场可笑的猴戏，他们心里骂他傻，嘴里却一百个同意。

钱心一心想：我读过一千遍建筑防火规范，知道一起火就得跑楼梯间，那我会死在这里吗？这个锁上了防火门的地下商场。

他被绝望的人挤得像只壁虎，紧贴在这樘开不了的门上，没多久就因为缺氧逐渐头昏脑沉。在想起陈西安的时候，那张脸出现在了很不透明的防火玻璃后面。

英雄救场的时候都是帅得惨绝人寰的，钱心一这时就觉得他的搭档扑下楼梯的样子都帅得不得了。

很帅的陈西安才高兴了一秒，接着差点气死，没有钥匙，他也打不开防火门，而且这破门因为要防火，所以强度高得要命，普通的敲打还奈何不了它。

两人对着干着急，钱心一是怕，被热量蒸的满头都是汗；陈西安在外面疯狂地拉门，愤怒、焦心、无能为力交织在一起，烧得他的眼睛都红了。

钱心一看见他那个样子，不知道为什么有点心痛，他被人挤得贴在了玻璃上，视野里只能看见这么一个人。

时间史无前例地变得漫长起来，陈西安冷静尽失，在外面用脚踹门。

门在他的冲击下"砰砰"地震动，传到钱心一身上，稀里糊涂地给了他一点转瞬即逝的灵感。钱心一抓住了那一刻，他猛地眨了下眼睛，挣扎着摸出了手机，隔着门给陈西安打了个电话。

"去，"他激动地说，"找把起子，把门合页先下了。"

陈西安听得一愣，接着猛地笑了起来，可开口的时候他才发现，自己居然有点想哭："欸，你可真聪明。"

其实和聪明无关，只是钱心一多年接触施工，无形中有了破坏的概念。

设计代表建设，而施工中充满了破坏。墙砌歪了得砸，管线不通了钻洞，图纸没读透少挖了几个强排孔，那都不叫事，施工是一个有趣的过程，简单粗暴成效明显，让你看见劳动人民的智慧无限。

门打不开下合页这种土匪做法，反正陈西安一时是没想起来。

他跑回去找起子的时候，不得不承认钱心一有他得天独厚的条件，他是从施工里出来的设计，所以他比 GAD 的任何人都理论结合实际，目前他是眼界不够，等他见得够多的时候，他的作品将比他们都易于实现。

因此这个做法虽然很不"设计"，但是陈西安有种浅淡的自豪感，他认可的人从不会辜负他的期望，他太欣赏钱心一那个出人意料的点子了。

不需要证书和奖牌，也可以没有掌声和认可，在水泥枯槁的楼梯间，他们也可以恰逢一场惊喜。

陈西安喜欢自己组装家具，拧螺丝的技能点得很满，六个合页上三十六颗螺丝钉，他拆卸起来十指如飞，身高的优势在这一刻体现得淋漓尽致。

不过他卸螺丝的时候留了个心眼，还留了一两个螺纹在孔里，门后的人群惊慌，逃起命来也顾不上仗不仗义，螺丝一掉门就会被推翻，到时贴在门上的钱心一和门后的他自己，很可能隔着门板被踩翻在地，留一些阻力会是个比较好的选择。

果然，他抬起来的手才要放下，另一边就立刻有人开始撞门，门开始松动，悬挂着螺丝钉的孔里喷出一阵细灰，门却没有如预料中那般轰然倒地。

陈西安垂下去的眼底有抹稍纵即逝的讽刺，他迅速后退上了三四阶踏步，侧贴在墙壁上抬眼看向钱心一，他要紧盯着他，在这人被推倒前拉住他，然后迅雷不及掩耳地跑出这个楼梯间。

钱心一险些被挤成肉饼，也被这些人推得十分生气，就这种送他扑楼梯的"好风"，陈西安不被压在门板下才怪！

不过他烧成灰也没用，他在 GAD 沉下脸能吓到一批人，在家里能窝里横，但出了这两个地方，没人会把他当回事。

接连两波撞击之后，预留的螺纹终于完成了使命，被冲击得飞了出去，在超市入口的消火栓那里体验到的推力再次重现，钱心一和门难解难分地摔了下来，在一片震耳欲聋的惊叫声里被人抢住手腕，猛地使力拉了起来。

等他们跑出烟已经窜满的一层大厅，望眼欲穿的消防车终于来了。

钱心一想看看救援情况，于是两人蹲在绿化带里，一时都没能从刚刚的惊惶里走出来。

钱心一的头发被火燎到了，烧焦的头发落的睫毛上都是，陈西安替他擦了擦，盯着灰头土脸的钱心一，担惊受怕的急躁退化成纵容的无奈，叹了一口很深的气才说："你这人啊，就是该勤快的时候不勤快。来超市为什么不等等我？"

钱心一愣了下才反应过来他在恶人先告状，不过看见了他都快急出尿的德行，这锅就勉强背了，不过钱心一还真不是故意不等他。

贾瑞忽然找到公司，她的来意，钱心一要说一丁点也不在意，那肯定是在骗鬼。

陈西安早就跟八局划清界限了，以往的那些腌臜事和人，钱心一都不希望他再搭上。

在钱心一看来，之前干了那些事，贾瑞就该心怀愧疚，即使在路上碰见陈西安，都应该装作不认识，忽然就找到公司来等他下班是个什么意思，她想干什么呀？不是都嫁人了吗？还有那个李安呢？

这两口子像是脑子都不怎么清醒的样子，钱心一无法理解，也不想理解他们，他懒得多想，又不好越俎代庖地替陈西安赶客，干脆一早就溜了。

家里的好些佐料都快没了，钱心一走得早，难得勤快一回，想着自己去采购，他虽然不太居家，但其实挺喜欢超市那种热闹的人气，就是没料到自己时运不济，逛出个意外的火灾来。

他本来该有一通大道理来告诉陈西安，不该接触贾瑞的一二三，但现在这件事变得微不足道了，他心不在焉地否认了一句"扯淡"，就抓着陈西安的手发起了呆。

要不是亲眼所见，他没法相信规范里强调要求的各项防火措施，在实施过程中竟然如此不堪一击。角钢坠落的事只能叫事故，而这一场亲身经历的火情，已经算得上是一场灾难了。

如果执行度低到这种程度，那么设计再严谨，意义又何在呢？

钱心一很久都没有说话，他盯着浓烟滚滚的商场入口，全副武装的消防官兵带着设备冲进去，狼狈不堪的人们从里面跑出来，水弹剧烈的爆炸声在地底炸开，哀号和求救声微弱却不绝于耳，他脸上沾了许多的灰，灰底下是盖不住的悲哀。

他们行业有上千本规范，可本身却没什么规范可言，利益主宰着每一个环节。

陈西安也觉得悲哀，不过温和的表象之下，他的心比钱心一要坚硬冷漠，他只求问心无愧。

扶梯倒滑是导致火灾人身伤害惨重的直接原因，上百个人不同程度被烧伤，窒息昏迷的也不少，担架上的人十分惨不忍睹。

确认灭了火之后，两人筋疲力尽地回了家。

陈西安之前丢在路边的车不见了，估计是被交警拖回了支队。

钱心一在火场里受了场虚惊，身上也弄了不少瘀青，这些用不着处理，他就洗澡去了。

陈西安负责给他们俩整点吃的，由于超市失火，钱心一什么也没买到，回来的路上也忘了从楼下带点菜上来，家里没什么新鲜菜，只有挂面最省事。

陈西安起锅烧着水，隔着客厅在问他要不要发泡剂。

发泡剂是钱心一对速冻鱼丸的"爱称"，他觉得那鱼丸过了热汤咬开来看，细密的孔洞像填塞窗洞口的发泡剂，弹牙的口感也很虚幻。

陈西安对这称呼敬谢不敏，只当这是一种别人不懂的才华了。

"不要。"泡进温水里的钱心一开始了又一轮的后怕，他很幸运只被烧了半边头发，要是他站的位置再往前靠五米，陈西安的疏导没起到作用，甚至是陈西安来不及在另一边下合页，那么他很可能会成为被抬出来的一个。

陈西安着急的样子很帅，钱心一脑中回想起广播里那几声低沉的"灰衬衫的先生"，以及他从楼梯上扑下来的身形，感动的岩浆自发烫的心口流下，汇聚成一种陌生而无声的慰藉。

钱心一在水里瞅了眼自己磕青的膝盖，隐约听见厨房里煤气灶呼啸的动静，被忽视的饥饿感霎时强烈起来，然后他感觉到了一种幸福。

就是那种，饿的时候有人管饭的归属感，而且今天这个事，陈西安可以说是救了他的命。

钱心一心想他们这么熟，平时说个谢字都嫌生分，他要感谢陈西安，那人想必也不会要。可这并不代表自己就能够忘记这件事，他多少得表示一下，可该怎么委婉而又不失自然地表示出去，钱心一还得好好想想。

他在水里泡了好一会，还是没什么头绪，只好穿上睡衣出了洗漱间。

陈西安打蛋打到一半，听见了背后的拖鞋声，他没有回头，只说："面还得要几分钟，你去客厅里歇会儿吧。"

钱心一还记着他在防火门外面着急上火的样子，心头有点热，难得勤快地过来抢活干，挤到打火灶这边说："我来我来，这个是我的拿手菜，你看你裤腿上全是灰，先去洗个澡吧。"

陈西安被他挤到肩膀，稍微往旁边让了让，但手上的筷子却没有松开，他本来是觉得下面条是个小事情，他煮好了再去洗澡也行。

于是钱心一一手伸过来，两人的手指霎时在细细的筷子上较上了劲。

陈西安一看见他伸手，脑子里不知怎么的，又突然想起了那个焦灼的时刻。他用另一只手抓住了钱心一的手腕，将他从厨房拉了出去。

短时间内，他不想看见钱心一和火一起出现在眼皮子底下。

钱心一不明所以，被他拖着，正要开口问他突然搞什么，就听见他叹了口气，语气有点压抑地说："你今天真的，吓到我了。"

钱心一自己其实也吓得够呛，但别人的关心总是顺耳的，他伸手在陈西安胸前轻捶了一下，好像自己多看淡生死似的笑道："没事没事，别想了，我以后不吓你就行了。"

家乐福失火的事情很快上了新闻，纠责问题无人再关注。

网上也刮起了一阵八卦妖风，比起十分惨痛的伤亡和财产损失，网友似乎更舍本逐末，那个神秘的广播男一跃成为微博热点，被传说出好几个版本，一个是声音好听人肯定帅，一个是声音好听人肯定丑，不过吵了没几天也冷却了。

钱心一的头发没法拯救，只能去剃了个毛板寸，他脸型瘦，驾驭不住这个发型，连照片都不怎么敢发，因为据说很像劳改犯。

陈西安也老开玩笑，把他左右端详，完了说丑，要退货，换新搭档。

钱心一让他滚远一点。

等他的头发长出一小截，GAD的春节假来了，他们放半个月，在法定的春节假前一周开始解放。

彭十香来电催他回去过年，陈西安会留在Ｃ市，虽然知道不应该，但心里并不希望钱心一回去，有时就会开玩笑地装可怜，说他一个孤家寡人。

钱心一懒得戳破他那些拙劣的演技，转头却告诉彭十香自己跟她家那位叔辈合不来，要留在城里过年。

彭十香没说什么，倒是把他的小弟弟急哭了，刘易阳在那边支支吾吾，说想他了，钱心一虚伪地说也想他，挂了电话也没答应要回去。

年前的雪厚起来，两人每天窝在家里虚度光阴，有点悠闲也有点无聊，只好开始相互洗脑自己的生活经验顶呱呱，诱拐对方跟着学。

钱心一的经验就是乱糟糟的才像家，不要老是收拾，陈西安却很勤快，一天能拖两遍地。

有时候他们也会开车出门，去建材市场看些装修材料，钱心一那个被泡过的房子越修问题越多，有一道埋在墙里的电路烧了，墙皮被扒得惨不忍睹，加上他的橱柜原本也有问题，反正装修的日子一眼望不到头。

然而就在钱心一在搭档家越住越觉得舒适的时候，家里却来了两个把他吓得够呛的角色。

腊月二十七，下午陈西安去看杨江，钱心一怕冷不愿意去，便缩在家里看电视。

门铃响起的时候，他还以为是陈西安懒得伸手开门，跑过去一拉开门，就见门口一对陌生的中年男女，兴高采烈地唱着自备的配乐。

"当当当——呃，不好意思，请问这里……"左边那个打扮朴素的中年妇女看见他后猛然僵住了，犹豫了几秒后说，"是陈西安的家吗？"

钱心一又看一眼右边的男人，两三分熟悉的五官，登时也不知道该答是还是不是了。

陈西安的爸妈来得不太是时候，钱心一刚剃头不久，颜值尚未回到巅峰。

之前陈西安说，他爸妈过年要在基地值班，钱心一才肯住过来，谁知道计划赶不上变化，现在他就傻眼了。

他们真正成为能够交心的朋友，其实也才三个月，期间虽然不太正式地约好了以后一起奔JMP，立志变得更高更强，他们的交情肯定不"塑料"，但因为双方都和父母联系不多，所以陈西安的爸妈根本不知道他家里还有客人。

眼下猛不丁六目相对，两位长辈站在门外怀疑这还是不是儿子的房子，钱心一在门里一边消化一边尴尬。

这位双手还在空中做摇花状的女士，应该就是陈西安的妈了，她旁边的中年男人笑容满面，看起来也和气，感觉都不像是特别严肃的长辈。

但是钱心一还是不敢轻举妄动，感觉自己像是打破了别人一家团聚的外人，他说了"是"，恭敬地把两人请进了屋，然后借着倒水的理由闪进厨房，给陈西安打了个八百里加急的电话，让他赶紧回来。

孤家寡人杨江正发着烧，还以为能敲诈个被伺候的午饭，谁知道一抬头，就见陈西安啼笑皆非地去拿大衣了。

这像是要走的架势，杨江登时叫道："干什么干什么，说好的满汉全席呢？"

陈西安扣上双排扣，懒得多看他一眼，好好一个小白脸，愣是在川藏线上刷了层酱油回来，不过陈西安确实没想到杨江能走到梅里雪山，嫌弃之余也发现他的眼神的确跟以前不一样了，隐隐有了股主心骨的力量。

这样挺好的，陈西安心里替他高兴，但还是觉得他有点胡来，嘴不对心地说："空气答应你的，你让空气给你做吧，我爸妈回来了。"

杨江的笑声登时卡进了咳嗽里，自从上次误会了陈西安，杨江就收获了很多无聊的快乐，有事没事就自己在那儿编"电视剧"，借此拿他的好友当笑料。

这时他听见前情，立刻痛苦并快乐地爬起来，满口胡说八道："哎呀妈，好大一部都市年度大戏，高智商老姐对上我们毒舌室友，谁更智高一筹？阴险狡诈的房东在其中又将会有什么样的精彩演出……我去拭目以待吧！"

"搁家吃药吧，多吃点。"陈西安把放在玄关的感冒药系列丢向沙发，友情提示道，"还有，这玩笑别在心一面前开，他不喜欢听这种闲话，不然你下次去串门，就只有蒿子秆吃了。"

钱心一讨厌洋葱没有之一，杨江全世界最恨菊科蔬菜，当这两样菜齐聚一桌，他们能吐槽半小时。

他为了讨好钱心一已经这样不要脸了，杨江替他感到羞愧："陈西安我看不起你，我没想到你向'钱势力'屈服得这么快！"

陈西安不痛不痒地带上门："随你的便。"

杨江看见门缝合上，脸上的笑容淡了下去，他缩进被子里，闷在黑暗里叹了口气，心想逢年过节就这么寂寞，不如他向陈西安学一学，也找个朋友来一起合住吧。

对上陈西安那对和蔼的爸妈，钱心一的尿都快被问下来了。

陈西安估计是捡来的，和他父母的性格一点也不像，他母亲习涓很爱说话，父亲陈海楼很爱笑，两人对他进行连番问话，他答得磕磕巴巴，老在偷偷地看时间。

人有所短，亲情和友情就是他的短板，爱与憎恶他都不会说出口，但是值得珍惜和善待的人他都记在心里，亲则愈敬。

他顾忌陈西安的面子，每一个问题都答得挺小心，活像一个马屁精，总之对陈西安夸夸就对了。

自打他来了，玄关的鞋、阳台的衣服和厨房的碗筷都多了一倍，屋里总是没法像以前那么宽敞整洁，钱心一觉得都是他的锅。而且陈西安的爸妈不知道是不是因为有陌生人的原因，坐在沙发上一直没动过，有点拘束的模样。

钱心一也不知道该怎么让他们随意，就像在自己的家里一样，因为这话由他来说，听着就有点喧宾夺主的嫌疑。

习涓专心科研，保养得不算很好，四十来岁的皮肤状态，相貌是那种普通的秀气，不过性格很可爱，她喝着柠檬水说："小钱的名字取得真好，你是我们小陈的朋友吧？"

他们管陈西安叫小陈，钱心一虽然觉得他老大不小了，嘴里却说："嗯。"

陈海楼是个儒雅的中年人，钱心一觉得陈西安发福以后，应该也就是这种样子，因此觉得这长辈有种莫名的亲切。

爷俩的脾气也像，陈海楼眼尾堆积着浓重的笑纹，放下水杯在客厅里环顾了一周，笑道："小钱是做什么工作的？"

钱心一心里一跳，生怕老人觉得屋里太乱，喝了口水说："我和您儿子是同事。"

习涓笑着插话："你也是搞建筑的啊，工作累吧？"

钱心一客套道："还好。"

习涓知道他们忙，心照不宣地换了个话题，笑着埋怨："陈西安真是，什么人呐！居然把客人丢在家里，自己一个人出去了。"

钱心一这都快住成了半个主人，哪里有脸以客人自居，连忙帮陈西安说好话，又说："叔叔阿姨过来怎么也不跟陈西安说？之前我听他提了一句，说您二位今年要在单位值班，当时他还说一个人过年没意思来着。"

陈海楼瞥了眼他媳妇，脸上有点无奈："我们去外市考察，路线会经过这里，其实早就定好了，回来看看小陈，她非要弄什么惊喜，结果弄成个惊吓，不好意思啊小钱，她就总喜欢干这种事情！"

习涓"嘿"了一声："又想赖我是吧，当时你没反对，那就是同意，是男人敢做就敢当，你老是这德行，是不是男人？"

陈西安的爸超级淡定，背往后一靠："我不是，你是。"

钱心一："……"

然后两人就开始掐来掐去，这个说我懒得理你，那个说我才懒得理你，钱心一拿不准这二位是在说趣味情话，还是因为尴尬在没话找话。

过了会儿习涓站起来，说要去趟卫生间。

那里根本就没法看，钱心一用盆泡了个羽绒服在里面，地上水汤汤的他也还没收拾，十分不整洁。但他也不能不许陈西安的妈去上厕所，于是只好忍着心虚，假装那个羽绒服不是自己洗的。

习涓进去了好一会没出来，陈海楼也坐在沙发上低头敲手机，似乎在跟人聊天，屋里安静下来，可能是心理作用，钱心一觉得气氛有点冷。

好在没过多久，陈西安就回来了，钱心一松了口气，对他狂甩眼神，意思快过去搭理你爸，还有你妈在厕所里。

陈西安一进门，就收到了一堆小眼神，他对钱心一有些了解，猜他可能已经拿出了自己最大的热情招呼过自己的爸妈，现在到了脚底抹油的边缘。陈西安有点想笑，心说就他那对思路跳跃的父母还能震到张牙舞爪的钱心一，也算一物克一物了。

钱心一确实在预谋着开溜了，正在观察时机，他看着陈西安一路笑到他爸的身边，忽然伸手，将长辈的手机抢了过来，抬起来看别人的屏幕。

习太太：老陈，我发现你儿子卫生间里东西全是两套的。

老公：两套怎么了吗？

习太太：（锤子）这说明他谈了个对象啊，他跟你说过吗？

老公：怎么就对象了，说不定是小钱的呢？

习太太：也是，但我还是希望是他对象的，一会儿你问问他呗。

老公：你怎么不问？

习太太：你问问怎么了！我告诉你我就是烦你这种甩手掌柜的态度才让你问的。

老公：你越烦我越不问。

对方输入中。

钱心一凑过去，暗戳戳地瞥了一眼，登时跪了，觉得他这爹妈也是怪萌的。

陈西安显然是被摧残习惯了，把手机还给了他爸，脱了大衣去挂。钱心一跟着他，在旁边窃窃私语。陈西安笑着说："没成年之前我挺不容易的，好好对我。"

钱心一跟他持不同意见，觉得陈海楼两口子人挺好的，有熟人在跟前，钱心一慢慢放松了下来，笑道："好说，我一开门你妈在外头跳《小星星》，我们仨都蒙了。"

陈西安安抚道："不要蒙，我看他俩跟你还挺投缘的，放心，弄不到导弹来炸你。"

滚犊子吧你，钱心一腹诽完又说："今天你们一家人团聚，我在这儿不太好，待会儿我找个机会就去我师父家了，你陪你爸妈吧。"

陈西安也没料到他爸妈会搞这种"惊喜"，现在成了夹心饼干。他不是不能让父母去住宾馆，但他们一家聚少离多，父母特意抽空过来，他不好把人往外推。

钱心一能体谅是他的幸运，陈西安为难了几秒，点头答应了："谢谢，你是全世界最好的领导，回头我做牛做马报答你，你吃了晚饭再走吧。"

这有什么，一件小事，钱心一没放在心上，透过厨房门看着客厅说："你爸妈人很好，挺可爱的。"

陈西安谦虚地说："还行吧，他俩搞研究的，一辈子钻在技术里，也不知道为什么对我有误会，觉得我这人很孤僻，很不好相处。所以看见你他们估计乐得够呛，感谢苍天我又多了个好朋友。"

钱心一觉得他说的太夸张了，笑着说："少扯淡了。"

陈西安："你别不信，多相处相处就知道了，他俩没有你看起来这么和蔼可亲。咱们这种未婚男青年的父母，你懂的，不过你也不要怂，有我在前面给你疯狂躺枪，你很安全。"

疯狂个屁啊，钱心一笑着说："你这算啥？你是没见过我妈，我妈更不和蔼可亲。"

"谁更不可亲，"陈西安说，"回头见见就知道了。"

钱心一想起之前彭十香热衷于给他介绍对象的日子，抗拒地说："还是不要见的好。"

陈西安没说话，心想缘分来了那谁挡得住，钱心一不是正撞在自己爸妈头上了吗？

晚饭的制作过程再次让钱心一见识了陈西安的不容易，他那对科学家的爸妈被香得五分钟进一趟厨房，看饭做好了没。

钱心一认命地蹲在地上刨山药："我算是知道你绞尽脑汁地逼我分工劳作的阴影来自哪里了，你真可怜。"

"可怜吧？那你就表示一下同情，"陈西安扭头看他，"晚上的碗归你洗，怎么样？"

钱心一心想岂有此理，把手上黏不拉几的液体往他身上狂甩："老子今天是客人，吃完饭就走了，你在说什么我听不懂啊。"

自从他父母来了之后，陈西安就不太联系得上了。

钱心一在杨新民家过夜那晚给他发过一条信息，说自己到了，结果一直到入睡都没有收到回复。

犹豫到下午，钱心一打了个电话，那边也没人接，他又登了QQ和微信，还是没有看见消息，就不知道陈西安到底在忙什么。

杨新民每天的日程排得可满，只管饭不管陪伴，吃了饭就不见了，钱心一独自在屋里搞网上冲浪，莫名其妙冲到一个论坛，看到一个叫《新郎》的电影，看到一半就关了，那结局看着就好不了，生活已经很艰难，他就只想看喜剧。

陈西安倒是在搞大团圆，可惜钱心一看不见，也没他的份，心底有点不会对人说出口的奇怪滋味。

下午杨新民办起了年货，在煤气灶忙来忙去地上卤肉，家里飘满了香料的味道。

钱心一赶得巧，捡了个新鲜便宜，把他师父刚出炉的卤鸡撕得全成了残疾鸡，杨新民一回头看见一簸箕残兵败将，把他铲到锅里的心都有了。

钱心一啃着自家卤的鸡腿，感叹陈西安没福气，他今年本来准备带那位过来蹭吃蹭喝的，现在看却只能等以后了。

年轻的一辈已经忘记了传统的习俗，春联、窗花、爆竹、腊货，他们缺什么就去逛超市买，不再痴迷打牌而是热衷于抢发红包，以后的年，可能会越过越无味。

晚饭爷俩就着小菜喝粥，杨新民看他心不在焉地扒着萝卜丝，忍不住把旧话重提："又没辞职吧？还准备干一年哪？"

钱心一回过神，终于有了正色："没辞，不准备了，明年年中吧，我想去国外看看。"

杨新民诧异地抬了抬眼，可他毕竟是老江湖，想得长远些："你肯挪窝，师父替你高兴，可是行情这么糟，国外的款项更没保障，你要想清楚。"

钱心一给他夹了筷小白菜："保障这东西谁说得好，就当冲长见识去的，我想看看别人都是怎么做项目的，从设计到施工，有没有什么新技术，他们遇到成本压制和施工不规范的情况，都是什么反应。"

杨新民赞同道："想要进步就一定得多学多看,我晓得你烦国内的施工规则,出去看看也好,跟几个国际项目发展下关系网,给自己镀镀金,以后做高精的项目,就不会这么紧巴巴的了。"

国际项目哪有这么好跟,更别说他离开GAD之后下家都还没找,不过这种事情就不用跟杨新民说了,钱心一点头如捣蒜:"是是是,快吃。"

杨新民喝了碗杂粮粥才回过味来:"你小子,不是给高远倒贴得挺带劲的吗,怎么忽然开窍了?"

钱心一的眼角不自觉地扬了起来,嘴上却全是胡话:"老高招了个全能型选手,投标、设计一体化都能干,我见了嫉妒,再不去镀金就要被淘汰了。"

"这么谦虚可不像你的风格,"杨新民眯窄了眼睛,狐疑地看他,"你发什么阴笑呢?"

"你才阴笑呢,"钱心一往嘴里塞了颗花生米,"哎哟你赶紧吃吧,您那小麻花还全摊在桌面上,今天还炸不炸了?"

"说的好像你要给我的小麻花做多大贡献似的,你个吃白食的还管我?我就爱半夜炸!"

钱心一敲了敲盘口:"你炸,你说了算。"

他师父老人家也是勤快透了,一个人在家搓了一块门板的小麻花,钱心一不会搓,只能在旁边当切剂子的民工。然后爷俩为了个小麻花,文火慢炸地搞到半夜,这吃食凉了还要立刻装起来密封,陈西安还是没消息,钱心一干脆就赖在他师父家了,老杨也乐意他陪着。

老人有烫脚的习惯,钱心一被抓过来塞进开水盆里,被烫得龇牙咧嘴,杨新民看他那个瘦不拉几的样子就来气,又开始啰唆:"你说你都三十了,准备打一辈子光棍还是怎么的?大过年的跟我待一起,说出去别人要笑的。"

这话老头说了百八十遍,钱心一一回回左耳进右耳出:"没这种准备,就是时机没到哈,你别愁了。"

杨新民是行里人,知道他什么作息,自我感觉等他的时机那这辈子都没戏,自顾自地念道:"我不相信你,这样吧,我找我那些老哥老姐们的给你再物色一下？"

"师父别，"事实已经证明了，他们介绍来的都不合适，钱心一说，"你让我自己找，我会去找的，你别发愁。"

杨新民"哼"了一声："你找个锤子！"

钱心一试图蒙混过关："找找找，我不仅自己找，还负责给我室友也找一个，保证实现全民脱单的任务，好不好？"

杨新民愣了一下："你等一下，你不是一个人住吗，哪来的室友？"

钱心一简单说了下他家里漏水的事，杨新民听完后恍然大悟地说："哦，就是上次过来帮你接娃儿的那个小陈，是不是？"

钱心一"嗯"了一声，又听他师父说："那小伙子蛮精神的，怎么也还单着呢？是不是要求很高？"

钱心一服了："你们就是这样，别人只要单身就是要求高，一个别的原因都没有，老杨咱做人不能这么单一，要与时俱进。"

杨新民觉得他没大没小，呼了他一巴掌："那你说嘛，你们这些人，不是挑剔是什么？"

钱心一并不觉得自己挑，陈西安也不是会拿别人像商品一样比来比去的人，他们就是没有碰到投缘的人，这个投缘和条件高不高相当无关，就是与别人相对无言，没有话讲。好在投缘的朋友还是有的，比如他俩就特别合得来。

第二天，陈西安还是没来消息，钱心一装了一大包奶油小麻花，实在按捺不住好奇心，也需要回去拷点图纸，便打算用这个来探路。

陈西安这边倒是没什么事，只是手机坏了。

钱心一离开那天晚上，习涓就满怀期待地问过他了，家里的东西都是两套，是不是那个……

"那个"她希望是哪个，答案大概猪都能猜到，可惜陈西安没法如她的意，告诉她都是钱心一的装备。

习涓说不失望那是假的，她和所有的父母心都一样，希望看见他成家立业，眼见着这一年又没了，儿子却还是一个人。也许当事人并不觉得，可她就是觉得儿子孤独冷清，是整个Ｃ市最可怜的人。

她有点提不起精神，喝茶的时候不小心，一壶开水浇到了手机，直接把陈西安的手机烫得打不开机了。

陈西安原本还准备问钱心一到了没有，这么一弄也没顾上，一家三口在客厅里推心置腹地谈他的人生大事。

习涓跟陈海楼都是挺时髦的长辈，年轻人会用的东西他们都会，网上有个说话，说是父母的婚姻会影响孩子的择偶观。

"你为什么会这样啊？"习涓眼圈发红，作为父母，却没什么底气地说，"是……我跟你爸的错吗？"

是不是因为她和陈海楼不太负责，从小没怎么管过他，以至于陈西安对家庭没什么期待，孤零零地过习惯了。

"妈，说什么呢，"陈西安往她那边坐了一点，"没这回事，你别东想西想，结了婚的就一定过得比我好吗？你看见了，我跟钱心一住在一起，有人照应。"

习涓的眼泪开始往下淌："现在是现在，那你也不可能跟小钱一起过一辈子啊。"

陈海楼搂住她哄了哄，他们就是这样，吵起来离奇，好起来也不需要理由。陈海楼对这个儿子也很是没办法，只能瞎劝："我跟你妈让你找对象，你却把担子推到人小钱身上，万一有一天他先找了对象，谁还来照应你？"

陈西安摇头失笑："爸，钱心一照不照应我，不是以结婚当分界线的。"

他对杨江怕是都没这么强的信心，陈海楼稀奇道："你们认识的时间好像不长吧，你对他这么有信心呢？"

陈西安"嗯"了一声，心说就是有，他顿了顿说："赫斌出事那年，你们基地正在进行试验，我的电话打不进去，再收到你们的来电，我都已经恢复正常上课两个多月了。赫斌这个名字，你们是不是没什么印象了？"

陈海楼其实还有点印象，这个姓不多见，他知道赫斌是陈西安的大学同学，和陈西安之间好像也有些误会，但那些事都过去了，而且儿子看着过得也还行。

"我有，"陈西安说，"我做了六年的噩梦，每天都梦见他从楼上掉下去，我不敢上屋顶，我做不了好项目，我只能在八局混日子，我本来都觉得自己这辈子可能就要这么过去了，是心一叫醒了我。"

习涓愣了半晌，从来不知道他还有这么一段时光，她和丈夫都忽略了儿子青春期的创伤。

陈西安："钱心一是个值得信任的人，这就是我的信心。"

习涓心疼他，也心疼他们老陈家，她对陈海楼说："那我的孙子怎么办啊？"

陈西安现在是没办法给她弄个孙子来的，只能卖了刘易阳，他说："妈，心一家里有个小弟弟，才五岁，跟他儿子似的，长得特别可爱，回头我带他去基地上玩。"

习涓一听他就是在糊弄自己，骂道："你别瞎扯了，我跟你说的都不是一码事！"

第五章　离开

不被父母理解很痛苦，钱心一从酒后就化身话痨的王一峰那里听过一百遍。

王总清醒的时候总嫌他媳妇这里啰唆那里八卦，可一旦喝醉就成了痴情老公，说起他和媳妇的故事能扯一天一夜，都是那些年的不容易。

他们听着确实挺不容易的，恋爱那会儿王一峰穷就算了，问题是小地方讲究辈分，王一峰的大姐和蒋一芸的表叔是一对，他们不仅沾亲带故还隔着辈分，眉来眼去了十几年，被一个跟近亲结婚无关的辈分给拦住了。

听王一峰说，当年蒋一芸狠下心跟他去领证，娘家好面子补贴的二百块嫁妆，次天就来要回去了，村里人也全把他们当笑话看，这才辞了国企锅炉房的铁饭碗出来闯荡。

父母之恩，大于天地，天地都不同意，谁心里好受得了。

王一峰那边是父母不同意，钱心一和陈西安这边是他们不肯结婚，对于父母来说都是一样，着急上火。

钱心一来之前有心理准备，猜测陈西安也在接受劝婚的洗礼，他这时候来其实挺尴尬，但他可能是闲得没事干，知道不应该，但还是来了。

他忐忑地敲了陈西安的家门，给他开门的人是习涓，两人一照面，习涓的目光就躲开了，钱心一叫了声"阿姨"，瞥见她眼睛有点红，像是刚刚哭过。

习涓是个有教养而心软的知识女性，半辈子在学习半辈子做科研，人其实很纯粹，即使眼下家里的气氛不太适合"外人"出入，但她还是挂着笑，将钱心一请进了门，只是比较沉默，没有刚见面的时候话多了。

钱心一把装着麻花的铁盒子放在茶几上，目光溜了溜，发现陈西安的爸在书房，当事人则刚好从厨房里探出头来，一见是他眼睛就弯了，像是见到了革命同志。

他看起来一切正常，所以失联得莫名其妙，钱心一挥了挥手让他去忙，陈西安于是又缩了回去。

从昨天到现在，他没有手机也没有网络，也没试图联系钱心一，只在家里少食多餐地伺候爹妈，二老想吃什么就做什么。然而机会难得，他爸妈却不太有胃口，只是看着他那个悠闲的样子，心里更加乌云密布，心想真是儿大不由娘。

客厅里气氛沉闷，习涓的脸色和红眼圈让钱心一觉得不太自在，他干坐着沉默，在心里怪自己腿长：让你要来！

陈西安和他爸两人像约好了一样，谁也不来客厅，钱心一和陈西安的妈无言以对了十多分钟，习涓率先打破了沉默。

"小钱，阿姨挺喜欢你的，"她说着说着情绪就有点失控，眼眶里有点泪光，但是没掉下来，"西安说你很照顾他，阿姨谢谢你，我跟他爸过几天就回去了，以后他还是要麻烦你照应，你要是觉得方便，阿姨记你个电话吧？免得他有个手机没电的情况，我联系不上他干着急。"

钱心一看她哭得伤心，心里有点受不了，一连抽了五张纸给她："好好好，应该的，他也很照顾我。您把手机给我，我来记，您别哭了。"

习涓接过纸捂住脸，哽咽道："谢谢，不好意思，让你看笑话了。"

钱心一哪里敢把设计导弹的女士当笑话，尴尬得不得了，起身借口还有事，拷了图纸就准备走了。

陈西安穿着拖鞋追出来，心里十分抱歉，他父母还会留几天，这些天钱心一都得去叨扰他师父，陈西安拍了他肩膀两下，说："对不住，还得让你在外面'流浪'几天。"

钱心一在这里住，陈西安也没许他提钱，陈西安不差这点钱，而且钱心一在城科工地的事故上也帮他担了一半的费用,那五千块钱不多,但是情分够重,顶一辈子的房租都足够了。

所以这只是个相互体谅的小事情,钱心一说:"流浪的人在外面爽得很,你回去吧。"

陈西安跟父母共处了一天,满耳朵都是结婚结婚结婚,眼下急需要换换心情,不想让他那么快就走:"我送送你。"

钱心一睨了他一眼:"有什么好送的?"

陈西安:"送一送是礼数。"

钱心一乐道:"咱俩之间不讲那些,见外。你回去吧,好好哄哄你妈,年纪大了还这么操心,唉,是我们都不够孝顺吧。"

"孝顺不是指按父母的意愿过日子吧,人还是要自己开心,才有心力去照顾其他人的心情,"陈西安说,"你就不要替我妈操心了,她忘性大,难受不了多久,不要紧。"

"那挺好的,我妈就不行,她就爱把事放在心里磨,想得晚上都不睡觉,睡眠不够老说头疼,自己也控制不了。"

这时电梯顿了一下,到了一层,两人走出箱门,一股冷风倒灌进来。

屋里暖和,钱心一出来没系扣,大衣的一边被风掀到陈西安身上。

陈西安顺手抓住毛呢料,转过身来,安慰道:"没事,各人有各人的性格,她们过的都是自己习惯的日子,你也别过分觉得那样就不好。好不好根本就没有统一的标准,大家就相互体谅一下吧。"

"你去吧,跟着你师父抓紧吃几天好的,完了回来等你的就是吃发泡剂的苦日子,起驾吧皇上。"

钱大王笑了几声,把手抄进口袋里,去过他的好日子了。

杨新民一顿给他搞五个菜,钱心一爽歪歪地吃了两天,接着就有点腻了。杨新民不到饭点不见人影,钱心一也不想下楼面对热心的老头老太,在师父家隔绝了两天,无聊到开始背建工英语词典了。

他师父虽然是个搞施工的泥腿子,但家里还是有几本书的,钱心一乱翻一通,拣了本带插图的中国古代建筑格局,看完那些巧夺天工的榫卯结构以后，越发觉得当代的建筑呆板。

在他快要长草的时候，钱心一接到了他小弟弟的电话，刘易阳在电话那边哭得上气不接下气，他从来都像蚊子似的，这状况实在不正常。

钱心一问了两遍只得到了哭的答复，于是拧着眉毛从沙发里坐了起来："刘易阳，你哭什么？"

可能是他语气太严肃了，刘易阳吓得打了个嗝，嗫嚅道："……大哥我想你，你来看看我好不好？"

想屁，钱心一说："我给你一分钟，你不说我就挂了，然后你就不用给我打了。"

刘易阳努力忍着泪嗝，欲言又止地说："我……那个，毛笔老师他……他老摸我，小鸡鸡，大哥我害怕。"

钱心一呆了半晌，回过神来气炸了，声音猛地一抬："你说谁摸你小鸡鸡？"

刘易阳被他吓到了，"哇"一下号了起来："没……没谁。"

钱心一一脑门子火气，听他哭得声嘶力竭，又挺可怜，不得不把语气软了下来，学陈西安那种样子哄他："好了……宝、宝贝，咱先不哭，把事说清楚，好不好？"

刘易阳号得更加卖力了，孩子就是这样，越哄越委屈。

钱心一被他吵得受不了，又对那个什么老师和彭十香都火冒三丈，只好耐着性子听他在对面哭了一场，等刘易阳开始打嗝了才说："好了，没事，别哭了，跟大哥说到底是怎么回事？"

刘易阳频率很高地吸着鼻子，用鼻音"嗯"了一声。

钱心一觉得很恼火："毛笔老师是谁？"

刘易阳估计没理解他的问题："就是……教写毛笔字的老师。"

这要是赵东文，早被他一顿批，可刘易阳是这么小的一个菜鸡，钱心一对他容忍度挺高，只说："他叫什么？男的女的？多大年纪了？除了你还有别的学生吧，他还摸谁了？"

刘易阳答得磕磕巴巴："姓王，叫、叫三个金堆起来那个字，男的，年纪啊，头发都白了，应该六十几了……吧。我们班花也是他的学生，但是我们上一对一的课，我不知道他……摸没摸别个同学。"

钱心一跟他沟通艰难，默念"他还是个孩子"，边整理信息边说："除了摸你亲你，他还对你干了什么？妈知不知道？还有你老头呢，他也不管你？"

刘易阳支支吾吾："没有，他，他不许我告诉家长，说，说会掐掉我的小鸡鸡，大哥，我屁股好疼啊。"

因为陈西安的关系，钱大哥也算是"见多识广"了，闻言瞬间就疯了："你等等！屁股疼？屁股怎么会疼？"

刘易阳被他吓得声音又小了两分："就就就……就三金掐的啊。"

钱心一恨不得抽这喜欢大喘气的破孩子："刘易阳你……他不许你告诉你就不告诉，他让你去……算了不说了，你给我打电话是什么意思？"

刘易阳瘪着嘴："不知道，大哥，我就是害怕。"

钱心一笑了一声，放软了语气："我知道你害怕了，然后呢？"

刘易阳哀求道："你来一下好不好？"

钱心一口气叹得十分莫名其妙，先不说他只是一片"远水"，就说他们这八百年不见一次的关系，刘易阳却来找他求救，也是挺奇妙的。他说："你应该跟你爸妈说，说了问题就解决了。"

刘易阳弱气地哭起来："不敢说，我害怕，我怕老师报复我……大哥我还在补习班的厕所。"

钱心一按着眉心掀开毯子："行了就在厕所蹲着吧，不要接触你那个老师了，等我给你打电话。"

刘易阳乖巧地说："谢谢大哥！"

钱心一空手走的，他没准备在B市长待，不过走前他跟杨新民交代过，以防陈西安忽然过来找不到他。

钱心一到底低估了猥亵刘易阳的那个毛笔老师，那是个惯犯，基本能做到雁过不留痕，为了揪出这猥琐男，他在B市一直待到了大年初四。

刘易阳趴在楼梯间的窗户前，看雪花在寒风里急旋，大雪来得毫无预兆，天色也昏了，而他等的人还没来。

医院最近病人多，陪护紧俏，他来这里学毛笔字，一方面也是因为他妈妈打算在年前多挣点外快，她下了班会顺路过来接他回去，每次都对这个老师感激不尽。

这个叫王鑫的男人会面带微笑地收下感谢，然后在他们独处的时候用一种非常奇怪的眼神看他。刘易阳讨厌他，但是也很怕他。

"阳阳，你怎么又跑到这来了？这里多冷，回屋里等吧，再过半个小时你妈妈就下班了。"

明明是道挺温和的声音，刘易阳愣是哆嗦了一下，他扒着窗框回过头，从走道里拐出来的男人四十多岁，身高中等身形消瘦，戴着副金丝边框的眼镜，看起来颇有几分学者气息。

人是视觉动物，这种本能在婴儿期就能窥出踪迹，在他对自己做这些奇怪的事之前，刘易阳也以为他是个很有学问的人，听话地对他非常尊敬。

现在这种尊敬毁了，只剩下不想暴露的畏惧。

刘易阳不擅长撒谎，目光游移到电梯门口，盯着底下那条缝小声地说："屋里热，我觉得很闷。"

他的毛笔老师王鑫笑了笑，过来准备牵他："暖气开大了是吗，关小一点就不会热了，你站在这里会感冒的，来，跟老师回去。"

刘易阳往楼梯间挪了挪，又怕他过来又不敢正眼看他，急中生智道："我、我不想进去，屋里有股臭味，我觉得好臭。"

王鑫细微地拧起眉想了想，随即笑道："那是榴梿的味道，榴梿是营养非常丰富的水果，小孩子不可以挑食哦。"

刘易阳绷着身子盯着他的脚，跟着小幅度地往楼梯里退，要不是因为儿童天性里对老师的那点畏惧，他铁定撒腿就跑了。

王鑫的眼神逐渐阴郁起来，这样他还看不出孩子的抵触那就枉为成人了，或许是因为反差大，斯文的人沉下脸比暴躁的人更可怕。他不紧不慢地朝刘易阳逼过去，盯着他的眼神如同看着挣脱不掉的猎物。

"阳阳不乖，老师要生气了啊。"

刘易阳真就不敢动了，他还太小，区区一个兴趣爱好老师对他来说都是权威。他把自己贴在墙上，用力得恨不得钻进去，王鑫将手按在他头上的时候他忽然就崩溃了，特别突兀地叫了一声。

然而预料中的拉扯没有出现，倒是王鑫跟他二人转似的也痛呼一声，扑过来肚子撞在他鼻子上，压得他鼻酸得眼泪直冲眼眶。

刘易阳连忙伸手去推他，才碰到他的羊毛衫手心就空了，王鑫忽然朝后倒去，刘易阳在他扬起来的胳膊空隙里看到了半个雪人，那是他身上披着融化雪水的大哥。

刘易阳有点内向，但其实不太爱哭，不过不知道怎么回事，他在钱心一面前就总是哭得肆无忌惮，或许是乡下那顿麻辣烫，这人打电话的模样温柔，又或许是他牵过自己的掌心暖热，这个总是一边皱着眉一边满足他小要求的男人让他觉得安全。

刘易阳用两只手蒙着眼睛，转过身去对着墙壁开始哭。

另一边王鑫扑在楼梯上，摔得不巧牙齿磕在了踏步边上，一阵透心凉的剧痛过后嘴里就麻了，他呵着气缓解痛觉，抬手一摸便是一手的血，血里还有一块白牙，他用舌头舔了舔门牙，发现靠左那边的门开了。

他气得太阳穴狂跳，爬着坐起来盯向钱心一，模糊不清地吼道："疯子吧你，你谁啊？干什么啊？我……我要告你！"

半路忽然下起雪，高速上追了尾，堵得导航上一整条红，钱心一打刘易阳的电话打不通，打他妈的电话是别人接的，说她带病人出去抽烟去了。他心里其实挺着急的，风雨迢迢地赶过来，被糊了满身雪水，怕这孩子被怎么样了。

结果刚出电梯就听见他叫了一声，他就随便踹了一脚，见那浑蛋撞到了刘易阳，又随便扯了一下，只是没料到扯得这么替天行道，把这老师的牙给磕掉了。

要不是因为没有证据，就这个老师摔得头卡进台阶角，钱心一不揍得他满地找牙都对不起这个得天独厚的姿势。

钱心一跟项目上的流氓扯皮扯多了，变脸的功夫学了个皮毛，不过基本日常也够用了。

他先把默默哭得满脸泪的小弟弟扒过来看了看，见他衣衫整洁，忍不住就糊了他后脑勺一个巴掌，没事哭得这么惨。

接着他整顿了一下面部表情，绷出平时骂赵东文的模式："怎么了？这谁啊？"

"这谁"一口气冲上脑门，气得七窍生烟，他在这一带好歹是个有知识的局域名人，这真不知道是谁的家伙还敢这么轻蔑地提起他，真是岂有此理。

他正要质问钱心一是哪根葱，刘易阳适时哭进来："大哥你来了！这是妈妈给我请的毛笔老师，没事，走吧我想回家了。"

钱心一眨了下眼睛，做出一副吃惊的样子，他欠身过来拉王鑫，嘴里的抱歉一连串："误会误会，对不住，都怪这孩子一惊一乍的，我还以为有什么危险，幸好我这个人比较冷静，不然您这口牙得四处漏风了。"

他家的冷静估计是十块钱一斤的，王鑫端着他的门牙，一听见那个字就患处发痛，钱心一唯恐天下不乱地继续说："老师您这牙，我可真抱歉……不过牙科这点都下班了，我明天早上来接你去补吧，医药费肯定算我的。"

王鑫嘴角抽了抽，碍于平时衣冠禽兽的形象，只能把怒火和血吞下："小伤，不用麻烦你，我自己去就行。我没听说阳阳有兄弟啊，请问你是？"

他敢对刘易阳下手，就是摸准了他家里没有兄弟姐妹，他没人可说，怎么就蹦出个大哥来？这男人年纪都够当他爸了！

钱心一让刘易阳牵了手，为了唬人愣是给自己平添了一个兄弟，他说："那……不好意思，我是他大哥，亲生的。他还有一个小哥，是个律师。"

另一个"律师"小哥陈西安隔着一个城市，在厨房给他母亲做韭菜盒子，并不知道钱心一占了他便宜。

王鑫听到律师两个字眼神动了动，心里一瞬间有过后悔，不过很快就不以为然起来，越是体面的人越珍惜面子，他说："这样啊，你们家兄弟这么多，应该挺热闹的，不像我，孤家寡人一个。"

钱心一笑都笑了，冷着脸没接这茬，他不太喜欢随口把孤独挂在嘴边的人，不管如何，一个人的寂寞都是自己选的。

王鑫去洗牙口了，钱心一看了下刘易阳的儿童手机，果然变成了飞行模式，他不动声色地调了回来，在王鑫屋里转了转，没发现摄像头之类的东西，回头见刘易阳撅着屁股在小桌椅上收拾纸笔，心里就想回去得提醒他，男孩子不能随便撅屁股。

刘易阳见了他高兴，走着走着就把小鸡鸡被摸的事忘了，还哼起了儿歌，钱心一觉得他的心也是够大。

上了车有暖气，就叫他脱了裤子，前面倒是看不出什么，就是屁股上还有几道没褪去的掐痕，浅浅的红色指印，过了晚饭洗澡的时候就会褪得看不出来。

他心想这个王鑫还挺会把握力道的，不轻不重叫人查无实证，也是个心机那什么。

只要刘易阳还在那儿学毛笔字，这事就绝不是最后一次，但要是捅到彭十香那里去，刘易阳是可以解脱了，但钱心一了解他妈，脾气挺躁的一妇女，肯定什么证据都没有就嚷得满大街人都知道了，最后很可能被倒打一耙。

王鑫的一耙也不会有多大分量，只是走了一个刘易阳，接下来不知道还有多少个像他这样的。钱心一虽然没有伟大到为民除害那么正义，但他曾经受人恩惠，在力所能及的范畴里，他也想整治一下王鑫这种人。

单纯的瞧不起，心理扭曲只是软弱的借口，将所受的压力发泄在残害弱小身上，只会加速他的扭曲。

但是要怎么揪出王鑫的狐狸尾巴，钱心一暂时没想到什么机智的办法，他不是电视里的特工，随手就能在王鑫家装一个他发现不了的摄像头，又或者在他家对面租间房，每天用望远镜观察他的家。

他需要集思广益，可惜广益的那位手机还在检修。

刘易阳特别热情地邀他回家，钱心一没去，在城里订了间酒店，离他妈的家不远不近，并且告诫小弟弟不许告诉他妈妈，说这是一个惊喜。

明天就是团圆节了，刘易阳双眼亮晶晶地弯起来，真的就信了，乐呵呵地以为自己守着一个让人开心的秘密。

年三十这天刘易阳仍然要去练字，钱心一送他去的，课后问他发现王鑫这一天十分规矩，除了教学别的什么都没干，钱心一不知道他心里怎么想的，但是王鑫确实是被他刻意说的律师家属给暂时镇住了。

B市的习俗是下午吃团圆饭，刘易阳拉他回家，钱心一拿陈西安当借口，说他在B市要先去见他，刘易阳放过他之后，他一个人在大街上晃，有点不知道何去何从的感觉。

地上有放过鞭炮后留下的残红，硝烟气味浓重，是过年的味道，路过的家庭欢声笑语，钱心一把积雪踩得咯吱咯吱，他挺想陈西安的，但是他爸妈不知道走了没。

走到秃瓢的梧桐道尾时，手机忽然响了。

"我的所长，大过年的找你可真不容易。"陈西安在那头笑着佯装叹气。

钱心一忽然就高兴了起来，他说："哟，大忙人终于有空了啊。"

"嗯，"陈西安声音里有鞭炮声，"大忙人去你师父家蹭饭，结果你不在，我不好意思，只好又走了，后来越想越不对，某个人说跟我一起过团圆节，结果自己回家了，那我怎么办？所以我一气之下就找过来算账了，B市金泉广场许愿池，来见我。"

许愿池里落雪压冰，投不进硬币许不了愿，然而钱心一并不需要许愿。

刚刚他觉得有点孤单，紧接着就来了个伴儿，老天对他不薄了，他要知足常乐。

池边的长椅上背对他坐着一个人，在钱心一的视野里，那个后脑勺还挺英俊潇洒的。

他越靠近，心里就越温暖，有时候钱心一自己都会疑惑，他并不喜欢跟那种看起来很八面玲珑的人打交道，但陈西安是个例外。

钱心一靠近的姿态像个贼，轻手轻脚地准备给陈西安一个惊喜，结果还没来得及，陈西安却陡然转过来，往他脸上糊了坨雪。

他被冰得打了个寒战，听见陈西安愉悦的声音从冰凉之后传过来："恭喜发财。"

钱心一扑掉立刻就融的雪粉，带着满脸潮气笑了起来："滚蛋。"

陈西安拍了拍椅子的空位，示意他坐下来："我的天！冻死我了，来，坐会儿。"

钱心一瞥见他的手背果然在外头被寒气浸得发紫。广场上没什么人，两人因为冷，在椅子上挤得难解难分。

　　"你爸妈这么快就走了？难得团个圆。"有人陪钱心一当然高兴，但也明白他们一家三口聚起来不容易。

　　"不是我赶走的啊，"陈西安说，"他们本来就没准备跟我一起过年，为了劝我结婚才多待的一天。"

　　"你妈……"钱心一顿了顿，"还哭吗？"

　　其实也哭了好几顿，话里话外地让他去相亲，说了些老了独居孤苦无依的话。

　　陈西安已经过了害怕孤独的年纪，就给敷衍过去了，他说："今天凌晨在机场哭了，说我老扎她的心，你看着比较听话，你要是她的儿子就好了。她这么待见你，这样吧，下次休假的时候我带你去基地好不好？"

　　钱心一明显不太信，听到后一句又连忙打击他："还休假！你以为你还在八局呢。"

　　陈西安看着远方，白茫茫的一片，感觉梦想很美好地笑道："会有的。"

　　从年前高远的心情就能看出些端倪，公司中的标似乎没达到他的预期。

　　这两天陈西安也跟陈海楼聊了聊，一致觉得过了这个年，潜伏了一年的国外金融危机带来的负面影响就要浮出水面了，房地产泡沫会给中小型投资企业带来灭顶危机，而一旦政府开始限制开盘，那么建筑产业将是被株连的九族。

　　明年甚至是后年，所有产业都会过得十分艰难，所以他们到时候还会不会待在GAD，现在谁也说不好。

　　钱心一懒得来回跑，陈西安知道刘易阳被猥亵之后也觉得这个问题十分严重，两人暂时留在了B市。

　　年三十的街上已经没什么铺面开着，两人窝在硕果仅存的一家酒店里鬼混了一个下午，饿得眼睛冒绿光才出来觅食，被彭十香拧着说漏嘴的刘易阳给堵在了酒店附近的超市里。

　　这不是彭十香第一次见陈西安，之前觉得他是大儿子温文有礼的好朋友，现在更是落实了陈西安恐怕也是个大龄单身未婚男青年的事实。

既然都堵到了，钱心一实在躲不开要去母亲的新家，但他要是去了，把陈西安一个人扔在酒店里又觉得过意不去。反正他们一起上班炒菜的人，而彭十香的新家庭，或许钱心一不会再来了，而且陈西安大老远地跑来找他，所以他打算忽略什么礼数不礼数的，带着陈西安一起去。

刘易阳的爸爸刘振是个保健产品销售经理，看职位应该是能说会道的人，但钱心一见过他几次，觉得生活里有点过于严肃了。

他们第二次见面的时候，刘振就直言不讳地说希望钱心一不要来打扰他们的家庭，他并不是一个大度到能接受妻子前任丈夫儿子的男人，钱心一不评论他的心气，但尊重他的诚实。

一顿饭吃得还算和平，唯一不愉快的点大概在于彭十香哪壶不开提哪壶，居然在桌上给钱心一牵线，说她手头有个合适的姑娘，让钱心一明天见一见。

钱心一想也没想就拒绝了，彭十香沉下脸，骗他说已经约好了，钱心一不去，她这老脸没地儿搁了。

偏偏钱心一不吃这套，脚底抹油拉着陈西安就溜了。

从彭十香家里出来的时候，室外已经开始暗了，陈西安本来打算问些什么，又觉得他看见的其实已经够明白了，就拉着钱心一回了酒店。

路灯昏黄，影子长长。

晚上两人窝在酒店，绞尽脑汁地商量猥亵这个事怎么处理才能一劳永逸，聊了半天也没得出比较好的办法。要在别人家里悄无声息地安个摄像头，他俩没那个本事，录音又不知道行不行，刘易阳太小了，什么都写在脸上。

从刘易阳的描述中来看，王鑫十分谨慎，他会先摸遍孩子的身，看有没有带东西，而且在实施过程中喜欢自说自话，比如刘易阳疼得哭起来，他就会像入戏一样说老师又没有凶你，只是划了你这个字之类的，口风意外地严。

钱心一叹了口气，陈西安就来堵他的嘴，让他不要这么担心，船到桥头自然直，反正他们解决了才走。

刘易阳初一不用去学字，但是他得去给王鑫拜年。王老师一开门，只见他一个小矮子，戴着兔耳朵的绒线帽子，抱着拳头唱恭喜发财，可爱得一塌糊涂，心里又十分蠢蠢欲动。

"阳阳真乖，怎么就你一个人啊？进来，老师给你大红包。"王鑫见了他是真的高兴。

"老师不啦！"刘易阳笑起来只有一个酒窝，"我大哥去给我换钢镚儿了，待会带我去庙会上玩。"

王鑫觉得他的笑容有点刺眼，弯下腰来捏他的小脸蛋："你大哥对你可真好。"

刘易阳自豪得好像钱心一多待见他一样，听到电话响脚不沾地地跑了，王鑫捻了捻手指，放到鼻尖上闻了闻，脑补出一丝奶香味来，他眼神骤然加深。

楼下他的钱大哥抱着个可笑的小猪存钱罐，应他的要求，把给他的两百块钱压岁钱全换成了硬币，陈西安又添了两百，两斤多的猪被刘易阳乐呵呵地傻搬了半天，累得最后都走不动了。

他们在庙会遇到了刘易阳那个班花同学，称作班花其实是个小男孩，小模样长得非常精致，和刘易阳对着用鼻孔出气，有点小冤家的意思。

陈西安作为谈判专员，和班花的母亲谈了谈，聊完之后发现一个很有意思的现象。

从她躲闪的眼神里陈西安推测她是知情的，因为她说他们已经不学毛笔字了，但她的理由是孩子的三分钟热度过去了，并且在陈西安表明王鑫可能是个猥亵犯的时候，露出了一个"这是个天方夜谭"的表情。

钱心一被她的"一无所知"给震惊到了，同时他也想起刘易阳的父母到现在也还什么都不知道，不知道是孩子演技太好，还是他们太粗心大意。

其实很多孩子都遇到过侵犯行为，而大多数家长都会选择故意沉默，让真相掩于时间的洪流之后。

刘易阳初二还可以玩一天，钱心一跟陈西安打算去城郊泡温泉，他也非要去，还发了条朋友圈炫耀。不想不经意被当成背景墙的钱心一正在和陈西安在水里"作斗争"，他箍着陈西安的脖子往水里压，被陈西安抄着脖子同等报复，两人手脚起上，平时是关系近，现在看着更好，俨然是零距离。

刘易阳连小学的门槛都还没摸着，但却鸡贼地学会了屏蔽家长，朋友圈里一水的熊孩子，唯独有一个人例外，就是他的毛笔字老师。

因为钱心一的胡说八道，王鑫直接误会了，他真以为陈西安就是刘易阳的小哥，一时觉得这三兄弟一人一个样，丁点也不像。

鉴于钱心一有腰椎疾病，不能受冻，彭十香给他缝了条护腰送到酒店。送到后她去了超市，准备买点牛羊肉卷晚上烫火锅，不巧遇到了王老师。

王鑫一见她就夸了起来："彭姐真有福气，三个儿子一个比一个出色。"

彭十香满头雾水："……我哪来的第三个儿子？"

王鑫于是点进了朋友圈，指着刘易阳的动态说："这不就是吗？"

钱心一脸上的笑容顷刻就刺到了彭十香的眼，他不肯去相亲，却跑去跟同事玩得这么开心。

彭十香脸色猛地阴沉下去，顾不上理王鑫，抬脚就走了。

王鑫见她慌里慌张地，连购物车都忘了推，在背后喊道："彭姐，欸，彭姐你怎么了？"

彭十香恍若未闻，脑海里全是伤心的臆想。

她叫钱心一去相亲，钱心一一丝面子都不给她，说忙，没空。

然后这就是他所谓的"没空"！都多大年纪了，还分不清轻重缓急，结婚才是这个年纪的大事，其他一切都应该靠边站。

说白了，钱心一也就是仗着自己现在还没成为彻底的老光棍，还能约得到一两个朋友，不知道孤独是什么滋味。可作为过来人，彭十香是清楚的。

年轻人对于未来，总是过于自信的，那个阶段她也有过，不怕以后没钱用，不怕寂寞和冷清，可有多少人的心态，能一如既往地保持年轻呢？

这儿子是真的伤她的心，不像小的那么省心，彭十香一口气跑上城乡班车的时候，气得一路泪如泉涌。

钱心一还不知道大祸将至，在儿童区溜刘易阳，浑身都散发着一股"不靠谱"的气息，他是个旱鸭子，注定与泳道无缘。

刘易阳玩水玩兴奋了，游得焊进了水里，皮都泡白了也不肯出来。钱心一怕他抽筋或是游深了，买了条别人跳舞用的彩带，绑在小孩身上，看他扎进水里泳得不知道今夕何夕快往成人区跑的时候，就把他拽回来。

陈西安出去买快餐了，休息的人多，队如长龙，他已经排了快二十分钟。他混在人群里，彭十香从他不远处经过，谁也没看见谁，等他取到半热不冷的快餐回去时，看见的就是突然而又难堪的一幕。

钱心一顶着一对中心对称的巴掌印站在人群中间，他母亲在岸上哭，他弟弟扒在泳池边上哭。陈西安听不清他说了句什么，就见钱心一的母亲忽然伸手，将他推进了泳池里。

不管是因为什么起了冲突，这都是陈西安的教养里不能接受的行为，以爱之名，贯伤害之行。

五分钟之前，钱心一蹲在泳池边，像收网那样拉着彩带："游泳池的儿子，该起来了。"

刘易阳这两天跟他混熟了，言行也放肆起来，想跟他大哥开个玩笑，他蹬着水伸出一只尔康手，另一只捂住胸口作丧命状："啊！这水……有毒！"

说完就沉了下去，憋着气在水底下思考，他入水之前好像看见他妈的脸，然后还没想明白，就被钱心一活生生地钓了出来。

"大……啊！"他湿漉漉地冒出水，才说了一个字，就见他妈妈一把拽起了钱心一，恼火地在他胸前捶了几下，刘易阳惊叫一声，发现她红得不正常的眼睛立刻涌出了泪水，眼神让他觉得非常不舒服。

这小打小闹远不如杨新民的背揖厉害，就是让钱心一满脑子都是蒙的，心想这是怎么了？

彭十香头疼欲裂，她抓着钱心一的领口，眼眶红通通的："钱心一，你平时就是这么忙的是吧？以前也是这么糊弄我的吧？"

刘易阳在水里微弱地叫了一声："妈，你为什么要打大……"

彭十香瞪向他声色俱厉："大人说话小孩不许插嘴！"

吼完她又转了回去，一眼不眨地盯着她的大儿子，刘易阳从没受过这种训斥，一声就被吓蒙了。

这大概是她有了新家庭之后这么多年，唯一一次眼里心里都纯粹只有钱心一，然而场面却是这么的不和谐。

他干什么了？值得她当着这么多人的面急赤白脸……

母亲目光里的哀戚压得钱心一揪心，他从来不想伤她的心，可她一直说他不让她省心。哪怕自己现在过得不错，她也要为他拟定一个以后必然下场凄惨的目标，就因为他没结婚，何必呢？就不能用善良一点的盼头来替孩子展望未来吗？

这事追根究底，是他和彭十香之间的"和平"到了该重新洗牌的时候，他妈需要一个结婚的儿子，而钱心一需要一个尊重他个人选择的亲人。

必要的时候，他想，最坏的打算就是从此不相往来，但在没得选来临之前，钱心一难免会抱有一点可以皆大欢喜的幻想，他欲言又止了四遍，压力和愧疚仿佛熏哑了他的嗓子，他勉强笑了笑说："妈，这么多人看着，咱回去说行吗？"

他没有正面回答自己的问题，所以这沉默就是……彭十香捂住眼睛倒吸了一口气，哭声听起来很揪心，那股子失望的情绪来得太汹涌了，她脑子里已经没有控制的意识了。她声嘶力竭地骂道："你还怕丢脸啊？我以为你不怕呢？那我在街坊邻居们面前抬不起头，你怎么不体谅体谅我？"

刘易阳被巴掌声震得起了一身鸡皮疙瘩，叫了声"妈妈"没人理会，被他们之间那种剑拔弩张的气氛吓得哭了起来。

主观来说钱心一觉得他是不怕丢脸的，他又没干什么丢人的事？他不偷不抢认真纳税，欠着贷款也很努力地在还，他和大家一样都是普通人，他有什么好怕的？但他不好反驳彭十香，她对他恩重如山，生他养他万般艰难，她说他丢脸，那就丢脸好了，反正面子丢了再要，是可以持续发展的东西。

不过他的妈正在怒视陈西安，看那个气势陈西安分明也进入了她的仇视范围，钱心一不可能让陈西安被卷进来，她对陈西安没约束力，而且陈西安的爸妈估计都没有打过他。

钱心一狠了下心说："妈，是我对不起你，你随便打，但是陈西安对你来说是个外人，你别瞪人家了。"

彭十香被气得喘不过气来，心口憋得无处发泄，她号了一声扑上去捶打他，不想钱心一站在泳池边上，还没挨打就被撞了下去。

有时候看热闹的人并不是那么冷眼，他们大多是连蒙带猜地看戏，需要比较长的脑回路才能反应过来。

钱心一砸进泳池里，没准备好呛了口水，被小弟弟使出吃奶的劲带出水面，登时咳得天昏地暗。

陈西安跑过来将他拉起来，等他清干净鼻腔的水，拉着人大步就走，从头到尾都没抬头看一眼敌视地盯着他的钱母。

刘易阳穿着条小泳裤爬出来，为难了一会儿吧嗒吧嗒湿脚跟着陈西安跑了，一来他是觉得他妈妈这样很可怕，二来是因为觉得他们都走了，他妈妈也会跟上来的。

彭十香自觉占着道理，心里虽然也后悔，但是不肯服软。

"你们给我站住！！"

她追上去想要拉开搀扶的两人，快贴近的时候陈西安忽然转过头来，盯着她的眼睛说："阿姨，要打要骂回去再说，这里差不多有八百多人，只要一部手机就能让他出名，你要是希望他爆红，被成千上万的人指指点点，我现在就可以停下来配合你。"

她就是怕人指点他，才会这么着急忙慌地赶来想打醒他，陈西安一针见血地戳中了她的死穴。彭十香脸色骤然燥红，不自然地环顾了一周，对上了几十双眼睛和竖起的智能手机，登时心惊肉跳地摇了摇头，除了哭不知道怎么办好。

钱心一缓过气来拐了他一肘子："你少吓她！妈你别听他胡说，我们先到车里去，好吧？"

到了停车场，他指使陈西安带他弟弟去堆个雪人，他需要跟他母亲单独谈谈。陈西安瞥了眼车后座，说："能谈吗？不然还是我来吧，替你扛下第一波集火。"

钱心一笑了声："别，这可不是上班，没有拉你出去躺枪的道理，等着吧，我先过去跟她谈谈。"

陈西安没心思跟他开玩笑，皱了下眉说："到底怎么回事？你妈怎么突然这么大火气？"

"那谁知道？"钱心一也纳闷，正要去问，他说，"但是你别慌，我先去打探一下，你去吧，不要紧。"

"让你洗碗的时候有这么一半的痛快我就要谢谢你了，"陈西安拍了拍他的肩，"别打肿脸充胖子，聊不下去也别吵架。"

钱心一点了下头，笑了笑："走吧你，没看我妈又瞪上你了吗？"

陈西安牵着刘易阳往空地上走去，钱心一搓了搓手，折身进了后座。车厢里一股低气压，彭十香阴阳怪气地开了口："舍得进来了？"

钱心一赔了个笑脸："妈，咱们好好说话，行吗？"

彭十香立刻急了眼，狠狠地一拍坐垫："好好说？哼，我好好说你不好好听！你让我怎么好好说，我好不容易把你拉扯大，你……就，就……"这么对我。

钱心一抽纸已经有了经验，眼疾手快就递了过去，彭十香擤了擤鼻涕："你怎么回事啊钱心一，我喊你去相亲你不去，你跑来跟同事玩水，你到底知不知道你多大年纪了？"

钱心一当然知道，可人又不是生产线上的螺丝，还都得活成一个模样。但这观念他跟他妈也理论不清，这么想着，钱心一就没吭声。

彭十香看他还是沉默，登时崩溃了："我接受不了啊钱心一，你不结婚，你一辈子打光棍，老了，没辙的时候后悔了，你怎么办哪？"

钱心一又给了她一张纸，忽然有种生平第一次跟她说心里话的感觉："妈，这不是我能控制的事情。你、王哥还有师父也给我介绍过不少对象了，我一开始都没反对，处着处着就散了，我说不合适，你们还要问个一二三四，问完了替别个姑娘和她的家庭做八百个辩解，我是当事人，我觉得特别烦。你们都说，结了婚就是找个生病了给你端口热水的人，可我就为了一口热水去结婚吗？我不会的。"

"你……"彭十香才说了一个字，就被钱心一抬手打断了。

"妈我知道你想说什么，但你听我说完，就五分钟。你是想说既然这个工作忙到连谈恋爱的时间都没有，那辞了算了，但是问题是我不想辞，这么累又没多少钱我也要干，你可能会觉得我犯贱，但是无所谓，我愿意就行。"

别人叫他设计师，然而他其实不算，他希望能名副其实，他希望他的设计有应有的分量，这或许叫野心，也可以说是诉求。

人这一辈子，衣食足不难，随波逐流更容易，难在不忘初心。

"咱再说说陈西安吧，他爸妈都是搞科研的，打小没管过他。你担心我老了没人端热水，他却是从小喝着冷水长大的，不也成了我同事，你看他比我差吗？每个人的活法都不一样，您呐别强求了，啊？"

"我要是那么在意别人怎么看，就不会单身到现在了，谁怎么看我都不在意，我知道我心理正常就行了。还有，过不下去是自己的问题，有没有孩子都得散。"

钱心一抬眼看向他的母亲，十分平静地说："妈，我也是你的孩子，但是你看我绑住了什么？"

彭十香浑身一震，失声痛哭起来，她觉得钱心一恨她。

钱心一叫了声刘易阳，弟弟踩出一串脚印过去，然后被他妈带走了。等人走出了露天的停车场，钱心一才挥了挥手，示意流浪的人可以走了。

他母亲这么刻意地避开自己，看来是对自己还有误会。陈西安倒是不太担心她的看法，他比较担心钱心一的心情，这人挺孝顺的，就这么跟自己走掉，估计是被逐出家门了。

钱心一倒是意外地释怀："放屁！我还有半只脚在家门里。"

他不会拜访刘振的家，彭十香说以后也不会去看他了，虽然没到断绝关系的地步，但本身就够疏离了。

两人都有点归心似箭，但王鑫的问题还没解决。

初三开始，刘易阳本来该去学毛笔字了，每天一小时，寒假结束之后恢复成每周末两个半天，可是这天他没去，因为他母亲去了医院。

彭十香因为注意力不集中，切菜的时候伤了手，左手大拇指三分之一的肉带指甲壳都被削掉了，指骨露在皮肉断层外，打了破伤风针，医生说指骨外露愈合慢而且可能引起骨髓炎，建议她切掉部分指骨予以缝合。她觉得医生危言耸听，包扎完就要回家。

她在医院大门口遇到了钱心一，看样子接到了消息赶过来的，陈西安不在他旁边。

间谍只能是刘易阳，彭十香看得出来他很喜欢钱心一，之前她也希望他们兄弟能亲近，可是经过昨天的事情之后，这种期望消失了，她不能接受刘易阳被带坏。

钱心一她是管教不动了，这个大儿子的生活和心都离她很远了，他对她看起来顺从，但心里全是自己的主意，她从来不知道他说起话来言辞这么犀利，一句话就让她辗转了一晚上。

他不愿意相亲，自己不同意又能怎么样？搬去他的家里看着他？可白天呢？把他逼到辞职？这两样都不现实。

但是接受对现在的彭十香来说也不可能，父母盼子成家的心情犹如待完成的一项必要任务，看到了那对红色的证，知道他从此有人陪，明白孙辈已经不远，才觉得尽到了义务，可以开始享福。她的义务没尽到，她既震怒又焦虑，她替他做的考虑他都狡辩得振振有词，彭十香对他没有办法，却也心灰意冷了。

他们本来就只有过年才见得到面，如今这一面都可以省了，她不用再两边为难，钱心一也不用心不甘情不愿地过来了。

等到有一天她老得走不动了，忽然想见见他的时候，不知道他会不会后悔，年轻的时候没听老人言。

钱心一迎上来叫了她一声，见了她包着纱布的手，一瞬间脸上就露了愁。

彭十香当他是个隐形人，连个眼神都没匀给他，直挺挺地走了，刘易阳边走边回头看他，不清楚这是怎么了。

钱心一跟到她上了车，心里难受得如同塞满了岩棉，闷气透不出去，憋得气怎么喘都不对，心慌的感觉再度明显起来，他捶了捶心口，猛然摸出烟盒抖了一根堵住了自己的嘴。他大步离开了医院，一路低头进了车厢，心想：这风可真大。

她不打他，而是选择了漠视他。得到和失去基本是平衡的，他得到了暂时的安宁，也失去了母亲的信任。

因为招投标都是暗标，所以别墅的建筑图一出，半个月之内就完成了招投标，半个月大小分包深化，去年天寒地冻的 12 月中，就地取了块样板墙，分包放线之后就进入了样板间的加工过程。

B 市有个石材加工的厂家，是别墅项目内定的材料商，为了赶上别墅要求的工期，他们春节就休了四天。

钱心一去医院之前接到电话，材料商请他们去认石材柱脚的样板，两人都还在休假期，本来可以拒绝，但是人正好在 B 市，就答应了。

钱心一从医院过去，加工厂的露天棚里堆满了石材大板，因为还没有开始大面积加工，所以厂里人很少，切割的声音也不算扰耳。

陈西安蹲在结满了冰碴的废料上量尺寸，感觉这个柱脚真是丑得不忍直视，水冲面的黑色花岗岩给人的感觉就和皮鞋上沾满了灰差不多。

接洽的负责人姓范，惯于察言观色，也是苦不堪言："管理那边天天催，催我交样板，可我都改了四个了，他还嫌我动作慢，他怎么不说铜板那边方案都没动过呢？陈工，您这边是大设计，要不你给我几个你觉得最好看的处理面，我做它个十个八个，一起搬过去让他们选。真是不讲道理！"

施工就怕改，款项确实可以协商增补，但是工期会一拖再拖，所以实际上施工单位都不愿意要那点增补费。

有钱的就是大爷，陈西安只能安慰他："消消火，遇到问题解决问题，范经理你不要急。"

钱心一谢过了带路的工人，半张脸围在陈西安的围巾后面，被建筑稀疏的郊外狂风冻得眼皮都僵了，一走近就往范经理心上扎了一刀："哟，石材柱脚都磨上砂了，谁定的高级效果？"

范经理苦哈哈地笑道："钱所新年好啊，对不住过节打搅您二位，我这也实在是没办法了。您也别讽刺我了，我都难成这反样了，这效果您二位都接受不了是吧？我看都甭往现场运了，赫总肯定也接受不了，嗐，我估计又要改了。"

因为赫剑云的反复无常，这个样板其实已经修改过好几次了。

钱心一把陈西安扒到旁边，自己蹲在柱脚面前看了看，觉得工艺还凑合，圆弧磨得挺规整，弧度也不错，就是颜色没配好，脏兮兮的感觉。

不过样板就是看工艺效果用的，就好比名片印得不够高档，出门会被人看低一头。

范经理："大设计给点指导性的意见？我已经改不动了。"

钱心一站起来又后退了几步，看了看柱脚的远视效果，眯了眯眼："要听实话吗？"

范经理对他拱手："实话实话！您说。"

钱心一看了眼陈西安，后者微微笑了笑，于是他开始说："贵厂的加工工艺就不说了，你自己打了包票要做出个名堂来的。问题有两个，一个是表面处理方式的问题，颜色有点脏，你自己也觉得了。"

范经理连忙点头，问他该怎么办，钱心一笑了下："先说完问题吧，第二个是我自己的感觉，你听听就行，毕竟个人审美不一样。"

"这个柱脚的建筑设计是我们出的，扣在图纸上看效果也不错，但是看图和实物是不一样的，16 寸的电脑屏能放下一整栋楼，但是人站在建筑下面看的时候视野是有限的，看到的都是面前的一小块，细部的感觉会放大很多倍，你明白我的意思吗？"

范经理觉得他说得很有道理，但是这和第二个问题有什么关系呢，然后他说："我懂我懂。"

要是懂了问题也领会到了，陈西安出来给他铺台阶："我也觉得这个柱脚小气了点，刚量过尺寸，柱圈从 750 毫米收到 650，上面接 600 宽的铜柱，感觉托不住上端的紫铜柱。"

钱心一也是这种感觉，范经理又傻了："那，怎么办呢？"

这就是钱心一不愿意接手别墅的原因，这个施工线上的一大半的分包商都不具有施工设计资质，作图困难，不善于思考，所以丁点大的事他们都要反馈到设计院去。

但实际效果这种事情，恰恰是承包商最有资格发出声音的地方，他们有经验，有实体感官，自己的材料怎么做效果最好，应该比画图的人清楚一百倍。

钱心一笑了声："你问我？大哥，你才该是最清楚的好不好，水冲面泛灰，你不知道哪种处理或者是石材颜色沉吗？"

范经理特别无奈："我知道是知道，光面、黑金沙或者蒙古黑都可以啊，但图纸上不是标的水冲面吗？到时管理又说我不按图施工，我怎么办？"

钱心一也是服了："图纸是可以改的，一个表面处理方式，发个变更也就一句话的事情，赫总满意比这个重要得多。做石材你才是专业的，你知道水冲面效果不好，那哪个效果好，你给他提意见。他理你这些事就都没有了，他不理你，你也表现过自己的专业了，重做的时候他会考虑你的意见，改一次也就过了。当然，我觉得陈瑞河陈总还是很负责的人，应该是会理你的。你说你是不是活该？"

范经理叹着长气："唉，钱所，我有我的难处，这项目人太多了。"

别墅这小活内斗异常激烈，都赶得上搬砖版的甄嬛传了，内幕钱心一知道的不多，但是牵扯到材料认定有他签字的环节，他多少知道一点。

陈瑞河和设计院知道施工队已经内定了，但是总包和管理公司不知道，在招标之前，他们就各自找了自己的施工队伍，准备从中捞点利润，结果一开标傻了。心里有气只能往他们身上发，可谓是百般刁难。

钱心一事不关己的样子："人多是人多，不该说的别说，该说的有什么怕说的。"

范经理下了个决心似的："那行我知道了，我做个光面的，一起送到现场去。"

先斩后奏事办得不漂亮，但应该不需要再运一次了，钱心一不太赞同他的办事逻辑，但也没再说什么，提点能点到为止，在职场已经是仁至义尽的表现了。

"那不大气的问题呢？"范经理解决了一个问题脸上有了笑意，"钱所，陈工，要不麻烦咱设计院给出个方案，我们照着做个样板？"

钱心一斜眼看他笑："过河拆桥是吧，都我改还要什么深化？第二点我是给你提个醒，样板装上了要是真小气，你现在可以想想调整方案，省得到时候又慌了。"

范经理赔笑道："钱所，谢谢你真的，我不是这个意思，我是不知道怎么改得大气，您和陈工给我画个草图也可以啊，毕竟最终的效果还需要你们确认。"

钱心一才不给他画："不知道怎么大气就出钱找个设计，不然你们后期自己吃亏。"

陈西安很喜欢他工作起来的气势，该拒绝时绝不嘴软，不会因为张不开嘴给自己找麻烦。

范经理笑着把他们往外送："行行行，我立刻就去找，钱所、陈工，太感谢二位了，真的，他们把皮球踢得我都没法干活了，以后有帮得上忙的地方，一定不要客气。"

两人跟他握了手，各自开着自己的车，一前一后地回了市区。

因为彭十香切伤的事情，晚上钱心一灵机一动，忽然想出个自己都觉得挺可怕的办法，他一边震惊于自己的丧心病狂，一边又皱着眉毛很严肃地思考，可行性到底有多少。

陈西安有种他真是机智到尽头反而蠢萌的感觉，坐在沙发上笑了半天，最后起身出门去超市买了袋面粉，以及一盒儿童用的爽身粉。

面粉和爽身粉按 7∶3 的比例混合，效果还不错，但是就算一切顺利，他们还需要一个官方的证人。

两人又去了趟区派出所报警之后得到一则信息，王鑫不是头一回被人告，但是他到现在还在逍遥法外。

负责记录的民警是个中年男人，家里的孩子正是上小学的年纪，也是提心吊胆生怕孩子遇到这种道貌岸然的人渣，答应接到报警电话会第一时间赶过去。

大哥的爱来得比龙卷风还快，刘易阳光着屁股直接蒙掉了。

他妈妈不许他再接触钱心一，他都快到王鑫家门口了，接到大哥电话还是偷偷地跑了下来，哪里知道大哥把他拉进一层的男厕所，叫他脱裤子。

刘易阳茫然地脱了裤子，看他拿出一盒爽身粉开始往他身上涂，就说："大、大哥，这是要干吗啊？"

钱心一这辈子没给小孩涂过爽身粉，动作十分拙劣，陈西安笑眼旁观，感觉他是把弟弟的屁股当成了毛坯墙在刷，涂了特别厚一层。

"大哥怕你尿不干净滋到小鸡鸡。"钱心一确实在遗憾这干粉不如水泥砂浆，挂不到孩子的皮肤上去，他涂完前面示意他转过去，"你这要去上课，那个姓王的肯定不欢迎我，所以你进去上你的课，我就在楼道里，要是那姓王的他又摸你，你就大声叫，我马上来，听见没？"

刘易阳不求甚解地答应了。

钱心一本来以为要等几天，不料王鑫因为刘易阳好几天没来上课，已经憋到了极致，他只等了一天，初四那天上课不到二十分钟，他的手就伸进了孩子的裤头。

小孩身上涂爽身粉是很正常的事，所以王鑫摸到在滑石粉作用下更加细嫩的皮肤时并不觉得奇怪。

他把一直往后躲的刘易阳往怀里揽了揽，刘易阳慌得不行，眼底的泪花猛然翻了上来，他很害怕，他的推打对于兴奋的王鑫来说犹如隔靴搔痒，这种力量悬殊的对比让他感受到了绝望。但是他不敢哭出声，因为王鑫会用摸过他屁股的手来捂他的嘴。

大哥和陈叔叔就在外面，这几天只要他来上课，他们就在楼梯间里等，刘易阳知道自己只要大声地叫，他们就能听见，但是他们进不来，因为他看见王鑫锁门了。

刘易阳捂着嘴，被王鑫翻了过来，王鑫把他推在椅背上。

刘易阳打了个嗝，不知道哪儿来的一股勇气，突然用尽全身的力气踩在王鑫解开了一半的外裤上，然后推开他跳下椅子，提着裤子往门口跑去，一边跑一边开始号，"大哥""叔叔"地瞎喊。

钱心一本来就在门外，听见动静来撬门，他专门去石材厂借了两把石材刀，就是为了预防王鑫不肯开门。他刚在锁眼旁边刺了两刀，门却忽然从里面打开了，刘易阳扑到他腿上，被陈西安用大衣裹着腿抱了起来，钱心一冲进去，把痛得还没缓过神来的王鑫手给绑了，然后把他打了一顿。

王鑫不仅是个变态，好像还有点被虐狂，他被钱心一打得闷哼不断，居然还笑得出来，一股挑衅的意味。

钱心一又想打他，被陈西安制止后拿出手机通知了民警，陈西安倒是很冷静，抱着刘易阳坐在他对面跟他谈："王先生，你这么自信的原因是公安系统里有人能一手遮天呢？还是觉得我们不能算证人？"

王鑫不屑地笑了一声，要不是被绑着手，他还想推一推他那被打歪的眼镜："都有吧。"

"那我真是挺害怕的，"陈西安毫无诚意地说，"又不算证人，还没有证据。"

王鑫耸了耸肩，示意他识相地放开他，陈西安指了指他的手："爽身粉摸起来怎么样？"

王鑫拈着手指，感受滑石粉的功效，边看向扑在陈西安肩头的刘易阳，笑着躺到了沙发背上："特别细滑，手感好……啊！"

钱心一往他腹腔上最软的地方杵了一拳。

陈西安的眉心终于皱了起来："是吗？那挺可惜的，以后你都没有机会再体验了，我们会不惜一切代价把你告上法庭。"

王鑫没把他的威胁当回事："你去告啊。"

陈西安朝前倾了倾身体："王鑫先生，我知道你的后台很强硬，但哪怕他是天王老子，我也觉得你不该得意得太早。现在是网络时代了，你足不出户都可以被人肉出祖宗三代，你有强权，我有舆论，我虽然不才，但好歹也是个大V，发个动态转发十万八千，现在的网民最见不得猥亵儿童了，你要上热搜很容易。"

钱心一觉得陈西安简直绝了，拖延个时间他就成了大V，他的微博只发一些他觉得好看的建筑角落，粉丝堪称寥寥。不过杨江的微博算个大V，他年少轻狂的时候在网上唱过歌，有一堆粉到现在还对他不离不弃。

王鑫这个年纪会用电脑，但是他不玩微博，所以他觉得陈西安在胡说："我警告你们赶紧给我松绑然后滚蛋，不然我保证你们也能上新闻，私闯民宅、蓄意伤人，外加诽谤。"

陈西安笑了笑："你有证据吗？有证人吗？还是说你家里有摄像头？"

王鑫被噎了一下，盯着他的目光开始发狠，这个时候响起了敲门声，王鑫见他抬头朝玄关点了点头，打了声招呼："刘警官，您好。"

王鑫的脸色终于变了变，脑子里不知怎么的忽然想起对面这男人问的那句"爽身粉摸起来怎么样啊"，心里一阵急跳，总觉得不太好。

进来的民警提着个药店的塑料袋，身后还跟着一男一女，他走过来把东西往茶几上一放，说："你们要求的碘酒我去药店买了。"

接着王鑫被人压着手腕往手上滴了碘酒，粉末虽然不多，但足够碘酒变蓝了。

王鑫做过一轮狡辩，说淀粉是警察来之前，这两个人强行抹在他手上的，等他说完陈西安掏出个U盘交给民警，那是个录音盘，音效很一般，不过他承认他后头有人的言辞都听得清。

这东西比淀粉和碘酒厉害得多，后头的人就算想捞他，也不敢太明目张胆。王鑫被押进了看守所，等待受害儿童父母的上诉申请。

彭十香接到警察通知赶到派出所之前，钱心一和陈西安就离开了B市，在这个兵荒马乱的春节即将收尾的前两天，两人去远郊看了次日出，本来是想在新一年讨个好彩头，谁知道去了之后乌云蔽日，新年伊始，不见旭日东升。

刚毕业的年轻人必然要经历的一个过程，就是每逢春节胖三斤，徒弟肉眼可见地胖了一圈，被办公室人嘴问候了一声，大伤自尊地开始在网上找附近的健身房，发誓要回到青春的模样。

钱心一笑了笑没说话，他没有这种困扰，不过陈西安要是停止锻炼，估计会发福，看他爸爸就知道了。不过健身是勤快人的习惯，和胖瘦关系不大。

胖子却瘦了很多，可能是之前胖得看不清鼻子眼睛，稍微瘦一些就觉得这是个潜力股，不过他和梁琴之间感觉怪怪的，以前一天吵十遍，现在根本不说话，不知道过节这段日子，他们之间发生了什么猫腻。

GAD的传统是节后两天缓冲期，朝九晚五不加班，悠闲到周末休息两天，工作开始进入正轨。

风洞试验的报告书返回来了，别墅的内装设计早已经进驻，一个冬天的成果显露出来，邮箱里收到一个工作联系单，下周二下午2点，别墅设计施工交底会和内装嵌入环节预计一个下午交接完。

这是结构封顶以后，钱心一第一次到现场来。

铁门后的那条大狼狗还在那里，蜷在用木板废料钉出来的窝里，冻得连头都懒得抬一下。

四处堆积的钢铝管材不见了，听门口守卫的大爷说，年前为了防止盗窃，将管材用吊车吊到土方里埋起来了，还没扒出来。

地下一二层的回填土还没填，钱心一隔着巨大的坑道望了一眼主体的结构，登时对张航所在的总包一点期望都不抱了。

出正负零不到10米的框剪结构，肉眼都能看出来转角的主梁歪出去了，这绝对不是误差允许的正负20毫米能有的效果，楼倒是不会倒，只是模板制成这水平他们还能拿到施工资质，也很是要点背景。

钱心一因为冷，缩着脖子绕着楼体兜圈，越走越觉得这项目得找个金牌监理，否则真的会出问题。他指着八角楼一层顶的边梁说："陈西安，那个梁有800吗？我怎么记得梁图里当时标的是1070呢。"

陈西安目测了一下，大概有个750的样子："不到800，梁最开始的梁图里确实是1070，窗洞顶正好在板下负1070的高度，本来方案是主梁受力需要800，窗洞的二次构造得要200，就剩下70那么点，砌块也砌不上，就直接拉了个大梁，没想到他们跟我说……"

"苍蝇的腿它也是肉，对不对？"钱心一斜着眼看他，有经验得不得了。

陈西安好笑道："他们自己出变更，找了一堆让我无言以对的借口，减轻结构自重、节约成本、缩短结构施工工期，既然他们不怕麻烦，签字盖章说能达到施工要求，我没什么可说的。"

钱心一踢着块冻化的土，沿着路拐了个弯："你说赫剑云这么有钱，找个一体化施工多好，非要大包套小包，弄个管理再来个监理，钱也不比一体化少花啊，你说他图什么？"

陈西安想了想，记忆里赫斌的爸爸是个非常固执的商人，当年赫斌跟他对着干，不肯去读经管，他就真的狠得下心来断儿子的生活费，他要是觉得这些个自建房水平的施工队好，根本不会管他们有没有资质。

公平公正地说，这个中标的施工队工人水平都很高，赫剑云看上的就是他们是内装队伍，施工精度有保障，但是再有保障，说穿了他们只是一群工人，他们只管东西上墙，出了问题却负不起责。

"就看图外墙上那 5 毫米的胶缝对不对得齐吧，毕竟是卖给对线条很敏感的画家朋友做美术馆用的。"陈西安闲闲地说。

钱心一笑着撞了他一下："你太损了。"

他们没有时间上楼去看看，因为陈瑞河抄着个扩音筒在叫他俩回去开会，这个项目说小不大，吃饭都是用的这么时尚的叫法。

与会人员多得吓人，陈瑞河、结构总包、管理、设计院、幕墙顾问、幕墙大包，下属分包门窗、金属板、玻璃幕，等等，会议室那张 8.8 × 2 米的长木桌连主要负责人都没能全坐下，愣是靠墙又码了一圈小板凳。

因为会议的第二项是与内装交叉，而内装设计师 Anrd 先生又是个德国人，所以高远把从 JMP 跳槽的陈毅为也派来了。

陈毅为虽然没进过 JMP 德国总部，但作为中英混血儿，他的英语是无可挑剔的。

赫剑云还没来，技术交底这种事他是不会来浪费时间的，陈瑞河说了一堆官方话之后，顾问开始给外墙单位交底。

幕墙作为建筑中异军突起的效果分项，在短短二三十年的时间里自成体系，对于设计师来说是十分陌生的一个版块。

钱心一的笔记比接受交底的施工队都认真得多，他甚至还准备了几个问题，准备会后去向顾问单位请教。

陈西安看了眼他的 123，凑过来跟他小声讨论，比如幕墙与结构之间的缝隙，层间防火怎么封堵，要求又是什么，又比如建筑主体有自己的防雷体系，而外墙金属比重大，具体的防雷措施和手段又是什么，等等。

杨江是个顾问，这些是他经常挂在嘴边的词语，陈西安建议他有问题可以去咨询杨江。

陈毅为忙得不得了，一直在用手机查阅投标文件和合同，钱心一觉得比起技术，他其实更适合当一个商务人员，而当一个技术人员的心思不能全部放在专业上，他就会不断地倒退。

张航没有坐桌边的资格，坐在他们聂总后面的小板凳上，钱心一和聂总在一排，因此看不见他，不过张航一直盯着他的后背，偶尔露出个谁也没看见的冷笑。

技术交底即将结束的时候，赫剑云恰到好处地来了，他身后还跟着五个人，那个外国人是内装的设计师Anrd，他身后一对颇为养眼的年轻男女是他的两个助手，另外两个人是什么身份就不得而知了。

赫剑云摆摆手示意大家继续，不用在意他，不过基本没几个人能真的无视他，各单位的态度陡然积极起来。

交底十分钟之内就简单粗暴地结束了，百分之八十的与会人员退出去，只剩下陈瑞河、设计院以及施工单位的领导，大家迅速地挪了挪位子，接着开内装的碰头会。

赫剑云穿着件宝蓝色的冲锋衣，和他素来正式的形象十分不搭，不过两手扣在腹部的姿态还是那个熟悉的总裁味道，等陈瑞河双向介绍完人员，他环视了一周开始说："我们这个项目是按住宅报批的，但后期会改造成美术馆，这个事情很早我们就跟设计院协商好了，强电弱电消防所有的要求，都是踩的验收擦边线，墙体的位置也是按使用的实际功能来划分的。"

"现在内装这边Anrd已经有了方案，和我也讨论过了，今天他就是来跟大家分享一下具体的内装详情，以及有局部改动的地方，需要设计院这边配合。"

陈毅为从大老板出现的时候开始就没看文档了，闻言立刻笑道："没问题，这本来就是我们应该做的。"

赫剑云面无表情，但是对他点了点头，看得出对他很满意，钱心一转了转笔，不讨喜地强势插入了一句；"在条件允许的情况下，我们这边会尽力配合。"

赫剑云的目光落到陈西安身上："我记得结构是陈工负责对吧，内装对原来建筑图中的室内隔墙做了很大的拆改，你的工作量应该是最大的，你跟得上进度吗？"

在小蛮腰启动之后陈西安就撤出了别墅的结构组，不过赫剑云还不知道这个事，陈西安也不会刻意告诉他，他说："赫总，我从来不在事情完成之前拍着胸脯跟人保证，事实才是最有力的证明，我只能跟您说我们钱所那句话，在条件允许的情况下，我们尽全力把事办好。"

赫剑云碰了个软钉子，没做回应，把目光转向了内装设计师："Anrd，你开始吧。"

德国人立刻体现了他们的严格要求，在任何一个方面。

工地的会议室也是活动板房，隔音效果极差，室外五十米开外有个混凝土搅拌机，德国人讲了不到两句话，外面的工人正好开了机器，霎时一阵阵有节奏的杂音袭来。

Anrd 先是皱着眉，继而停下了艰难的中文，顿了顿之后继续了没一分钟，被打扰得崩溃了，他一点也不客气地看向赫剑云，右手在面前翻涌："赫总，你能不能，能不能让他们停，停下来。这，太吵了，我没有办法继续。"

钱心一和陈西安面面相觑，他们其实很习惯这种声音了，习惯到这外国人不提，他们都没注意。钱心一一边觉得这设计师对环境的要求真是高，一边又觉得这么细微的动静对他来说都不可忍受，他们过的生活，一定和自己很不一样。

还没等赫剑云吩咐，陈瑞河就大步出去了，很快搅拌机停下来，陈瑞河也回到了位置上。

德国人很开心地道了谢，愉悦地开始讲他的彩色平面图，可惜好景不长，他讲了不到半小时，外头又开始搅上了。对于施工队来说，下午2点到6点之间是黄金时间，一分一秒都不可浪费。

Anrd 忍了又忍，还是没忍住又提了一次，这次陈瑞河出去发了通火，声音大得钱心一都听见了，这回搅拌机一直到他们离开都没有再启动。

德国人开心地用蹩脚的中文讲完了他的设计，巨大的开间，空旷的视野，赫剑云大为满意，而这次没忍住的是钱心一。

赫剑云明明说的是内装把建筑图的室内隔墙给拆改了很多，他现在一看完全不是那么回事，他们把不少兼顾承重和防火用的剪力墙都给优化没了。

家乐福的大火历历在目，钱心一的脑海里还有凄厉的叫喊。

在赫剑云看过来问配合有什么问题没有的时候，钱心一说有，他指出了局部位置的消防验收通不过的问题，赫剑云觉得这不是个问题，他觉得那些地方全是通透的玻璃，忽然遇到一堵实墙，看起来太扎心了。

钱心一拧着眉头，陈毅为生怕他得罪了大老板，连忙出来打圆场："可以做防火玻璃。"

力争完美的内装设计师又犹豫了："我见过防火玻璃，半透明的程度都达不到，效果很难看。"

钱心一耐着性子解释："美术馆是展览厅，人流密度大，防火是必须重视的问题。"

Anrd急得连英语都出来了："No No No，这里的墙必须拆、拆掉，因为我这里是、是个纯玻璃的旋转楼梯，赫总非常喜欢这个设计。"

赫剑云也被钱心一卡得有些不高兴，他自己的房子，还得这个小设计说了算？

"就按内装的平面，旋转楼梯全玻璃的，这是这个户型的亮点，钱所，你们回去照着改吧。"

钱心一眼睛一抬，陈西安就知道他要发脾气了，不过他没拦，得罪赫剑云固然不明智，但是他想起那场大火，想起钱心一低落的那句"我算个什么呢"，心里就一阵酸涩，钱心一坚持以人身安全优先考虑，难道也是错吗？

钱心一说："赫总，说穿了这是您自建的房子，拆得只剩一根钢筋都没人该有意见，但既然图纸最终是要盖我们设计院的章，我也该表明一下我的态度，隔墙您随便拆，剪力墙算得过也能按着切，不过防火墙这一块，我会坚持原方案！"

他的语气太坚决了，坚决到别人都以为他是故意在和赫剑云叫板。

内装碰头会不欢而散。

连陈瑞河都觉得钱心一有点不识相，散会之后假装有事忘了说，追到铁门外数落了他两句。他的良心偏向钱心一，但是他的立场依附赫剑云，他能做的就是私下劝劝这个耿直的人。

陈瑞河："我的钱所啊，不是我说你，你刚干的事情是真不漂亮，规范再严格要求也是它规范的事，审核不过打回来再说，你说你要跳出来出头！咱们的汉语是非常博大精深的，你哪怕假装敷衍地答应了，回去再说问了建管局那边实在不行，都比直接打他的脸要好啊。"

钱心一张了张嘴，终究什么都没说，陈瑞河是个聪明人，他懂他的老板，不过他身在其位，揣着明白装糊涂，钱心一可以理解他。

但是他也不是傻子，他也懂他的老板，高远绝对不会为了几堵墙跟赫剑云据理力争，至于审图机构那边，赫剑云连公共空间的地皮都拿来盖美术馆了，几个小小的技术章还是问题吗？

不是他要跟赫剑云对着干，而是除了他之外，他不知道这个项目里，还有没有人会为不合规的地方说话了。

大家都选择睁一只眼闭一只眼，钱心一知道最终他也会变成这样，但他还是要坚持，他是对的，哪怕只有他自己知道也好。

陈毅为最近在做投标，公司的车他在调配，三人离开工地二里多地，他才想起他的收款合同忘了给陈瑞河，掉头又回去了。

钱心一和陈西安在原地下车，准备打的回公司。

钱心一没事人似的趴在车窗上拍经过楼体的照片，他有很好的观察习惯，遇到比较新颖的造型，或者因设计失误造成的功能使用不便的实物，他都会拍下来，收集到电脑里去。

不过陈西安知道他心里肯定不痛快，因为他自己也十分不爽。

正好顺道路过财富广场，经过景观天桥的时候，陈西安忽然叫了师傅停车，他什么也没说，拉着诧异的钱心一上了天桥。

这是当年为小三居的双曲玻璃幕抛砖引玉用的玻璃栈道，近四十米长的小角度 X 形的玻璃踏面，用钢构架在下沉广场上面，像一条透明的地毯一样延伸到主入口，高空远景的效果犹如一件艺术品。

如今这里人来人往，玻璃也被磨得失去了部分透明度和光泽，很难想象这里初期投入使用时，顾客宁愿绕外圈多走半里地进商场，都不肯踏上这里走不到四十米。

这盛况也说明人们已经遗忘，这桥上曾经有过玻璃爆裂，顾客坠亡的事件。

钱心一知道小三居的模型是陈西安建的，但他不知道他拉自己来这里干什么，看风景？散心？这都算消极怠工了。

他被陈西安拉着，一直走到五分之三长度的位置，在左起第三块玻璃上站定了，两人踩在同一块玻璃大板上，一低头还能看见有个戴墨镜的女人从下方经过。

"心一，××09年C市发行了一号红头文件，限制许多建材使用的规定，你有印象吗？"陈西安问得没头没尾。

钱心一瞥着他，虽然莫名其妙，还是先愤慨了起来："不记得才怪！那会儿我正好有个楼，才交出去三天就被打了回来，说玻璃配置不合新规定，给我改了一个通宵。"

陈西安笑了笑："文件发行的原因就在我们的脚底下。"

钱心一的好奇心明显被勾了起来："别卖关子了，直接说吧。"

陈西安蹲下去，手指压着玻璃版块拼接位置的黑色胶缝走了一段，沾了些行人鞋底的灰，不过他对此并不在意。

"这块玻璃在当年5月份坠落过，把下面正好经过的一位男士的小半边头盖骨都砸碎了，事故上了各大早间新闻网，这个商场的负责人、施工单位、供货商甚至设计院，全部都收到过问责通知，大家都不肯承担责任。甲方组织了专家评审，评了四天，最后判了施工组百分之八十、设计师百分之二十的责任。"

钱心一也蹲了下来，觉得这责任判得很奇怪："听比例是施工的问题，百分之二十是个什么鬼？设计要么没问题，要么就是百分之百吧，还有……你这内幕知道得好像有点多，09年你好像还没毕业吧？"

"好问题，正好问的是我想跟你说的，"陈西安的语气轻快，脸上却没什么笑意，"那会儿我读研三，跟的导师是姜伟教授，他当时在C建院挂名，研究玻璃这种独一无二的脆性材料。作为国内首条大跨度玻璃天桥，这座桥的深化设计就是他。"

姜伟这个名字钱心一不算陌生，知道他是国内建筑装饰协会的一名专家，有几本规范上的编撰人里有他，排在不前不后的位置。

陈西安既然提起他，那就说明当年被问责的设计是这个教授，钱心一虽然仍然不明白陈西安想跟他说什么，但以他的性格来讲，不会无缘无故地回首往事。

"评审的专家都签了名，认定他有百分之二十的设计责任，不该采用玻璃做踏面材料，但是姜伟不承认，他说他的设计没有问题，其他板块的正常使用就是证明。"

"他当时在评审现场说过一席话，我到现在都还记得很清楚。他说，'三百多年前，设计温泽市政大厅的莱伊恩敢用一根柱子撑起一个大厅，并放下豪言一百年要让怀疑过他的人哑口无言，那么今天我也敢说按照设计要求，十年之内，我的玻璃桥没有问题。'这是这座桥至今还能保留的很重要的一个原因，他当年被取消了教学资格，现在一样很成功了。"

钱心一隐约明白他要跟自己说的是什么了，心里如同冬雪消融，潺潺流出一股小溪来。

陈西安用蹲在地上的姿势说出了重点："这里借用一下钱学森大师的一句话，打开门的常常是最后一把钥匙，不要觉得你的坚持毫无意义。"

"莱伊恩让世界看见了一个奇迹，姜伟让这个城市多了一道风景，你的坚持在赫剑云看来无足轻重，但对于个人来说这是一种不多见的品质，时间会证明它的益处的。"

"扯淡。"钱心一绷着脸，跟陈西安眼对眼，终于忍不住慢慢笑开了，他这搭档官方起来真是蛮可怕，半句沾不上苦口婆心，却让他嗅到了放下的味道。

不过他向来死鸭子嘴硬，不愿意承认自己被感动得一塌糊涂，钱心一笑着说："会不会好好劝人啊，一句话的前奏这么长。"

"那来个简单粗暴版的，"陈西安笑着说，"钱所，你跟赫剑云叫板的样子真是帅得深得我心。"

"谢谢，"钱心一礼尚往来地搞起了商业互吹，"你刚刚蹲在这里说话的样子也英俊得不得了。"

陈毅为回到现场，发现门卫不在，他叫远处晃晃悠悠走动的工人，人家假装没看见他。他给陈瑞河打电话，那边快十分钟了还在通话中，他来回蹓了八趟，终于看见一张相对眼熟的面孔，叫了两声"您好"，那人好歹过来了。

张航手抄口袋，看着钱心一这个小开模样的同事："你有事？"

陈毅为笑了笑："先生贵姓？我有点合同上的事情找陈瑞河陈总，你帮我开下门吧。"

"姓张，"张航的态度不怎么样，主要是因为他是钱心一的同事，"我没卡，你等着吧。"

"张工你好，欸你先别走，"陈毅为抬腕看了看时间，"主要是现在不早了，我晚上还有个饭局要赶，麻烦你帮我找下门卫吧，先谢谢了。"

张航侧身眯着眼看了他一眼，觉得这个人有点太客气，跟钱心一那种火药筒的风格不太搭，便直觉他们的关系就不太好，应了钱心一那句玩笑话，敌人的敌人就是朋友，他的敌意登时淡了一些。

门卫在小厨房帮忙择豆角，被张航寻到去开了门，陈毅为谢过两人之后直奔了管理办公室，找到了还在通电话的陈瑞河。

钱心一和陈西安回到公司，不一会儿钱心一就被高远叫进了会议室，老板的表情外露，一看就不太愉快，钱心一本来以为高远接到了告状，要来说教他，谁知道一进门发现其他两个所的所长也在里面，空气里有股莫名的凝重感。

他刚坐下，高远就推过来一份文件，是张表格，罗列着几个项目的面积、费用等等讯息，钱心一瞄两眼的工夫，高远就开始说话了。

"这是公司今年，截至目前，所有的项目合同单，也就是说，要是没有新中标的项目，今年就要靠这几个清汤寡水的活维持运作了。你们去年都很辛苦，这点我是知道的，但是我希望你们也想想，为什么今年会这么难？要么是咱们工作没做好，要么是全行业都这么不景气，起码心里要有个答案。"

"今年甚至明后年肯定不好过，我跟毅为还有商务那边初步商量过了，决定裁员，把那些浑水摸鱼的，拖累小组工作进度的大神都请走，你们是负责人你们肯定最清楚，这周之内每个所给我两个名单。"

钱心一脸色一变，一看其他两个所长，也淡定不到哪里去。

钱心一在垃圾桶前面神游九天。

陈西安注视了他一分钟，终于忍不住咳了一声："你要是实在不愿意弄，就出去好不好？"

钱心一"啊"了一声，回过神发现菜篮里的豆角已经没救了，短小精悍的厘米段，跟工地上轧的钢筋差不多整齐。

下班的时候陈西安问他吃什么，他说想吃干煸长豆角，现在塑料袋里已经所剩无几，看来今天是长不起来了。

坐在小马扎上的钱心一叹了口气，其实也没有特别不愿意，但还是将手里的半段扔进了篮子，把裤腿当抹布那么一擦，准备脚底抹油："那我出去了。"

起到一半陈西安又改了主意，单手压住他头顶将他摁了回去："算了你还是择完吧，反正都碎成这样了，我也很难达到你这种流水线上出来的水平，正好陪我聊会儿天。"

钱心一最烦别人压他的头，连忙捡起那半截豆角抽他的小腿："别找碴儿，也不许摸男人的头，聊什么聊，没心情！不聊！"

抽在腿上有点力道，但还达不到痛的地步，陈西安心想"你没心情也不是一时半会儿了"，就笑着逗他："我有心情，聊五分钟的行不行？"

"你的恶意能不能别这么明显，很幼稚。"钱心一不想聊，不过他知道以陈西安的心思很容易演变成拐弯抹角地聊，他烦得厉害，最受不起这种心理罪了。

他动作飞快地摧残着豆角，俨然放弃了治疗："行吧，你想聊什么？"

陈西安转回去洗香菇，水流哗啦啦的："聊你们高层之间的小秘密吧。"

钱心一本来特别纠结，一听他这话又觉得很好笑："什么鬼高层？还有，被你一形容怎么感觉就醍醐了那么多呢。"

陈西安："高总下达了什么指令，让你愁得眉毛都要掉了？"

钱心一顿了顿，笑意很快淡没了："他让我提两个人给他……辞退用。"

陈西安眼底有一瞬的惊讶，想起今年的经济形势又了然了，他能理解高远的行为，但也明白这对于钱心一来说有些残忍，他关了水，依旧慢条斯理地洗着香菇，说："这样啊。"

钱心一说了是想跟他商量，结果等了半天也没见着下文："然后呢？"

陈西安笑道："没有然后，高总心里有人选，你肯定知道是谁，你不愿意提，我劝的话那你肯定不爱听，吃力不讨好的事情我为什么要干？"

钱心一的小怒火蹿了蹿，发现他竟然无法反驳。

陈西安说得没错，高远心里肯定早有人选，他很早就不负责公司技术上的事情了，每天在公司待够满满八小时，不揣摩人心和视察民情，他也没什么事干。而且作为一个老板，他要是真的对公司的现状一无所知，那么这个公司也不可能发展到现在的规模。

钱心一无法取舍，高远又非要他来做刽子手，这让他的为难直接乘了个二次方。

现在陈西安又来作壁上观，从同事的角度他无话可说，但是站在好兄弟的角度上，钱心一鄙视他不负责任："什么你啊我的，咱们现在是一个住在同一个屋檐下的亲人！这是亲人该有的态度吗？"

陈西安笑得不行，把锅给他扣了回去："是你先不聊的。"

"现在不在聊五分钟的吗，好好聊，你笑屁！"钱心一骂得有气无力，"你想劝什么来着，快劝，我都愁成狗了。"

"好，"陈西安把笑意憋了回去，正经起来，"咱们心平气和地就事论事，先说人选，我猜是老吴和梁琴，对吗？"

如果这消息透到了公司，最忐忑的应该是赵东文才对，钱心一瞥了他一眼："理由呢？"

"议论别人的话都不会中听到哪里去，你别往心里去，我也不会跟第二个人说，中不中？"

钱心一认同这句话："中。"

陈西安这才说："老吴踏实能吃苦，工作年头却太长了，打个不太中听却很形象的比方，就像一头老黄牛，要是没人挥鞭子赶，都不知道往哪里走。其实很多人都是这种状态，所以他们也是最容易替代的。"

实在很不中听，钱心一想当它是阵耳旁风，偏偏他心底在遥相呼应，他闷闷地说："行了，说梁琴吧。"

优胜劣汰才是真正的职场，长久以来 GAD 的风气确实有些偏向沉闷的大企业，开人并不是毫无益处，有危机感的人才会强迫自己前进。

陈西安觉得可能是自己对 GAD 还没什么感情，所以他只觉得钱心一心软，这词说难听点是优柔寡断，但是他工作起来雷厉风行，所以这个同理并不成立，他只是比较长情。

长情这个属性好啊，陈西安心想：那说了一起去 JMP，钱心一就不会放他的鸽子。

"梁琴是我见过的女性里最坚忍的一个，她很能吃苦，而且从来不拿自己是女人说事，她认可工作就是工作，不分男女老少，这点很值得敬佩。她很认真，很细心，很努力，不比任何人差，但是她的性别栏里是女。"

钱心一登时更烦了，如果他对老吴是满意，那么对梁琴就是很满意。这么多年在他组里往来的女性也有好几个了，梁琴是让他对性别改观的第一个人，梁琴是个负责的设计。

陈西安知道钱心一不会误会，但还是补充道："我不是歧视女性，但现状确实是很多岗位基本不要女性，或是不招未孕的女职员，这或许是一种歧视，但这种不平衡不是平白无故来的，女性在家庭比例中付出的确实要更多，不可避免会造成工作上的力不从心。"

"我妈当时生我之后患上过很严重的抑郁症，甚至还说过我就是阻拦她向科学靠拢的恶魔，很显然我给她的工作造成了巨大的困扰；我以前在八局，刚招一个应届生，培养了不到半年，追着男朋友去了南方；还有一个有经验的女设计，入职的工资要得特别低，结果没两个月肚子就大了，去休了产假，这种事肯定不止八局有。"

"生儿育女一定比做好一份工作要难得多，但是企业里是没有母亲这个职位的，要么是员工，要么就是非员工，感情是好东西，但它不能创造实际价值。"

GAD 也有过，所以高远近几年不愿意招女设计，来应聘造价的他也要追问到人家没有生二胎的打算了才肯签合同，不过这种事情钱心一懒得说。

他们一起工作，所以知道以梁琴的责任心，在无法胜任工作的时候会主动离职，但是高远脱离群众，他不了解，所以他总是疑神疑鬼，生怕梁琴忽然就怀孕了。

钱心一沉默了一会儿，也不赞同也不反对，只是抬头看着他，又提了个问题："赵儿其实很粗心，现在也是个半桶水，你为什么不猜他？"

陈西安没有多想："小赵是高总的亲戚吧。"

钱心一蒙了会儿，被他语气里的理所当然给震惊到了："……谁跟你说的？"

陈西安终于洗完了香菇，转过来靠在料理台上，被他被雷劈一样的表情给愉悦到了："没人说，应该没两个人知道吧，我猜的。"

"来，你告诉我怎么猜的？"钱心一来了兴趣，感觉他也太会猜了，自己算是高远的师弟，也是在收了赵东文之后两个多月，去高远家送公司车钥匙才不小心知道这层舅甥关系，当时高远力荐他收徒的原因也理顺了。

陈西安擦掉手上的水，说："从王淳那儿猜出来的。她是公司的前台，报销和转账的手续却都是她在处理，这本来都是财务的事情，可是连财务都接触不到，那很显然王淳是高总的亲戚，私企不让亲戚管账，那才不正常。"

钱心一又愣了一下，可能是他没待过大企业，又可能是他本来就心大，要不是他本来就知道，在 GAD 待一辈子他都不会注意这些跟他没关系的东西。

陈西安接着说："小赵人缘好，但是跟王淳的关系似乎特别好，他们年前买票是一起买的，小赵一有女朋友，二没有胆子脚踏两只船，猜就是亲戚了。有次我去卫生间，路过门口听见王淳跟他说话，舅舅舅妈的，差不离是表姐弟了。"

"当时你肯收徒弟，高总怂恿你了吧？"

除了眼观四路耳听八方，钱心一已经不知道该说他什么好了，不过虽然陈西安猜的全对，但他的问题还没有解决，他怨气四溢地说："他要开谁开谁，拉我下水干吗？"

陈西安虚虚地踢了他一脚，示意他起来："行了，别假装什么都不知道了，所长的职责里就有替老板背锅这一项，你不爱提就拖着吧，谁走谁留都不是你能决定的。你要是实在过意不去，过几个月把自己和我也开了，既能对同志们有所交代，我还不会怨你，我对你是不是好得没话说？"

钱心一自己想拖，所以真的被他那句"拖着"给安慰到了，打算就这么去糊弄高远了。他站起来把菜篮子递过去让陈西安洗，臭不要脸地说："和我对你一样好嘛。对了，炒的时候记得多加点橄榄菜。"

陈西安："……"

不知道风声是从哪里走漏的，公司里忽然变得人心惶惶。

这将是GAD自建立以来第一批裁掉的员工，以往那种"领导不像领导，员工不像员工"的风气好像几天之内就消逝得只剩一点痕迹，取而代之的是各种试探和窃窃私语。

说来也有点意思，风平浪静的时候总有人动不动就把公司贬得一文不值，而位置一旦倒置，蚊子血又成了朱砂痣。

钱心一不喜欢这种氛围，好像同事都成了敌人，不是你留就是我走。

二三所里能来事儿些的，下班后都采取了一些饭桌上的措施，意欲和所长拉拉关系。

一所从前的假象比其他两个所维持得久一些，一是因为钱心一讨厌这些，二是因为所里人的脸皮都比较薄，然而建筑论坛网上的求职帖一天多过一天，生活压力最重的老吴成了第一个试水的人。

除非是传文件或是请教问题，老吴很少发QQ消息，他已经步入中年，不兴年轻人的沟通方式。钱心一点开提示框里的消息时，心里忽然空了一下，有种怅然若失的感觉。

老吴说晚上想请他喝个酒……然而除了工作，他们有什么可聊的呢？

那天陈西安一个人先回的家，钱心一到了9点多才回来，身上一股酒气，火锅底料的味道也十分浓郁，心情一看就不怎么样，闷不吭声地去洗了澡，光着脚跑到沙发上喝了六盒酸奶。

他并没有觉得老吴不厚道，只是觉得心酸。

一个不善言辞的老男人，为了保住自己的工作低声下气，那种对同事愧疚而自身又无可奈何的表情让钱心一十分无言以对。

大家都付出过很多，老吴也确实是最失业不起的一个人，但是谁又该做他的替补呢？钱心一只能沉默，而老吴沉重地喝得烂醉如泥，等他明天酒醒了，他们也再回不到之前那种信任的关系了。

今天是老吴，明天后天，又会是谁呢？

陈西安用砂锅煨了锅汤，盛出一碗来跟他对着喝："忧郁的美男子，喝汤吗？"

钱心一叼着吸管往他碗里瞅了一眼，发现是胡萝卜又缩了回去："没肚子了，一锅都归你，晚上老吴请我吃饭，谈了谈人生。"

他已经习惯了坦白从宽，陈西安不怎么说闲话，而且很会做思想工作。

陈西安会意地取笑他："良心又受到煎熬了？"

钱心一把吸管推到角落，弄出一阵让陈西安皱眉的声音："有点，老吴媳妇住院的时候，他还跟着我在加班呢。"

然后不等陈西安回话，他又自顾自地说："前年梁琴跟着我加了一个月高强度的班，内分泌失调到去找中医调理，星期天我请了半天假，还特别特别抱歉；去年春节后上班，胖子问我请两天假，说要回去相亲，忙不过来我没批，后来才知道他不是回去相亲，是他爸食物中毒，在医院抢救；赵儿就算了，你没来之前，我什么时候下班，他替我锁门……"

"大家做了多少，我都记在心里，我一直以为，不到公司破产，或者是他们主动辞职，都会留在这里。"

"心一，你记得大家的付出是好事，可以多为他们争取些年终奖，但是要搞清楚，他们不是在为你加班，你别把老板的人情都算在自己头上了，"陈西安话锋陡然一转，"高总作为老板，招人裁人也都是根据实际需求来的，你别老是想怪他。假设老吴真的离开了GAD，下家的条件说不定比这里还好，你早点明白你愁死都没用，少愁一阵就完了。"

钱心一拿空盒子丢他："越听越愁人了！"

陈西安偏头一躲："酸奶喝多了，上火吧。"

高远出差之前专门找过钱心一一次，问他要人选，他一副油盐不进的样子说还没想好，高远盯了他半天，挥手让他出去了。

内装会议之后，防火墙的问题还迟迟没有回音，钱心一心想：你不理我我也不理你，反正施工图是以设计师签字的版本为准，有本事自己签字去吧。

别墅的外墙照进度在上，因为施工队几乎都没有设计资质，指甲盖那么大的问题都得麻烦钱心一跑一趟工地。

他去一次就要吐一次槽，不知道是该佩服赫剑云有钱没处花，自己的房子随便糟蹋，找内装的队伍来做外墙，还是该服气这个施工队人傻胆大，什么都敢往墙上挂。

钱心一上楼边缘去查钢筋露出水泥防护层的问题的时候，不经意往下瞟了一眼，登时都惊呆了。

20×20×2那种脚都能踩弯的钢材，他一低头就看见了好几层，C市还没怎么刮过大风，那钢就已经出现了很明显的变形，风压一上来，得哗哗地往下掉。

他自己当过工人，他们从来依样画葫芦，什么都不想的，所以钱心一不骂他们。他拍了张照片发给了陈西安，让他用公邮给顾问单位发个邮件，然后他给顾问打了个电话。

顾问匆匆赶来，一看照片也吓出一身冷汗，连忙跑去档案室翻他们中间版的白图，审查之后发现顾问的图纸上都是50×50×4的规格，施工队偷梁换柱，悄悄把部分龙骨给换了。

监理也不可能每一根都检查到位，所以也没有发现，要不是钱心一多低了一次头，又正好在正确的位置上，这事估计就会悄无声息地过去了。

管理和监理两个单位都失职，被陈瑞河狠狠地骂了一顿，石材安装队那边更是被训得狗血淋头，陈瑞河责令他们下了石材按图纸施工。

陈瑞河心累得不得了："这群王八蛋，一不注意就给你挖了个大坑，幸好你看见了。"

钱心一不领情，仍旧鄙视他："这都得谢谢你老板，不肯走寻常路。陈总，这个施工队你赶紧换了吧，简直跟吃了熊心豹子胆一样，我看着都挺怕的。"

一发现问题他就逮住最近的一个工人问过，问他为什么会用这么小的龙骨，那工人还一脸茫然地告诉他，他们以前的项目都是这么用的，钱心一无语了半天，都不太有勇气问他们都干过哪些项目。

陈瑞河烦躁地说："能换我能忍他们这么久？换不了！他们是赫总亲自定的。"

钱心一也是服了："那你给监理多发点奖金，让他盯紧一点，不然捅出篓子是迟早的事。"

陈瑞河叹着气说："行行行，我记下了。"

一眨眼柳枝抽了条，别墅阴魂不散地又来找碴儿了。

他们提出了一个风水问题，说是有些窗户上面的石材缝隙对着窗正中了，这样煞气破财，对住户的运势会造成无法估计的影响。

钱心一觉得这群人折腾起来真的是特别有才，既然是能影响财运的大问题，怎么拖到图纸都批完了才提出来？

不知道从哪里道听途说来一个无法考证的说法，就蹭鼻子上脸地急上了，也是没谁了。

风水不风水他不懂，但窗正中不该有缝确实是对的，建筑从设计和美观的角度来说，门上窗口、低头抬头，都不该看见一条对中缝。

不过这个问题，他早八百年前就提过了，当时赫剑云很轻易地无视了，陈瑞河也说不要紧，甚至总包管理那边，还在他的联系单上签字盖章了，如今换了张风水皮来找他的麻烦，钱心一不肯背这个锅。

哪怕是增补合同，他也不愿意改，他不愿意跟这群人多打一天的交道。

他不肯改，石材的施工队把他的拒绝直接反馈到了赫剑云那里，加上防火墙的问题还一直搁置着，赫剑云觉得这个小设计师的脾气比他这个出钱的大爷还大，对他的不满直线上升。

赫剑云给高远打了个电话，要求更换负责人，他要陈西安来接手，不过小蛮腰那边离不开陈西安，高远好说歹说，把接洽人换成了陈毅为，但是背地里的技术问题，还是钱心一在负责。

陈毅为开始三天两头地往工地上跑，他谁都不太熟，有问题就只能去拜托张航，他知道这个人和钱心一是高中同学，虽然看起来似乎不太对付，但也没有更好的人选了，一来二去，两人倒是混得挺熟了。

三月下旬的时候，市里有个小型的新型外墙展会，周末在市会议中心，钱心一和陈西安都去了，在会议中心吃午饭的时候，被也来参展的张航看见了。

他透过玻璃，看见钱心一一直在往外面挑菜，陈西安在对面谴责他挑食。张航猛然反应过来，钱心一跟这个赫总讨厌的男人，似乎总是黏在一起。

这两人他都不待见，凑在一起就更不顺眼了。

高远又催了一回名单，钱心一还在坚持以拖为准，高远叹着气，似乎想骂他最后又放弃了。

他出差回来，又带来一个战略性的合同，钱心一想着有事做，可能暂时不需要裁人，却怎么也没料到，他替老吴和梁琴拖出了一个机会，自己却栽了进去。

4月18号，还是别墅，赫剑云的美术馆，采光顶的结构梁拉豁了，屋面垮了小半，把当时正在上面的两个工人给埋在了下面。

钱心一走得非常急，在徒弟的工位旁带起一阵风，拐个弯就不见了。

赵东文正纳闷，就见从他办公室跑出来的胖子回到自己电脑一通急点鼠标，等待拷贝的时间里手指在桌子上乱七八糟地敲，接着粗鲁地扯掉U盘，跑起来就喊："王淳，给我一台电脑，带走。"

梁琴好奇地问了句："怎么了？"

胖子头也没回地大踏步走了："6号楼的采光顶好像塌了。"

梁琴愣了下，转过去查图纸，而赵东文的心里"咯噔"一响，一阵心虚的恐慌忽然笼罩了他。

梁琴根本没看他，但赵东文还是忍不住确认了一次，见她对着电脑，这才悄悄地点开了那次发错的图纸文件夹。

那个尾部打了一长串X的文件夹，是他按照钱心一教的经验做的标记，他找到6号楼的梁图点进去一看，横线上写的是300×600。

这能承受多大的荷载，他几乎没什么概念，不过既然采光顶都塌了，他握着鼠标的手不可控制地抖了起来，明白肯定是小了。

他颤动着切回去点开正确的那版，被标注的字眼吓了个脸色煞白，400×1000。

世界末日系列的电影里，总喜欢用城市里被摧毁的钢筋水泥作场景，那种天然的灰度有种冰冷的荒芜，人们时常称之为废墟。

为了保护现场以便纠责，伤亡人员被救出以后，中庭被总包拉线围了起来，钱心一踩着5号户型的屋面往下看的时候，心里就是这种感觉——废墟。

畸形的混凝土碎块杂乱交叠，钢筋在缝隙里藕断丝连，事故发生时扬起的漫天粉尘重新归于安定，埋藏的血泪丝毫不见踪影。

这些年他做过、见过的项目不下一百，墙倒过，板穿过，但钢筋混凝土的主梁被拉断的情况，钱心一真的是第一次遇到。

他愣了半天，仍觉得这像一个拙劣的恶作剧。

高过半人的大梁，就被那么几十根连玻璃都没铺完的大钢管就把它拉断了，这么低的概率，就像一个人在戴帽子，戴到一半还没撒手，帽子却把颈椎给压断了一样离谱……这怎么可能呢？

黏在屋顶的残梁看着确实有些单薄，断面里看得见钢筋，也没有偷工减料的嫌疑，但就算是这个小规格，玻璃才铺了不到三米长，剩下接近二十米都是漏空的状态，按理说也不应该断成这样。

胖子后期的核算陈西安都看过一遍，既然他没提，钱心一就相信这个小梁也没问题，然而他的眼皮直抽抽地跳着，心里一阵阵隐秘的不安。

事发突然，陈瑞河这种老好人都急成了一头喷火龙，他要在赫剑云到来之前找到责任方，以最快的速度把事态压在最小的损失范围里。

总包、设计院、顾问被火速召集到现场，接着脚不沾地地去了事故现场，相关的施工队一早就等在了会议室前面的临时篮球场上，等待问责会议的召开。

不太了解情况的设计院和顾问被带去了现场，看看情况让心里先有个数，到底是谁的问题。

过了几个月，胖子也不记得当时自己计算的时候这个位置的主梁是多大，他一看那个小梁，还以为自己出的就是600高，所以这会儿他什么都没说。

这家请的顾问还算比较专业，不过他的注意力都放在了钢梁上，因为钢梁属于他们图纸的范围，而主体结构不是。

大概看了看，陈瑞河找人把他们叫了回去，会议以一种前所未有的压抑氛围开始了。

陈瑞河显然是气狠了，连场面话都不说了，上来就直奔主题。

"相关单位都看到了啊，咱6号楼中庭上面的采光顶，"他冷笑了一声，抬起手做了个手腕下压的动作，"它竟然塌了！我接到电话的时候还以为老聂在逗，我，玩……"

最后三个字他说成一字一顿，话音刚落他把手掌往桌面上狠狠一压，发出"嘭"的一声闷响，板房空旷，动静其实不算大，但好几个工头都被吓了一跳，面色悻然。

胖子开了电脑，调出对应位置的结构平面，一看眉毛就夹了起来，想告诉钱心一梁高好像有问题，刚凑过去就被陈瑞河瞭了一眼，登时又挪了回去，在桌子底下用脚扒了扒钱心一，再用眼神示意他看图。

钱心一将电脑屏对准自己，一眼就看见胖子调好的图纸范围上清楚明白地标注着 400×1000，他滑动鼠标手动量了一下，发现宽度对得上，还是 400。

钱心一觉得奇怪，那现场是怎么做成 300×600 的？

在他看图的工夫，陈瑞河沉着脸继续说："能把项目干成这样的全国也找不出几家了，这事情要是散播开去，咱们在行业里也不用混了，没脸！赫总千叮咛万嘱咐，安全第一安全第一，这就是我们向他承诺的安全吗？"

"多的话我也懒得说了，今天什么时候论出责来什么时候散会，我现在特别窝火，所以尽量不要让我听见相互推脱的话，是就是，不是就不是。老规矩，从设计环节开始，心一，你们先来。"

钱心一抽掉电源线，把电脑给他递了过去，面向大家："这是现场说要打过程版蓝图的时候，我们给的 CAD 图，图纸上很明确，给的梁是 400×1000 的，现场位置的梁具体多大尺寸我还没去放线，不过可以肯定，跟图纸不太相符。"

"有一个问题我必须先提一声，300×600 的梁确实有，不过是最开始那版报批的图，当时赫总还没决定中庭要加采光顶封成室内，去年9月份他提的需求，在咱们结构出正负0的时候，我们这边就根据顾问提的支反力改了梁截面，后面一直都是大梁。"

陈瑞河看了眼文件夹的日期，是用来晒图的那一版，就点了点头，让人把电脑传向张航的光头领导："老聂，你有什么要说的？"

并不是所有领导都像钱心一那样，会因为不放心而整版过一遍图纸，读图都是手底下人的工作，他们把控总体原则性问题，对细节基本上一无所知。

聂总接过电脑假装看了看："拉断的那个梁啊，我们重新放过线了，具体尺寸是315×611，不算结构的合理误差，我们施工的梁依据应该是300×600。咱设计院的这个图纸上啊，确实是1000高的大梁，不过我们总包是绝对不敢随便篡改设计院的东西的，我们肯定是按图施工，施工蓝图就在档案室里，我也可以请陈总和咱们大设计院审核。小张，你去档案室把图拿两套来。"

他一点不露怯，可见说的并不是假话，所以矛盾立刻就激发出来了，两边都有理有据，那谁的更站得住脚？

陈瑞河私心里是偏向钱心一的，有文化的人好打交道，思绪和表达都清晰，也更容易让人信服，他跟钱心一合作到现在，一直都十分愉快，而且钱心一的人品和责任心他是信得过的。相反这个光头就有点奸诈，当着他夸背着他骂，人鬼那套分得一清二白，没少在项目运行中给他挖坑。

张航说了句稍等，转过身之后垂下眼露出一个冰冷的嘲笑，他喜欢钱心一刚才那种自信的样子，前期他有多自信，到最后真相揭露的时候，他的表情就会有多精彩，张航稍微想了想，就对结局充满了期待。

陈瑞河不想浪费时间，就让讨论接着往下滚，滚到顾问那里，他来得急，什么都没带，问钱心一借了电脑，连上工地的Wi-Fi从邮箱里下的邮件，证明他当时提给设计院的荷载是60千牛以及钢梁的连接方式都没有问题。

皮球被踢到施工队那里，几家单位急了，开始相互抹黑，陈瑞河发了通火，让他们一家一家地说，然而他们都保证不是自己的问题，大家吵得热火朝天，也没人注意去找蓝图的总包技术员半天了还没回来。

因为原来的档案室漏水，新的搬到了二层板房的最内侧，张航蹲在钢

293

板铺就的走道上给赫剑云打电话，阐述了一下目前的状况，赫剑云问他陈西安来了没有，他说没来，赫剑云让他想办法把陈西安弄过来。

张航回到会议室的时候是空手，室内相得益彰的也是一片沉闷，显然问题没找到突破口，大家都看向进来的人，张航说："换了个档案室，资料特别乱，我还没找到蓝图，不过赫总刚打了个电话到总包办公室，说他两个小时之后过来。"

他传达完消息，又出去找图了，既然光说说不通，那就计算，看两个尺寸的梁截面哪个能算过。

现场有结构计算能力的人不多，一个是胖子，一个是管理公司的一个技术员，两个人半斤八两，算起来差不多费劲，加上又有这么多人虎视眈眈地看着，压力大了算得就更慢了。

钱心一看着都急，忍不住给陈西安去了电话，那边正好结束了 C 建院的会议，正在送高远回家的路上，闻言说五十钟后过来。

直到这个时候，钱心一还以为他们自己这边是没有问题的。

陈西安把公司的车停在了高远小区的地下车库，辞别老板后上路面打了个的，直奔别墅工地。

结果他刚打上车，就接到了高远的电话，问他知不知道别墅项目上出事了，陈西安说知道，正要过去，高远说他也去，让陈西安回来开他的车，带他一起。

他平时不会关心项目的进度，能有这么快且积极的反应，其实挺反常的。但陈西安不知道邮件发错的事，也不知道神经焦虑的赵东文给他舅舅打过电话，既然老板要求，他只能再次折了回去。

高远的脸色难看得不行，陈西安以为他是在生钱心一的气，其实高远是在气自己的外甥。

赵东文很害怕，但也没有瞒他，他一五一十地坦白了自己的粗心，以及粗心之后因为害怕被骂而做的小勾当。高远气急败坏地吼了他一顿，但也没觉得这个事有多大。

他们单方面删掉了自己发送的文件，但正确的图纸实际是成功送达了对方的邮箱，他们收到了，那设计院就占着道理，因为每一个图框下角都写着一句话：如无特殊注明，以下一时间版本为准。

他们懒得下懒得看，是他们自己的问题。

会议室里一片死寂，只有笔记本电脑软趴趴的键盘声效，胖子从没受过这种程度的关注，被看得一会儿就挠头，忘了参数应该填多少。

顾问受不了这种罪，捂着嘴小声地请求了远程支援，让他公司的结构立刻核算一下边梁的临界尺寸。

反馈的结果和胖子以及管理那边差不多同时下来，一致认为按照理论计算值，600 的梁高确实不够。

陈瑞河开始质问总包，让他拿蓝图来看证据，聂总派了个人出去找张航，不一会儿两人一起回来，还抱着五本 A2 的蓝图。

纸面一摊开，蓝纸黑字标注的 300×600，矛头立刻被转向设计院。

光头聂总因为平白受了一阵污蔑，口蜜腹剑尤其卖力，钱心一不吃他这套，说："那就查邮件。"

张航又出去取了台笔记本回来，双方当着陈瑞河的面，登录各自的公邮，对了下邮件的标题和时间，竟然一致！

张航一个激灵，心里的石头莫名其妙地落了地。做贼总是心虚的，他本来做好了抵死不认账的准备，就说没收到次天那版，谁知道设计院的邮箱里也不见那版，这实在是峰回路转。

正如赵东文删掉了发错的版本，在只有他收发邮件的情况下，张航请示了赫剑云，得到他的默许，删掉了正确的版本。

他想弄垮钱心一，而赫剑云以为结构是陈西安全权负责，他同意在自己房子的结构上做文章，想毁掉的其实是陈西安。失去独生子的剧痛这么多年都无法消散，他只有相信是陈西安的错，才能好过一点，小斌已经死了，是他的同学剽窃了他的专利。

不过赫剑云当时能点头，是因为张航向他保证过，不会弄出什么大问题，他找朋友核算过，600 的梁承钢梁的重量绰绰有余，在面板上梁之前，他会把这个问题挑起来。

可惜他们都没料到，有很多事情是无法掌控的。

张航虽然愧疚，但他已经没有回头路可走了，他只是大老板的一颗棋子，他们虽然各取所需，但如果真相暴露，他毫不怀疑赫剑云会舍弃他。

陈瑞河作为被抄送人，他确实收到了两版，不过他沟通的时候用的都是自己的邮箱，而且他虽然是甲方的技术负责人，但他负责的不是技术，而是对各专业技术的统筹。他没有时间一版一版地看图纸，对这些信息也不太注意，所以钱心一和聂总对邮件的时候，他什么印象也没有。

钱心一手速快，而且熟悉图纸结构，聂总的技术员才点开压缩包，他就哒哒哒地点开了6号楼的结构图，滚轮滑动了两下，他拖拽鼠标的动作猛地顿住了。

他在这里坚持他们图纸上的梁是1000已经快两个小时了，结果却给了他当头一击，证明了总包是按图施工，他打了自己和GAD两个小时的脸！

打肿了脸正好充胖子，这不要紧，问题是如果他们原本设计的就是600，那么胖子这一版文件名相同的1000又是从哪里来的？

而且在断梁那里没看见图，他没想起来，后来到会议室之后，他确实记得有过中庭变室内、圈梁截面重新计算的事情，而且当时采光顶的钢梁和支反力都是顾问提过来的。

就算胖子不靠谱，陈西安还检查过一遍，他们都没看出这里有问题的可能性有多大？钱心一觉得是零。

胖子看见两个数据，也开始怀疑人生了，他把头埋到桌面下，耳语似的给梁琴打电话，让她看一下他电脑里的存根文件，梁琴说找到了给他回电话，他又坐了起来。

他们愣神的工夫，聂总的技术员已经在选字体进入图纸了。看见己方的数据光头暗地里松了口气，面上却表现得百分百自信："陈总、钱所，你们看，我们严格按图施工的嘛。钱所你也真是健忘，自己画的图都不记得。"

后面两句是非常得罪人的话，但光头聂总必须提起，他是结构唯一的施工方，要是设计脱了身，责任就只能在他，所以他必须紧紧咬住设计院，不管得罪谁。

各单位相互抹黑了这么久，到头来发现嫌疑人是一开始就置身事外的设计院，因为之前无辜受的气和提心吊胆，现在都有了一致的出处，他们面面相觑，携着意义不明的笑意开始冷眼看戏。

他们都没什么设计能力，以前也都是野路子，现在干起来没多少经验，上墙都是瞎猜蛮干，也不确认是不是自己那个位置做法不对造成的这个后果，所以设计院的问题一出来，他们简直要欢欣鼓舞——不关我的事！

陈瑞河擅长察言观色，见钱心一和他带来的技术的举动，就知道问题确实出自设计院，不过他给足了钱心一解释的机会，态度甚至比他开会前还和蔼一些："心一，怎么会有两个梁截面，你给我个说法？"

钱心一给不出来，他脑筋打结归打结，但这么多年熬过来，倒是镇得住，没慌，他顿了一会儿，对陈瑞河说："不好意思陈总，给我一点时间。"

自己下的邮件铁证如山，他们来得急，自己那边过程版的图纸也没带上，而且距离当时出图也过了好几个月，具体细节几乎都忘了。

钱心一只能查了查刚从邮箱下载的图纸的修改时间，是去年9月份，报审那会儿，接着他又看了看胖子拷来的同名文件，发现它的修改时间是去年11月底。

除了陈瑞河是真的想解决问题，所有人都看笑话似的看着他和胖子，钱心一假装没看见，侧头去小声地问胖子："你这版图哪里来的？"

胖子被注视得浑身别扭，现在意识到所长每天出去开会不是去放风，而是去受煎熬了："赵儿第二天发在讨论组里的。"

但他刚下的也是赵东文发的，钱心一眉心皱紧："你确定吗？"

胖子："有网，现在下一个看看就知道了。"

钱心一登了QQ，进讨论组果然看见了去年11月底那个压缩包，他下载了打开，证明胖子没有记错。

梁琴电话也回了过来，她说截了图，过程版文件的详细信息都有，胖子挂了电话，看了之后递给钱心一，说他们从8月初开始，梁高就变成了1000，之后所有的版本都是这个高度。

用脑残的智商来假设，就算邮箱上传下载存在乱码的bug，也没可能把一张 CAD 图里的部分标注给乱码成另一个数据。现在钱心一基本可以确定，问题出在赵东文身上。

他不可能当着一堆看热闹的人质问赵东文，这样会显得他在转移责任，十分没品，而且他只是怀疑，就算是真的，他也必须听赵东文亲自承认。

钱心一出去打电话，会议室里又是一阵眼神传递，胖子如坐针毡，觉得公司这次真的是摊上事了。

"师父"来电的一瞬间，赵东文吓得差点跳起来，完全没有接听的勇气。

高远也不让他接电话，他说情况他还不清楚，责任他一个刚毕业的设计师助理担不担得起还很难说，要是担不起，那前途就白白牺牲了，他去探探，让他等他电话。

他反应过来自己给师父挖了个大坑，良心几乎被愧疚压死，他不敢面对他，也害怕要承担法律责任，只能把手机翻了个面，崩溃地按起了太阳穴。

电话没人接，钱心一怀疑的时候都没什么想法，重拨再次响完之后，他忽然觉得非常失望，好像什么东西落实了一样，可明明他都还没有发问。

一直躲在外面也没什么用，这一关，他是避不开了。

没有万众，全众瞩目吧，钱心一顶着一身"你快点认罪"的目光，头一回没法理直气壮地说话："弄清楚具体原因还需要一点时间。"

这是一个服软的姿态，等于变相地承认了目前的责任方是设计院。

打铁趁热，张航不能给他机会回去查出他删掉过一版的事情，陈瑞河脸色复杂，还没开口，他忽然插进来说："钱所，具体的原因是贵公司内部的事情，今天这是问责会议，主要的目的是锁定失职单位。"

钱心一看不惯他这个阳奉阴违的德行，看向他说："我说要等到明天了吗？"

他太横了，一副已然狗急跳墙的征兆。

陈瑞河刚要对他不满，莫名其妙又想起了他在赫剑云面前坚持防火的样子，这让他突然决定给钱心一留点面子，陈瑞河说："那你需要多长时间才能弄清楚，给我一个确切的时间。"

钱心一看了眼时间，多给陈西安留了一刻钟，他说："二十分钟。"

十分钟以后，会议室的门上响起了敲击声。

陈西安听见一声"进来"，推开门，发现里面的气氛近乎凝滞。

钱心一面色不悦，对他招了招手，招到一半看见他身后的高远，立刻把手放下了，心想：是哪阵风邪风吹来了世外高人大老板？

他又拨了几个电话，徒弟的手机一直在占线，钱心一心力交瘁，陈西安的到来给了他一种好像不用再孤军奋战的感觉。

胖子起来给高远让了座，陈瑞河让工人加了个折叠椅给陈西安，他和钱心一凑在一起，听他简单地描述了一下情况，他确认自己检查的版本是1000 高的梁。

在得知是自己这边图纸发错导致梁截面不够承载的问题后，陈西安又按照采光顶塌落时的玻璃覆盖程度做了下折减，建了个模，鼠标键盘一刻不停地敲击起来。

不管他是不是在瞎敲，起码他这个速度和姿态看起来要比之前两位专业好多倍。

高远见他在算，就猜他应该能算出个东西来，自己也担起拖延时间的重担，亲自跟陈瑞河交流，对伤者惋惜，对事故忌惮，碍于对方的地位，两人开始往行业的监管上聊，越扯越远。

过了大概二十分钟，陈西安停下来，提了一个问题："哪个单位是钢龙骨上梁的队伍，我有个问题想问一下贵方。"

一个戴红色安全帽的中年人说："是我们。"

陈西安："你好，我想知道咱们上梁的主钢管，是直的，还是八字折弯的？"

中年人不知道他没头没尾的怎么问起了这个，迟疑地说："是……折的，怎么了？"

顾问跟他异口同声："肯定是直的啊，图里就是直的。"

中年人回了句："是吗？"

顾问被气到了："你施工不看图啊！"

两人一看要开吵，陈西安又问："连接呢，是穿的螺栓，还是直接焊死的？"

胖子立刻就明白了，直梁600确实算不过，不过要是直的，主梁未必会断，可要换成了折线钢，链接的处理还是焊死的，边梁受到巨大的反冲力，荷载瞬间能增大五倍甚至更多，那么1000也不够了。

中年人越发茫然："啊？好像是……焊死的吧。"

顾问直接炸了："谁让你焊死的！"

残骸还在现场，这都是直观可见的证据。

钱心一这会儿也反应了过来，他就觉得就算是小梁也不该烂成这鬼样子，原来主要的问题出在这里。

陈西安说梁拉豁的主要原因是直梁做成了直线的时候，那个被顾问连着否认两次的负责人一改不确认状，直接站起来拍了桌子："你们想找替死鬼，也不看看老子是谁的关系户！"

陈瑞河一瞬间打死他的心都有。

他是大老板的铁关系，大家早就心知肚明，可是他能力不行，自己的工作做不好，底下的小包也管不住，好些单位本来就对他诸多怨言，不夹着尾巴做老好人也就算了，他还敢跳起来炫耀，好死不死还挑在这么一触即发的时刻。

设计院身上的注意力，被他一句狠话吸了个一干二净。

陈瑞河厉声喝道："你闭嘴！"

那负责人表情愤怒，刚想回嘴又忍住了，咬肌突显，怒气蓬勃地瞪着陈西安坐下了。

钱心一和陈西安对了一眼，一副"活久了什么都能见到"的表情，陈西安朝他笑了笑，用笔在纸上写了几个字，想逗逗他：莫慌，跟紧我。

钱心一眼角弯起来瞥了他一眼，郁结的心情终于透了口气，做了个"慌屁"的嘴型，也拿起笔去他的纸上写：责任甩得出去吗？

陈西安转了两圈笔，重新捏好了写道：主要责任应该可以。

钱心一想想跟陈西安说赵东文电话打不通的事，偏偏高远又坐在附近，而且时机也不对，他叹了口气，笔走龙蛇地写了一句脏话。

这时，陈瑞河看向陈西安，说："陈工，你的专业能力我是相信的，我也能理解咱们设计院的处境，但是刚刚的话，我觉得你还是再慎重考虑考虑，再决定该不该说比较好。毕竟有些位置设计值不够，是大家有目共睹的事实。"

陈瑞河谁都不想针对，但他必须站在他老板的立场，替赫剑云中意的这个战斗力为负值的施工队撑撑腰，不然他再被钱、陈两人刺激几句，指不定从嘴里喷出多大个黑洞来。

"谢谢陈总，"因为局势需要，陈西安笑着往自己脸上贴了层金，"我对自己的专业能力也挺自信的，这个结论是我经过认真计算后得出的后果，在场如果有单位有疑问，可以验算。"

除非是平时开玩笑自卖自夸，工作生活里他都表现得挺谦逊的，钱心一笑起来，觉得他现在有点张扬，不过气势挺唬人的。

张航觉得这是一个机会："陈工，别墅的结构都……一直都是你负责的吧？"

哪怕真的是，陈西安也不能说是，如今所有人都认定了设计值都没算够，梁都塌完了再来说对自己自信，那也太没说服力了。不过他还没答复，钱心一就把话抢走了。

钱心一简直烦死张航了，他心想"有你什么事啊"，而且不知道为什么，他特别听不惯那个卡住的"一直"，钱心一皱着眉说："报审之前的结构是他在负责，后来忙不开我们包工接的手，那个，张……工，我没弄懂你这个问题是想问什么？"

张航的预期落空，觉得这宿敌真碍事，心里非常恼火，脸上却只能装成一副记忆错乱的样子："哦这样啊，我是记得有这么回事，启动会的时候你说陈工全权负责结构这块，我没别的意思，就是确认一下。"

人手调配是再正常不过的事情，不过因为赫剑云指名道姓让陈西安负责的关系，设计院中途换人，有点挂羊头卖狗肉的意思。

不过卖了也就卖了，口头承诺而已，撑死了会让赫剑云生一阵子闷气，活干好了什么都好说，至于活搞砸了……

钱心一忽然有种侥幸的错觉，对于这小半年来所发生的一切，小蛮腰的半路杀出、康纳博士的精彩演讲、城科的角钢坠落，他给了陈西安一记老拳，把他捣进了小蛮腰的工作组。他自己是个倒霉蛋，但陈西安看起来运气不错，起码这个时候，没有抱团掉进坑里。

钱心一看着他说："你还有什么没确认的，直接问我就行，陈工后期没介入这个项目，你问他也没用。"

张航的坑没挖到位，暗自吸了口气，尽量不让自己的语气那么生硬："好，没了。"

钱心一看向主位叫了声陈总，做了个请继续的手势。

陈瑞河面色凝重，觉得这局势已经走到了死角，陈西安打了包票，对他的结论信誓旦旦，GAD的老板亲自坐镇在这里，他想帮施工队也不能做得太明显，于是他只能说："老姚，咱设计院已经表了态，是你不按图施工导致的事故，你也该有所表示，承不承认一句话，别瞎扯！"

这老姚平时蔫不拉几的到处装老实的受害人，但其实做了多年工程又没破产的家伙，全是用人精的油炸出来的老油条。

之前沟通问题的时候，他东拉西扯的功力就表露得十分明显了，他拿A问题来问钱心一，说着说着就变成了BCD，到最后ABCD明明全没弄明白，他不求甚解地说懂懂懂，一转头去陈瑞河那里告状，说设计院不搭理他们土老帽。

陈瑞河不许他瞎扯，但是他不瞎扯能怎么办？他当然不会承认，但是他也不能出计算报告，首先是他的队伍里没有这个能力，其次是他不敢出，他做了这么多年房子，他有经验，他凭直觉，他们木匠世代相传，从来没听说过需要计算。

"不承认，我没法承认！"

老姚激动地说："是设计院的梁先就给小了，钱心一你说是不是？你们自己给的600，刚刚你们这位包工，还有咱们总包和顾问家的计算也都算了说梁小了，现在换了个人就成了我们的问题，这不是自相矛盾是什么，你们还是受过高等教育的人呢，怎么能这样啊？"

他们平时对设计院毕恭毕敬，这下连钱心一都叫上了，可见已经急得有点语无伦次了，从陈西安的角度来看，他是心里没底，要靠音量来增加声势。

话是陈西安说的，钱心一无辜躺枪，对方越急他就越淡定，他指了指旁边那位："问他，他叫陈西安。"

老姚一哽，意识到自己失态了，但现在也不是和气生财的时候，就把炮火转向了正确的方位，倒是没敢再叫名字了："陈工，你说是不是这个道理？"

不管他们算过一千遍还是一万遍，有多确定出的1000高，但给的是600，那背后的一切都不用解释了，只会越描越黑。

陈西安很坦然地承认了这个错误："我们给的确实是梁高600，这点我没什么可辩解的，我们钱所也没找过借口，大家都看在眼里。"

"第二个问题，为什么他们用600的梁高算不过，而我用600的梁又算过了，这其实不矛盾。总包、顾问和我们包工的计算模型，是以整个采光顶都完成以后的荷载算的，而我的模型，是根据事故发生的时候，现场的完成度来添加的荷载。在有风荷载作用的情况下，我们都是忽略自重的，影响结果最大的因素，就是他们的是封闭体系，而我的不是。"

"打个最简单的比方，把采光顶看作是一个塑料袋，他们用的是完好的，我用的是上面破了几个洞的，在风中拉起来，手指会感受到拉力，相当于我们的承重梁。他们的塑料袋会鼓起来，我的也会，但风会从洞里穿过去，在座应该没人会觉得破洞的袋子带来的拉力更大吧？"

陈西安环视了一周，发现大多数人还是赞同他的，他冲在座颔了下首，继续说："当然，这个比方只是方便大家理解，不太严肃，不过我的计算是没有问题的，有算法有规范有公式，欢迎查证，有疑问的，我们可以找专家论证。"

施工队被他的塑料袋给绕蒙了，老姚脸色难看，只能抓住最后那根救命稻草，反复重复："这个我们不懂，只能随你忽悠了，不过你们的梁就是给小了，你们别想推卸责任！"

这种"我不懂我不听我也不管，反正错的就是你"即视感把钱心一酸爽得直想笑。

施工队是不打算聊了，陈瑞河只能出来打圆场，他说："陈工，你说得很有道理，举的例子也很容易懂，但这东西毕竟只有你一个人算过，你说是这样我就相信你，但别人没我这么信任你，这怎么也得让第二个人验证一下吧。"

陈西安点头说："可以，陈总可以请信得过的懂行的朋友来验证。"

会前放下话说没有结果不散会，陈瑞河一时想不到合适的人选，只能麻烦顾问把他们公司的计算请了过来，先拖延拖延再说。

赫剑云来得比顾问的计算快，他来的时候会议室里一堆低着头偷偷玩手机的。设计院和外墙总包的问题暴露之后，剩下的几家单位都成了打酱油的，被迫在里面看年度设施甩锅大戏，等人的时间里无聊得不知道怎么好，只能玩手机。

赫剑云一来就雷霆肃清了大部分的闲杂人等，他必须快刀斩乱麻，而且越少人知道越好。

他带着陈瑞河出去了一趟，将下午会议的经过整个听了一遍，从细枝末节里推敲出陈西安和这次事故基本无关，只是作为支援前来救急的，他心里十分失望，觉得自己是搬石头砸了自己的脚，对这件事的后续也没那么关心了。

顾问家的计算过了大半个小时才赶过来，又算了接近四十分钟，证明陈西安的计算是合理的。

老姚说他们联合起来欺负他们外行人，赫剑云觉得他那个模样真是土透了，他面无表情地说："瑞河，你办事真的没什么效率，症结一清二楚，施工队能力不行，设计院计算有问题，处理掉不就行了，还要我跑一趟。"

陈瑞河有口难言，心想：我什么时候让你跑来了，而且我敢随便处理吗？

赫剑云抱着胳膊去看高远："这样吧，施工队是我找的，但我没想到他们能把我的楼盖成这样，我是不敢把接下来的部分继续交给他们施工了，我决定解除合同，另找一家单位。不过怪我识人不明，他们应付的伤亡赔偿由我来出。"

老姚失声叫了声"赫总"，赫剑云只是不咸不淡地"嗯"了一声。

"不过你们设计院的人，我不敢随便处罚，高总，你看着办吧？能给伤者和我的项目一个交代就行。"

高远为难地舔了下嘴唇，一时间无法做出决定，他能处罚谁？

赵东文？从他的地位和与自己的关系上来说都不合适，这么一只连设计师的门槛都没摸到的小虾米，能交代给谁？要是他真的大义灭亲把侄子推出来，赫剑云只会觉得他找了个代价最低的来糊弄他，很容易弄巧成拙。

包宇鹏也不行，他的分量也不够，而且他并没有做错什么。

陈西安更不行，小蛮腰到了最关键的时刻，这是他必须不惜一切代价留住的人，不过幸好他也跟这件事没关系。

那就没有别人可选了……

高远心里愧疚难当，但他还把钱心一当成自己人，心想：他受点委屈，自己多补偿他一点，他会理解自己的。

不知道为什么，高远开口的时候嗓子涩得厉害，他不敢看钱心一，只是笑着对赫剑云说："赫总您话说得太严重了，这是我们设计院失职，确实该给伤者和您一个交代。这样吧，心一是负责人，他督查监管不力，我撤掉他所长的职位，换一个负责人给您，这个项目的设计款扣除一半，相应的赔偿也由我来出，您看行吗？"

钱心一眼神细细地一颤，觉得无法置信的同时，一阵寒意从心底蹿了起来。

陈西安担心地看向他，发现他的脸上竟然起了一层鸡皮疙瘩。

要不是这个处处爱跳出来的小设计师，陈西安怎么能全身而退！赫剑云从张航那里得知他们两人关系非同一般的好，他心想：你们既然这么要好，那就把他的罪一起背了吧。

"我直接开掉了自己很中意的施工队，说实话，老姚还算是我一个亲戚，我算是很诚恳地想解决问题了。我不缺钱，所以设计款项竣工以后我会按应得的结算给你，我更看重公平公正，高总只把铸成大错的主设降个职，过阵子还能提上去，于情于理，这处罚都有点说不过去吧？"

"这……"高远去看钱心一，发现他看着自己的笔记本，表情平静得好像事不关己，赫剑云盯着他在等答案，高远一咬牙，说，"我明白您的意思，但心一还有几个项目正在跟进，等他的项目跟完了，我就……我就让他走。"

委屈到尽头的感觉是什么，大概是"关我屁事吧"——钱心一异常平静地离开了会议室。

陈西安把他往车的方向带，钱心一盯着地上的影子，有种喘不上气的压抑感，他逆反性地猛喘了两口气，想破除那种快被压死的感觉，谁知眼前一阵发黑，浑身都是冷的，只有鼻腔一阵发热，感觉有东西流了出来。

他才吸了一下，就见陈西安一脸恼火地骂了句，猛地用袖子捂住他鼻子，将他下巴抬了上去。

高远和赫剑云客套完，追上正在试图止鼻血的钱心一二人，没来得及道歉先担心了起来："怎么了这是？怎么流这么多鼻血？走走走，去医院！"

钱心一下巴上都染着红，鼻孔被陈西安的袖口捂着，眼睛必须瞪白了才能看见高远，他模糊不清地问道："你今天为什么要来工地？因为小赵吗？"

高远别开目光，文不对题地说："我刚说的都是场面话，给赫剑云一个面子上的交代，你别往心里去，公司离不……"

"那我呢，"钱心一轻轻地说，"你怎么向我交代？"

高远心里一阵不安："心一，我希望你能理解我，对不起，我……"

"辞职信……我明天给你，再见！"

未完待续……

Chen Xi'an × Qian XinYi